ROMA J. FISZER

KURS
na MIŁOŚĆ

EDIPRESSE
KSIĄŻKI

Rozdział 1

*P*rzygotowania do kilkumiesięcznego rejsu toczyły się pełną parą. Czynności związane z ładowaniem na jacht niezbędnego ekwipunku i prowiantu, sprawdzaniem takielunku i ożaglowania oraz wyposażenia technicznego postępowały, ale kolejną już dobę głowę Wojciecha Borowego w każdej wolnej chwili zaprzątały myśli o Krystynie, narzeczonej. Wciąż dzwoniła mu w uszach jej dramatyczna oracja:

– Ty ją kochasz bardziej niż mnie! Nie chcę dzielić się tobą! Widzę, że czasami ona jest dla ciebie ważniejsza nawet niż życie! A dla mnie życie to dom. I ja chcę po prostu czekać codziennie w domu na twój powrót i nie zamartwiać się, czy ci się coś nie stanie. Tęsknić jak ta głupia!

A przecież tylko w przypływie szczerości powiedziałem jej, że najszczęśliwszy jestem, kiedy rozpościera się nade mną granatowy gwiaździsty baldachim, gdy czuję całym ciałem falowanie morza, słyszę jego odgłosy i śpiew wiatru na wantach. Wówczas dopiero czuję się prawdziwie wolny. Kocham WOLNOŚĆ, Krysiu!

Roztrząsanie tej rozmowy na tyle zaprzątało mu myśli, że nie był w stanie zmusić się, tak jak zawsze przed rejsem, by na spokojnie przeanalizować, czy wszystko jest gotowe do wypłynięcia z portu. A wszak to na nim jako kapitanie jachtu, dowódcy rejsu, spoczywał ten obowiązek. Rejs do Kapsztadu to nie igraszka, to nie wycieczka przez zatokę do Helu i z powrotem.

Teraz, siedząc w domu przy biurku, kończył modyfikować mapę rejsu. Wczoraj, niestety, uległ załodze co do jego przebiegu i w związku z tym musiał ponanosić odpowiednie zmiany, a także skorygować harmonogram. Uprosili go, aby odcinek Monrovia – Libreville podzielić na dwa etapy: Monrovia – Lagos i Lagos – Libreville. Uparli się, żeby zobaczyć Lagos, największe miasto Afryki.

– Kapitanie! To pewnie jedyna taka okazja w życiu! Tam mieszka ponad dwadzieścia jeden milionów ludzi! – wykrzykiwali jeden przez drugiego.

I zgodził się, chociaż próbował im tłumaczyć, że akurat na tamtym akwenie chciał im zademonstrować próbkę innego rejsu, pomiędzy Europą a Ameryką, który planowali odbyć za dwa lata. No i musiał tę pracę właśnie dzisiaj dokończyć, bo jutro mijał termin przedstawienia kompletu dokumentów do zatwierdzenia. Najważniejsze jest zawsze dokładne zaplanowanie dat wejść i wyjść do poszczególnych portów na trasie. Nie wszyscy sporządzali harmonogramy tak dokładnie jak on, zostawiali sobie furtki, dokonywali ostatecznych uzgodnień w czasie rejsu, ale dla niego nieodmiennie naczelną zasadą było postępowanie ściśle według wcześniejszego planu, bo to się wiązało z bezpieczeństwem załogi. Zawsze chciał... musiał mieć pewność, że gdyby coś się wydarzyło – a wszystkich sytuacji na morzu przewidzieć się przecież nie da – to na brzegu wiedzą dokładnie, a w każdym razie z dokładnością do kilkudziesięciu mil, gdzie aktualnie powinien się znajdować jego jacht.

Wykreślił ostatni odcinek linii prowadzącej z Lagos do Libreville, opisał czarny punkt datą i godziną wejścia jachtu do portu, podniósł zmęczone oczy znad mapy i spojrzał w gdyńskie niebo ciemniejące za oknami. Dostrzegł kilka gwiazd i nawet nie musiał sprawdzać, które to z nich, bo dokładnie wiedział, że tuż nad horyzontem pojawi się już wyraźnie Kapella, Alkaid będzie błyszczał na końcu dyszla Wielkiego Wozu, a Merak i Dubhe wskazywać będą północny kraniec Wozu.

Wstał od biurka i wyszedł na balkon. Owiał go zefirek wiejący wprost od zatoki. W nozdrzach poczuł jeszcze letni jego zapach. Jesienią morze pachnie już inaczej. Mieszkający w tej samej klatce bloku pan Marian, emeryt wojskowy, który kiedyś był ważnym oficerem w Helu i lubił z nim gawędzić, powiedział mu, że w Gdyni kiedyś pięknie pachniało rybami, czyli morzem, wodorostami albo... paloną kawą. Kiedy zlikwidowano Dalmor, a właściwie już wcześniej, gdy wyprowadziły się z Gdyni żółtki, czyli kutry rybackie łowiące na Zatoce Gdańskiej i nieco dalej, zapewniające, że w porcie wciąż była świeża ryba, skończyło się... Dupa! Często tak powtarzał.

– Wszyscy są temu winni! – Pan Marian podnosił głos, aż łysina stawała się czerwona. – I ci, którzy mieli w tym interes, i ci, co poddali się temu bezwolnie. Zresztą niszczenie portu, polskich armatorów to nie są działania jakichś obcych Gargameli.

Borowy uwielbiał jego porównania. Gargamele... Sąsiad opowiedział mu wiele innych ciekawostek dotyczących Gdyni, portu, ale najbardziej jednak lubił opowiadać o okrętach Marynarki Wojennej. Dawnych okrętach, bo:

– ...to, co teraz jest, to prawdziwy dramat – dodawał ze smutną miną.

Mieli też wspólne inne tematy: nawigacja i gwiazdy. Pan Marian podziwiał młodego sąsiada za ich znajomość. Wojtek uniósł głowę i uśmiechnął się do Gwiazdy Polarnej, Alfy Ursae Minoris, potem spojrzał nieco wyżej i wypatrzył Kochaba. By upewnić się, że wszystko na niebie jest dzisiaj w porządku, opuścił nieco wzrok i spojrzał w prawo. Jest Mirfak, czyli jest także Perseusz! Zaśmiał się bezgłośnie. Sam się dziwił, że rozpoznawanie gwiazd zawsze przychodziło mu z wielką łatwością. Jego oczy wpatrzyły się teraz w rozjarzony kolorowymi światłami gdyński port, a na prawo od niego skwer Kościuszki i bulwar Nadmorski. Skwerem Kościuszki niezmiennie nazywał cały obszar zaczynający się od Świętojańskiej aż po kraniec pirsu, przez który przebiega aleja Jana Pawła II, chociaż wiedział, że od nasady pirsu jest to Molo Południowe.

W planetarium znajdującym się przy basenie jachtowym bardzo lubił przesiadywać od chwili rozpoczęcia studiów w Akademii Morskiej w 2002 roku. Żachnął się, bo kiedyś można było odwiedzać planetarium ot tak, po prostu, wchodząc do niego bezpośrednio z ulicy, ale po remoncie w 2011 roku, współfinansowanym przez Unię Europejską, ogłoszono, że to się skończyło. Przepisy unijne mają w nosie fakt, że wartość kompleksu przewyższa wielokrotnie koszt remontu. Według tych zafajdanych obwarowań może on służyć tylko studentom Akademii Morskiej. Wiele razy wypowiadał się głośno, nazywając skandalem to, że prawodawstwo unijne uniemożliwia udostępnianie go osobom spoza uczelni. Przecież Unia Europejska....

Machnął ręką. Spojrzał w ciemność i wyostrzył wzrok. Za ciemnym pasem wody, w głębi zatoki dojrzał światła Półwyspu Helskiego. Latarnia morska w Helu co kilkanaście sekund ukazywała promień światła, żeby każdy zbłąkany żeglarz mógł trafić do portu. Lubił przesiadywać na balkonie swojego mieszkania w bloku przy ulicy Falistej, choć przebiegającej zakolami, faliście, to jednak równolegle do Morskiej, blisko Dworca Głównego. Wciągnął głęboko powietrze. Wsłuchał się w nieco przytłumione odgłosy dochodzące z portu, ale wskazujące, że nieustannie trwają w nim prace przeładunkowe. Zakochał się w tym mieście miłością romantyczną chłopaka z okolic Bytowa. Nie opuściła go ona nigdy i wiedział, że jakby co, to będzie o nie walczył, jak obrońcy miasta niegdyś. Zakochany w mieście, miał pewnie więcej książek o nim niż wielu rodowitych gdynian.

Oprzytomniał, gdy na dworzec wjechał jakiś pociąg. Hamował z lekkim piskiem. To dalekobieżny z Krakowa. Znał rozkład przyjazdów pociągów dalekobieżnych po piskach ich hamulców. Spojrzał na ulicę Morską w kierunku Chyloni. Kilkaset metrów od niego wyróżniała się bryła jego *Alma Mater*, Akademii Morskiej. Rok przed rozpoczęciem przez niego studiów, w dwa tysiące drugim, nazywała się Wyższą Szkołą Morską i on bardzo żałował zmiany nazwy uczelni. Wychował się na literaturze marynistycznej, chciał podążać szlakiem jej bohaterów, dlatego już kilka lat wcześniej planował studia właśnie tutaj. Wiedział od przyjaciół z uczelni, że we wrześniu przyszłego roku będzie nazywała się Uniwersytetem Morskim.

Uśmiechnął się, bo uzmysłowił sobie w tym momencie, że gdyby to zdarzyło się wcześniej, to pewnie musiałby długo wysłuchiwać kąśliwych uwag kolegów spod Bytowa, że studiuje na uniwersytecie jak inni i nie będzie *zejmanem*, jak chciał, a zwykłym magistrem. Po części mieliby rację, bo komercja całkowicie zmieniła charakter dawnej szkoły morskiej. Przebolał jakoś tamtą zmianę nazwy, więc pewnie przeboleje i tę. Nie będzie wyjścia. Wzruszył ramionami. Ukończył nawigację z wyróżnieniem, ale nie ciągnęło go jak innych na wielkie jednostki. Pieniądze, świat, komercja. Na studia przyjechał już z patentem żeglarskim, a potem szkolił się, aż został kapitanem jachtowym. Odbył kilka rejsów z innymi kapitanami na jachtach oceanicznych jako załogant, raz nawet wokół przylądka Horn, prawie trzy lata spędził na „Darze Młodzieży", prawie równolatku, starszym od niego tylko o rok. Kochał muzykę marynistyczną, a najbardziej piosenkę *Pod żaglami „Zawiszy"*. Z jego ust wydobył się przytłumiony świst, a w pamięci przewijały się słowa:

Pod żaglami „Zawiszy"
Życie płynie jak w bajce,
Czy to w sztormie, czy w ciszy,
Czy w noc ciemną, dzień jasny.

Białe żagle na masztach
Jest to widok mocarny.
W sercu radość i siła,
To „Zawisza" nasz „Czarny".

Kiedy grot ma dwie refy,
Fala pokład zalewa,
To załoga „Zawiszy"
Czuje wtedy, że pływa.

Więc popłyńmy raz jeszcze
W tę dal siną bez końca,
Aby użyć swobody,
Wiatru, morza i słońca.

Poznał te słowa jeszcze jako dzieciak, kiedy był harcerzem. Najbardziej intrygowały go, wręcz fascynowały, nieznane, ale tajemnicze słowa: grot i refy. Także dziwna tajemniczość słów, z których wyciągał wniosek, że kiedy już popłynie w ...*tę dal siną bez końca, aby użyć swobody, wiatru morza i słońca* – to gdzieś w tej dali, a może już podczas samej podróży do niej, odczuje prawdziwą WOLNOŚĆ. Nawet w myślach to hasło wypowiadał dużymi literami, a mówiąc je głośno, zawsze bezwiednie mocno akcentował, więc nie dziwota, że Krysię tak to poruszyło. Wzruszył ramionami i zerknął za siebie, do pokoju. Jeszcze wczoraj tu była...

Wrócił do rzeczywistości, do biurka. Jego oczy mimowolnie skupiły się na jej zdjęciu w ramce. Wszyscy uważali, że pasują do siebie. Ona, jasna szatynka o ciemnoniebieskich oczach, ładnej buzi, szczupłej i zgrabnej sylwetce, ładnie kontrastowała z wciąż opaloną skórą wysportowanego Wojtka o ujmującym uśmiechu, na którego głowie wiły się krótkie, prawie czarne kędziory. Podniósł fotografię i wpatrzył się w oczy narzeczonej. Zawsze lekko smutne, choćby nawet cała twarz była rozjaśniona uśmiechem.

– Znowu pół roku będę sama... – powiedziała mu na pożegnanie. – Ja tego nie wytrzymam, nie chcę tak...

Próbował coś odpowiedzieć, ale nie pozwoliła mu. Położyła palec na jego ustach i lekko go odepchnęła z drogi do drzwi. Jej smutne oczy zaszkliły się. Nie zatrzymał jej, nie wyszedł za nią, a chyba powinien wybiec. Odstawił fotografię na miejsce i odchylił się, wciskając plecy w oparcie krzesła. Miał z nią wczoraj trudną rozmowę. Kochają się, ale... Ona by chciała, żeby codziennie był domu, a to jest przecież niemożliwe! Pierwszy raz tak powiedziała. Na pewno o tym wcześniej myślała. Wcześniej... Widzę, że wciąż rozmyślała! I co teraz mam zrobić...? Na razie popłynę w ten rejs, bo przecież nie rzucę tego. Zresztą, co to znaczy rzucić... to? Żagle, pływanie? Nigdy! To niemożliwe. Jeszcze mam tyle planów. Przecież tak naprawdę dopiero zacząłem poznawać żeglarstwo, Krysiu.

Wpatrzył się w jej oczy. Przecież gdybyś ty miała taką pasję, to ja bym ci ustąpił. Ustąpił...? Zaraz, zaraz. Chyba nie to chciałem powiedzieć. Zacznijmy od tego, jaka byłaby ta pasja. Lekarka z pierwszą specjalizacją jakie może mieć pasje? Ręce mu opadły i rozkołysały się bezwładnie po bokach krzesła. Kurczę! Jakie Krysia ma pasje, hobby, czym się zajmuje, kiedy ma wolne? Czy ona w ogóle ma kiedykolwiek wolne?! Jak nie swój dyżur, to dodatkowy dyżur albo zastępstwo, a przecież jeszcze czasami dorabia w pogotowiu. No i wciąż się uczy, bo chce zdobyć kolejną specjalizację. A kiedy znajdzie już sobie wolny wieczór, zwija się jak kotka w fotelu albo wtula się we mnie, wsłuchując w ckliwą celtycką muzykę, lub wspólnie oglądamy jakiś znany i lubiany przez nią film, który dobrze się kończy, z lampką wina w dłoniach. To wszystkie jej i moje przy niej rozrywki. Teatr czy kino niechętnie, spacer to na ogół wyścigi, bo coś jej się akurat przypomniało, że musi kupić. Wypad za miasto...? To strata czasu! Dała się kiedyś wreszcie porwać na wycieczkę do Paryża, a potem na kolejną do Rzymu. Obie musiały odbyć się samolotem, nie autem, żeby, jakby co, szybko wrócić, bo mogą jej potrzebować: szpital, koleżanki, pacjenci. Od tego czasu nie chce o czymś takim słyszeć. A zresztą cokolwiek zaproponuję, to nie, bo: „ty zaraz wypłyniesz, a ja chcę się tobą nacieszyć, pobyć przy tobie" – szeptała mu do ucha i wciskała się pod Wojtkowe ramię.

Przecież kocham ją... ale jestem też ciekaw życia i nade wszystko kocham... WOLNOŚĆ! Wojtek zmarszczył czoło i rozejrzał się po pokoju. Jego wzrok zatrzymał się na odtwarzaczu.

– Tak... – rzucił półgłosem. – To dobra myśl – dodał po chwili zastanowienia, ale na wszelki wypadek zerknął na wiszący zegar. – Jeszcze można – zdecydował, wstał i podszedł do odtwarzacza.

Prawie w ciemno wyjął spośród płyt jedną, nacisnął przycisk zasilania i wsunął krążek w szczelinę. Wcisnął pauzę. Skierował kroki do barku i omiótł wzrokiem butelki. Wino, brandy czy whisky?

– Tę – powiedział głośno, kładąc dłoń na jednej z butelek stojących w drugim szeregu – *Uisge beatha*[1] – wyrecytował, jakby chciał sam siebie przekonać, że dokonał słusznego wyboru.

Nalał sobie do grubej szklanki trochę rudego alkoholu z butelki z naklejką upstrzoną napisami: The Macallan, Single Malt, Highland Scotch Whisky, Fine Oak 25.

– Sam bym sobie takiej nie kupił – mruknął, odstawiając butelkę na miejsce. – Dobrzy ludzie – westchnął i lekko się uśmiechnął.

W ubiegłym roku po jednym z rejsów członkowie załogi złożyli się i podczas pożegnalnej kolacji w tawernie na skwerze Kościuszki wręczyli mu ją. Nie mógł się wówczas doczekać powrotu do domu i momentu, kiedy wypije w samotności szklaneczkę. Bardzo mu smakowała. Przyrzekł sobie wówczas, że ten trunek będzie tylko na specjalne okazje. Od tamtego czasu butelka stała nietknięta. Dzisiaj uznał, że taka okazja akurat mu się trafiła. Usiadł w fotelu, pociągnął łyczek i nacisnął przycisk play na pilocie. Pokój wypełnił się muzyką.

Od kilkunastu lat komponował najpierw dla siebie, potem założył kanał na YouTubie i stał się *youtuberem*. Wcześniej na innym kanale opowiadał o rejsach. Jego kawałki cieszyły się coraz większym zainteresowaniem i nawet zaczął na tym zarabiać jakieś grosze. Sprawiało mu

---

[1] *Uisge beatha* (celt.) – woda życia.

to przyjemność. Kiedy więc odważył się uruchomić kanał muzyczny ze swoimi kompozycjami, wiedział już, z czym to się je. Na początku słuchających była garstka, ale po kilku miesiącach zauważył, że przybywa mu słuchaczy. Kiedy dołączył więc reklamy, spostrzegł, że powoli na tej muzyce zarabia. Zaczął też robić na zlecenie podkłady muzyczne do filmów marynistycznych, ilustrował muzyką prezentacje różnych firm, a nawet prezentacje naukowe. Coraz częściej znajdował w skrzynce mailowej zaproszenia do kolejnej współpracy. Co prawda miał na to mało czasu, ale dzięki temu stać go było, by więcej pływać.

Przed dwoma laty ze zdziwieniem stwierdził, że wystarczy mu środków na dokonanie przedpłaty na kupno właśnie tego mieszkania i raty na jego spłatę. Mógł zawiesić pracę na etat, zaczął opłacać sobie ZUS i stał się prawie *freelancerem*. Co prawda, żeby wyposażyć mieszkanie, sprzedał kilkuletni samochód, ale to go wcale nie zmartwiło, bo i tak po mieście poruszał się pieszo. Zresztą po tych wszystkich zmianach zaczął bywać w Gdyni średnio cztery miesiące w roku. Trasę: Falista – skwer Kościuszki pokonywał zawsze na piechotę, i to z przyjemnością.

Poranna bryza, pomyślał, wsłuchując się w swoją muzykę. Ten utwór był pierwszym, który zdecydował się umieścić na swoim kanale muzycznym. Dzisiaj ma już ogromną liczbę odtworzeń. Teraz na jego kanale hulało czterdzieści siedem kompozycji i każda dołączała swój grosz do sumarycznego dochodu. Rozpoczął się kolejny utwór: *Przypływ*. Może dzisiaj zrobiłbym coś inaczej, nawet lepiej...? Zasłuchał się.

Rozdział 2

*D*zień wyjścia w rejs okazał się dla Wojtka prawie apokaliptyczny. Wszystko się rwało. Jeden z załogantów przysłał mu błagalnego esemesa, że auto, którym wiozą go rodzice, rozkraczyło się i przyjedzie dopiero o trzynastej, bo czeka na trasie na kuzyna. Kiedy jakoś się z tym pogodził, okazało się, że z ostatniej dostawy żywności nie dostarczono ważnej paczki. Sami się zorientowali, więc ponieważ wszystko było już zapłacone, a samochód wyruszył z Bydgoszczy, nie pozostawało nic innego, jak czekać. Mając zatem wymuszony tymi zdarzeniami zapas czasu, postanowił raz jeszcze sprawdzić współpracę GPS z pozostałymi urządzeniami, a w szczególności z AIS. Okazało się niespodziewanie, że wyświetla się informacja o braku połączenia pomiędzy nimi. Włączał i wyłączał poszczególne urządzenia, ale komunikat był wciąż taki sam.

– Bez ich współpracy... DUPA! – wrzasnął, cytując mimochodem pana Mariana.

Załoganci wpatrywali się w niego z przerażeniem. Szybko wybrał na komórce numer Władka, właściciela firmy naprawiającej sprzęt morski. Poznał go dzięki panu

Marianowi i chociaż miał prawie dwa razy tyle lat co on, byli na ty.

– Władek, jeśli ty mi nie pomożesz, to... DUPA! – wrzasnął, tym razem do słuchawki.

– No, jeśli ty już jedziesz do mnie Marianem, to sytuacja jest poważna. Zaraz ci przywiozę najlepszego fachowca.

– Kocham cię!

– No, no, no! Przecież wiesz...

– Wiem! – przerwał mu. – Ja też wolę kobiety.

Przyjechali za niecałe pół godziny. Kiedy coś sprawdzali, spoglądał cały czas nerwowo na zegarek, ale to wcale nie sprawiało, by robota posuwała się szybciej. Część załogi przysiadła na dziobie, inni wyszli na keję i stamtąd zerkali z niepokojem na rozwój wypadków.

– Noż kurwa! Kapitanie! – rozległ się nagle wrzask najlepszego Władkowego fachowca od elektronicznego sprzętu morskiego.

Wojtek, który od czasu do czasu zaglądał pod pokład nachylony w zejściówce, wyprostował się raptownie, aż walnął głową w górną jej płytę. Spadł mu z głowy do wnętrza jachtu kolorowy daszek, który tuż przed ich przyjazdem zdążył nałożyć. Zszedł na dół, podniósł go, rozmasował czoło i nałożył daszek.

– Ma pan kogo opierniczyć? – rzucił w jego kierunku najlepszy fachowiec.

– Musisz zrobić komuś zjebkę – dopowiedział rzeczowo Władek – ale wszystko jest już okej – uspokoił Wojtka, wskazując dłonią na urządzenia. – Wychodzimy i zaraz dmuchniemy ci w żagle na szczęście.

– Władek! Jak ja ci się odwdzięczę?!

– A będziesz na początku maja w Gdyni?

– No... raczej tak – odparł zdziwiony Wojtek, trzymając portfel w dłoniach.

– Często grzebiemy u was w sprzęcie, robimy jakieś przeglądy, czasami jest coś do naprawy, ale tym razem to nie była awaria, choć pewnie ktoś inny zdarłby w tej sytuacji z Jacht Klubu sporo kasy... Oj, zdarłby – powtórzył. – Schowaj pieniądze.

– Ale co to było?! – spytał nerwowo Wojtek, spoglądając na GPS.

– Na pewno chcesz wiedzieć, teraz, przed rejsem?

– Chyba tak, żebym miał pojęcie, co może znowu nawalić! – Wojtek potrząsnął nerwowo ramionami.

– Nie męcz się... – uspokoił go Władek. – Jakiś cymbał po prostu nie dokręcił kabelka – wyjaśnił. – Tyle razy ci mówiłem, że nie należy przy urządzeniach grzebać, a w szczególności nie odkręcać kabelków, żeby jeszcze gdzieś wytrzeć kurze.

Wojtek zmierzył go złym wzrokiem i na moment odwrócił się za siebie, sprawdzając, czy w pobliżu nie ma któregoś z załogantów.

– Tylko nie cymbał – rzucił cicho. – Wszystkie kabelki zawsze sam odkręcam i dokręcam, bo to zbyt poważna sprawa.

Władek zaśmiał się zaraźliwie. Wojtek i najlepszy fachowiec po chwili dołączyli do niego.

– To teraz wyjaśnij, o co chodzi z tym majem? – spytał Wojtek, kiedy fachowcy się dość naśmiali.

– My dwaj, nasze żony i jego dzieci... – zaczął Władek – ...mielibyśmy ochotę na dwudniowy rejs po morzu.

– A dlaczego dwudniowy? – zdziwił się Wojtek.

– Bo już nas kiedyś przewiozłeś, a teraz chodzi o noc spędzoną na jachcie. – Władek wskazał ręką na wnętrze jachtu.

– Załatwione! – zawołał Wojtek. – Nie wiem dokładnie kiedy, nie wiem jak, nie wiem jeszcze, kogo wezmę do pomocy, ale popłyniemy. Słowo! – Poderwał się i poprawił na głowie kolorowy daszek.

– Widzisz, Zbyszek? – zwrócił się Władek do najlepszego fachowca. – Mówiłem ci, że się uda.

– Dziękuję panu. – Najlepszy fachowiec wyciągnął dłoń.

– Tylko nie panu. Wojtek jestem – uśmiechnął się kapitan jachtu, ściskając dłoń najlepszego fachowca.

– Ale miło! – skwitował Zbyszek. – Ależ się dzieciaki ucieszą!

– Nie wyganiam was, ale niestety nie mam już czasu – zarechotał Wojtek. – Zaraz musimy wypływać.

Ruszył przodem na pokład.

Pożegnał na kei Władka i Zbyszka i przywołał załogantów.

– Kto ma jeszcze coś do załatwienia, daję ostatnie pół godziny, a potem odbijamy.

Zszedł z powrotem pod pokład, ale za chwilę wyskoczył stamtąd jak oparzony.

– Czy ktoś odebrał od bosmana dokumenty rejsu? – rzucił w kierunku członków załogi.

– Przecież mówił pan, że sam musi je odebrać – odparł spokojnie jeden z chłopaków.

– Kurczę! No jasne, wam przecież nie wydadzą. Dobra, czekać na mnie i już się nigdzie nie ruszać! – wykrzyknął Wojtek i wybiegł z jachtu.

Ruszył nabrzeżem w stronę bosmanatu. Oddychał głęboko, żeby się uspokoić. Boże! Co za nerwy! Z każdym krokiem szedł jednak szybciej, a kiedy dotarł do końca basenu, już biegł. Ściął zakręt, aż go wyniosło na trawnik. W ostatniej chwili zauważył coś na trasie, ale było już za późno. Przeszkoda podcięła mu nogi, a on poleciał lotem koszącym. Zebrał się w sobie, wyciągnął przed siebie dłonie, pacnął nimi o trawę i wykonał przewrót. Siedział teraz na trawniku i rozmasowywał dłonie, które najbardziej ucierpiały.

– Jasna cholera! – zaklął. – Szlag! Co to było, do diaska?!

– Jak się nie patrzy pod nogi, to czasami tak bywa – odezwał się kobiecy głos za nim. – I tak miałam szczęście, że pan mnie nie stratował.

Wojtek odwrócił się. Dojrzał najpierw długie nogi, a dopiero potem ich ładną właścicielkę siedzącą niewzruszenie na leżaku.

– Ale żeby się opalać na nabrzeżu?! – wyrzucił z siebie, wstając powoli.

– Jeśli to jest nabrzeże, to ja jestem, bo ja wiem... wróżka? – Kobieta wskazała na leżak.

Wstała z niego i wolno ruszyła w kierunku kolorowego daszka, który podczas przewrotki Wojtka spadł mu z głowy i potoczył się niedaleko. Ten, wciąż oszołomiony niespodziewanym upadkiem, lustrował miejsce kolizji i taksował kobietę. Po chwili stanęła obok niego, spojrzała na swój leżak rozłożony na trawniku sąsiadującym z nabrzeżem i podała właścicielowi podniesiony z trawy daszek z rozbrajającym uśmiechem.

– Ależ pan pędził... – Pokręciła głową. – Jednak leżak stoi na trawie, prawda? – Zerknęła w kierunku leżaka, po czym skierowała wzrok na twarz Wojtka. – Ale przepraszam pana bardzo, że tak czy owak stałam się niechcący przyczyną pańskiego upadku. Dobrze, że ma pan lekkie adidasy, a nie na przykład ciężkie wojskowe buty, bo wówczas moje nogi byłyby połamane... – Spojrzała na obuwie Wojtka.

Po chwili bez zapowiedzi i zupełnie niespeszona zaczęła z niego ściągać źdźbła trawy. Kiedy dotknęła dłonią jego gołego przedramienia, drgnął, przymknął oczy, a po chwili otworzył je i uważnie wpatrzył się w jej twarz. Dostrzegł, że ma piękne migdałowe, błękitnozielone oczy. Uśmiechała się miło.

– A skąd pani... się tutaj... wzięła...? – spytał Wojtek na raty, nie mogąc oderwać od niej wzroku. Jej dotknięcie spowodowało, że przed chwilą poczuł gęsią skórkę.

– Wczoraj przypłynęłam estońskim jachtem, a dopiero na dzisiaj mam wykupiony bilet na pociąg, więc zostałam. Nie lubię zbytnio zmieniać planów. Na ogół sztywno się ich trzymam. A poza tym lubię Gdynię, a szczególnie klimat mariny.

– To bywa pani tutaj częściej?

– Staram się przyjeżdżać co roku, ale nie zawsze udawało się.

– A skąd pani jest?

– Znad Jeziora Czorsztyńskiego, chociaż w naszym domu mówi się o nim Morze Czorsztyńskie. Jestem dziennikarką regionalnej prasy, prowadzę też bloga. Joanna Trepka. – Kobieta wyciągnęła w jego kierunku dłoń.

Podjął ją bez wahania, ale znowu się wzdrygnął.

– A ja nazywam się Wojciech Borowy, od prawie szesnastu lat tutejszy, chociaż pochodzę z Gochów... leżą na Kaszubach, w okolicach Bytowa – dopowiedział, widząc, że jej migdałowe oczy zaokrągliły się nieco. – Czy możemy mówić sobie po imieniu?

– Z miłą chęcią... Wojtku... – Oczy stały się nieco bardziej zielone, a uśmiech jeszcze piękniejszy. – A co tutaj robisz? – Zatoczyła ramieniem niewielki łuk.

– Szykuję się właśnie do odlotu w świat. – Wskazał w kierunku basenu. – Jestem żeglarzem, a teraz biegłem po dokumenty rejsu do bosmanatu – wyjaśnił, wskazując w kierunku budyneczku.

– Ja również jestem żeglarką... – pochwaliła się. – Zaczęłam jako słodkowodna na moim pienińskim morzu, ale kiedyś udało mi się tutaj zrobić patent jachtowego sternika morskiego.

– O! Jak pięknie! Też kiedyś miałem taki, ale od kilku lat mam patent kapitana jachtowego – powiedział tonem, jakby to była oczywista sprawa.

Spojrzała na niego baczniej.

– Może i mnie się kiedyś uda taki uzyskać, chociaż nie będę mocno naciskała.

– Czyli byłaś w Estonii? – Wojtek wrócił do wcześniejszego tematu.

– W Estonii również, ale zaczęliśmy od Visby na Gotlandii, potem był Outer Fiord z portem Gävle, następnie Umea, z kolei Rönnskä, aż wreszcie dopłynęliśmy do Tornio, na samym końcu Zatoki Botnickiej. Powrotna droga to: Kokkola, Harrström, Turku, Tallin i na zakończenie Ryga – wyliczała, wspomagając się palcami. Potwierdziła skinieniem głowy, jakby chciała podkreślić, że się nie pomyliła.– Piękny rejs – zakończyła, przewracając oczami.

Mierzyli się wzrokiem. Joanna wyciągnęła dłoń w kierunku Wojtka i szczupłymi palcami sięgnęła po jeszcze jedno źdźbło trawy na jego przedramieniu. Znowu drgnął i przymknął na moment oczy.

– Ciekawy rejs. Muszę kiedyś tę trasę powtórzyć. – Pokiwał głową.

– Tak stoimy... a może przyjmiesz zaproszenie na kawę w ramach przeprosin? – rzuciła śmiało.

– Kawa... – Wojtek podrapał się po głowie. – Chciałbym... ale nie mogę. Już od prawie dwóch godzin powinniśmy być na morzu. Właśnie biegnę po dokumenty rejsu. – Raz jeszcze wskazał na bosmanat.

– To może kiedy indziej? Tak się z tobą dobrze rozmawia, jakbyśmy znali się od dawna. Mogłabym gadać o żeglarstwie bez końca. Pływanie to moja pasja.

– Tak, oczywiście, bardzo chętnie, ale...

– Może znowu kiedyś podłożę ci tutaj nogę i dokończymy rozmowę? – zażartowała.

– Byłoby miło, ale to nie wcześniej niż na wiosnę, bo dopiero w lutym wracam.

– To nic... Mam w planie przyjazd do Gdyni w czerwcu. – Przymrużyła oczy.

– Może na Święto Morza, bo na ogół to są zawsze udane dni? Bardzo lubię słońce.

– Tak, doskonale! – rzuciła Joanna i zamyśliła się. Sprawiała wrażenie, jakby dyskretnie coś odliczała na palcach. – Pasuje mi Święto Morza, a jeśli tak bardzo lubisz słońce, to może w samo południe?

Wojtek zwrócił się w kierunku plaży.

– Tam jest przemiła knajpka. – Wskazał ręką na drewnianą budowlę stojącą za plażą, u stóp klifu. – W samo południe na pewno będzie już otwarta.

– Pasuje mi. Dziękuję – rzuciła i błyskawicznie cmoknęła Wojtka w policzek, a on bezwiednie uczynił podobnie. Na jego twarzy pojawiło się lekkie zmieszanie.

Zmierzyli się raz jeszcze wzrokiem, znowu uśmiechnęli, po czym on odwrócił się i ruszył biegiem w stronę bosmanatu. Kiedy po kilku minutach ponownie przebiegał obok Joanny, tym razem trzymając kopertę z dokumentami, dogonił go jej okrzyk:

– Święto Morza w samo południe! Będę!

Rozdział 3

Mimo że Krysia zawsze go witała na nabrzeżu podczas powrotu z rejsu, tym razem nie pojawiła się w marinie. Uprzedziła go o tym o świcie esemesem, kiedy mieli na trawersie Hel:

Musiałam pilnie zastąpić koleżankę. Przepraszam – Krysia

Zirytowała go ta informacja. Oczywiście, mogło tak się zdarzyć, ale przeczucie podpowiedziało mu, że to coś poważniejszego. Jej maile po Nowym Roku stawały się coraz krótsze, prawie oficjalne, a na pytania: „Co u ciebie?" odpowiadała sucho: „Praca". Tak dotychczas nigdy nie było. Spotkali się więc dopiero następnego dnia. Przyjechał pod wieczór do jej mieszkanka na Legionów z bukietem kwiatów i drobiazgami kupionymi dla niej w Afryce.

Przywitała go dziwnie sztywno, z bardzo smutnym spojrzeniem. Nie wtuliła się na powitanie pod jego ramię, jak to zawsze czyniła. Kiedy podał wiązankę, jej oczy na moment stały się weselsze, ale po wstawieniu kwiatów do wazonu nie zerkała więcej w tamtym kierunku. Zawsze kwiaty ją cieszyły, podchodziła do nich raz po raz, żeby coś poprawić, lepiej ułożyć, ale tym razem nie. Przyniosła kawę i kruche ciasteczka i nawet nie zapytała, czy napiłby się lampki wina czy innego trunku. Wciąż wpatrywała się w niego badawczo. Nawet kiedy zaczął wyciągać z torby prezenty, oglądała je z dosyć roztargnioną miną. Zawsze marzyła o prawdziwym olejku waniliowym z Zanzibaru, dostała go teraz razem z pakietem afrykańskich ziół. Potrzymała je w dłoniach, powąchała palce, uśmiechnęła się delikatnie i odłożyła. Kiedyś chciała mieć figurkę słonia z hebanu, z podwiniętą do góry trąbą na szczęście. Dostała go dzisiaj w pakiecie z figurką hebanowej afrykańskiej księżniczki, lekko uśmiechniętej, ale o podobnie smutnych oczach jak ona sama. Na moment zapomniała o czymś, co ją dręczyło, rozchmurzyła się i przytuliła figurki do piersi. Po chwili jej oczy znowu stały się smutne, nawet chyba bardziej niż zwykle. Wojtek spoglądał na nią pytająco.

– Minęło kolejne prawie pół roku – odezwała się po chwili milczenia i ponownie zamilkła, wpatrując się w Wojtka badawczo.

Czuł, że Krysia ma coś na końcu języka, ale nie jest jeszcze zdecydowana, jak to powiedzieć. Waha się. Ich narzeczeństwo trwało już ponad siedem lat, kilka razy naprowadzała Wojtka na rozmowę o ślubie, ale on zawsze omijał ten temat. Dla niego to były rafy. Starał się jej to wynagrodzić inaczej, ale z każdym kolejnym razem było trudniej. Czasami robiło mu się jej żal, ale po prostu nie był gotowy do ożenku. W głowie zawsze zapalała mu się lampka: WOLNOŚĆ... i rozmowa zbaczała na inne tory.

– Posłuchaj mnie, ja tak nie chcę, Wojtku... – Krysia jakby zebrała się na odwagę – ...przez ostatnie miesiące myślałam o tym codziennie. Życie ucieka, a ja przecież marzyłam, wciąż marzę o domu. Przyglądam się koleżankom, jest im czasami ciężko, bo przecież różnie w życiu bywa, ale kiedy mówią o domu, dzieciach, mężach, zawsze się rozchmurzają. A ja nie mam o czym opowiedzieć... – zakończyła ciszej. – Poznałam się na sylwestra z pewnym mężczyzną... – zamilkła nagle, bo Wojtek podniósł dłoń.

Wsłuchiwał się uważnie w to, co mówi, widział jej mimikę od momentu przywitania, czuł, że jej słowa zmierzają w jedynym możliwym kierunku. Postanowił ją ubiec, oszczędzić jej dalszych zwierzeń, stresu, żeby nie czuła się niepotrzebnie winna. Niech wyjdzie na to, że to moja wina, postanowił.

– Poczekaj, Krysiu, zaraz dokończysz, ale może najpierw ja ci coś powiem, bo to będzie chyba bardziej radykalne.

Ujrzał zaskoczenie na jej twarzy. Skinęła jednak przyzwalająco głową.

– Dobrze, wysłucham – zgodziła się.

– Otóż chcę ci dać wolność, bo ja chyba jeszcze długo nie będę w stanie się ogarnąć.

– Ale...

Wojtek położył palec na ustach. Delikatnie skinęła głową, że się zgadza.

– Ile razy siedziałem w nocy przy sterze, zawsze wracałem myślami do naszej ostatniej rozmowy. Powiedziałem wówczas coś bardzo złego, samolubnego... – zawiesił głos, bo teraz on się zawahał. Krysi oczy powiększyły się. – Przyznaję, jestem samolubem i chyba... nieprędko się zmienię – rzekł przepraszającym tonem i rozłożył ramiona. – Pod tym względem raczej nie dorosłem do... twoich oczekiwań. Nie... jeszcze nie skończyłem! – powiedział dobitnie, widząc, że Krysia chciała koniecznie coś wtrącić. – Mojej obsesji, którą nazwałem WOLNOŚĆ, raczej nie widać końca. Nie wiem, co mam z nią zrobić. Jedyne, co mi przyszło do głowy, to, póki nie jest za późno, zwrócić ci twoją wolność. Wiem, że masz piękny pomysł na życie, ale ja w tym względzie wciąż noszę krótkie spodenki. Nie śmiej się! Taka jest prawda! Kiedyś musiałem wreszcie powiedzieć to głośno. Nie wiem tylko, czy jesteś w stanie wybaczyć mi te wszystkie lata, które ci zmarnowałem.

Obserwował jej twarz. Wydało mu się, że na moment jej oczy stały się mniej smutne i głęboko odetchnęła, jakby spadł jej ciężar z serca. Zbierała się, żeby coś odpowiedzieć. Tym razem nie przeszkodził jej.

– Dlaczego mi nigdy nie powiedziałeś, że czujesz się... nieszczęśliwy?

Wojtek zdziwił się, że Krystyna wyciągnęła akurat taki wniosek z jego słów, a do tego postawiła kwestię w formie pytania. Odniósł wrażenie, że chciała powiedzieć zupełnie co innego i w ostatniej chwili zmieniła zamiar.

– Bo tak nie było. To raczej ja ciebie unieszczęśliwiałem, gdyż choć zmieniłem wiele w swoim życiu, to jednak te zmiany działały wyłącznie na moją korzyść. Co prawda dużo mi dały, bo wreszcie robię to, co lubię, ale nie bardzo mogłem tymi rozwiązaniami zadowolić ciebie. I najgorsze jest to, że mam dalsze pomysły na to, jak sobie ułatwić czy uatrakcyjnić życie i pracę, a ty dla siebie wciąż szukasz kolejnych obciążeń.

– Czy myślisz, że jestem jakąś masochistką? – zdziwiła się.

– Tego nie powiedziałem. Jestem pełen podziwu dla ciebie za tyle lat studiów, zdobywanie kolejnych specjalizacji, ciągły pęd do pracy...

– Ale tak przecież wygląda dorosłe życie! Praca!

– No więc sama widzisz. Ja mam co innego w głowie. Szukam dla siebie takich rozwiązań, które będą sprawiać mi przyjemność, a efekty moich działań przynosić radość także innym.

– Można powiedzieć, że nasza rozmowa odbywa się o siedem lat za późno, czy tak?

– Tak bym nie powiedział, chociaż prawdą jest, że jedni dojrzewają szybciej, a inni, jak ja, znacznie wolniej.

– Chyba jesteś dla siebie zbyt surowy.

– Ale to prawda! Chciałem pływać od małego chłopaka, jednak dopiero po ukończeniu uczelni doszło do mnie, że musiałbym być niewolnikiem, gdybym się zgodził pływać na kontenerowcach, masowcach czy tankowcach. Ja tak nie chcę! Zapamiętałem, że pływanie to romantyka.

– Wojtek, co ty mówisz?! Przecież pływających w Gdyni zawsze była masa. Wielu ojców moich znajomych pływało i dalej pływa, żyją dostatnio, więc o co ci chodzi?

– Postanowiłem, że ja na takich warunkach jak oni nie chcę pływać. To prawda, że zacząłem jak oni, przez dwa lata próbowałem, ale... zwolnij mnie dzisiaj z dalszego wyjaśniania tego problemu. Jedno mogę ci powiedzieć, że na razie zrobiłem kilka kroków w kierunku własnego modelu pracy i myślę o dalszych. Mam w planie odbywać tylko jeden rejs w roku, a nie dwa jak obecnie, a w pozostałym czasie chcę więcej udzielać się jako *youtuber*.

– No tak. Ja wyrosłam w innym etosie. Skażona jestem zawodem lekarskim rodziców. Codzienną pracą. Wydaje mi się, że inaczej nie można.

– No właśnie. Ładnie to ujęłaś, etos pracy. U mnie w domu, jak wiesz, panowała pod tym względem wolność... – zaśmiał się, bo zobaczył, że oczy Krysi rozweseliły się trochę. – To nie była ta moja WOLNOŚĆ związana z pływaniem, ale teraz mnie naprowadziłaś na to, że one mają ze sobą dużo wspólnego. Że też ja nigdy o tym nie pomyślałem!

– Teraz to się chyba ze mnie nabijasz...

– Krysiu! Prawdę powiedziałem! Widzisz teraz?! Nie dorosłem do ciebie.

– Daj już spokój, bo myślałam, że musimy poważnie porozmawiać, a tymczasem ja się śmieję, bo ty... – próbowała coś powiedzieć, ale nie dokończyła, tylko zrobiła dłońmi młynek.

– Obracam twoje słowa w żart? – spytał Wojtek, zaglądając narzeczonej w oczy. – To wyszło w sposób niezamierzony, ale akurat mnie się podoba. Tak już dawno powinniśmy rozmawiać.

– Czyli więcej sobie żartować z własnych słów?

– Oczywiście nie... chociaż żarty, tak w ogóle to fajna rzecz. Nie uważasz?

– Miało być poważnie, zasadniczo, a ja się już pogubiłam, o co mi szło.

Krysia wzruszyła ramionami i niepewnie się uśmiechnęła.

– Wiesz co? Myślę sobie, że powiedziałem ci przez przypadek wszystko to, co powinienem już dawno powiedzieć, i teraz mam pewną propozycję.

– Tak, słucham?

– Zgódź się z moimi słowami, z moim podejściem, propozycją, czy jak to chcesz jeszcze nazwać. Oddaję ci wolność, ale zostańmy przyjaciółmi. Nie boczmy się na siebie. Co ty na to?

Krysię zamurowało. Wpatrywali się w siebie, milcząc. Przełknęła ślinę i oblizała lekko językiem wargi. Wojtek był zadowolony z tej dziwnej, nie przez niego sprowokowanej rozmowy, którą jednak w pewnym momencie pokierował w pożądanym przez siebie kierunku. Krysia była prostolinijną kobietą, chciała mu powiedzieć o czymś szczerze, wziąć na siebie winę, choć musiała czuć do niego żal za ostatnie lata. On nie chciał o tym wiedzieć. Zrobiło jej się przykro, że pomimo kilku prób nie zgodził się nawet jej wysłuchać. Przecież to by im ulżyło! Nabrała powietrza.

– Ale przecież to ja... – zaczęła, jednak Wojtek nie pozwolił jej skończyć. Przysiadł się obok niej i położył dłoń na jej usta. Ich oczy wciąż wpatrywały się w siebie. Wojtek pocałował ją w czoło.

– Jednak... – spróbowała raz jeszcze coś powiedzieć.

Wojtek pokręcił głową.

– Dziękuję ci za piękne lata, niech ci się cudownie ułoży – rzekł i ucałował ją w dłoń. Smutne oczy Krysi zaszkliły się.

– Jednak chcę ci powiedzieć, że to, co wydarzyło się na imprezie sylwestrowej... – próbowała znowu dojść do głosu.

Wojtek ponownie położył jej dłoń na ustach. Nie broniła się. Skinęła głową, że już nie będzie.

– Nie kasuj mojego numeru telefonu, ja twojego również nie skasuję – rzekł Wojtek. Krysia skinęła kolejny raz głową. – Proszę cię jeszcze tylko o jedno. Oglądaj moje kanały na YouTubie, żebyś wiedziała, co się ze mną dzieje. Maila też nie zmienię. Do widzenia, Krysiu.

Raz jeszcze nachylił się do jej dłoni i ucałował.

Ruszył w kierunku wyjścia. Włożył kurtkę i szal.

– A pierścionek? Poczekaj! – zawołała.

– Potraktuj to jako pamiątkę miłych lat. – Zatrzymał się przed drzwiami i spojrzał w jej kierunku. – Proszę cię. Nie musisz go nosić, ale zostaw w swoich pamiątkach. Chcę tego.

Podeszła do niego i zarzuciła mu ręce na szyję, wtuliła się w niego mocno. Nie chciał przedłużać pożegnania, więc pocałował ją w czoło. Poczuł, że jej dłonie po chwili obsunęły się w dół. W oczach miała łzy. Odwrócił się i otworzył drzwi, a po chwili cicho je zamknął. Nie czekał na windę. Schodził wolno schodami z piątego piętra.

Kiedy wyszedł przed blok, rozejrzał się wokół. Nie miał ochoty na jazdę autobusem. Skierował się więc w stronę alei Zwycięstwa. Kiedy odszedł kilkadziesiąt kroków, spojrzał w górę. Stała w oknie. Podniósł rękę i nie czekając na jej odzew, ruszył w stronę centrum Gdyni.

Doczekałem się! Zostałem sam! – wrzasnął bezgłośnie. Jaki ja jestem głupi, a do tego samolub! Zacisnął pięści w kieszeniach. Rozejrzał się przed pasami i przeszedł na drugą stronę ulicy. Przecież to wszystko moja wina. Tyle że ja naprawdę kocham WOLNOŚĆ! Kopnął jakiś patyk leżący na chodniku. Człowieku, ale masz już trzydzieści pięć lat. Czy tak ma wyglądać twoje życie? Szedł, wpatrując się w światła kolejki podmiejskiej zmierzającej w kierunku Gdyni Głównej Osobowej. Chodnik przed nim był pusty. Wzdrygnął się od chłodu. Wiatr podmuchuje, że hej! To nie jest pogoda na spacer. Wyciągnął wełnianą czapeczkę z kieszeni kurtki i wcisnął ją na głowę. A Krysia...? Może ten mężczyzna to lekarz? Będą przynajmniej mieli wspólne tematy. Nie lubiła żagli... Mój Boże. Dlaczego? Przecież jest stąd! Ale czy wszyscy stąd muszą lubić żagle? Pięknie za to pływa i nie boi się wody. Zazdrościł jej nienagannego stylu, bo sam pływał dobrze tylko crawlem. Szkoda, że nigdy mi nie powiedziała, czy moja muzyka jej się podoba. Lubi muzykę celtycką, więc może moją też trochę lubi? Może kiedyś mi o tym napisze?

Wróciwszy do domu, bez namysłu wyciągnął z barku butelkę szkockiej whisky The Macallan, przeznaczonej na specjalne okazje. Nie miał się z czego cieszyć, ale uznał, że jest dzisiaj specjalna okazja. Rzuciła go narzeczona, chociaż stanęło na tym, że to on odchodzi. Było mu smutno i głupio. No i masz za swoje, Grzegorzu Dyndało.

Podniósł szklaneczkę.

*

Od następnego dnia po wieczorze spędzonym u Krysi Wojtek rzucił się w wir nagrywania audycji żeglarskich na YouTubie oraz komponowania utworów. Szukał czegoś, co pozwoli mu zapomnieć o trudnej rozmowie oraz pustce i ciszy, jakie po niej nastąpiły. Został zupełnie sam, co mu się nigdy nie zdarzało. Praca nad filmami i komponowanie pochłaniały go z dnia na dzień coraz bardziej, ale wieczorami, gdy jego wzrok przypadkiem zatrzymywał się na fotografii Krysi, robiło mu się nijako na duszy.

Tematem nowego cyklu audycji żeglarskich stał się rejs do Kapsztadu. W jego trakcie nakręcił wiele filmów, a jeszcze więcej zrobił zdjęć, miał więc sporo ciekawego materiału. Do połowy maja zrealizował dziesięć programów, tyle ile było odcinków rejsu wzdłuż wybrzeży Afryki. Po pierwszym z nich dostał wiele komentarzy, głównie od osób cieszących się nowym programem, ale wytykających mu milczenie w ostatnich pięciu miesiącach. Zauważył, że podobnie zaczęło dziać się wkrótce, kiedy umieścił na kanale muzycznym pierwszy utwór z serii „Africa". Odbiorcom spodobała się jego nowa muzyka, a liczba słuchających jego utwory szybko rosła. Radowało go to, ale też skłania do myślenia. Gdybym tak mógł zajmować się tym jeszcze podczas rejsów?

Na trasę kolejnego rejsu namówił go Bartek, stary przyjaciel z jego Gochów, też żeglarz, analityk mediów społecznościowych, a jednocześnie właściciel wziętego portalu muzycznego. Po dłuższych etapach przelotowych do Gibraltaru potem miała ich czekać włóczęga po Morzu Śródziemnym.

– Nie możesz wciąż zdobywać jakichś mount everestów morskich czy oceanicznych – przekonywał go Bartek.

– Należy ci się trochę odpoczynku, poleniuchowania. Złożymy się na ten rejs – wyjaśniał, na co Wojtek zrobił wielkie oczy. – Mam pomysł, żeby z własnych pieniędzy wydać jak najmniej, i myślę, że tobie też to się uda.

– Ale jak?! Przecież to będzie znacznie ponad sto tysięcy złotych!

– Gdybyś płynął sam. Podziel to przynajmniej na dwa!

– Bartek, ale to jest dalej sporo.

– Damy radę. Załatw tylko taką umowę, że będziemy wpłacać należności w miesięcznych ratach, a nie jednorazowo całość przed wypłynięciem.

– To jest prawie niemożliwe, bo o czymś takim wielu już kiedyś myślało.

Udało się jednak. Znaleźli kilku sponsorów, przygotowali z ich udziałem biznesplan i przekonali do niego kierownictwo Jacht Klubu. Oczywiście, teraz pozostał problem, skąd wziąć miesięcznie kwotę bliską dwudziestu tysiącom złotych, bo tyle musieli pokryć z własnych kieszeni, po odliczeniu podobnej kwoty uzyskanej na miesięczne raty od sponsorów. W ich cenie znalazło się stworzenie przez Wojtka kilku filmów edukacyjnych.

– Pomogę ci – uspokoił go Bartek.

Początkowy sceptycyzm przerodził się u Wojtka w umiarkowany entuzjazm. Narzekał tylko, że podczas rejsu trzeba będzie pracować nad programami czy filmami, a on do tej pory nigdy tego nie robił. Spotkali się kolejny raz na dogadywaniu szczegółów.

– Wojtek! Zaplanuj rejs elastycznie. Pływamy tylko w dni z gwarantowaną pogodą. Powyżej trójki i w deszczach nie pływamy, no chyba, że coś nas przydybie na morzu.

– Ale jak to tak? Rejs spacerowy?

– Człowieku, zaczynamy rozmowę od początku?

– No nie, ale...

– Damy radę. Ja mam zamiar na tym rejsie zarobić jeszcze na wyjazd na narty zimą.

– A kiedy będziesz pracować?!

– Przecież ty też jesteś *freelancerem*, więc o co ci chodzi?

– Ech, czasami sam zapominam.

– Myśl więc o tym, że dajesz ludziom dużo dobra, i to się liczy. Ja wezmę dwa silne i dobre komputery, prawie jak wojskowe. Jeden z nich dostaniesz na miesiąc przed rejsem, żebyś się z nim oswoił i wgrał na niego programy, jakie chcesz.

– O! To byłoby doskonale!

– No widzisz? Aha! My z Antoniną wsiadamy dopiero w Lizbonie.

– Ale jak to tak?

– W lipcu muszę być na targach mediów społecznościowych w Hiszpanii, a potem obiecałem jej wycieczkę, a właściwie pielgrzymki do Santiago de Compostela i Fatimy. Przecież wiesz...

– Wiem... – odparł Wojtek i pokiwał głową.

Wiedział doskonale, że u Antoniny stwierdzono osiem lat temu niepłodność, a po pielgrzymce na Jasną Górę zaszła w ciążę i teraz radują się cudownym malcem.

– Czaruś uwielbia dziadków i cieszy się na myśl o wakacjach na ich letnisku – wyjaśnił Bartek. – Ma tam kolegę w swoim wieku, sześciolatka, ale tak naprawdę chodzi o coś innego.

– Nie rozumiem?

– Czaruś zdradził mi w męskiej rozmowie, że się zakochał.

– Sześcioletni brzdąc?! No, nie żartuj!

– Nie liczy się wiek, nie liczy się płeć, gdy w grę wchodzi uczucie! – zaśmiał się Bartek.

– Wiesz, że taki nowoczesny to ja nie jestem.

Wojtek zrobił dziwną minę, czym wzbudził jeszcze większą wesołość Bartka.

– Zakochał się w siostrze tego kolegi, tamto to był dowcip. – Bartek nie przestawał się śmiać.

– Bo już myślałem... Tyle nowego się dzieje, że nie nadążam.

– Daj spokój. A jak u was?

– To znaczy u kogo?

– Jak to u kogo? U ciebie i Kryśki.

– Niestety, nie jesteśmy już razem – rzucił markotnie Wojtek.

– Nie pochwaliłeś się.

– Bo to nie jest powód do chwalenia.

– A co się stało?

– Niezgodność charakterów, a dokładniej różnice w podejściu do zasad egzystencjalnych, pracy, domu i takie tam... – Wzruszył ramionami Wojtek.

– To niedobrze. – Bartek pokręcił głową. – I co masz zamiar zrobić?

– Z Kryśką?

– Nie, z sobą.

– Ale co z sobą?

– A co ty tak pytaniem na pytanie?

– A ty nie podobnie?

– Wojtek, bez jaj. Teraz pytam poważnie. Masz jakąś kobietę?

– W tej chwili nie.

– Długo już tak?

– Od końca lutego... Ale czego ty się mnie czepiasz!

– Ja tylko się o ciebie martwię. To nie jest raczej zdrowe dla faceta w twoim wieku, mogą ci spuchnąć... – przerwał, widząc irytację w oczach Wojtka – ...a poza tym to mało do ciebie podobne – dokończył, potrząsając głową.

– Dlaczego ja ci w ogóle odpowiadam na takie głupie pytania?

– Bo jesteśmy przyjaciółmi i zawsze opowiadaliśmy sobie największe sekrety i największe pierdoły. Częstowaliśmy się jeszcze głupszymi pytaniami. Tak było, czy nie?

– No tak.

– Dobra, dzisiaj ci odpuszczę, ale następnym razem już nie.

– Łaskawca.

– A żebyś wiedział.

Wojtek miał pewien kłopot ze skompletowaniem załogi, bo założył, że potrzebuje na trasie do Lizbony pięciu lub sześciu ludzi, którzy popłyną tylko w jedną stronę, a w Lizbonie zejdą na brzeg. I to był jego największy problem, gdyż początkowo chętnych na rejs tylko w jedną stronę trudno było znaleźć. Po Wielkanocy zrobił się pewien ruch i znalazł jednak pięciu chętnych, w tym trzech z patentem sternika jachtowego, co w pełni odpowiadało jego potrzebom. Wszyscy byli studentami Uniwersytetu Morskiego, dzięki czemu miał prawie pewność, że z rzemiosłem żeglarskim jest u nich w porządku. Dobrze byłoby znaleźć jeszcze jednego, myślał, bo wówczas byłyby trzy pełne wachty, licząc, że on sam będzie jako kompletna wachta. Mieli z Bartkiem pomysł, żeby jeszcze ktoś do nich dołączył, chociaż konkretów na razie brakowało. W połowie maja jeden z załogantów się wykruszył, ale za to dwaj zarekomendowali swoje znajome z patentami żeglarza jachtowego. Spotkał się z całą grupą zwyczajowo w tawernie Erin, żeby przy desce z serem i kiełbaskami oraz szklanicach z grzańcem poznać się i porozmawiać o rejsie. Tam się zorientował, że obie dziewczyny, nowe załogantki, są partnerkami dwóch chłopaków. Całej grupie podobał się przebieg rejsu, nie mieli żadnych dodatkowych oczekiwań, co go jeszcze bardziej ucieszyło, kiedy zaś doszli do dyskusji o szczegółach współfinansowania, ani przez moment nie widział, by się zawahali. Od następnego dnia wszyscy prawie codziennie pojawiali się w marinie. Wypłynęli kilka razy zgrać się na zatokę, raz nawet podczas deszczowej „trójki"i wszystko wyglądało obiecująco. Uspokoił się.

Teraz już zostały mu na głowie tylko pewne zapasy żywności i napoje. Jeszcze kilkanaście lat temu inaczej to wyglądało, a z opowieści starszych żeglarzy wynikało, że czterdzieści, pięćdziesiąt lat temu na jacht w momencie wypłynięcia ładowano wszystkiego tyle, żeby starczyło na cały rejs. Dzięki Bogu pozmieniało się.

Coś go podkusiło, żeby sprawdzić, czy nie ma przypadkiem jakichś brudów, paprochów za sprzętem. Wsunął mu się tam w poprzednim rejsie ulubiony automatyczny ołówek. Poodkręcał więc wszystkie urządzenia, porozłączał kabelki, wyczyścił wszelkie zakamarki, a potem poskręcał i przetestował. Ołówka nie znalazł, ale było czysto. Wszystko grało, no bo jakże mogłoby być inaczej. Uśmiechnął się zadowolony z siebie. Na jego pracę natknęli się załoganci, którzy koniecznie, szczególnie dziewczyny, chcieli mu pomóc w wycieraniu „kurzu".

– To jest odpowiedzialna praca i zawsze wykonuję ją sam – podziękował za dobre chęci.

Kiedy wyszedł na pokład, dojrzał, że na dziobie, na dużym ręczniku frotté leży na wznak jedna z dziewczyn. Zawsze go złościło takie traktowanie jachtu, ale tym razem odpuścił, bo jego uwagę przykuły jej długie nogi, barwa szortów i kolor rozpuszczonych włosów. Coś mu ten widok przypomniał.

– O kurczę! – powiedział niezbyt głośno. Dziewczyna musiała mieć dobry słuch, bo z wrażenia usiadła i spoglądała na niego. Pokręcił głową z dezaprobatą i zszedł na keję. – Zaraz, zaraz...

Podrapał się po głowie i spojrzał w kierunku knajpki Mingi, to ją kilka miesięcy temu wskazał pewnej Joannie, która też miała długie nogi jak ta dziewczyna, przed chwilą przydybana podczas opalania na pokładzie, szorty w podobnym kolorze i rozpuszczone włosy.

Oba zdarzenia łączyła jeszcze jedna sprawa. Opalały się w miejscach nieodpowiednich.

Joanna. Umówiliśmy się na Dzień Morza, na dwunastą, uśmiechnął się do siebie. Że też o tym zapomniałem.

Przymknął oczy, żeby przypomnieć sobie jej twarz. W tej samej chwili poczuł gęsią skórkę nie tylko na przedramionach, ale też na plecach. W czasie rejsu do Kapsztadu kilka razy stawała mu przed oczami, ale za każdym razem odganiał myśli i przywoływał twarz Krysi. Odkąd z nią zerwał, wszystkie twarze kobiet, dziewczyn, źle mu się kojarzyły, chociaż zdjęcia Krystyny, nie wiedzieć czemu, z biurka nie zdjął. Teraz jednak czuł, że się śmieje jak głupi do sera. Spojrzał za siebie. Dziewczyna wciąż siedziała i patrzyła na niego. Wojtek wzruszył ramionami i machnął ręką. Położyła się. Odebrała to jako znak, że się zgadza! No nie! Co za dziunia?!

Pokręcił głową i ruszył przed siebie. Nogi niosły go w kierunku Mingi. Kiedy wyszedł na skwer Kościuszki, zatrzymał się. Spoglądał na fontannę z kielichami, na siedzących wokół ludzi i na kwiaty na klombach. Pasowałaby tutaj Joanna, uśmiechnął się. Usiadł na jedynej wolnej ławce w pobliżu.

Jakaś mała dziewczynka, śmiejąc się w głos, biegała po murku okalającym fontannę. A dlaczego jej kielichy nie są zielone?! Musieli to zmienić, ale zupełnie nie zauważyłem, kiedy to się stało. Rozejrzał się wokół. Dawno tutaj nie siedziałem, pomyślał. Popatrzył na boki. Teraz dziewczynka stała przy jednej z ławek, a starsza pani, pewnie babcia, wkładała jej do buzi kawałek po kawałku jakieś jedzonko. Jak ładnie. No tak, bo dziecko biega, łapie rączkami za to, za owo. Babcia pilnuje. Uśmiechnął się. Pani uznała, że to uśmiech dla niej i odpowiedziała tym samym. Skłonił głowę. Pani uczyniła podobnie. Ale miło! Może ja też przyjdę tutaj kiedyś ze swoją wnuczką? Ty głupcze, najpierw trzeba by mieć dziecko! Przymknął oczy. Nie wiedzieć czemu, w oczach stanęła mu Joanna. Znowu, jak kilka minut wcześniej, poczuł gęsią skórkę.

Rozdział 4

*W*ojtek pokonywał ostatnie sto metrów do Mingi z uśmiechem na twarzy. Nie potrafił wytłumaczyć sobie, po co tam idzie, chociaż od kilku dni miał przed oczami Joannę, z którą po krótkiej rozmowie w marinie we wrześniu ubiegłego roku umówił się na dzisiaj w tej knajpce.

– Gdybym komukolwiek powiedział, że umówiłem się dziewięć miesięcy temu, to chyba każdy popukałby się w czoło – odezwał się półgłosem i rozejrzał wokół, ale na szczęście nikt ze spacerujących nie zwrócił na jego słowa uwagi. Sam popukał się zatem lekko w czoło. To jest całkiem irracjonalne, ale skoro już idę, to nie będę wracał, pomyślał i wzruszył ramionami. Na jego twarzy wciąż malował się uśmiech.

Jeszcze wczoraj przed wieczorem zadzwonił do Kaśki, która była menedżerką sali w tej knajpce, i na wszelki wypadek, pamiętając, że następnego dnia jest Święto Morza, zamówił stolik.

– A gdzie chcecie siedzieć? – spytała.

– Dlaczego pytasz mnie w liczbie mnogiej?

– A co, będziesz sam, bez Kryśki?

– Rozstaliśmy się z Krysią. To dłużej nie miało sensu. Bez żagli nie ma dla mnie życia, a ona ich nie lubiła, wręcz była o nie zazdrosna, a do tego chciała mnie zawłaszczyć na sto procent. Trudno jej było zrozumieć, że ja kocham przede wszystkim WOLNOŚĆ. Rozstaliśmy się w lutym... To jak, będzie stolik? – zmienił temat.

– Ale... ja nic o tym nie wiedziałam... przepraszam... – wyjąkała. – Stolik wewnątrz, jak zwykle?

– Kasiu... Tym razem na pokładzie. W pełnym słońcu – spróbował się roześmiać.

– Nie rozumiem cię... A z kim będziesz?

– Jeśli... to z Joanną – znowu próbował przykryć śmiechem swoje dziwne słowa.

– Wydawało mi się, że nie chcesz rozmawiać o Kryśce, a sam z kolei mówisz o jakiejś Joannie.

– Nie przejmuj się, ja siebie też nie za bardzo rozumiem. Potrzebuję słońca i powietrza, bo parę miesięcy bez żagli dało mi w kość. Wkrótce wypływam na pół roku. Nie pojawił się u was czasem jeszcze ktoś chętny na mój rejs? – zmienił temat.

– Były dwie osoby w marcu, ale rejs w jedną stronę ich nie interesował.

– No tak, pamiętam... skleroza.

– Aha! W ubiegłym tygodniu pytała jeszcze o ten rejs jakaś dziewczyna, ale dałam jej telefon do bosmanatu, bo nie mogła się zdecydować. To mówisz, że się z kimś spotykasz, chociaż zaraz znowu znikniesz na długo? Ciekawe... żeby nie powiedzieć, dziwne.

– Fajnie się z tobą rozmawia, ale może dokończymy jutro, okej? Będę w samo południe. To znaczy kilka minut wcześniej.

– Ale ma być cały stolik, tak?

– Tak, bo może...

– Rozumiem...

– To do jutra, Kaśka.

– Do jutra. Pa.

Wyszedł spod drzew ocienionej alei wprost na słońce i gmach Riwiery. Zawsze mu się podobał. Wiedział, że po ostatniej wojnie przejęła go Marynarka Wojenna i teraz mieści się w nim jej klub. Kompleks został wybudowany, zanim Gdynia uzyskała prawa miejskie, a od 1925 roku mieścił się w nim hotel. Nałożył okulary przeciwsłoneczne i poprawił na głowie kolorowy daszek, który miał na sobie dziewięć miesięcy temu, kiedy rozmawiał w marinie z Joanną. Włożył nawet tę samą koszulkę co wtedy, żeby mogła go łatwiej rozpoznać.

– Ależ ja jestem pokręcony – rzucił półgłosem i uśmiechnął się do własnych myśli.

Wkroczył na taras Mingi i ruszył wzdłuż drewnianej balustrady, przy której stały stoliki z widokiem na plażę. Na ostatnim zauważył tabliczkę: *Zarezerwowane*. Zerknął przez szybę do wnętrza lokalu. Dojrzał Kaśkę, podniósł dłoń. Machnęła do niego, żeby usiadł. Po chwili pojawiła się z wodą i szklaneczkami. Przywitali się.

– Cześć. Jesteś sam?

– Jeszcze sam... na razie – odparł i mrugnął.

– Podać ci jeszcze coś czy poczekasz?

– Może nic więcej nie będzie potrzeba... – Wzruszył ramionami. – Jakby co, to znam drogę. Usiądź na chwilę, jeśli możesz – poprosił. Przysiadła chętnie, jakby czekała na zaproszenie. – Kiedy we wrześniu ubiegłego roku wypływałem w rejs, potknąłem się o nogi dziewczyny, która opalała się w marinie... Wyłożyłem się jak długi, aż poturlał mi się ten daszek... – Dotknął go palcem i uśmiechnął się.

– To była... ta Joanna?

– Jej bardzo długie nogi. Żeby opalać się w marinie na leżaku! – Rozłożył ręce i pokręcił głową. – Zakląłem, bo pędziłem do bosmanatu po mapę rejsu.

– Czasem potrafisz – zachichotała Kaśka. – A ona co?

– Wstała, podniosła mój daszek, przeprosiła mnie i zaczęła ze mnie ściągać źdźbła trawy. – Wojciech przymknął oczy.

– Ej, ty masz gęsią skórkę! – Kaśka zrobiła wielkie oczy i pacnęła go w przedramię.

– No widzisz? Wtedy też tak miałem. Ma coś w dotyku, uśmiechu, w ogóle... Zaczęliśmy rozmawiać o żaglach, morzu... Ona poprzedniego dnia przypłynęła do Gdyni z rejsu estońskim jachtem. Powiedziała mi, że mogłaby rozmawiać ze mną bez końca, a pływanie to jej pasja.

– I co, poszliście na kawę?

– Przecież wtedy wychodziłem w rejs! Płynąłem jako kapitan! Załoga w komplecie na burcie, a do tego już dwie godziny po planowym terminie wyjścia.

– Wymieniliście się telefonami, pisaliście do siebie...? – Zaciekawiona opowieścią Kaśka zajrzała Wojtkowi w oczy.

– Nie było czasu na nic! Po chwili w ramach przeprosin zaproponowała kawę, ale ja, zupełnie bezwiednie, powiedziałem, że może dopiero wiosną... jakoś tak. Ona spytała, kiedy może mi znowu podłożyć nogi i dokończyć rozmowę – wyrzucił z siebie i zmarszczył czoło. Kaśka przymrużyła oczy.

– No i...? – spytała po chwili.

– To była lekka, naturalna, choć irracjonalna rozmowa, nie chciało mi się jej przerywać, dawno z nikim nie rozmawiało mi się tak dobrze. W każdym razie nie pamiętam. Rozumiesz...?

– Trudno mi to sobie wyobrazić, ale przyjmuję. Ty na ogół jesteś facet konkretny.

– W głowie rejs, Kryśka... nie mogłem zebrać myśli. Chciałem z nią rozmawiać, patrzeć w jej śliczne migdałowe, błękitnozielone oczy i czekać, aż jej palce znowu będą zdejmować ze mnie źdźbła trawy.

– Wilku morski! Cóż to za słowa w twoich ustach? – zawołała Kaśka przytłumionym głosem. Wojtek rozłożył dłonie.

– Powiedziałem, że będę w Gdyni dopiero na wiosnę, a ona odparła, że ma w planie przyjazd w czerwcu, więc ja z kolei rzuciłem, że może w Święto Morza, bo to dobry dzień. Ona coś policzyła na palcach i po chwili powiedziała, że pasuje jej. Skoro lubisz słońce, to może w samo południe, dodała.

– Co ty powiesz?! I tę rozmowę tak dokładnie pamiętasz?

– Sam się sobie dziwię. Zdążyłem jej jeszcze pokazać ponad murkiem twoją knajpkę, ona pocałowała mnie w policzek, a ja odruchowo zrobiłem to samo. Kiedy wracałem z planem rejsu, już biegiem, ona za mną krzyknęła: Święto Morza w samo południe! Będę! Więc i ja jestem – zakończył, rozkładając ramiona.

– Ta cała historia jest zupełnie nierealna. To się nie mogło zdarzyć... I wierzysz, że ona pojawi się? – Kaśka znowu zajrzała mu w oczy.

Wojtek kilka razy skinął głową, ze dwa razy wzruszył ramionami, a po chwili uśmiechnął się i spojrzał ponad nią w kierunku wejścia na taras.

– Jest. Czułem, że przyjdzie – powiedział cicho i ruszył wolno w tamtym kierunku, ale każdy następny krok był coraz szybszy. Kaśka spoglądała za nim, trzymając dłoń przy ustach.

– Przyjechałaś... Jak się cieszę. – Wojtek zajrzał w migdałowe oczy Joanny. – Daj plecak. Prosto z dworca?

– Tak. Za kilka dni wychodzę w morze, ale przyspieszyłam przyjazd, bo... nasza kawa...

Oczy Joanny rozbłysły radością, wspięła się na palce i pocałowała go w policzek, jak kiedyś. Wojtek chciał oddać pocałunek, ale trafił prosto w usta. Nie odsunęła się.

– To co, wypijemy umówioną kawę? – spytała po chwili, zupełnie niespeszona.

– Tak... oczywiście... mam stolik... – powiedział na raty i wskazał kierunek. Ruszył za nią, obserwując rozpuszczone ciemne włosy, zgrabne biodra i długie nogi w błękitnych spodniach. Westchnął głęboko.

Kaśka czekała w pobliżu stolika i przyjęła zamówienie. Gdy odchodziła, nieznacznie pokazała kciuk.

– Znacie się? – spytała Joanna, jakby też to dostrzegła.

– Przyjaciółka... – odpowiedział Wojtek i odstawił na bok tabliczkę z napisem: *Zarezerwowane*. Przypadkiem dotknął dłoni Joanny. Poczuł gęsią skórkę, jak we wrześniu.

– O! Mam podobnie – rzuciła i bez skrępowania pokazała mu swoje przedramię. Wtedy też tak miałam... Dziwne, prawda? Poznasz mnie z nią? Chcę poznawać twoich przyjaciół – wyjaśniła, widząc jego zdziwioną minę. Zdębiał.

– Tak, oczywiście, zaraz – rzucił i spojrzał w kierunku okien lokalu. – A dokąd płyniesz? – spytał, wracając do jej pierwszych słów.

– Mam się zgłosić do bosmanatu, bo tam dodzwoniłam się kilka dni temu.

– To znaczy jeszcze nie wiesz?!

– Popłynę gdziekolwiek, byle oderwać się od lądu, zapomnieć o złych sprawach.

– Coś się stało...?

– Rozstałam się z narzeczonym... po kilku latach – powiedziała takim tonem, jakby to była jakaś niewiele znacząca informacja.

– I ty tak o tym normalnie? – zdziwił się.

– Z początku krew mnie zalała, bo przecież straciłam kilka lat na czekanie, potem na spokojnie wszystko przetrawiłam, uspokoiłam się i uznałam, że mogę za to sama sobie podziękować. *C'est la vie*...

– Silna jesteś... A ja... rozstałem się z narzeczoną... w lutym. Wpatrywali się w siebie bez słów.

– A jakie masz do wyboru rejsy, Joanno? – Wojtek zmienił raptownie temat.

– Jeden dwumiesięczny, a drugi, ponoć nawet na pół roku, ale to dla mnie chyba za długo. A ty dokądś płyniesz czy może właśnie skądś wróciłeś? – Zajrzała mu w oczy.

– Wypływam jachtem „Scorpio", przelot do Lizbony, wysadzam tam sześć osób, bo to dla nich rejs tylko w jedną stronę, biorę stamtąd przyjaciela i jego dziewczynę, może jeszcze kogoś i płyniemy rekreacyjnie... – mówił wolno. – Dokąd...? – sam zadał sobie pytanie, widząc, że zainteresowała ją opowieść. – Kierunek Morze Śródziemne, trasa w zasadzie ustalona, ale są możliwe korekty. Prawie na pół roku. Wszystko zależy od pogody. Masz może ochotę...? – rzucił mimowolnie.

Joanna słuchała go bez słów; nie wykonała żadnego gestu. Tylko jej migdałowe oczy jeszcze bardziej się zwęziły.

– A wziąłbyś ze sobą dziewczynę, której właściwie nie znasz?

– Jak to cię nie znam?! Przecież dziewięć miesięcy znajomości to chyba jest sporo! – powiedział z takim przekonaniem, że mogła tylko odpowiedzieć najszerszym uśmiechem, na jaki było ją stać.

Wpatrywali się w siebie wesoło. Joanna sięgnęła nagle do torebki na pasie i wyciągnęła telefon. Jej palec wykonał kilka ruchów na ekranie. Po chwili Wojtek usłyszał sygnał wołania, a potem jakiś męski głos rzucił:

– Halo, Joanna.

– Cześć, Stefan – odezwała się Joanna. – Zwalniam się...
– rzuciła krótko i przełączyła aparat na głośnomówiący. Położyła go przed sobą.

– Ale... jak to...? Obudziłaś mnie, nic nie rozumiem... –
Wojtek usłyszał męski, nieco podenerwowany głos. – Przecież masz urlop... więc o co ci chodzi?

– Zwalniam się całkowicie. Wyśpij się, jutro zadzwonię
na spokojnie – odparła. – Pa.

– Ale...

– Zadzwonię jutro, pa.

– Pa.

– Jestem gotowa... – Joanna zmierzyła Wojtka wzrokiem
i wskazała na plecak. – Weźmiesz mnie ze sobą?

– Przecież nie znasz mnie... – zaczął Wojtek, ale przerwał, kiedy Joanna wsunęła swoją rękę pod jego dłoń.

– Przed chwilą powiedziałeś coś innego, ale... – machnęła dłonią – ...chcemy się dobrze poznać, prawda? – odparła, cudownie się uśmiechając.

– Jeśli tylko chcesz... – Wojtek objął jej dłoń swoimi.

– Bardzo chcę. Mój organizm się nie myli... – zawiesiła
głos. Obydwoje mieli gęsią skórkę.

Wpatrywali się w siebie promiennie.

Rozdział 5

Okazało się, że Joanna miała zamówiony na tydzień pokój w hotelu Hotton, tuż obok stoczni Nauta. Rano spotykali się więc na jachcie, ale potem aż do wieczora byli prawie nierozłączni. W czasie dnia ich ręce często, chociaż na ogół przypadkiem, spotykały się, jak to na jachcie, wówczas obydwoje spoglądali na siebie z półuśmiechem. Chodzili na wspólne obiady i kolacje do różnych lokali na skwerze Kościuszki. Reszta załogi dziwiła się ich zażyłości, czemu dano wyraz trzeciego dnia po przyjeździe Joanny w tawernie Erin podczas kolacji, na którą Wojciech zaprosił całą załogę. Na stole znowu pojawiła się deska serów z kabanosami, a w szklanicach specjał tego lokalu, ciemne piwo irlandzkie z niewielkim dodatkiem rumu, syropu klonowego i zaprawione korzeniami.

– Kapitan nic nie mówił, że pani Joanna popłynie z nami – rzucił pomiędzy łykami trunku Roman, chłopak Basi, dziewczyny opalającej się na pokładzie.

Wojtek spojrzał na Joannę i już miał coś powiedzieć, kiedy ta go ubiegła.

– On nie wiedział, ja nie wiedziałam, ale jednak płyniemy razem. Życie jest pełne niespodzianek – wyjaśniła, uśmiechając się rozkosznie. – Czy coś stoi na przeszkodzie, żebyśmy wszyscy mówili sobie na ty? – rzuciła, rozglądając się wokół. Wojtek zmierzył ją piorunującym wzrokiem.

– Ale fajnie! Nie myślałam! Basia jestem... – Pierwsza odezwała się pokładowa plażowiczka.

– A ja Romek... ja Angelika... ja Zenon... Bogdan... Edward... – przedstawiali się kolejno członkowie załogi.

– Moje imię już znacie, Joanna – uśmiechnęła się znowu, spoglądając kolejno po ich twarzach.

Teraz oczy wszystkich zwróciły się na Wojtka. Spojrzał, marszcząc czoło, na Joannę, ale po chwili rozpogodził się.

– No, niech już będzie, ale pamiętajcie, że nawet jeśli mówimy sobie po imieniu, to dalej jestem kapitanem. Okej? – Spoglądał wokół po twarzach i czekał na skinięcie głową albo powtórzenie po nim okej. Kiedy wszyscy, łącznie z Joanną, która dodatkowo zasalutowała do pustej głowy, potwierdzili, on rzekł dobitnie:

– Jestem Wojciech, ale możecie mi mówić Wojtek.

Wszyscy przy stoliku się roześmiali. Lody zostały przełamane.

– Nigdy bym nie pomyślała, że masz takie fajne poczucie humoru – rzuciła Angelika. – Wydawało mi się przez jakiś czas, że jesteś Iwan Groźny – mrugnęła.

– Bo jestem groźny, chociaż nie Iwan, ale tylko dla tych, którzy nie respektują władzy kapitana – rzekł nieoczekiwanie twardym tonem, zupełnie niepasującym do wcześniejszej wymiany zdań. Załogantom zrzedły miny. – Widzę, że wszyscy właściwie zrozumieli, co chciałem powiedzieć, więc teraz możecie się już rozluźnić.

– Ale chcesz nam dać do zrozumienia, że w razie czego wprowadzisz terror? – spytała, podnosząc brew, Basia.

– Namawiałem was do zmiany tematu – odparł Wojtek, a jego uśmiechnięta twarz ponownie spoważniała.

Wpatrywał się w Basię, a ona w niego. – Na każdej jednostce jest jeden dowódca, czyli kapitan. Na naszym jachcie jestem nim ja. Jeśli zajdzie potrzeba, nie zawaham się. Wystarczy? – Przymrużył oczy, omiatając wzrokiem siedzących przy stoliku. Po chwili na jego twarzy znowu pojawił się uśmiech.

Joanna przysłuchiwała się jego słowom z dziwnym wyrazem twarzy. Gdy się wreszcie uśmiechnął, po jej twarzy także przemknął uśmiech. Przy stole nie pojawił się już więcej żaden poważny temat, więc kolacja przebiegała dalej już w miłej atmosferze.

Z tawerny szóstka załogantów ruszyła na jacht, a Wojtek postanowił tym razem odprowadzić Joannę do hotelu.

– Myślę, że jutro mogłabyś zaokrętować. Co ty na to?

– Tak właśnie zrobię, żeby trochę się z nimi zżyć. Może dzisiaj opowiesz mi coś o Gdyni? – spytała Joanna. – O tych miejscach... – Zatoczyła ramieniem łuk.

– Akurat rejon skweru Kościuszki znam – zgodził się Wojtek – ale inne miejsca w Gdyni dosyć słabo. Kiedyś w tym budynku mieściło się Dowództwo Marynarki Wojennej... – wskazał ręką budynek, na którego froncie widniał złoty napis, a pomiędzy filarami, po obu stronach drzwi wejściowych stały stare niewielkie armaty – ...a teraz też jest Marynarki, tylko że po reorganizacji jakoś inaczej się to obecnie nazywa.

– Ładny gmach. Porobiłam sobie już zdjęcia w poprzednich dniach. Pięknie dzisiaj jest... było... – Spojrzała na Wojtka przelotnie.

Szli niespiesznie. Wojtek otworzył usta, jakby chciał znowu coś powiedzieć, ale rozmyślił się i milczał.

– Niedawno powtórnie odkryłem ten krzyż – powiedział po chwili i wskazał ręką w prawo, w kierunku basenu portowego.

– Krzyż jak krzyż – odparła Joanna.

– Nie tak bardzo. To ważny gdyński krzyż i aż się dziwię, że nie jest otoczony tutaj większą estymą – rzekł z nutą pewnej melancholii w głosie.

– Czyli, jak rozumiem, upamiętnia coś ważnego, tak? – spytała zaciekawiona Joanna.

– Tak, właśnie. Wypatrzyłem go kiedyś, potem zapomniałem o nim, a niedawno, na początku maja, zacząłem szukać informacji o nim. Mam jeszcze niesprecyzowany pomysł, aby do którejś z moich najbliższych audycji o żaglach wpleść krótki film z komentarzem na jego temat.

– Poczekaj, poczekaj... – Joanna złapała go za rękę, żeby zatrzymać się. Oboje spojrzeli na swoje przedramiona, które natychmiast pokryły się gęsią skórką. Uśmiechnęli się. – O jakich audycjach mówisz? Wyjaśnij mi, a w tym czasie podejdźmy pod ten krzyż. Zrobię jego fotkę, to może i mnie się przyda.

Ruszyli wolno w jego kierunku.

– Został wystawiony przez budowniczych Gdyni w tysiąc dziewięćset dwudziestym drugim roku, gdy Gdynia była jeszcze wsią. Tak wyrazili swoją wdzięczność za to, że mają pracę i za uchwalenie przez Sejm Ustawy o budowie portu w Gdyni. Kiedyś ludzie potrafili dziękować.

– Ładnie to powiedziałeś. Piękny krzyż, ale... poczekaj. Powiedz mi, jakie ty audycje robisz? – Joanna ponownie złapała Wojtka za rękę i znowu oboje się wzdrygnęli. Na ich twarzach, mimo poważnego tematu, pojawiły się dyskretne uśmiechy.

– Od kilku lat bawię się trochę w *youtuberstwo* – powiedział lekkim tonem, wzruszając przy tym ramionami. – Audycje żeglarskie, znaczy relacje z rejsów. Pokazuję ciekawostki morskie, bo kręcę podczas rejsu filmy, potem w domu po powrocie montuję w całość, dodaję zdjęcia z morza i z lądu, i już.

– Ale fajnie! Dlaczego nic mi wcześniej nie powiedziałeś?

– Po prostu nie było okazji, Joasiu.

– Joasiu? Ale cieplutko. Powiedziałeś tak, jak lubię najbardziej. Dziękuję! – rzuciła Joanna i błyskawicznie wspięła się na palce, i pocałowała Wojtka w policzek.

Stali w bezruchu, uśmiechając się do siebie. Wojtek wyciągnął rękę, po chwili drugą, Joanna spojrzała na nie i zrobiła krok do przodu. Jego ramiona przygarnęły ją do siebie. Bez zbędnych słów ich twarze zbliżyły się, a usta połączyły w pocałunku. Trwali tak kilka dobrych chwil, aż wreszcie Wojtek odskoczył do tyłu.

– Przepraszam, Joanno. Nie chciałem! – Spoglądał na nią przepraszająco.

– A ja wręcz odwrotnie, bardzo chciałam, żebyś to zrobił.

– Ale to nie jest chyba normalne, nie uważasz? Tak zupełnie bez... powodu...

Joanna postąpiła krok do przodu i raz jeszcze wspięła się na palce. Znowu ich usta połączyły się w długim pocałunku.

– Ja tego zupełnie nie ogarniam – wyrzucił z siebie po kilku chwilach lekko zdyszany Wojtek.

– Co tu jest do ogarniania – uśmiechnęła się Joanna. – Bardzo mi smakujesz i może nie uwierzysz, ale jeszcze nigdy nikomu nie mówiłam takich słów. A do tego wciąż mam gęsią skórkę. Patrz... – Uniosła lekko w górę przedramię.

– Nie ogarniam też, że my tak sobie o takich sprawach normalnie rozmawiamy!

– Ty zawsze masz tego typu wątpliwości? – Joanna spojrzała na niego z ukosa, przymrużając oczy. Wojtek zaśmiał się w głos.

– No nie, nie wiem, o co chodzi, nie wiem, skąd się to bierze, ale mam wrażenie, że się znamy od bardzo dawna.

– No, przecież znamy się od dziewięciu miesięcy. Sam mówiłeś! Teraz rodzi się to, co wówczas się zasiało! – Joanna zaśmiała się w głos.

– Joasiu! – zawołał Wojtek.

– Nie krzycz tak, bo ogłuchnę. Jestem tutaj, blisko ciebie i jeszcze trochę mam zamiar pobyć. Przynajmniej dzisiaj.

Joanna znowu spojrzała na niego z ukosa, mrużąc migdałowe oczy.

Wojtek przygarnął ją ramieniem; poddała się temu bez oporu. Pocałował jej włosy.

– Posłuchaj mnie, Joasiu – powiedział tym razem tak, żeby tylko ona słyszała – chcę cię przeprosić z góry za wszystko to, co jeszcze dzisiaj zrobię, albo za to, czego nie zrobiłem.

Joanna odchyliła głowę w górę; spoglądali sobie w oczy, uśmiechając się.

– Czynisz to z takim wdziękiem, że zapominam przy tobie o wszystkim, co mnie wygnało do Gdyni. Oprócz tego, że chciałam oczywiście także ciebie zobaczyć. Wiem, zołza jestem.

– Jeśli już, to przemiła, ciepła zołza. – Wojtek musnął ustami jej policzek. – Ponieważ mamy jeszcze trochę do hotelu, a sporo do pogadania, musimy wrócić do tematu.

Wskazał na krzyż, do którego zostało im kilka metrów.

– No jasne, opowiadaj, ...ale do *youtuberstwa* jeszcze powrócimy – zapowiedziała, podnosząc palec w górę.

– Oczywiście! Ten krzyż, to znaczy pierwotny krzyż, stał nad samym brzegiem morza... – zaczął Wojtek i uniósł ramię w kierunku plaży.

Joanna wspięła się na palce, żeby sprawdzić, jak daleko jest stąd do wody.

– Morze się cofnęło od tamtego czasu? – Zmarszczyła brwi.

– W tysiąc dziewięćset trzydziestym roku przeniesiono go stamtąd tutaj; przeczytałem, że o kilkaset metrów[2], ale jeszcze nie ustaliłem dokładnie tamtego pierwotnego miejsca.

– Fascynujące! – wyszeptała Joanna. – A dlaczego go przeniesiono?

– Do końca też tego nie wiem, ale sądzę, że budowany port wyparł go z tamtego miejsca. Tam, gdzie jest marina, a obok całe molo, stanowiące przedłużenie skweru Kościuszki, były wydmy, łąki, bagna... ja wiem, co jeszcze? Budując nabrzeża, pirsy, wszędzie osadzano kesony, wybierano piasek z dna, wydzierano morzu miejsce na port.

– Czy ty masz świadomość, że to, co opowiadasz, jest niesłychanie ciekawe? Ależ tutejsi ludzie muszą być dumni z takiej historii. – Pokręciła głową.

– Gdybym ci powiedział, że większość nie zdaje sobie z tego sprawy, to byś uwierzyła?

– Nic a nic. A skąd w ogóle takie przypuszczenie?

– Spośród wielu osób mieszkających w Gdyni, które o to pytałem, wiedziała tylko jedna. Gdynia, to znaczy port, został zbudowany dzięki koniom, wozom i Kaszubom. Głównie, bo ogromna rzesza ludzi płynęła też nieprzerwanie z całej Polski. Najwybitniejsi fachowcy, cwaniacy i jak zawsze biedota.

– Ze wstydem się przyznaję, że nigdy o tym nie czytałam. Uważam więc, że zdecydowanie powinieneś film z krzyżem nakręcić i wstawić na wstępie programu o wypłynięciu z Gdyni naszego jachtu w ten rejs.

---

[2] https://www.trojmiasto.pl/wiadomosci/Dzialki-na-sprzedaz-historyczny-krzyz-pod-ochrone-n64984.html (data dostępu: 21 grudnia 2012 r.)

– Mówisz? Nie jestem pewien, czy to by pasowało.

– Takie rzeczy zawsze pasują! Ja na przykład współpracuję z lokalną gazetą, ale głównie zajmuję się prowadzeniem bloga...

– Jesteś blogerką...?

– Niektórzy u nas nabijają się ze mnie, że bardziej blagierką, bo czasami wymyślam tematy, wyciągam je z ziemi albo z dna mojego Morza Czorsztyńskiego.

– A jesteś też płetwonurkiem?

– Jeszcze nie, ale w przyszłości... kto wie? Posłuchaj, Wojtku, ja też bym mogła wstawić na swój blog artykuł o tym krzyżu. Co o tym sądzisz?

– To całkiem niezły pomysł, o ile ten temat mógłby kogoś zainteresować. Możemy nawet połączyć siły... – odparł Wojtek.

– Blog dostępny jest w całym internecie, więc...? – Joanna wpatrzyła się w niego z zaciekawieniem.

– Na razie udostępniłbym ci wszystkie materiały, jakie dotąd zebrałem o krzyżu – powiedział Wojtek. – Zaczyna mnie coraz bardziej interesować jeszcze coś innego... – zawiesił głos, po czym skierował rękę w stronę wieżowców stojących za krzyżem.

– Ładne bryły, codziennie je podziwiam, może tylko kolor nie taki, jaki bym sobie wymarzyła, ale dodają Gdyni szyku. Kiedy więcej ich wybudują, miasto będzie wyglądało jak Manhattan.

– A sądzisz, że w Gdyni nie ma innych miejsc do budowy?

– Tego nie wiem. Tobie one się nie podobają?

– A słyszałaś o inżynierach: Kwiatkowskim, Wendzie, projektantach tutejszego portu, budowniczych Gdyni?

– No, tyle co w szkole.

– Oni by się w grobie poprzewracali, że tereny, które wydarli morzu, dzisiaj miasto wydziera portowi, bo stąd jest atrakcyjny widok na morze.

– A tak to się dzieje?

– Spójrz na wykopy w głębi i wychodzące z nich fundamenty. Budowane jest tu całe osiedle. W ten sposób została przekreślona tamta idea, filozofia! Tu miał być port! Gdynianie śpią! A słyszałaś kiedyś choćby o Dalmorze?

– Coś mi się obiło o uszy, ale...

– No tak, nie dziwię się. Póki nie przyjechałem z tych swoich Gochów...

– Skąd?!

– Z Gochów... To osiemdziesiąt kilometrów stąd, w pobliżu Bytowa, jeśli słyszałaś o takim mieście To teren, kraina z najgorszymi glebami na Kaszubach – uśmiechnął się. Joanna zrobiła oczy. – No, może z jednymi z najgorszych. Póki stamtąd nie przyjechałem na uczelnię, to o sprawie choćby Dalmoru, tego krzyża, budowy portu, innych krzyży w Gdyni nie miałem zielonego pojęcia. Wiedziałem tyle, ile było w podręczniku, i co sam wyczytałem z marynistycznych książek, w których było coś o Gdyni.

– Teraz jesteś gdynianinem pełną gębą. Masz tutaj dom, pewnie założysz rodzinę...

Wojtek przymknął oczy i przyciągnął do siebie Joannę. Milczeli.

– Poznasz się wkrótce z Bartkiem i Antoniną – powiedział cicho. – To mój przyjaciel i jego dziewczyna, chociaż mają już sześcioletniego syna.

– Nie wzięli ślubu?

– Wiesz, że nawet nie zastanawiałem się nad tym? – Wojtek odsunął od siebie na długość ramion Joannę, a po chwili jedną ręką zaczął sobie zawijać na palec pokręcone kędziory na głowie. – Oni się tak mocno kochają, mieli inne problemy, że być może nad tym nie zdążyli się nawet zastanowić. A to jest takie ważne?

– Sądzę, że ważne. Do niedawna nie wyobrażałam sobie świata bez pozytywnego myślenia o ślubie. Wiesz, jestem właściwie góralką, a my tam jesteśmy konserwatywni. Trochę moja osobista historia nadwerężyła tę wiarę, ale niemniej... Postanowiłam ostatnio stać się trochę mniej zasadnicza.

– Co to znaczy? Przepraszam cię, Joasiu, ale uszliśmy jakieś sto pięćdziesiąt metrów w czasie czterdziestu pięciu minut, zostało nam jeszcze około dwustu metrów, to o której będziemy pod hotelem? – spytał Wojtek i uśmiechnął się szeroko.

– Mam to obliczyć? To jest poziom tak mniej więcej trzeciej klasy, ale w matematykę zawsze słabo grałam – zaśmiała się Joanna. – Tak mi jest dzisiaj dobrze.

Wtuliła się w Wojtka. Ten gładził ją po włosach i sądząc po minie, był bardzo szczęśliwy.

– Jeśli będziemy szli takim tempem jak dotąd, to zajdziemy na miejsce, kiedy wzejdą pierwsze gwiazdy, a wówczas mogę naprawdę długo opowiadać – powiedział chełpliwie Wojtek.

– Gwiazdy to też moja pięta achillesowa, chociaż kilka znam. No dobrze, masz rację, ruszajmy już. – Joanna pociągnęła Wojtka za rękę.

Szli wolnym krokiem, Wojtek objął ją ramieniem, ona oparła głowę o jego bark. Wyglądali jak para, która jest ze sobą od dawna.

– Te domy po drugiej stronie ulicy – wskazał Wojtek – to kolonia rybacka, wybudowana w tysiąc dziewięćset dwudziestym siódmym roku. Osiem szeregowców, w których zamieszkały kaszubskie rodziny, po dwie w każdym segmencie. Nosili nazwiska: Konkol, Detlaff, Pokrzywka, Wolszon, Tessmer. Do dzisiaj mieszkają tutaj ich potomkowie.

– Skąd o tym wiesz?

– Przeczytałem i zapamiętałem. Wyobraź sobie, Joasiu, że ta kolonia została wówczas wzniesiona na zapleczu niewielkich wydm, a z jej okien rozpościerał się widok na plażę. – Wojtek postukał w ścianę niskiego baraku. – Tutaj, gdzie ten barak, były wydmy, a w głębi plaża[3].

– Masz zdolności, jakich ja nie mam, a przy pisaniu bloga by się przydały. Zdolność zapamiętywania szczegółów. Pięknie zresztą opowiadasz. Mogłabym słuchać i słuchać...

Uśmiechnęli się do siebie.

Po chwili ruszyli ponownie w kierunku hotelu, przytuleni jak kilka chwil wcześniej.

– A wracając do rejsu... Czyli w Lizbonie dosiadają się Bartek i Antonina, dobrze zrozumiałam?

– Zapamiętałaś ich imiona, a mówiłaś, że masz słabą pamięć.

Joanna westchnęła głośno.

– Wzięłam ze sobą laptopa, żeby od czasu do czasu wstawić artykuł na bloga, ale ponieważ w hotelu nie ogarnęłam wi-fi, to nie wiem, jak sobie z tym wszystkim poradzę na morzu.

– A w ogóle jest w hotelu wi-fi?

– Jest, ale coś chyba źle robię. Mam brata, który zawsze mi wszystko przygotowuje zawczasu, ale tutaj nie ma go w pobliżu, niestety.

– Czy dzisiaj potrzebujesz ogarnięcia wi-fi?

– Postanowiłam, że przed wypłynięciem nie będę już niczego pisać, więc jeśli znajdziesz później moment, żeby mnie tego nauczyć, to będę szczęśliwa.

– Jeżeli tylko będziesz miała taką potrzebę, to masz to jak w banku. À propos komputerów. Bartek załatwił dwa pancerne komputery na ten rejs i teraz jeden z nich próbuję w domu okiełznać. Dzisiaj czeka mnie instalacja

---

[3] http://inneszlaki.pl/dzielnice-gdyni/rybacy-w-srodmiesciu-kolonia-przy-
-ul-waszyngtona (data dostępu: 7.09.2015 r.)

programu muzycznego... No wiesz, takiego do komponowania! – dodał, widząc zdziwioną minę Joanny.

– A do czego ci taki program? Czy Bartek albo Antonina komponują?

– Oni nie, to ja komponuję! – Wojtek przewrócił oczami. Joanna stanęła jak wryta.

– Ale przecież, jak zrozumiałam, jesteś po nawigacji.

– Zanim wyjechałem ze swoich Gochów, uczyłem się grać na akordeonie, gram też trochę na pianinie, radzę sobie z gitarą i harmonijką, a najważniejsze, że znam nuty. Grałem trochę z chłopakami na studiach szanty, a potem zaciąłem się, jak prawdziwy uparty Kaszuba, i komponuję. Czasami umieszczam swoje kawałki na kanale YouTube.

– Coś takiego! – wykrzyknęła Joanna. – Dzisiaj nie zasnę, póki tego nie zobaczę! Musisz mi to wszystko pokazać! – Objęła Wojtka ramionami wpół i wtuliła się mocno w jego tors.

– I co my teraz zrobimy? – Wojtek pogłaskał ją po włosach. – A może... jeśli wytrzymasz jeszcze bez snu dwie lub trzy godziny, odwiedzisz mnie, wszystko ci pokażę, wypijemy herbatę, a potem cię tutaj odstawię... – Wskazał na hotel, do którego zostało im raptem kilkadziesiąt metrów.

– Jestem tak podekscytowana, że dzisiaj na pewno nie zasnę, ale nie wiem, czy to tak wypada odwiedzać chłopaka na pierwszej... – przerwała i położyła dłoń na ustach. W oczach miała wesołe ogniki.

– Randce...? Joasiu, przed chwilą także mi przyszło do głowy to słowo. Piękne słowo. Ja, stary koń, jestem na prawdziwej randce, pierwszej od wielu, wielu lat. Tak mi dobrze.

Znowu objął Joannę, a ona podniosła twarz. Ich usta kolejny raz się spotkały.

– Cóż to się dzisiaj ze mną dzieje? – Oderwała się od niego po kilku chwilach i objęła twarz dłońmi, jakby nagle się zawstydziła

– Chciałaś powiedzieć: z nami!

– Wiesz co? Zgadzam się na twoją propozycję. Wskoczę tylko na górę – pokazała palcem na gmach – zmienię bluzeczkę, bo trochę sobie dzisiaj pacnęłam jakimś smarem, no i włożę szorty, bo w dżinsach jest mi za ciepło. Poczekasz pięć minut?

– Jasne! Tymczasem zamówię taksówkę!

– A pieszo nie dojdziemy?

– Dojdziemy, ale to by trwało kolejne czterdzieści pięć minut albo dłużej, a szkoda czasu.

– Zrób, jak uważasz. Ja zaraz wracam.

Joanna odwróciła się i ruszyła truchtem w kierunku hotelu. Wojtek odprowadził ją wzrokiem aż do wejścia.

Kurczę! Co się ze mną dzieje?! Chyba oszalałem! Zachowuję się jak jakiś... dwudziestolatek! Ależ ona jest cudowna. Jaka mądra. Jak ona powiedziała? *Postanowiłam stać się trochę mniej zasadnicza.* Nie bardzo rozumiem, co chciała przez to powiedzieć, ale... zaraz, zaraz. Miałem zamówić taksówkę.

Wyszukał kontakt w telefonie.

– Poproszę jak najszybciej pod hotel Hotton. Tak, dziękuję. Za ile? Będzie za pięć minut? Nie, nie za wcześnie. Idealnie.

Ruszył wolno w kierunku hotelu. Wkrótce podjechała taksówka. Wojtek zagadał z kierowcą, powiedział, że pojadą na Falistą i stojąc obok, wpatrywał się w wejście do hotelu. Wkrótce z drzwi hotelu wybiegła Joanna. Błękitna bluzeczka, krótkie szare spodenki, sandałki bez pięt, okulary na wilgotnych włosach i mały plecak. Wsiadając do samochodu, otarła się o niego delikatnie. Zapachniało.

– Uruchomiłaś w pokoju zraszacz instalacji przeciwpo-żarowej? – spytał, spoglądając na jej włosy, kiedy znaleźli się obok siebie na siedzeniu.

– Coś jakby – uśmiechnęła się szeroko. – Jako starej har-cerce udało mi się wziąć szybki prysznic, a reszta to minuta i jestem. Kiedy trzeba, umiem być jak błyskawica. Przepra-szam, że trwało to nieco dłużej niż pięć minut.

– Nic się nie stało, Joasiu. Pięknie wyglądasz.

Po kilku minutach wysiadali już przed domem Wojtka. Wkrótce weszli do jego mieszkania.

– Rozgość się chwilę, a teraz ja zrobię szybko to, co ty w ho-telu. Jak ci się uda, możesz włączyć wodę. – Wskazał na kuch-nię i zniknął w łazience.

Po chwili wszedł do holu. W kuchni świeciło się świa-tło, ale Joanny tam nie było. Przeszedł do salonu. Dojrzał ją stojącą na balkonie. Podszedł do niej.

– Teraz jestem pachnący jak ty – wyszeptał i przyciągnął ją do siebie. Poddała się i podała mu usta.

– Czego się napijesz? Coś ciepłego czy zimnego?

– Na kawę za późno, więc jakąś herbatę. Może być naj-zwyklejsza.

Kiedy wrócił z kuchni, siedziała na sofie pod zapaloną już lampą. Uśmiechnęła się, gdy postawił kubki i talerzyk z krakersami.

– Jesteś głodna?

– Zjadłam w Erinie sporo, więc raczej już nic nie mu-szę. Czy to jest...? – nie dokończyła, ale wskazała na biurko przy oknie.

– Tak, to moja była narzeczona, Krystyna.

– Piękna, z delikatnym uśmiechem, jak Anna Maria z pio-senki Czerwonych Gitar.

– Dlaczego akurat ona?

– Bo tamta też miała smutne oczy.

– Ładnie skojarzyłaś.

– To nie było trudne. Czym się zajmuje?

– Jest lekarką.

– Pomyślałam sobie właśnie, że albo muzyka, albo służba zdrowia.

– Wiem, że nie powinno się rozpijać załogi... – Wojtek podrapał się po czole – ...ale może byśmy wypili po kieliszku czegoś? – Wskazał na przeszklone drzwi barku.

– Niby już blisko dziesiątej, ale właściwie... A będzie wielkim nietaktem, jeśli spytam, czy masz jakiś rudy alkohol? – uśmiechnęła się, marszcząc zabawnie nos.

– Mam, i to taki na specjalne okazje. – Wojtek zadarł brodę do góry, jak chwalący się dzieciak. Po chwili postawił na stoliku butelkę, na naklejce widniał napis The Macallan.

– Słyszałam, że to znakomity trunek, a ten widzę, że jest dwudziestopięcioletni. Ho, ho, ho... – Pokręciła z podziwem głową.

– Gustujesz w rudych?

– Na dłuższe imprezy preferuję półsłodkiego szampana, do jakiegoś jadła półwytrawne wino, a na inne okazje niezmiennie rudą – zaśmiała się. – Dziwna jestem, co?

– Podoba mi się. Szklaneczki czy kieliszki?

– Tak jak ty.

– Czyli szklaneczki. Z lodem czy wodą?

– Bez niczego, sauté... Wiem, dziwna jestem.

– Ja piję tak samo.

– O! To pasujemy do siebie... przynajmniej w tej konkurencji.

– Myślę, że nawet nieźle pasujemy – potwierdził Wojtek.

– Pokaż mi już ten komputer, swoje kanały na YouTubie i co tam jeszcze. Ciekawość mnie zżera! – Spojrzała na biurko, gdzie już wcześniej zauważyła dwa laptopy.

– Ale najpierw spróbuj.

Wojtek wlał do szklaneczek alkohol.

Stuknęli się nimi delikatnie. Joanna najpierw potrzymała szklaneczkę pod nosem i delikatnie powąchała. Pokiwała głową, wypiła mały łyk, rozprowadziła go w ustach, żeby rozlał się na języku, i przymknęła oczy. Wojtek przypatrywał się jej z ciekawością. Przełknęła resztę alkoholu i otworzyła oczy, uśmiechając się radośnie. Pokazała kółeczko z palców.

– Gdzie się nauczyłaś tak fachowo degustować?

– Byłam kiedyś na wycieczce w Szkocji, zwiedzaliśmy destylarnię i facet pokazał, jak powinna wyglądać prawdziwa degustacja. Kiedy próbuję pierwszy raz jakiejś nieznanej mi wcześniej rudej, nie mogę się oprzeć. Ta jest do-sko-na--ła. Teraz możemy się napić. – Podnieśli raz jeszcze szklaneczki i wypili po łyku. – A puścisz jakąś swoją muzykę? – spytała, wskazując na odtwarzacz.

– Jest tam od jakiegoś czasu płyta z moimi pierwszymi kompozycjami. Trzynaście kawałków. Czekała na ciebie – rzucił, wyszczerzając się, i nacisnął pilota.

Pokój wypełnił się muzyką. Joanna uniosła szklaneczkę z whisky, znowu pociągnęła łyczek, odstawiła szklaneczkę na stolik i wygodnie wtuliła się plecami w oparcie sofy. Wsłuchiwała się w utwór, spoglądając od czasu do czasu to na odtwarzacz, to na Wojtka. Ten wpatrywał się w nią z zaciekawieniem, jak podczas degustowania whisky.

– Zatrzymaj na chwilę – poprosiła, gdy skończył się pierwszy utwór. Posłusznie nacisnął przycisk. – Masz doskonałą whisky, czyli doskonały gust, twoja muzyka jest prawie doskonała, bo bliska celtyckiej, przynajmniej mnie się tak kojarzy, jesteś kapitanem jachtowym, czyli żeglarzem prawie doskonałym... No, nie dziw się – dodała – może i doskonałym, ale o tym będę wiedziała dopiero po rejsie. Czuję się przy tobie doskonale, jakbyśmy się znali... od nie wiem jak dawna, masz doskonałą pamięć i doskonale... całujesz.

– Ale zasunęłaś! Zarumieniłem się do samych pięt. Ja tobie tak pięknie nie zdążyłem jeszcze powiedzieć.

Joanna w odpowiedzi machnęła ręką. Pociągnęła łyczek rudej ze szklaneczki i spojrzała badawczo na Wojtka.

– Co z tobą jest nie tak, że rozstałeś się z tak piękną kobietą? – spytała, wskazując przez moment palcem stojące na biurku zdjęcie, po czym uniosła się nieco i oparła rękami o siedzisko sofy.

– To właśnie jest mój problem, że nie wiem. – Wojtek rozłożył ramiona. – Tak naprawdę to ona mnie zostawiła, chociaż wmówiłem jej, że to przeze mnie, bo zbyt kocham WOLNOŚĆ i nie nadaję się do standardowego życia.

– Co się kryje pod tym hasłem? – Zmarszczyła brwi.

– Praca, dom, dyżury, nauka, kolejny szczebel kariery, praca, dom, i tak dalej. Ja tak nie chcę.

Zapadła cisza. Mierzyli się wzrokiem. Joanna oparła się znowu o oparcie sofy i poprosiła Wojtka gestem, żeby uruchomił odtwarzacz. Pokój ponownie wypełnił się muzyką. Joanna przymknęła oczy. Jej długie szczupłe palce wybijały delikatnie rytm utworu. Czasami poruszała głową. Gdy skończył się kolejny utwór, sięgnęła po szklankę i wypiła kolejny łyk rudego alkoholu. Wpatrywała się w Wojtka z uznaniem. On to czuł.

– Ta muzyka naprawdę jest doskonała. Moim zdaniem pasuje do... żagli. Pokażesz mi potem swój kanał na YouTubie?

– Oczywiście... Daję ci tę moją muzykę, jest twoja. Teraz dopiero widzę, że pisałem ją, chociaż o tym nie wiedziałem, dla ciebie.

Wyciągnęła w jego kierunku dłonie. Wojtek pochwycił je. Poczuł lekkie szarpnięcie; zapraszała go na sofę.

Przysiadł się obok niej. Zaczęli się całować. Mocniej i coraz dłużej. Wreszcie ona zerwała z niego koszulkę i pieściła jego tors. Wkrótce stali się jednym ciałem, które unosiło się i opadało, unosiło i opadało. Aż wreszcie przy jednym z kolejnych utworów uspokoili się. Leżeli chwilę z zamkniętymi oczami. Joanna dotknęła palcem jego ust.

– Było mi doskonale, jak chyba jeszcze nigdy.

– Ale przecież...

– Ciii... – Znowu położyła palec na jego ustach. – To ja chciałam. Zrobiłam to na złość sobie, byłemu, ale nie żałuję, bo znalazłam się w objęciach i władaniu doskonałości. Jak rozumiem, Krystyna znalazła sobie innego mężczyznę, czy tak?

– Kiedy odwiedziłem ją po ostatnim rejsie, usiłowała mi to powiedzieć, ale nie pozwoliłem jej. Próbowałem ją natomiast przekonać, że to moja wina płynąca z egoistycznej chęci WOLNOŚCI.

– Uwierzyła?

– Kiedy żegnaliśmy się, miała oczy we łzach.

– Żałowała. Natychmiast. Ja to wiem... – Joanna wsparła się na łokciu i spojrzała przenikliwie w oczy Wojtka.

Przyciągnął ją do siebie. Połączył ich długi pocałunek, po czym uśmiechnięta Joanna spojrzała w okno. Pokręciła głową, jakby z czymś się nie zgadzała.

– Nie dość, że światła nie zgasiłeś, to jeszcze okna nie zasłoniłeś.

Wojtek podrapał się z zakłopotaniem po głowie.

– Bo ja... to się stało tak szybko, że nie miałem jak. Nie było szans.

– To nic, tak tylko mówię, ale gwiazdy miały z nas uciechę – rzuciła. – Zaraz wracam. – Zebrała w jedną rękę swoje szatki i pobiegła do łazienki.

Wojtek przypatrywał się jej zgrabnej, szczupłej, dziewczęcej figurze. Gdy wróciła, on na chwilę zniknął, a kiedy znowu pojawił się w pokoju, siedziała przy biurku. Ładował się Windows w pancernym komputerze.

– Nie mogłam się doczekać. – Mrugnęła i pociągnęła kolejny łyk rudej ze szklaneczki.

– Ale... – Wojtek spojrzał na nią zdziwiony.

– Zapomniałeś, po co przyszłam?

– Tak potrafisz...?

– Jesteś cudowny, doskonały, może jak mnie poznasz lepiej, to zrozumiesz... – przytuliła głowę do jego piersi – ale teraz już pokazuj! – rzuciła, wskazując na monitor komputera i ustąpiła Wojtkowi trochę miejsca na krześle.

– Aleś ty fajna! – Wojtek cmoknął ją w policzek i odpalił drugi komputer.

Potem były tylko ochy i achy, przerywane oglądaniem kawałków filmów na kanale żeglarskim czy próbkami utworów na kanale muzycznym.

– Kiedy ty to wszystko robisz?

– Zacząłem realizować ostatnią serię programów tuż po powrocie z Afryki, a dziesiąty odcinek wstawiłem... zaraz, zaraz... trzynastego maja. A na kanale muzycznym ostatni utwór wstawiłem trzeciego czerwca.

– To teraz pokaż program do komponowania – poprosiła.

– Ten ci pokażę na swoim komputerze, bo jak mówiłem, dopiero dzisiaj będę go instalował na pancernym. – Wojtek wyszczerzył się i wskazał na grubego zielonego laptopa, którego monitor właśnie zamknął.

Po chwili z fioletowego okienka z nazwą Sibelius (i coś tam jeszcze) na ekranie zaczął rozwijać się program z rozbudowanym menu na górze, kilkoma rzędami nut, jakimiś przyciskami, gryfem gitarowym, klawiaturą fortepianową i wieloma innymi elementami, których Joanna nie była w stanie ogarnąć na pierwszy rzut oka.

– Co to jest?! – zawołała.

– Sibelius! – prychnął Wojtek.

– Ty się ze mnie nie nabijaj!

– Tam jest pudełko! – Wojtek zachichotał.

– Aleś ty model!

– Jesteś cudowna z tym swoim dziwieniem się. Chcesz wiedzieć, co dalej?

– No jasne! Po to do ciebie przyszłam.

– Tylko po to?

– A żebyś wiedział. Tylko po to.

– A tamto?

– Tamto? Zdarzyło się i więcej nie musi się zdarzyć. Mieliśmy do nadrobienia to, co się nie wydarzyło dziewięć miesięcy temu, choć przed kilkoma dniami odbył się poród. A poza tym to był akt... mojej zemsty.

Wojtek zaniemówił. Jego oczy lustrowały ją wzdłuż i wszerz. W głowie mu się kotłowało od różnych wersji tego, co chciałby w tym momencie powiedzieć, o co spytać. Ale usta wypluły zupełnie co innego.

– Ty to dopiero jesteś modelka!

– Tylko modelka?

– Cudowna dziewczyna! – Wojtek przycisnął ją mocno do siebie i znowu połączył ich pocałunek.

– Aha... Jak na pierwszą randkę to i tak nieźle. Pokazuj i nie staluj się.

– A cóż to za słowo, staluj?

– Koleżanka ze studiów, poznańska pyrka, mnie nauczyła. Nie chwal się, tylko pokazuj, bo nas noc zastanie.

– No dobrze, pokazuję i objaśniam. Mam do dyspozycji dźwięki ponad stu pięćdziesięciu instrumentów melodycznych... tak się mówi – wyjaśnił, widząc zdziwienie w oczach Joanny – oraz setki niemelodycznych brzmień perkusyjnych. Spróbujmy skomponować przykładowo *Wlazł kotek na płotek*.

– To ciekawe. Pokaż. A Krystynie... też to wszystko pokazywałeś? – Zajrzała mu w twarz.

– Nie była zbytnio zainteresowana. Kiedy przychodziła do mnie po dyżurze... – zaczął i rozłożył ręce.

– Rozumiem. Pokazuj.

Po kilkunastu minutach wspólnej pracy powstało epickie wykonanie utworu ze śpiewem Joanny, Wojtka i chórem w tle, orkiestrą symfoniczną, mocnymi solówkami na gitarze i fortepianie oraz znakomitą perkusją.

– Ale klawo! Jesteś doskonały! Nic a nic się nie pomyliłam, mówiąc wcześniej tak o tobie, i nie powiedziałam niczego na kredyt. – Joanna oparła głowę na ramieniu Wojtka. – Jak mi dobrze. Tyle mi opowiedziałeś i tyle pokazałeś. Ciężko sprostać twoim wymaganiom, ale... może podejmę próbę – wyszeptała.

– Bardzo bym chciał, żebyś tak zrobiła.

Rozdział 6

*R*ankiem ostatniego dnia czerwca Wojtek zwołał w kokpicie odprawę załogi.

– Odbijamy o godzinie dwunastej... – zakomunikował, lustrując twarze zebranych.

– Czyli tak jak było zaplanowane... – wtrącił Roman, po czym machnął dłonią, bo Wojtek spiorunował go wzrokiem.

– Drodzy... Raz jeszcze powtórzę pewne zasady, żeby nigdy już nie było żadnych wątpliwości – powiedział spokojnym tonem mimo widocznej na jego twarzy pewnej irytacji. – Na każdej jednostce jest tylko jeden kapitan. Tutaj ja nim jestem. To jest odprawa, a ją zwołuje właśnie kapitan. Odprawa składa się z dwóch części: podczas pierwszej kapitan przekazuje program odprawy, a jeśli jest jednopunktowa, zaczyna od razu referować sprawę i stawiać zadania. W tej części nie przewiduje się dyskusji. Potem następują pytania kapitana do załogi i krótkie, jednoznaczne odpowiedzi. Może pojawić się na samym końcu odprawy punkt: pytania załogantów, ale nie może się z tego zrobić sejmik, jakaś niekończąca się dyskusja. Takie możemy fundować sobie w salonie przy kawie. Czy to jasne?

Wszyscy w kokpicie podczas przemowy kapitana siedzieli jak trusie. Wojtek raz jeszcze potoczył wzrokiem wokół i lekko się uśmiechnął.

– Odbijamy o dwunastej... – zaczął powtórnie. – O tej porze w marinie jest sporo turystów, pewnie będą też członkowie waszych rodzin. Trenowaliśmy manewry odbijania i cumowania. Wszystko robicie dobrze, więc dzisiaj musicie zrobić jeszcze lepiej. Wszyscy będą na was patrzeć. Wyjątkowo dzisiaj możecie być bez kapoków i linek zabezpieczających. Żadnego podskakiwania, dzikich okrzyków, stoimy mocno na nieco rozstawionych nogach i można tylko machać dłonią. Roman – skierował na niego wzrok – czuwa nad ruchem kotwicy i należytym jej ułożeniem po podniesieniu. Zenon – przeniósł wzrok – zdejmuje cumy na nabrzeżu i podaje na jacht Romanowi. Edward w pełnej gotowości do zastąpienia albo Romana, albo Zenona. Stoisz najbliżej rufy. Wszystkie trzy dziewczyny oczywiście na lewej burcie. Porozumcie się – uśmiechnął się kolejno do każdej z nich – żeby wyglądać w miarę jednolicie. Chłopaki, wy też. Ja będę w szortach i koszulce Jacht Klubu oraz kolorowym daszku. To tak, żebyście się zorientowali, jaki jest aktualny trend. Wszystkie moje komendy i wasze odpowiedzi padają donośnym głosem. Czy to jest jasne?

Jego wzrok przemieszczał się z twarzy na twarz. Każdy z załogi odpowiedział skinięciem głowy.

– Czy ktoś ma jakieś pytania, z wyjątkiem modystycznych? – Raz jeszcze przebiegł spojrzeniem po wszystkich twarzach, ale nikt nie zgłosił pytania. – I ostatnia sprawa. Na jachcie, jak w kościele oraz w aptece, podczas manewrowania obowiązuje cisza. Na ten czas wszystkie telefony, aż do odwołania, mają być wyłączone albo wyciszone. Kolejna odprawa dotycząca podziału na wachty i innych spraw porządkowych zaraz po wypłynięciu z portu. Ogłaszam koniec odprawy, a jednocześnie zapraszam na kapitańską kawę z okazji rozpoczęcia rejsu. Podczas niej możemy sobie swobodnie porozmawiać, także o modzie – uśmiechnął się szeroko.

Młodzież zerwała się z siedzeń i zbiła w grupkę. Chwilę poszeptali, po czym Basia zabrała głos:

– Ustaliliśmy, że nie wypada, aby kapitan robił kawę. My ją zrobimy.

– Ja też potrafię zrobić, naprawdę, mam na to, jak wiecie, odpowiednie papiery, zresztą nie lubię być świętą krową. Tak jak kicdyś mówiłem, każdy z was będzie bawił się w pomaganie kukowi, którym na jachcie jestem ja. – Rozejrzał się wokół. – Ale jeśli chcecie mnie dzisiaj całkowicie wyręczyć, to bardzo dziękuję. Tylko że... – pogroził palcem z uśmiechem na ustach – do zrobienia kawy zalicza się także pozmywanie po niej kubków i ogarnięcie pomieszczenia na błysk. – Podniósł palec w górę. – Aha! Drożdżówki schowałem w szafce i z półki kapitańskiej można wziąć jeszcze do połamania dwie czekolady.

Po upływie kwadransa dziewczyny przyniosły na rozkładany stół w kokpicie kubki z kawą, drożdżówki i czekoladę w kosteczkach w kolorowej miseczce. Potoczyła się rozmowa o pogodzie, która przez dwa dni ma być szałowa, a nawet rozległy się głośne śmiechy, bo Romek, znany z dobrej pamięci do kawałów, opowiedział z bogatego zbioru dwa żeglarskie. Wreszcie Wojtek uznał, że kapitańska kawa dobiegła końca i poinformował, że idzie pożegnać się z kierownictwem Jacht Klubu i za pół godziny wróci.

Jakież było jego zdziwienie, kiedy po powrocie załoga przywitała go na pokładzie w jednakowych strojach: granatowych szortach, koszulkach z logo Jacht Klubu i podobnych do jego, kolorowych daszkach.

– A tości mi zrobili *surprise*! Mimo że to prywatny rejs, to wyglądacie super.

Widział, że miny młodzieży po porannej burzy trochę się już rozchmurzyły. Kiedy zaczął się demonstracyjne przyglądać zegarkowi, dziewczyny i chłopcy ruszyli na nabrzeże, by się pożegnać z rodzinami i znajomymi. Ku swemu zdziwieniu dojrzał w pobliżu kei Bartka z Antoniną i Czarkiem. Zszedł więc na chwilę do nich, pociągając za sobą nieco opierającą się Joannę.

– A mieliście już być w Hiszpanii?! – przywitał ich okrzykiem.

– Kiedy mówiłem ci o wyjeździe, musiałem źle spojrzeć w kalendarz, bo bilety na Mariana przecież miałem już od początku czerwca – odparł Bartek, przy okazji dyskretnie taksując Joannę. Antonina natomiast spoglądała na nią ze szczerym uśmiechem na ustach.

– To wy lecicie na... Mariany? – zdziwił się Wojtek.

– Znowu mi się udało – zaśmiał się Bartek. – Na Mariana, znaczy na pierwszego lipca. – Rozumiem, że to ty jesteś Joanna – zwrócił się do towarzyszki Wojtka, a kiedy ta skromnie skinęła głową, bezceremonialnie ją wyściskał.

– Przyjaciele i przyjaciółki mojego przyjaciela są moimi przyjaciółmi – oznajmił sentencjonalnie, po czym przetarł okulary, które zaszły mu trochę mgłą.

Antonina też wyściskała się z Joanną.

– Wojtek troszkę nam o tobie opowiedział – zdradziła, obejmując ją. – Wiem, że jesteśmy równolatkami, ale ty masz lepszą figurę – szepnęła jej do ucha drugą część zdania.

Widać było, że dziewczyny od razu się polubiły.

– Patrz, Wojtek, już sobie coś opowiadają na ucho. Pewnie się namawiają. Niezbyt dobrze nam to wróży.

– O ile uda mi się w jednym kawałku dopłynąć do Lizbony pod dowództwem satrapy, jak mu prawie powiedziała jedna z załogantek – wyrzuciła z siebie Joanna.

– To ty nie wiedziałaś, że on taki potrafi być? Ale oprócz tego kocha muzykę, głaszcze dzieci i takie tam różne egzorcyzmy potrafi wyprawiać – zaśmiał się Bartek. – W historii już tak z wieloma despotami bywało.

– No dobra, zejdźcie już ze mnie. Cieszę się, że wpadliście, bo przynajmniej jak mnie załoganci otrują przed Lizboną, to Joannę już znacie – zażartował Wojtek.

– Przecież to ty ich karmisz, więc szybciej możesz ich potruć... – zachichotał Bartek. – Widzę, że Wojtek przebrał was w jednolite mundurki – rzucił półgłosem do Joanny, gdy obok nich przemykali pozostali załoganci jachtu ubrani jak ona.

– Prawdę mówiąc, oni sami na to wpadli – wyjaśnił Wojtek.

– To tylko świadczy o tym, że załoga już się fajnie zgrała – oceniła Antonina. – Gdyby nie to, że Bartek ma targi, to chętnie bym popłynęła z wami. Zazdroszczę wam trochę tego odcinka do Lizbony.

– Jak tam, Czaruś, gotowy jesteś na wczasy u dziadka? – Wojtek kucnął obok syna przyjaciół.

– Jedziemy, wujku, prosto stąd. Jestem już spakowany! – odparł rezolutnie mały.

– To dobrze wypoczywaj, a ja dopilnuję twoich rodziców.

– Dziadek cieszy się jak diabli! Wczoraj z nim rozmawiałem! – pochwalił się Czarek. – Będę u nich przez pół roku. Rozumiesz?! Pół roku! Ale się nabawię z dziadziusiem.

– A nie będziesz tęsknił? – spytał Wojtek.

Czarek popatrzył z poważną miną na rodziców.

– Będę, ale postaram się tym nie zawracać głowy ani dziadkom, ani rodzicom. Zresztą oni też mają Skype'a! Tata powiedział, że w razie czego będę mógł nawet codziennie zadzwonić.

– Jesteś zuch! – Wojtek wystawił otwartą dłoń i Czarek przybił piątkę.

Cała czwórka parsknęła śmiechem.

– Ekstra komputer pożyczyłeś Wojtkowi – powiedziała Joanna, patrząc na Bartka. – Nawet jedną aplikację specjalnie dla mnie zainstalował.

– Czasami potrafi być ludzki – mrugnął Bartek.

– A dlaczego nic mi nie mówiłeś, że on jest taki zdolny? Prawie doskonały? Tylko ten charakterek... czasami – odpowiedziała, mrugając również, Joanna.

– To wy znaliście się wcześniej? – zbaraniał Wojtek.

Joanna i Bartek roześmiali się.

– Ładnie już go okręciłaś wokół palca, skoro nie dostrzega naszych mrugnięć – rzucił Bartek.

– No, kochani, to przyjeżdżajcie szczęśliwie do Lizbony i pomódlcie się czasami za nas – przerwał miłą rozmowę Wojtek, spoglądając ciepło na przyjaciół.

– Przywiozę ci z Fatimy jakąś pamiątkę. Trzymajcie się, kochani, i życzymy wam stopy wody pod kilem – powiedziała Antonina, ściskając Joannę. – Już się cieszę na nasze rozmowy na jachcie. Lubię cię.

– Ja też cię od razu polubiłam i będziemy tam gadać i gadać! Wy też się pilnujcie.

– Trzymaj się, stary! – rzucił Bartek, robiąc sobie z Wojtkiem przytulasa.

– Ty również i pisz od czasu do czasu! – Wojtek poklepał Bartka po plecach, a po chwili już obaj wzajemnie się poklepywali.

Joanna i Wojtek ruszyli w stronę jachtu. Stojący na kei Zenek zameldował, prężąc się:

– Szpringi i bresty, kapitanie, już zdjęte!

– O! Doskonale. Cumy zaczynamy zdejmować od dziobu – przekazał ciszej. – Dam znać po uruchomieniu silnika.

Dwie dziewczyny już czekały na lewej burcie, stojąc w lekkim rozkroku z rękami założonymi z tyłu, dołączyła do nich Joanna, stając tak samo jak tamte. Roman na dziobie jachtu wpatrywał się w kapitana. Ten uruchomił silnik i wsłuchał się w jego pracę. Po minucie uznał, że wszystko w porządku.

– Gotowość! – nakazał donośnym głosem.

Roman i Zenek podnieśli na moment ramiona w górę. Wojtek raz jeszcze rozejrzał się wokół. Nabrał powietrza w płuca.

– Kotwica na pokład! – polecił.

– Jest kotwica na pokład! – odpowiedział mu równie donośnie Zenon na dziobie.

Na nabrzeżu dało się wyczuć zainteresowanie czynnościami wykonywanymi na jachcie. Rodziny załogantów wpatrywały się w jacht i machały swoim, przechodnie zatrzymywali się i także spoglądali w kierunku kei, przy której stała jeszcze zacumowana jednostka.

Zenek wpatrywał się w unoszącą się z dna kotwicę, aż całkiem wychynęła z wody i zatrzymała się u szczytu dziobu.

– Sprawdzić klar kotwicy! – rozkazał Wojtek.

Zenon przyklęknął na dziobie i sprawdził, czy blokada kotwicy trzyma ją należycie.

– Kotwica klar! – odpowiedział głośno i stanął przodem do kei, z której miał odebrać cumy.

– Przygotuj cumy do oddania! – wydał komendę Wojtek.

– Jest przygotuj cumy do oddania! – krzyknął Romek, stojąc przy polerze, na której była zawieszona cuma dziobowa. Poluzował ją nieco.

– Cumę dziobową oddaj! – polecił Wojtek.

– Jest cumę dziobową oddaj! – odpowiedział Romek, zdjął cumę z polera, zamachnął się i przerzucił ją na dziób jachtu. – Cuma dziobowa do oddania klar! – zawołał i ruszył w kierunku polera z cumą rufową, którą lekko poluzował.

Wojtek obserwował ściąganie cumy dziobowej przez Romka, który skończywszy mocowanie jej do knagi, zameldował głośno:

– Cuma klar!

Romek ruszył wzdłuż burty jachtu na jego rufę.

– Cumę rufową oddaj! – wydał komendę Wojtek, kiedy zobaczył, że chłopak jest już na rufie.

– Jest cumę rufową oddaj! – odpowiedział Romek, zdjął cumę z polera, zamachnął się i przerzucił ją na jacht. – Cuma rufowa do oddania klar! – zawołał.

Wojtek trzymał silnik na całą wstecz, obserwując, jak Romek, asekurowany przez Edwarda, przeskakuje z kei na rufę, a potem staje obok pozostałych chłopaków w lekkim rozkroku.

– Cuma klar! – zawołał Zenek, gdy cuma rufowa została przymocowana do knagi. Dołączył do stojących na burcie.

Wojtek odsunął od siebie manetkę silnika, jacht ruszył wolno do przodu. Z nabrzeża dotarły na jacht oklaski, a zaraz potem okrzyki:

– Do zobaczenia! Żegnajcie!

Dziewczyny i chłopcy stojący na burcie wymachiwali rękami, dopóki jacht nie zaczął skręcać w prawo w kierunku główek portu jachtowego.

– Doskonale! – zawołał Wojtek. – Odbój alarmu wyjścia! – dodał z uśmiechem.

Załoganci się uśmiechnęli i jeden po drugim weszli do kokpitu. Byli zadowoleni z wykonanej przez siebie pracy, ale także z pochwały kapitana. Po wyjściu z główek jacht wykonywał łagodny skręt w lewo.

– Rekomenduję wam teraz przebranie się na roboczo, a te uniformy zostawcie na inne parady – powiedział Wojtek do załogi, szeroko się uśmiechając. – Za dziesięć minut będziemy stawiać żagle, ale już bez zbędnej pompy. Wszyscy zakładają kapoki.

Gdy załoga po kilku minutach pojawiła się w kokpicie, nad jachtem przywitał ich rozwinięty fok. Wszyscy spoglądali raz w górę, raz na kapitana. Wojtek wyłączył silnik i zaczął szukać sterem wiatru, aby wypełnić nim mocniej żagiel. Wreszcie poczuł, że jest wystarczający, i zaczęło się stawianie grota. Moment wcześniej ściągnął wzrokiem Romana, który stanął błyskawicznie pod masztem grota, przypięty do niego linką zabezpieczającą. Gdy żagiel wypełnił się powietrzem, Roman przeniósł się do kabestanu grota. Po kilku minutach operowania sterem i linami jacht przyjął kurs na helski cypel.

– Kto z waszej szóstki gra na jakimś instrumencie? – spytał Wojtek, omiatając wzrokiem młodzież, gdy Roman usiadł w kokpicie.

– Ja! – zawołała Baśka. – Gram na gitarze, ale nie pomyślałam, żeby wziąć swoją – dodała markotnie. – Zobaczyłam dzisiaj jakąś zamocowaną pod sufitem... czy to kapitana?

– Tak, to moja. – Wojtek wskazał na siebie palcem, zadowolony, że ktoś to wreszcie głośno zauważył. – W ostatniej chwili postanowiłem ją wziąć, bo mam pewne muzyczne prace do wykonania. – Zerknął na Joannę, która skinęła głową, wiedząc o jego zamiarach.

Z ust pozostałych załogantów wydobyło się głośne:

– Oooo!

– Nic wam dotąd o moim pewnym hobby nie mówiłem... ale o tym potem – rzucił i spojrzał wesołym wzrokiem wokół. – Będziemy więc, Basiu, zmieniać się przy instrumencie, ale teraz, skoro masz słuch muzyczny, przejmiesz ster i stamtąd będziesz przysłuchiwała się odprawie, dobrze?

– Ale super! Pierwsza w czasie rejsu steruję! – Baśka zerwała się z siedziska i podskoczyła do koła. Na jej twarzy rysowało się ukontentowanie.

Wojtek w krótkich słowach wytłumaczył jej co i jak, a potem usiadł obok Joanny. Poczuła przez moment dotyk jego biodra. Uśmiechnęli się do siebie. Zadzwonił czyjś telefon. Wojtek zmarszczył brwi i rozejrzał się wokół.

– Przecież telefony miały być przyciszone albo jeszcze lepiej: wyłączone. Do odwołania.

– Przepraszam, to mój – odezwała się cicho Joanna; wykonała kilka ruchów palcami na ekranie i schowała aparat do kieszeni. – Poprzednio zostawiłam go w kabinie, a kiedy się przebrałam, zapomniałam wyciszyć.

– No dobrze... Ale proszę o tym pamiętać! – Wojtek rozejrzał się raz jeszcze wokół.

Odprawa przebiegała sprawnie. Polecenie, które ją otworzyło, aby od tej chwili wszyscy przebywający na pokładzie mieli na sobie kapoki, a każde przejście w dowolny punkt jachtu było ubezpieczane przez drugą osobę, jeśli to konieczne, to także z użyciem pasa bezpieczeństwa i linki, nie wywołało zdziwienia. Kilka razy Joanna podskoczyła na siedzeniu, ocierając się o Wojtka. Za każdym razem ich wzrok się spotykał, ale na twarzy mężczyzny dziewczyna nie dostrzegła uśmiechu. Wreszcie nie wytrzymała i sięgnęła do tylnej kieszeni spodni po telefon. To jego wibracja była powodem jej dziwnego zachowania. Ekran rozświetlił się. Wojtek spojrzał na nią z dezaprobatą, bo właśnie miał raz jeszcze omówić przydział do wacht i zasady załatwiania się na jachcie. Już otwierał usta, żeby coś powiedzieć, kiedy zatrzymała go nagła zmiana wyrazu twarzy Joanny.

– Boże! Boże! – wyjąkała. W jej oczach pojawiły się łzy, a ręce, które początkowo przycisnęła do piersi, bezwładnie opadły na siedzenie. Komórka wyślizgnęła się z jej dłoni i upadła na greting.

– Co się stało? – spytał pełnym przejęcia głosem Wojtek, schylając się po aparat.

Joanna bez słów wskazała gestem głowy na telefon. Wojtek spojrzał na ekran.

– A kiedy to się stało? – spytał cicho.

Joanna potrząsnęła głową i przymknęła oczy.

– Uwaga załoga! – powiedział Wojtek po chwili zastanawiania się. – Musimy wracać do portu! Angelika! Opiekuj się nią. Razem z Basią sprowadzicie ją do wnętrza.

– Co się stało? – spytała Baśka, przekazując koło sterowe Wojtkowi, który w mig pojawił się obok niej.

– Ojciec Joanny jest w ciężkim stanie. Wypadek – rzucił krótko Wojtek. – Zrzucamy żagle i przechodzimy na silnik! – krzyknął w kierunku chłopaków. – Zenek! Roman! Pod maszty!

Po minucie jeden z nich stał pod fokiem, drugi pod grotem, wpinając karabińczyki linek od pasów bezpieczeństwa w specjalne uchwyty.

– Grot w dół! – wykrzyknął Wojtek.

– Jest grot w dół! – odpowiedział Zenek.

Żagiel grota zsuwał się powoli z masztu. Zenek przypatrywał się uważnie zjeżdżającemu w dół żaglowi.

– Grot klar! – wykrzyknął, gdy żagiel został zwinięty.

Wojtek uruchomił silnik. Chwilę wsłuchiwał się w jego pracę. Wreszcie uznał, że pracuje stabilnie.

– Fok w dół! – wydał głośno komendę.

– Jest fok w dół! – odpowiedział Romek z dziobu.

Teraz powoli zsuwał się w dół żagiel foka. Romek przyglądał się układaniu żagla.

– Fok klar! – wykrzyknął, gdy uznał, że wszystko jest w porządku. – Uwaga! Zwrot przez rufę! – zawołał po chwili i zaczął dynamicznie pokręcać kołem sterowym.

Jacht posłusznie reagował na zmianę położenia steru. Dokonywał zwrotu o sto osiemdziesiąt stopni. Wreszcie Wojtek uznał, że można prostować ster. Kilka razy nieznacznymi

ruchami koła ustawił dziób jachtu na główki portu jachtowego.

– Idziemy cała naprzód! – zawołał, przestawiając odpo-
wiednio manetkę silnika. – Edward! Do steru!

Ten błyskawicznie przejął od niego ster.

– Trzymaj kurs na główki, wkrótce wracam. Uzgodnię
wejście do portu – rzucił Wojtek.

– Tak jest, kapitanie!

Wojtek zniknął pod pokładem, skąd dochodziły strzępy
jego rozmów z bosmanatem portu.

– Do mojego powrotu na jacht Edward przejmujesz do-
wodzenie! – Wskazał na niego, gdy pojawił się z powrotem
na pokładzie, a potem ogarnął wzrokiem resztę załogi. –
Uzgodniłem z bosmanem, że cumujemy przy nabrzeżu,
a nie przy kei – kontynuował. – Potem się przestawicie albo
dogadacie z bosmanem, który jakby co, wspomoże was!

– Tak jest! – zameldował donośnie Edward.

– Za kilka godzin wypływamy ponownie. Teraz muszę
wyekspediować Joannę. Jasne?! – Znowu wzrok Wojtka
zlustrował twarze chłopaków. Dojrzał na nich zrozumienie.

Manewry cumowania poszły gładko. Joanna zeszła
na ląd, ściskając się wcześniej z dziewczynami i chłopakami. Pod jacht podjechała taksówka.

– Poproszę na Falistą – rzucił Wojtek, gdy ulokowali się
w niej z Joanną.

– Jasne – skwitował kierowca.

– Czy mogłabym zostawić u ciebie wszystko to, co związane było z wyjściem w rejs? – Joanna spojrzała Wojtkowi
w oczy, gdy taksówka ruszyła.

– Oczywiście! Weźmiesz, jak rozumiem, tylko plecak,
z którym przyjechałaś.

– Tak, bo wszystko, co tutaj kupiłam, tylko by mi przeszkadzało.

– Okej! Przepakujesz się więc u mnie, zdecydujesz, jak chcesz jechać, a ja dostarczę cię tam, gdzie będzie trzeba: na dworzec albo lotnisko!

– Dziękuję ci... – Oczy Joanny zaszkliły się.

Po dłuższej chwili byli już na Falistej.

– Twoja koja, Joasiu, na jachcie będzie czekać. W każdej chwili możesz wrócić, gdziekolwiek byśmy byli. Na mój koszt! – rzekł stanowczym tonem Wojtek, widząc zdziwienie w jej oczach.

– Ale przecież... to niemożliwe... – Pokręciła smutno głową.

– Nigdy nie wiemy, co się wydarzy.

– Masz rację, i mimo że to nierealne, jest bardzo miłe. Raz jeszcze ci dziękuję. Teraz wreszcie oddzwonię do brata, bo przedtem wysłałam mu tylko esemesa.

– Dzwoń... Kilkadziesiąt minut temu też nic nie wiedziałaś, a ja prawie cię skrzyczałem. Przepraszam, jeśli cię to uraziło, ale do głowy by mi nie przyszło...

Joanna trzymała smartfon przy uchu. Usiadła na sofie i przymknęła oczy.

– Cześć, siostrzyczko! – doszedł głos z aparatu.

– Wojtuś! Jacht wrócił do portu i już z niego zeszłam. Kapitan wziął mnie na chwilę do siebie do mieszkania, żebym mogła się przepakować. Teraz ty wszystko opowiedz.

– Tata popłynął dzisiaj tratwą ostatni raz. Miało to być na początku sierpnia, ale ponieważ Jędrkowi należało się jeszcze kilkanaście dni urlopu, o czym zapomniał...

– Przepraszam, Wojtuś. Przełączę na głośnomówiący, żeby kapitanowi nie opowiadać wszystkiego drugi raz. On też ma na imię Wojciech.

– No dobrze... Pozdrowić Wojciecha!

– Ja również odwzajemniam! – powiedział głośniej Wojtek i dosiadł się do Joanny.

– Więc tata wziął dzisiaj Jędrka. Chciał, żeby odnowiły mu się w pamięci wszystkie opowiadania, zagadki z trasy spływu, o czym brat mógł zapomnieć przez ostatnie dwa lata, kiedy pracował.

– Czuję...

– Na ostatnim zakolu przed Hukową Skałą, tam gdzie jest ostatni szybki nurt, jakiś dzieciak zanadto się wychylił i wpadł do wody. Jędrek nie zdążył się nawet ruszyć, a ojciec już był w wodzie. Zbyt raptownie wskoczył i pewnie jej się opił... ale małego dał radę jakoś podać do góry. Wszyscy zajęli się dzieciakiem, a jego chyba nasiąknięte wodą portki wciągnęły pod nurt. Zniknął. Jędrek myślał, że to tylko tak... wiesz... na chwilę... zapierał się żerdzią o dno, żeby tratwa nie płynęła dalej. Ojciec jednak nie wypływał. Więc on, a potem dwóch facetów, skakali za ojcem. Po kilku minutach wyciągnęli go. Nie dawał oznak życia. Zanim dobili do brzegu w Szczawnicy Niżnej i zaczęli mu robić sztuczne oddychanie, bo wcześniej, jak pamiętasz, nie za bardzo jest gdzie zacumować, minęło ponad dwadzieścia minut. W międzyczasie inni ludzie ściągnęli pomoc i przyjechało kilku ratowników ze Szczawnicy. Krótko przed ich przyjazdem serce wystartowało, ale dotąd nie odzyskał świadomości, jest wciąż na aparatach.

– A w którym szpitalu jest tata?

– W Nowym Targu. Dobrze, że Jędrek ratownikom powiedział, że tam ordynatorem jest taty przyjaciel, a nasz ojciec chrzestny! Mamie doktor powiedział, że wyprowadzą go z tego. Mieli niedawno podobnie ciężki przypadek i nie zamierza rezygnować.

– A jak mama to przeżywa?

– Bardzo źle... Byłem przerażony, jak ją wiozłem do Nowego Targu. Potem myśleliśmy z Jędrkiem, że dostanie zawału, kiedy się dowiedziała, że tata wciąż leży bez świadomości. Teraz jesteśmy wszyscy w szpitalu, ale ja wyszedłem na rozmowę na zewnątrz.

– Zaraz będę szukała, jak najszybciej wrócić do domu. Dam znać, kiedy tylko ustalę. Uściskaj mamę i Jędrusia. Pilnuj ich.

– Uważaj na siebie, siostra...

– Pa.

Joanna opadła na oparcie sofy i rozpłakała się. Napięcie, które trzymało ją od ponad godziny, puściło. Wojtek objął ją i pozwolił się wypłakać. Głaskał ją po włosach. Wreszcie spojrzała na niego.

– Wojtuś i Jędruś to moi bracia bliźniacy... – Podniosła ramię do góry, by pokazać, że nie są drobnymi chłopakami. – Dwudziesty szósty rok im idzie – zaciągnęła po góralsku. – Eech, zepsułam wam taki dzień...

– Nawet tak nie mów! Skup się teraz na tym, jak wracać do siebie. Zaraz przeniosę tutaj komputer.

Po chwili laptop leżał na stoliku naprzeciw Joanny.

– Mogłabym pojechać pociągiem do Krakowa, a stamtąd? Nie wiem sama... autobusem czy taksówką do Nowego Targu albo samolotem na Balice, a stamtąd podobnie.

– No dobrze... Poczekaj chwilę.

Wojtek podniósł swoją komórkę i wyszukiwał kogoś w kontaktach. Po chwili zadowolony nacisnął zieloną słuchawkę.

– Cześć, Wojciechu, stary zejmanie! – usłyszała Joanna.

– Cześć, Szczepan! Jest ważna sprawa.

– Przecież jesteś na morzu, więc jaką możesz mieć do mnie sprawę?

– O to właśnie chodzi, że zawróciliśmy z morza, ale o tym później ci opowiem. Gdzie jesteś?

– No jak to gdzie? U siebie, w chacie w Czarnym Dunajcu!

– Mnie i mojej... Joannie... – Wojtek na moment zawahał się; oczy jego i Joanny spotkały się – ...nie odmówisz, prawda?

– Nie ma takiej opcji! A czy ja tę... twoją Joannę już kiedyś widziałem?

– Ponieważ Maniowy leżą bliżej Krakowa niż Gdynia, to teoretycznie miałeś taką szansę.

– Ale co Maniowy mają do...?

– Szczepan, poczekaj, o tym też potem – wszedł mu w słowo Wojtek. – Trzeba Joannę przewieźć dzisiaj alarmowo z Krakowa do Nowego Targu. Podejmiesz się?

– Dzisiaj?! To jest prawie...

– Rozumiem więc, że się podejmiesz! – znowu przerwał przyjacielowi Wojtek.

– No jasne... podejmę się. Oczywiście. Gdzie ona teraz jest?

– Teraz siedzi na sofie u mnie, w Gdyni na Falistej, ale za kwadrans się dowiemy, o której będzie w Krakowie. Oddzwonię wkrótce.

– Czy to jest aby wszystko na pewno?

– To jest więcej niż pewne. Jak się nam uda znaleźć coś dobrego w połączeniach, to wieczór spędzisz ze swoimi. Na razie.

– Na razie.

Joanna otarła łzy.

– Jak ja ci się odwdzięczę? Może jednak sama bym dała radę tam w Krakowie...

– To nie byłby zbyt dobry pomysł. Szukajmy pociągu, a potem samolotu.

Po kilku minutach znaleźli rozwiązanie. Pociąg wyjeżdża o siedemnastej z minutami i przyjazd do Krakowa około dwudziestej trzeciej lub wybór pomiędzy dwoma samolotami na Balice. Pierwszy startuje pół godziny przed siedemnastą, a kolejny około dziewiętnastej.

– Już wybrałam – powiedziała cicho Joanna, wskazując na zakładkę z samolotami, a na niej pierwszy samolot.

– Okej. Dzwonimy na lotnisko – rzucił Wojtek i podniósł telefon.

Udało się zamówić bilet. Mieli jeszcze trzy godziny do odlotu.

– Pojedziemy wcześniej. Prawda? – poprosiła Joanna.

– Ruszymy, jak tylko będziesz gotowa, Joasiu.

– Potrzebuję kwadransa... A jak ty zrobisz z rejsem?

Wojtek spojrzał na zegarek i podrapał się po głowie.

– Ogłoszę im wyjście na... siedemnastą trzydzieści – uśmiechnął się. – Nie przejmuj się – spoważniał. – Jestem pewien, że my też niedługo popłyniemy razem.

Joanna przywarła do niego z całej siły.

Rozdział 7

 ożegnali się przed wejściem do sali odlotów godzinę przed wylotem samolotu z Rębiechowa. Joanna była wzruszona opiekuńczością Wojtka. Dla niej przerwał bez chwili wahania półroczny rejs, pozwolił u siebie zostawić część rzeczy, znalazł rozwiązanie dotyczące powrotu do domu, dowiózł na lotnisko, załatwił transport z Krakowa do Nowego Targu, nakarmił, a na pożegnanie serdecznie przytulił i ucałował.

Skąd się taki wziął? Jak on się uchował? – myślała, odtwarzając w pamięci jego dotyk, smak ust, miły głos i aparycję. Owszem, potrafi być zdecydowany, ostry, nawet despotyczny, ale na jachcie ktoś taki musi być, odpowiadała sobie. Wiele by dała, żeby wciąż czuć na sobie jego zdecydowany wzrok, przypadkiem dotknąć jego dłoni i poczuć znowu gęsią skórkę. Nie przeszło to jej mimo połączenia się z nim w akcie miłości, którego nie chciała ani nie potrafiła sobie odmówić, choć niewiele się znali. Nigdy nie była taka odważna, ale tym razem wręcz pragnęła tego. Czuła całą swoją świadomością, każdym nerwem, że musi go... spróbować. Zacisnęła powieki aż do bólu. Boże!

A teraz tatuś! Mój kochany tatulek! Poczuła ogromne wzruszenie. Znowu zacisnęła mocno powieki. On tam leży, a za niego pracuje respirator, kardiomonitor i inna aparatura podtrzymująca i kontrolująca funkcje życiowe. Pełno wężyków, rurek, przewodów. Spojrzała w okno samolotu. Lecieli ponad chmurami. Przyglądała się, jak zmieniają się ich kształty, jedne łączą się z drugimi, dzielą na mniejsze. Przecież on jest za młody, żeby znaleźć się na jednej z nich. Łzy znowu napłynęły jej do oczu.

Na lotnisku w Balicach po wyjściu z sali odpraw dojrzała wysokiego szczupłego szatyna z orlim nosem. Trzymał dużą kartkę z napisem Joanna. Skierowała się w jego stronę.

– Poznałbym cię, nawet gdybyś nie ruszyła w moim kierunku, tak mi Wojtek dokładnie ciebie opisał – powiedział na przywitanie. – Jestem Szczepan... a ty Joanna. Kiedyś się wycałujemy. Wiem wszystko, więc nic nie musisz mówić, no chyba że o Maniowach.

– Dziękuję, że jesteś taki dobry...

– Ja wiem, czy dobry? Dla Wojtka zawsze, dla jego... – zawiesił głos i uśmiechnął się rozbrajająco – ...dla ciebie, Joanno, też mam zamiar taki być, chociaż z innymi ludźmi czasami bywa różnie – mrugnął.

– Czyli masz podobnie jak wszyscy – spuentowała Joanna, której nie było do śmiechu, ale niewymuszony żart Szczepana sprawił, że poczuła się znowu lepiej, podobnie jak kilka godzin wcześniej przy Wojtku. – Poczekaj! Wyślę tylko do Wojtka esemesa, że jestem już z tobą! – zawołała, wyciągając komórkę, i zaczęła zawzięcie naciskać klawisze.

– Podpadnę mu – rzekł, wskazując głową na aparat, gdy chowała go do tylnej kieszeni spodni.

– Za co?

– Że jesteś ze mną... – uśmiechnął się szeroko, ale nie było dalszego ciągu, bo odezwał się sygnałem przychodzącej wiadomości telefon Joanny.

Teraz jestem spokojny. Odbijamy z mariny – przeczytała jego odpowiedź.

– Zastanawiałem się, czy nie ma sposobu, żeby samolot wylądował gdzieś w pobliżu Czarnego Dunajca, ale ponieważ okazało się, że mam ważną potrzebę w domu, znaczy w Krakowie, podjechałem tutaj, zamiast przygotowywać lotnisko polowe pod Tatrami – znowu uśmiechnął się Szczepan.

– Przepraszam... – rzuciła smutnym tonem Joanna.

– Dzisiaj przychodzą znajomi: i tutejsi, i z Polski. W garażu została skrzynka z alkoholami. No wiesz... – mrugnął. – Tamta by kiedyś też poszła, ale ja krakus, więc szkoda mi było, żeby się zepsuła.

– Aleś ty fajny. Wojtek jest całkiem inny.

– Poznaliśmy się na żaglach... To znaczy ja popłynąłem jako pasażer na dwumiesięczny rejs. Najgorsze dla mnie było sikanie z rufy, bo Wojtek zabronił robić do toalety. Tak mnie wkurzył... – Szczepan zrobił złą minę, ale zaraz mrugnął – ...dwie pary spodni musiałem prać, ale nauczyłem się.

– No tak, to odwieczny problem na jachcie. A dziewczyny...?

– Z nami dziewczyn nie było! – Szczepan pokręcił głową, robiąc komiczną minę.

– Też ciekawie... – teraz mrugnęła Joanna. – Wiesz, gdzie jechać? – spytała, bo Szczepan ruszył właśnie z parkingu.

– Nowy Targ, szpital. Tam jest na szczęście tylko jeden. Przygotowałem pilota. – Wskazał na GPS. – *Go!* – powiedział głośno i nacisnął klawisz. – Teraz możemy przesiąść się na tylne siedzenie i wypić małą kawę. – Wykonał ruch, jakby miał istotnie zamiar tak właśnie uczynić. Joanna otworzyła szeroko oczy. – Wiem, że jest ci,

dziewczyno, ciężko, ale chcę, żebyś dojechała w formie. –
Podniósł palec w górę.

– Jakoś nie mogę… – odpowiedziała markotnie.

– Wiem… – wszedł jej w słowo – …ale zostaw wszystko
w rękach Pana. – Złożył na moment ręce i podniósł wzrok.
– Wszystko o tobie wiem… To znaczy nie wszystko. I dlatego spytam, o co chodzi z tymi Maniowami, bo Wojtek
się zakręcił.

– Jestem maniowianką. W genach staromaniowianką,
a z urodzenia nowomaniowianką – uśmiechnęła się delikatnie Joanna. – Na zalanie Maniów[4] i utworzenie Jeziora
Czorsztyńskiego szykowano się od dawna, od lat dwudzie-
stych poprzedniego wieku. To była całkiem spora wieś.
W chwili podjęcia decyzji o zalaniu było tam trzysta dwadzieścia domów, a mieszkało w nich tysiąc dziewięciuset
mieszkańców. Był jeszcze kościółek, cmentarz i jakieś inne
budynki, jak to we wsi. Ja oczywiście tego wszystkiego nie
pamiętam, ale rodzice opowiadają, że kiedy ludzie musieli
już domy opuszczać, często odbywały się sceny dantejskie.

– Coś słyszałem, ale…

– Rozumiem cię, bo jak człowieka coś nie dotyczy, to
tylko powierzchownie się tym zajmuje. Na ogół.

– Mój ojciec przypomniał sobie dzisiaj wieś Maniowy,
bo podsłuchał tę nazwę w mojej pierwszej rozmowie z Wojtkiem. W klasie maturalnej, na wiosnę siedemdziesiątego
pierwszego roku, będąc na wycieczce w Czorsztynie i Niedzicy, pojechali autokarem przez żyjące jeszcze Maniowy
do Dębna, do drewnianego kościółka.

– Byłam w nim wiele razy… Cudo! – zachwyciła się Joanna. – W tamtych latach trwało projektowanie nowej

<hr>

[4] Maniowy, Maniów – uzus językowy praktykowany powszechnie przez
okolicznych mieszkańców, zgodnie z którym w dopełniaczu nazwy
miejscowości Maniowy nie występuje forma Maniowów, a Maniów.

wsi, przystępowano dopiero do budowy pierwszych domów na północ od starej wsi. Najgorsze było to, że Nowe Maniowy to miała być i zresztą jest wieś bez zabudowań gospodarczych: obór, stajni, kurników... no wiesz, tego wszystkiego, z czym ludzie tu żyli wspólnie od kilkuset lat. Mieszkańcy byli wściekli, rozgoryczeni, zrozpaczeni. To były prawdziwe dramaty. Starsi ludzie nie widzieli sensu dalszego życia.

– Trudno to sobie nawet wyobrazić. – Pokręcił głową Szczepan.

– Kościół, którego patronem był Święty Mikołaj, zrównano z ziemią jako ostatni budynek we wsi. Co można było z niego przenieść: obrazy, figurki, fragmenty ołtarza, znalazło się w nowym kościele, ale także trafiło do kościołów w Czorsztynie i Mizernej. Drewnianą kaplicę Świętego Sebastiana ze starego cmentarza przeniesiono na nowy cmentarz do Nowych Maniów, a teraz jest jednym z obiektów Małopolskiego Szlaku Architektury Drewnianej.

– Dużo wiesz... pamiętasz...

– Jestem dziennikarką, ale taką małoformatową. – Joanna uśmiechnęła się. – Obsługuję portale: Krościenko, Pieniny, zamieszczam artykuły z zakresu kultury i turystyki na stronach internetowych okolicznych gmin, zajmuję się też historią naszego regionu, bawię się grafiką, projektuję strony, albumy, pocztówki, no i prowadzę swojego bloga... sporo tego.

– No, to faktycznie jest tego sporo.

– Rzuciłam pracę w agencji, gdzie wykonywałam część prac, bo zachciało mi się półrocznego rejsu, a teraz będę bezrobotna... – Wpatrzyła się w pojawiające się momentami na horyzoncie białe szczyty Tatr. – Może to, co się stało z tatą, to znak, że powinnam coś w swoim życiu zmienić? – powiedziała i znowu zamilkła. Szczepan nie przeszkadzał.

– Jak tu jednak u nas jest pięknie... – rzuciła po chwili roz-
marzonym głosem.

– Dlatego my wciąż rozbudowujemy w Czarnym Dunajcu chatę, którą zaczęli stawiać rodzice – postanowił
zmienić nieco temat Szczepan. – Spędzamy tam wszystkie
święta, weekendy, każdą wolną chwilę. Rodzice od przejścia na emeryturę mieszkają już tam na stałe. Zawsze jest
u nas tłok, bo i brat ze swoimi przyjeżdża. Wesoło jak w ko-
medii amerykańskiej. Dzisiaj wieczorem będzie takie jakby
otwarcie sezonu letniego. Otwieramy sezon kilka razy, a potem wielokrotnie go zamykamy, bo lubimy imprezować.
To są okazje, żeby pobyć razem.

– To dlatego tyle alkoholu!

– Gdybyś zobaczyła tę skrzynkę, którą wiozę w bagaż-
niku, to byś pękła ze śmiechu. Więcej tam lemoniad starego rytu, jakichś soków, które tu się wypije, a w piwnicy
już zawadzały, bo zaraz będą nowe, no i są oczywiście dwie
butelki alkoholu – uśmiechnął się Szczepan. – Ale jak się
mówi „skrzynka alkoholu", to takie coś od razu wzbudza
szacunek.

Za oknami samochodu migały kolejno: Mogilany, Myśle-
nice, Skomielna, Rabka, Chabówka, Klikuszowa... Podróż
minęła szybko. Joanna ani się obejrzała, kiedy wjechali na
parking przy szpitalu w Nowym Targu.

– No, to jesteś na miejscu – rzucił Szczepan.

– Tak. Wracam do rzeczywistości – powiedziała markotnie Joanna.

– Odezwij się, gdybyś chciała jeszcze kiedyś gdzieś pojechać... – Szczepan podał jej wizytówkę, w którą się wpatrzyła – ...a tak na poważnie, jak widzisz, zajmuję się projek-
towaniem wnętrz. Chcę przygotować album jubileuszowy
na dziesięciolecie firmy. Może byś ogarnęła całość? Potrzebuję lekkiego pióra i innego podejścia niż pięć lat temu.

– Mówisz poważnie?!

– To dopiero będzie w lutym, ale trzeba powoli zaczynać.

– Jak się wpasuję znowu w to wszystko... – Joanna zatoczyła ramieniem łuk – ...to się odezwę.

– Liczę na to. Nikogo już nie będę szukał.

– To w takim razie weź, proszę, i moją wizytówkę. – Joanna poszperała w torebce i podała Szczepanowi kartonik. – Odezwę się – dodała z przekonaniem.

– Lubię konkrety! – Na twarzy Szczepana pojawił się szeroki uśmiech. – Trzymaj się, Joasiu. – Objął ją delikatnie, a potem jeszcze cmoknął w dłoń.

– Siostra! Siostra! – Z drugiej strony parkingu rozległo się tubalne wołanie.

– Ależ Janosik! To ja lepiej wieję! – mrugnął Szczepan, gdy zobaczył wysokiego i barczystego młodzieńca zmierzającego szybkim krokiem w ich stronę.

– Poczekaj chociaż chwilkę. On jest bardzo łagodny – odpowiedziała na żart.

Krótkie przywitanie siostry z bratem oraz panów.

Szczepan po kilku grzecznościowych słowach wsiadł do auta, pomachał i ruszył.

– I jak, Jędruś? – Joanna przytuliła się do brata.

– Nic nowego... ale to dopiero dziewięć godzin. Doktor Chowaniec powiedział, że takie stany trwają czasami bardzo długo.

– Wiem, niestety. Poczytałam w samolocie co nieco o takich przypadkach u dorosłych, a kiedyś przecież robiłam akcję na blogu w podziękowaniu dla Kliniki Budzik. Pamiętasz dziewczynkę ze Szczawnicy, którą wyciągnęli z basenu po dziesięciu minutach?

– Budzik to klinika dla dzieci.

– Ale organizmy dorosłych podobnie funkcjonują...

– No dobrze. Dawaj plecak, schowamy go do auta i idziemy do taty.

– Dobrze.

Po chwili byli już na OIOM-ie. Joanna objęła matkę. Odniosła wrażenie, że trzyma się całkiem nieźle.

– Najpierw wypłakałam się, potem zmówiłam kilkakroć wszystkie modlitwy, jakie pamiętam, różaniec, odśpiewałam pieśni, które mi się przypomniały, i zrobiło mi się trochę lżej – odparła matka, jakby czytała w myślach córki. – Stasiu mówi, że tak może leżeć długo. Przywitaj się jeszcze z Wojtkiem i wejdźmy tylko na chwilę do taty.

– Dlaczego mówisz, że tylko na chwilę?

– Będziemy przyjeżdżać tutaj tyle ile trzeba, ale my jesteśmy prawie od dwunastej i przesiadywać tu cały czas nie za bardzo ma sens. Tak to sobie wytłumaczyłam. Zresztą to samo mówi Staś.

– To w takim razie wy się już pożegnajcie z tatą na dzisiaj, a ja zostanę z nim trochę sama. Chcę mu coś powiedzieć.

Spojrzała na matkę i braci.

– Ale przecież tata jest bez świadomości!

– Tego tak naprawdę nikt nie wie.

Stanęła z mamą i braćmi przy łóżku ojca, połączonego z urządzeniami elektronicznymi mnóstwem wężyków i kabelków. Na trzech monitorach wyświetlały się kolorowe przebiegi i masa różnych danych. Matka pocałowała ojca w policzek.

– Do jutra, Jaśku... – szepnęła i pogłaskała jego włosy.

– Trzymaj się, tato. – Jędrek i Wojtek poklepali ojca po ramieniu.

Cała trójka stanęła za szybą. Joanna pocałowała ojca w czoło, a potem przytuliła twarz do jego twarzy.

– Nie możesz mi, tato, tego zrobić – wyszeptała. – Niedawno ci podpadłam... Wiem, że nigdy nie naciskasz, ale dzisiaj sama ci powiem, co się stało.

Wyprostowała się, przysiadając delikatnie na krawędzi łóżka. Wpatrywała się w jego twarz. Był spokojny, leżał z poważną miną, chociaż zazwyczaj prawie cały czas się uśmiechał. Jako dziecko zawsze lubiła głaskać jego silne ręce, które przez kilka miesięcy w roku trenował na Dunajcu odpychaniem żerdzi, zwanej przez pienińskich góralí spryską. Teraz nawet powieka mu nie drgnęła od jej pieszczot, a zawsze się uśmiechał i cały podskakiwał, że niby go to łaskocze. Jego ręce leżały bezwładnie wzdłuż ciała. Spojrzała w kierunku korytarza. Za szybą stali mama i bracia. Pomachali jej. Kiwnęła ręką, żeby już poszli. Ruszyli w kierunku wyjścia z oddziału. Odetchnęła głęboko.

– Mówiłeś mi, tato, żebym przebaczyła Januszowi. Że czasami trzeba ulec, bo potem całe życie przeznaczone jest na zgranie się. Nigdy ci nie mówiłam, ale to był już jego drugi raz. Tylko mi nie mów, że do trzech razy sztuka! – Machnęła dłonią. – Nie w tej konkurencji, zresztą to nie sport. No i co z tego, że ma własną kancelarię i spore dochody? Powiedziałeś mi kiedyś: niczego by ci w życiu nie brakowało. Ale czy to naprawdę jest w życiu najważniejsze? Te dochody? Powiedziałeś, że jeśli nie ma dutków, to często niczego nie ma. Tak oczywiście bywa.

Odetchnęła głęboko i spojrzała w poważną twarz ojca.

– Kiedy on mi to zrobił w karnawale... No jasne, że przy tym nie byłam! Nie jestem jednak głupia, jak jakaś dziewucha z Maniów! To też twoje słowa! Źle je odebrałam? Zresztą twoja Jańcia jest z Maniów i jest bardzo mądra. Wiem, pamiętam, wyjaśniłeś mi, że to wyjątek. Otóż nie. Znam wiele dziewczyn, kobiet z twoich, waszych Maniów, ale także z Nowych Maniów i są bardzo mądre. Wiesz, ile dziewczyn z mojego pokolenia ukończyło studia? Aha! To nie jest żadna miara. Jasne, że nie. Znam kilka nazwisk profesorskich, totalnych kretynów. Nie, nie, nie.

Nie powiem ci, bo sprawdzisz w internecie i do nich napiszesz. Żartowałam – uśmiechnęła się. – Wracając do Janusza... Ponad pięć lat jesteśmy narzeczeństwem. Ile można czekać na ślub? Jestem niecierpliwa...?! Przecież nie będę go prosić! Sam mi kiedyś powiedziałeś, żebym nigdy i nikogo o nic nie prosiła. Żadnych wyjątków, tato! Nie. On nie jest szczególnym przypadkiem. Żadnych świętych. Podsumowując. Dwa razy mnie zdradził, pięć lat czekam, drugi rok z rzędu nie zaproponował mi żadnego wspólnego wyjazdu, urlopu. Praca i praca, i tylko wyjazdy na zagraniczne konferencje. Dziękuję. Ryczałam kilka nocy, martwiłam się, co ludzie powiedzą. Wiesz, gdzie to teraz mam?! Domyśl się.

Pogłaskała ojca po policzku.

– Wyjechałam nad morze, do Gdyni. Tak, tam, skąd w ubiegłym roku popłynęłam w rejs po Zatoce Botnickiej. Mówisz, że mam tu swoje Morze Czorsztyńskie i mogę co weekend popływać? Tato! Nie o takie pływanie chodzi! Sama... ale z kimś! Na prawdziwym morzu. Nie wiesz, co będzie jutro, co się kryje za widnokręgiem. To dopiero jest ciekawe! Sama woda i wiatr to nie wszystko. W Gdyni we wrześniu ubiegłego roku spotkałam faceta. Nie lubisz tego określenia, więc spotkałam mężczyznę. W zasadzie podłożyłam mu nogę... przypadkiem. A potem ściągałam mu źdźbła trawy z koszulki, ramion, patrzyłam na niego, on na mnie, rozmawialiśmy, a ja wciąż miałam gęsią skórkę. Może było mi chłodno? Ty to jesteś kawalarz. Każde dodatkowe dotknięcie – gęsia skórka. Trochę pewnie na wyrost umówiliśmy się na Święto Morza w następnym roku.

Kiedyś jako dziecku powiedziałeś mi, że nie ma przypadków, są tylko znaki. Przypomniałam sobie o tym mężczyźnie po zerwaniu z Januszem i wypłakaniu się. Postanowiłam wybrać się znowu na żagle. Miałam do wyboru dwa rejsy. Im bliżej było umówionego spotkania, tym bardziej byłam pewna, że ono dojdzie do skutku. I tak się stało! Czy dasz wiarę, że on myślał tak samo? Postanowiłam więc wybrać się z nim w rejs. Nie, nie sami. Załoga liczy ośmioro żeglarzy. Wprosiłam się również do niego do domu... Mówisz, że tak nie zachowuje się porządna kobieta? Jestem dosyć nowoczesna, choć nie tak odważna, jak być może sobie pomyślałeś, a poza tym od twoich czasów sporo się zmieniło. Poszłam, bo chciałam, żeby mi coś pokazał. Komputerowo! Kilka dni wcześniej rozmawiałam z nim o żaglach, Gdyni, życiu. W niczym, jak to się mówi, mi nie podpadł. Ufałam mu. Kiedy mnie znowu dotknął, tam u siebie, pocałowałam go. Było cudownie jak nigdy dotąd. Ojej, tato! Trochę się w życiu nacałowałam, choć niektóre z tych całowań były tylko takie... no wiesz... Nie rozumiesz? No, bez zobowiązań, jakby dla sportu. Okropna jestem. Trudno, że może i gorzej o mnie myślisz, ale ja i tak cię kocham. – Machnęła ręką. – Byliśmy oczywiście u niego sami, rozmawialiśmy o wszystkim, nawet o gwiazdach, był alkohol... Tato! Tylko jeden kieliszek! Co piliśmy? Ty nie lubisz samogonu.

Uśmiechnęła się i delikatnie poklepała ojca po przedramieniu.

– Znowu mnie dotknął, znowu poczułam gęsią skórkę, zaczęłam go całować, a potem już nie odpuściłam. Chciałam od niego więcej. Chciałam go całego! To nie tak, jak myślisz, tatko. To jest u kobiety głębsze. A teraz...? Popłynął w siną dal, bo ty mnie wezwałeś, bo ci nie w smak to, co zrobiłam. Dlaczego nie chcesz się zgodzić na mój wybór? Bo znasz rodziców Janusza, a on taki porządny, tylko się nieco zagubił?

Wsunęła rękę pod jego dłoń.

– To ja ci powiem, jak będzie. Wybieram Wojtka. On jest prawie doskonały. Taki, o jakim zawsze marzyłam. Nie wiem, jak się z nim znowu spotkam, ale musisz mi powiedzieć sam, co mam robić. Ja już wybrałam, a teraz czekam na potwierdzenie mojego wyboru z twoich ust. Oczywiście innej odpowiedzi nie przyjmę, jak na tak. Pamiętaj!

Zmarszczyła czoło, bo odniosła wrażenie, jakby przez jej dłoń popłynął prąd. Spojrzała na jego twarz i ręce bezwładnie leżące wzdłuż ciała. Nawet powieka mu nie drgnęła. Pa, tatusiu! Do jutra! – Pocałowała ojca w policzek. Wpatrzyła się w jego twarz. Nagle poczuła dotknięcie czyjejś dłoni na ramieniu.

– Robisz dobrze. Trzeba do niego dużo mówić. Nie wiemy, co go obudzi. Tylko mów szczerze, bez bujania.

Odwróciła się. Za nią stał z delikatnym uśmiechem na ustach wujek, Staszek Chowaniec. Kiedyś chłopak z Maniów, przyjaciel taty. Teraz doktor i ordynator oddziału. Stanęła na równe nogi. Delikatnie ją objął i pocałował.

– Rozmawiałem kilkanaście minut temu z mamą. Powiedziała mi, że jesteś. Nie mogłem sobie odpuścić przyjemności spojrzenia na ciebie, porozmawiania choć przez chwilę. Nie widziałem cię od ukończenia studiów.

– A długo tu doktor stał?

– Ja wiem... Może minutę, półtorej?

– Boże! A ja takie rzeczy wygadywałam!

– Przynajmniej wiem, że zakochałaś się w jakimś Wojtku. Nasze imię. Skąd on jest?

– Nie mówiłam, że się zakochałam. – Potrząsnęła głową.

– O rany. Można to wyrazić innymi słowami, a ja tak je odebrałem. To przecież niż zdrożnego zakochać się, chociaż myślałem... – popatrzył na Joannę badawczo. – Nikomu nie powiem.

Uśmiechnęła się blado.

– Martwię się, doktorze. – Spojrzała w stronę ojca.

– Wszyscy się martwimy. To prawda, jest silny jak koń. Jest też moim oczkiem w głowie! Moim najważniejszym życiowym wyzwaniem... ale nie wiem, Asiu, co będzie... – Rozłożył ręce. – Dzisiaj rozmawiałem już z wieloma lekarzami z wielu szpitali w Polsce, a przed chwilą z przyjacielem z Londynu. Specjalizuje się właśnie w przypadkach związanych z utonięciami. Miał trzy tego typu przypadki w swojej karierze. W dwóch doszło do wybudzenia po wielu dniach: w jednym nastąpił powrót do pełnej świadomości, w drugim zanotował tylko częściowy sukces, pacjentowi bowiem wróciła tylko pamięć chwilowa, a w trzecim... niestety. – Pokręcił głową. – Tak czy owak, zostaje modlitwa i tego nigdy nie jest za dużo.

– Większą część drogi z Gdyni modliłam się.

– Nie przestawaj. Uściskaj mamę i pozdrów moich chrześniaków – mrugnął. – Mama mówiła, że czekają na ciebie. Idź już do nich. Teraz ja chwilę przy Jaśku posiedzę. Porozmawiamy sobie o dawnych czasach – uśmiechnął się delikatnie.

W domu kolacja minęła w minorowych nastrojach. Potem Joanna rozpakowała plecak. Gdy położyła laptopa na biurku, przypomniała sobie, że w samochodzie została zrolowana mapa Europy. Dostała ją od Wojtka. Zbiegła na dół. Bracia już zapakowali się do łóżek.

– Mapa została w samochodzie – jęknęła, spoglądając błagalnie na Jędrka.

– Przecież do rana by nie zginęła – odparł, ale widząc jej spojrzenie, ruszył za nią na podwórze.

Rozłożyła mapę na biurku, a laptopa położyła na rysunku Bałkanów.

– Tam nie popłyną – powiedziała cicho sama do siebie.

Z dna plecaka wyciągnęła gruby brulion, a z niego kartkę z planem rejsu. Wojtek wydrukował go specjalnie dla niej podczas pierwszej wizyty na Falistej. Przymknęła

oczy i objęła się ramionami. Poczuła gęsią skórkę. Kartka
wylądowała w lewym górnym rogu mapy.

– Tam też nie popłyną – znowu powiedziała półgłosem.

Usiadła w obrotowym fotelu. Spoglądała na kartkę i chłonęła nazwy portów, daty, długości przelotów. W niektórych
miejscach szczególnie chciała być: Amsterdam, Cherbourg,
Plymouth, Lizbona, Gibraltar, Malaga, Ibiza, Palermo, Capri, Ostia, Elba. Jej oczy wypełniły się łzami.

Rozdział 8

Jędrek i Wojtek postanowili na kilka dni zawiesić pływanie tratwami. Chcieli trochę ochłonąć po wypadku taty. Po śniadaniu wyjeżdżali w komplecie z wizytą do szpitala, pod wieczór Joanna wybierała się tam jeszcze raz tylko z mamą. Mama zrobiła się cicha, jakby mniej obecna niż dotąd. Joanna wzięła więc na siebie całe zarządzanie domem. Zakupy, sprzątanie i przygotowywanie posiłków, wszystko to absorbowało ją od rana do późnej nocy. Rozmawiała dużo z mamą o sobie. Poprzednio nigdy nie starczało na to czasu. Zresztą związek z Januszem w ciągu ostatnich dwóch lat nie nastrajał do jakichkolwiek zwierzeń. Jednokierunkowa rozmowa z tatą trochę dodała jej odwagi. Mamie opowiedziała nieco oględniej o Gdyni i o Wojtku.

– Zrobisz, dziecko, jak będziesz chciała – rzekła mama i na moment blado się uśmiechnęła. – Szkoda tylko, że musiałaś przerwać tę przygodę.

– Przerwałam tylko rejs, a reszta... – Joanna zawiesiła głos – ...może będzie miała jakiś dalszy ciąg?

– Ale ty go kochasz? Przecież znacie się tylko kilka dni.

– Licząc, mamo, od ubiegłego września, znamy się ponad dziewięć miesięcy.

– Przecież w ten sposób czasu znajomości się nie liczy.

– Pokręciła głową mama. – Ale nawet licząc tak, to z Januszem znasz się dłużej.

Tak czy inaczej na razie postanowiła nie wracać w rozmowach z mamą do tematu Wojtka. Zdradziła jej natomiast, że podczas pierwszej rozmowy z tatą miała wrażenie, jakby przepłynął przez nią jakiś prąd.

– Ścierpła ci ręka, bo położyłaś na niej jego ciężką dłoń – odparła mama.

No tak, tak też mogło być, pomyślała wówczas Joanna, ale to było zbyt proste, żebym wówczas na to wpadła.

Wieczorem dostała od Wojtka maila. Ucieszyła się nadzwyczajnie, bo przysłał też kilka fotek z jachtu. Pochwaliła się nimi domownikom.

– Wielki żaglowiec! – powiedziała mama. – I kapitan... bardzo męski – podkreśliła.

– Aaale wnętrza! – jęknął Jędrek.

– Jak w hotelu! – dodał Wojtek.

– Czy to będzie nasz szwagier? – spytał, spoglądając na siostrę z ukosa, Jędrek.

– A idźże z takimi pytaniami! – Zamachnęła się na niego ścierką do wycierania naczyń.

– Widzi mi się, że będzie! – odparł, zaśmiewając się.

Żeby zaspokoić ciekawość braci, pokazała im stronę gdyńskiego Jacht Klubu z filmem prezentującym żaglówkę na morzu. Kręcili z podziwu głową. Na Morzu Czorsztyńskim oni także uczyli się żeglarstwa, naśladując starszą siostrę, ale kiedy zaczęli rosnąć, jachty zrobiły się dla nich zbyt ciasne. Zresztą trzeba było coraz częściej zastępować dziadka na tratwie i zaczęli na zmianę wspomagać ojca we flisowaniu. Inaczej nie byłoby dutków. To do nich trafiało najbardziej.

Obaj lubili swoją pracę, chociaż wypadek ojca trochę zachwiał ich pewnością w to, co robią. Obiecali sobie, że od teraz będą zwracali szczególną uwagę na to, by dzieciaki siadały tylko na środkowych miejscach.

Kolejne dni nie przynosiły zmian w stanie taty. Joanna codziennie zostawała z nim sama przez kilka minut i opowiadała o tym, co lubił najbardziej, czyli o flisowaniu i rzeźbieniu w drewnie. Mama uparła się któregoś dnia, że zostanie z nią. Po kilku minutach pchnęła Joannę w kierunku wyjścia.

– Idź i poczekaj na mnie na dole, bo muszę koniecznie coś mu powiedzieć.

– Ale ty słuchałaś, co ja mówiłam.

– To zupełnie co innego. Idź, proszę.

Przez moment Joanna spoglądała ukradkiem zza szyby na mamę, jak gładzi tatę po policzku, czy podobnie jak ona, kładzie jego dłoń na swoją. A gdy zobaczyła, jak próbuje zacisnąć jego wielkie palce wokół swojej dłoni, wzruszyła się i zeszła do samochodu.

Wieczorami siadała przy biurku i czytała maile od Wojtka, zaznaczała kropkami miejsca na mapie, w których właśnie przebywali. Któregoś dnia dostała dwa maile. Jeden od Wojtka, a drugi od Antoniny. Najpierw wczytała się w słowa Wojtka. Kiedy dojrzała jego wyznanie, że tęskni za nią, pogładziła to słowo na monitorze. Zrobiło jej się ciepło na sercu. Natychmiast odpisała, zapewniając, że mimo ciężkiego stanu taty też o nim myśli i będzie czekać na spotkanie. Kiedy kliknęła „wyślij", pomachała na pożegnanie. Potem otworzyła maila od Antoniny. Pisała, że dostali od Wojtka wiadomość o wypadku jej taty. Podał im jej adres mailowy. Życzyli ojcu szybkiego powrotu do zdrowia. Antonina prosiła, by podała swój adres domowy, to wyśle jej pamiątkę z Fatimy, w której będą już jutro, bo trochę zmieniły się ich wcześniejsze plany. Joanna odpisała natychmiast, dziękując za pamięć i miłe słowa.

Wieczorem następnego dnia dostała kolejnego maila z informacją, że przesyłka została wysłana. Joanna popłakała się, ale postanowiła na razie nic nikomu nie mówić.

Podczas wizyty kolejnego dnia w szpitalu mama, która znowu została sama, aby „porozmawiać"z tatą, niespodziewanie szybko pojawiła się w samochodzie.

– Dzieci! Miałam wrażenie, że tata ścisnął mój palec!

Wszyscy natychmiast wrócili na górę, ale podobny cud się nie powtórzył. Mama zadzwoniła do Stasia Chowańca, żeby mu to powiedzieć, ten jednak nie odebrał telefonu, za to po chwili napisał esemesa, że dzisiaj nie może rozmawiać, jest poza Nowym Targiem, ale jutro zobaczą się na pewno podczas porannego obchodu.

Kiedy następnego ranka spotkali się na OIOM-ie, mama podekscytowana wykrzyczała:

– Stasiu! On ścisnął mi palec tak, że aż poczułam! Raz, ale potem to się już nie powtórzyło.

– Ciszej, Aniu. Wierzę ci. Tak mogło się zdarzyć. Już kiedyś mówiłem Asi, żeby dużo z nim rozmawiać, a ty widzę, że robisz mu gimnastykę palców. Też dobrze. Tylko go nie przetrenuj! – Pogroził ze śmiechem palcem.

– Chyba mi nie wierzysz... – Mama zrobiła smutną minę.

– Aśka z kolei poczuła od niego coś jakby prąd! – przypomniała sobie mama.

I wtedy Joanna musiała opowiedzieć swój przypadek.

– Wierzę wam obu. Mówcie do niego jak najwięcej. O tym, co lubi, co się dzieje w domu, co u chłopaków. Każdy bodziec jest dobry i ważny – pochwalił obie. – Wczoraj byłem na konsultacjach w Gdyni, w szpitalu, w którym zajmują się chorobami kesonowymi, ale też zaburzeniami u nurków, którzy stracili przytomność na niezbyt dużej głębokości, po awarii związanej z dostawą tlenu. Co prawda nic szczególnie nowego się nie dowiedziałem, ale przynajmniej potwierdziło się, że ważna jest po prostu cierpliwość. Żadnych gwałtownych ruchów w terapii. Robimy wszystko dobrze, wprowadzę jeszcze inne lekarstwa. Dali mi ich na kilka dni, ale już dzisiaj kazałem zamówić więcej.

Po dwóch dniach pojawiła się paczuszka od Antoniny. Joanna rozpakowała ją i... wzruszyła się do łez. Trzy malutkie różańce, krzyżyk na łańcuszku, buteleczka wody święconej, pąk białej róży i karteczka z pozdrowieniami. Poszła pokazać mamie zawartość.

– Jeden, mamuś, jest dla ciebie... – podała matce jeden z różańców – ...jeden dla taty, a jeden dla mnie. Woda święcona będzie dla was, a krzyżyk dla mnie. Wszystkie są poświęcone w Fatimie, tak jak ta róża i karteczka z pozdrowieniami oraz życzeniami powrotu do zdrowia dla taty.

– W Fatimie? Tam, gdzie był ten cud?

Joanna musiała opowiedzieć historię Antoniny i Bartka. Mama przez cały czas kręciła z podziwu głową.

– Że akurat trafiłaś w tej Gdyni na samych wartościowych ludzi! Taty różaniec schowam do szuflady w jego stoliczku – powiedziała smutno i przykryła go dłonią.

– Nie, mamuś. Weźmiemy go z sobą. Damy mu go teraz, jeszcze dzisiaj.

– No wiesz?! Chyba nie mówisz poważnie! Przecież on... – Spojrzała na córkę dziwnym wzrokiem i przerwała.

– To nie tak, jak myślisz – rzuciła Joanna, kręcąc z przekonaniem głową, po czym schowała go do swojej torebki.

Podczas wieczornej wizyty w szpitalu ułożyła różaniec pod dłonią ojca. Matka, która przyglądała się temu, zupełnie nie wiedziała, jak zareagować.

– Może wyczuje paciorki – wyjaśniła Joanna, spoglądając na matkę, w której oczach wciąż widziała brak zrozumienia. Po dłuższej chwili matka pokiwała głową, jakby wreszcie pojęła, co córka miała na myśli, i usiadła spokojnie na krześle.

Joanna, wpatrując się w ojca, zaczęła opowiadać o pewnym zdarzeniu na jachcie. Napisał do niej o tym kilka dni temu Wojtek, kiedy wiatr ucichł i stali na Ławicy Słupskiej. Barwnie opisała opalanie się Baśki na pokładzie, leżącej na kolorowym ręczniku, i awanturze, jaką jej zrobił Wojtek za to, że opalała się bez kapoka i pasa bezpieczeństwa.

– Ale jak to tak? – nie wytrzymała matka. – Przecież opalanie się w tych różnych dynksach... – dotykała się dłońmi po ciele – ...jest zupełnie bez sensu!

– Mamo. Może to wydaje się bez sensu, ale wyobraź sobie, że sternik akurat się zagapił, albo po prostu... ze zmęczenia czy też od błysku słońca przymknęły mu się na moment oczy, w tym czasie reszta załogi odpoczywa pod pokładem, a plażowiczka przypadkiem zsuwa się do wody. Nikt tego nie zauważy!

– Ale wymyśliłaś! To by był jakiś kompletnie nieprawdopodobny przypadek!

– Mamuś! A czy taty przypadek nie daje ci nic do myślenia? – spytała twardo Joanna.

Matka zamilkła.

– Może i ty, dziecko, masz rację, chociaż to strasznie dziwne opalać się w kapoku i na uwięzi jak jakiś burek – powiedziała po przemyśleniu.

– Mamo! Rejs po morzu to nie jest taka sobie wycieczka, a już na pewno nie może tam być miejsca na opalanie się! Takie opalanie się!

– Myślę, że to już jest przesada! – powiedziała nieco głośniej matka.

– A cóż to za głośna dyskusja?! – odezwał się od progu doktor Chowaniec. – Nie kłócicie się czasem? – Przyglądał się nieco podejrzliwie swojej koleżance z podstawówki, Ani, i jej córce Asi.

– Rozmawiamy o opalaniu się na jachcie! I ona mówi...

– Słyszałem wszystko. – Ordynator wskazał kciukiem za siebie. – Wróciłem do gabinetu, żeby przez chwilę rozprostować kości, a tu słyszę waszą głośną rozmowę! Nie wiem, jaki był jej początek, ale mogę powiedzieć z całą pewnością, że jacht nie służy do opalania się. A któraś z was sądzi, że to możliwe? – Spoglądał to na jedną, to na drugą.

– Mama! – Joanna wskazała oskarżycielsko palcem.

– Ja tylko powiedziałam, że to strasznie głupie kazać się komuś opalać w kapoku i na jakiejś smyczy – wyjaśniła urażonym tonem mama, wzruszając ramionami.

– Moje panie, obie macie rację. Jacht, o ile nie jest zacumowany w szuwarach, nie służy do opalania, z drugiej zaś strony opalanie się w kapoku i tak dalej faktycznie jest bez sensu... – Ordynator pokręcił głową. – A jak to się w ogóle stało, że zaczęłyście o tym rozmawiać?!

– Bo opowiedziałam dzisiaj tacie o zdarzeniu na jachcie, na którym... – zaczęła Joanna.

– E tam! – przerwała jej bezceremonialnie matka. – Ona dała Jaśkowi różaniec! – Wskazała palcem najpierw na Joannę, a potem na męża.

Doktor Chowaniec spojrzał na leżącego przyjaciela i chociaż nic w jego rękach nie dojrzał, to rzucił ostro w kierunku Joanny.

– Co ciebie, Aśka, poniosło?! Przecież on w każdej chwili może się wybudzić, a ty już chcesz...? – nie dokończył myśli, którą miał na końcu języka, bo dostrzegł, że Joanna kręci z dezaprobatą głową.

– Jeśli ja poczułam w dłoni prąd, a mamie tata ścisnął palec, to pomyślałam sobie, że jeśli będzie miał cały czas pod dłonią paciorki różańca, a do tego z Fatimy, to mu to na pewno nie zaszkodzi.

Doktor Chowaniec, kręcąc głową, spojrzał na Jaśka, a potem na kobiety. Widać było, że coś mu się nie zgadza. Matka więc uniosła nieco w górę dłoń swojego męża.

– Widzisz? – spytała.

Chowaniec spojrzał na prześcieradło.

– Teraz widzę... malutki różaniec!

– ...i poświęcony w Fatimie! – wtrąciła Joanna.

– A kto był w Fatimie? – Ordynator znowu popatrzył ze zdziwioną miną na kobiety.

– Moja przyjaciółka Antonina – wyjaśniła Joanna. – Właśnie dzisiaj dostałam od niej przesyłkę – westchnęła, bo zaczynała ją już męczyć ta osobliwa rozmowa.

– Ależ wy macie, kobiety, emocje! Jak on by się teraz obudził, to dopiero by wam nagadał. – Chowaniec spojrzał na przyjaciela. – Widziałyście? – spytał nagle i nachylił się raptownie nad jego twarzą.

– Co takiego? – zdziwiła się matka.

– Powieka mu drgnęła!

– Patrzyłam na ciebie – odparła zaskoczona pani Anna i szybko przeniosła wzrok na męża.

– Ja z kolei patrzyłam na mamę – dodała Joanna, podobnie zdziwiona.

– Może mi się tylko tak wydawało? – Wzruszył ramionami doktor. – Zmęczony jestem. Jedźcie już do domu. Zdrzemnę się obok niego, a potem sobie pogadamy. Albo zrobię odwrotnie – uśmiechnął się.

Wieczorem Joanna wczytała się w maila od Wojtka. Tym razem pisał, że wczoraj, na kanale La Manche, w drodze z Cherbourga do Plymouth, trafił im się nieoczekiwanie silny szkwał. Jacht nagle postawiło bokiem do fali, i to tak raptownie, że Bogdan przekoziołkował i wypadł za burtę, chociaż miał szelki i był przypięty *lifeliną*. Dobrze, że Edward stał za sterem, bo zrobił alarm i dzięki temu uwolnili go, chociaż najpierw musieli ustabilizować jacht. Obijał się prawie dziesięć minut jak worek kartofli o burtę i tylko dzięki temu, że trenuje dżudo i pady, jakoś z tego wyszedł. Ale ma sine dupsko i poobijane nadgarstki.

Zaznaczyła to miejsce na mapie. Amsterdam już obejrzeli, Cherbourg także... Przypomniała sobie stary film muzyczny *Parasolki z Cherbourga* z Catherine Deneuve. Dziwna muzyka, ale nie żałowała czasu na obejrzenie filmu ze względu na główną odtwórczynię oraz przewodni motyw muzyczny użyty już podczas napisów początkowych i powtarzany w wiodących scenach. Miała zamiar, będąc w Cherbourgu, odszukać butik z parasolkami podobny do tego Madame Emery i jej córki Geneviève. Chciała też zobaczyć z bliska Mont Saint-Michel w zatoce o takiej samej nazwie, na południe od Cherbourga, ale kiedy była u Wojtka, wytłumaczył jej, że na to musieliby stracić cały dzień.

– Może w drodze powrotnej? – rzucił wówczas.

Kiedyś oglądała krótki film o sanktuarium Michała Archanioła na tej wyspie, a także o pływach w tym miejscu kanału La Manche, powodujących, że wzgórze odsłaniało się podczas odpływu i można było dojść do niego suchą stopą.

Spojrzała na harmonogram rejsu i policzyła dni, które zaplanował Wojtek na starcie. Stracili jeden dzień na Bałtyku, kiedy nie było wiatru. Są już dwudziesty dzień w morzu. Tyle czasu tatuś już leży na OIOM-ie. Poczuła wilgoć w oczach.

Rozdział 9

*M*ijały dni. Gdy Joanna z matką pojawiły się któregoś dnia w szpitalu na wieczornej wizycie u ojca,
przywitała je pielęgniarka z dziwną miną.

– Nie było mnie kilka dni, bo miałam wolne – rzuciła
na przywitanie tytułem wstępu. – Przyszłam tutaj późnym
popołudniem spisać dane z monitorów i zobaczyłam mały
różaniec obok dłoni pacjenta. Kiedy wypełniłam kartę z danymi i znowu spojrzałam na łóżko, już go nie było – powiedziała, ze zdziwieniem rozkładając dłonie.

Mama podeszła do łóżka i uniosła dłoń męża.

– Ten? – spytała.

– Ten sam – odparła pielęgniarka, robiąc wielkie oczy.
W odpowiedzi niejako na jej wzrok Joannie i matce też oczy
zrobiły się jak spodki.

– Boże! Aśka! Dzwonimy do Stacha! – wykrzyknęła matka, unosząc w górę dłonie.

Doktor Chowaniec pojawił się w szpitalu błyskawicznie.
Kazał raz jeszcze opowiedzieć sobie całe zdarzenie. Jego oczy
skierowane były to na pacjenta, to wpatrywały się w twarze
kobiet, a czoło coraz mocniej się marszczyło.

– Miałaś rację z tym różańcem. – Położył dłoń na ramieniu Joanny, gdy pielęgniarka skończyła opowiadać przebieg zdarzenia. – Może on dał nam w ten sposób jakiś znak? – spytał.

Cała czwórka wpatrywała się w leżącego na łóżku pacjenta o kamiennej twarzy. Nagle środkowy palec dłoni Jaśka Trepki zgiął się nieco w kostce, unosząc w górę, a po chwili wolno opadł, jakby wypychał coś spod dłoni. Po chwili stało się tak samo i znowu kolejny raz. Przed jego dłonią pojawiły się nagle paciorki różańca. Na twarzach obecnych rysowało się ogromne zdumienie.

– Jaśku! Ty nas słyszysz, prawda? – zawołała jego żona.

Środkowy palec pacjenta znowu się zgiął, unosząc leciutko w górę, tym razem spychając stopniowo paciorki pod dłoń, potem wykonał ten ruch ponownie i jeszcze raz, aż różaniec zniknął pod jego dłonią. Anna Trepka padła na kolana i zaczęła całować rękę męża. W jej oczach oraz oczach Joanny pojawiły się łzy.

– Jasiek! – odezwał się głośno doktor Chowaniec. – Nie męcz się, powoli. Mamy dużo czasu.

Na twarzy pacjenta pojawił się dziwny tik, a po chwili drugi, aż paciorki różańca wychynęły przed dłoń.

– Dostałem od pacjenta butelkę białej wódki, jaka ci kiedyś u mnie zasmakowała – rzucił irracjonalnym tekstem doktor. – Czy mam wypić sam, czy poczekać na ciebie? – spytał Chowaniec.

Na twarzy Jaśka Trepki znowu pojawił się tik, a po chwili drugi.

– Dobrze, że dzisiaj rano Wojtuś ogolił tatę, bo przy wczorajszym zaroście byśmy nawet nie dostrzegli jego uśmiechu – powiedziała przez łzy Joanna.

Pacjent znowu odpowiedział tikiem mięśnia na twarzy.

– A możesz, Jaśku, spojrzeć na nas? – spytała pani Anna.

Powieki jej męża lekko zadrżały, ale nie dały rady się otworzyć. Po chwili drżenie powiek powtórzyło się.

– Próbuje, ale jeszcze nie ma siły. Musi na powrót nauczyć się sterować tym wszystkim, co mu natura dała – ocenił doktor. – To jak z awarią komputera, któremu rozładowała się bateria. Teraz się ładuje, ale każdej chwili, każdego dnia będzie już lepiej. Zaraz zadzwonię do Anglika i skonsultuję się z nim. Posiedźcie jeszcze chwilę u Jaśka, ale nie męczcie go zanadto. Musi dużo odpoczywać. Ja zostanę dzisiaj z nim na noc, bo i tak żona wyjechała do wnuków – rzucił i ruszył do wyjścia.

– Gdybym była do czegoś potrzebna, to jestem obok – dodała pielęgniarka i wyszła za ordynatorem. Matka i córka skinęły głowami.

Anna Trepka usiadła przy mężu.

– To Joasia uparła się, żeby zostawić ci ten różaniec – powiedziała.

Środkowy palec jej męża znowu poruszył się kilkakroć i paciorki różańca pojawiły się przed jego dłonią. Po chwili poruszył palcem znowu i paciorki zniknęły.

– Aha! Czyli jak się zgadzasz z nami, to pokażesz różaniec, a jak nie, to nie pokażesz go? – spytała Joasia.

Po kilku ruchach palca manewr z paciorkami różańca powtórzył się.

– A czujesz się dobrze, Jaśku? – spytała matka.

Joanna spiorunowała ją wzrokiem.

Na twarzy ojca pojawił się kilkakrotny tik.

– Rozweseliłaś go – rzuciła Joanna. Paciorki różańca wysunęły się, żeby po chwili zniknąć.

– Chłopcy od kilku dni znowu flisują, więc dlatego dopiero dzisiaj byli cię ogolić, bo sobie załatwili późniejszą godzinę spływu. Powiedzieli, że tata fajnie wygląda z takim zarostem i wystarczy golenie co trzy dni. Może być? – spytała pani Anna.

Paciorki różańca wyjrzały spod dłoni, a po chwili zniknęły.

– Możesz mi, tato, zdradzić, czy pamiętasz, co opowiedziałam ci pierwszego dnia? – nieoczekiwanie i z pewnym wahaniem spytała Joanna.

Matka zmierzyła ją zdziwionym wzrokiem.

Paciorki różańca znowu pojawiły się na prześcieradle, a po chwili zniknęły pod dłonią ojca. Joanną wstrząsnął szloch.

– Mam nadzieję, tato, że mi wybaczyłeś – powiedziała cicho.

Paciorki różańca pojawiły się, a po chwili zniknęły. Anna Trepka wygięła się na swoim krześle do tyłu. Jej oczy stały się ogromne.

– A czy może zgadzasz się z tym, co wówczas powiedziałam o Januszu i Wojtku?

Matka, zaskoczona pytaniem, przyłożyła dłonie do twarzy, ale nie chciała przerywać tej specyficznej rozmowy. Paciorki różańca pojawiły się szybciej niż poprzednio, ale znikały wolno. Na twarzy chorego pojawiło się kilka tików.

– Uśmiecha się do ciebie – zauważyła z wahaniem matka.

Joanna nachyliła się do twarzy ojca. Przylgnęła do jego policzka, zostawiając na nim swoje łzy. Wytarła je palcami, ale wówczas spod powiek ojca wypłynęły jego.

– Boże! Jak ja cię, tatusiu, kocham! Dziękuję ci za wszystko. – Powtórnie przytuliła się do ojca.

– Ja też cię, córcia, kocham. – Matka pogładziła Joannę po plecach. – Mogę się tylko domyślać, o czym rozmawiacie, ale niech tak już zostanie, byleście żyli w zgodzie.

A ciebie, łobuzie... – drugą ręką pogładziła męża po czuprynie – ...także kocham jak nie wiem co! Zostanę z tobą dzisiaj na noc! – zadeklarowała, szczęśliwa z pogodzenia się ojca i córki.

Paciorki różańca nie pojawiły się na prześcieradle.

– Tata chyba tego nie chce... – pokręciła głową Joanna, wpatrując się w jego dłoń – ...może uważa, że to raczej nie ma sensu, bo słyszał, że na rozmowę zamówił się dzisiaj doktor – wyjaśniła. Paciorki różańca pojawiły się, a po chwili zniknęły. – Widzisz? – Spojrzała na matkę i otarła łzy.

– Uważasz, że powinnam pojechać do domu? – spytała męża, zdziwiona jego decyzją, pani Anna.

Ruch paciorków różańca potwierdził.

– Jak chcesz, ale jutro rano i tak przyjadę – powiedziała z przekonaniem.

Do sali wszedł doktor Chowaniec.

– Rozmawiałem z Anglikiem. Polecił mi jeszcze jedno lekarstwo i natychmiast je zamówiłem. – Spojrzał na żonę Jaśka Trepki. – Przekazuję od niego gratulacje i pozdrowienia.

– Czy dasz wiarę, że on nie chce, bym została przy nim na noc? – Anna Trepka wskazała na męża i spojrzała doktorowi prosto w twarz.

Ten uśmiechnął się szeroko.

– A więc uważasz, Jasiek, że baby powinny już pojechać do domu? – Teraz doktor spytał przyjaciela.

Paciorki różańca ponownie wykonały manewr potwierdzenia, a na policzku pacjenta pojawił się tik.

– Same widziałyście, więc znikajcie już.

Doktor Chowaniec poczekał, aż matka i córka pożegnają się z jego przyjacielem, sam je wycałował na odchodne i pomachał dłonią, jakby je poganiał.

– No, idźcie już, idźcie. Wam też należy się odpoczynek – rzucił jeszcze za nimi.

Paciorki różańca wychynęły spod dłoni Jaśka Trepki na prześcieradło, a po chwili pod nią zniknęły.

Joanna i matka po wyjściu z oddziału opadły na ławkę stojącą na korytarzu. Objęły się i rozpłakały.

– Czy coś się stało? Podać może wodę? – Obok nich pojawiła się natychmiast przestraszona pielęgniarka; dostrzegła je ze swojego pokoju.

– Nie, nie... to tylko ze szczęścia – odparła pani Anna Trepka.

Dzisiejsza kolacja była wreszcie radosna. Bliźniacy już czekali w domu, a kiedy wysłuchali radosnych wieści ze szpitala, wyściskali matkę i siostrę oraz zatańczyli po góralsku.

– No, to dzisiaj możemy chyba, mamo, wypić po jednym kielichu, nieprawdaż? – rzucił pytaniem Jędrek.

– Ale tylko po jednym – stanowczym tonem odparła matka. – Jutro przecież flisujecie.

– A ty, siostra, napijesz się z nami?

– Mam jeszcze u siebie w pokoju trochę jakiejś rudej, więc chętnie, dla towarzystwa – odparła Joanna, po czym ruszyła żwawo do siebie, a po minucie trzymała już w ręku szklaneczkę z alkoholem.

Tej nocy siedziała długo. Dzisiaj usłyszała wreszcie od ojca, w nietypowy co prawda sposób, to, na co czekała tyle lat. Nie tylko dał jej wolną rękę w kwestii własnych wyborów, ale i zaakceptował dokonany pierwszy z nich. Dobrze wiedziała, że nawet gdyby się nie zgodził, i tak zrobiłaby wszystko po swojemu. Dlatego właśnie wyjechała.

Oboje mocno to przeżyli, a ona – skoro już odważyła się na taki krok, poszła dalej. Poszłam, tato, na całość, jednak nie żałuję! Uśmiechnęła się. Uważała się w sprawach damsko-męskich za konserwatystkę, ale z Wojtkiem poczuła zew natury.

Ejże, co to za słowa?! – zrobiła minę do samej siebie. Pociągnęła mały łyk ze szklaneczki i wsmakowała się w alkohol. Lubię whisky i to chyba też nie należy do konserwatywnego kanonu kobiety z Nowych Maniów, co? Wzruszyła ramionami. Przed oczami stanęła jej twarz ojca, któremu spod powieki wypływa łza. Kochany... Wreszcie dojrzał i uznał, że mam prawo do samodzielnego decydowania o swoim losie! Dojrzał... ależ ja jestem! Mimo łez, które sobie przypomniała, uśmiechnęła się. Góral z zasadami z XIX wieku, uparty i konserwatywny jak cholera, wciąż tkwiący w Starych Maniowach. Uważał, że w sprawie jej życia wszystko wie najlepiej, i chociaż ją to bolało, była pewna, że robił to z miłości. Aż do niedawna. Przemyślał pewnie sobie wiele po moim wyjeździe, wiedział, że wrócę. Czekał na okazję, żeby mi zakomunikować swoją decyzję.

Napełniła szklaneczkę do połowy rudą i głęboko odetchnęła. Koniec takiego myślenia! Przesiadła się do komputera. W pokoju zrobiło się jasno. Otworzyła skrzynkę pocztową. Czekał na nią list od Wojtka. Ze zdumieniem przeczytała jego słowa, że po wypadku Bogdana nosił się z myślą o przerwaniu rejsu. Niesamowite! Wczoraj jednak, kiedy ogłosił to w tawernie w Plymouth podczas wspólnej kolacji z załogą, wszyscy nakrzyczeli na niego, ale też przyrzekli, że już nigdy nikt nie będzie się na jachcie opalał, a każde wyjście na pokład, nawet na siusiu, będzie asekurowane przez inną osobę z załogi oraz przez *lifelinę*. Ustąpił, chociaż jak pisał, nigdy wcześniej tego nie robił. Coś mi się chyba niedawno stało z głową... – dopisał i dołączył kilka roześmianych buziek.

Rankiem następnego dnia wszyscy mieliśmy za to lekkiego kaca, ale jednomyślnie skróciliśmy pobyt tutaj do jednego dnia, żeby nadrobić opóźnienie z Ławicy Słupskiej.

Zamknęła klapę komputera. Odpiszę rano, postanowiła.

Rozdział 10

Joanna z mamą codziennie przyjeżdżały do szpitala. Z każdym dniem stan ojca poprawiał się. Otwierał coraz szerzej oczy i uśmiechał się. Przeniesiono go na inny oddział. Zaczynał mówić, chociaż sprawiało mu to dużą trudność. Coraz śmielej na ich powitanie podnosił dłonie, a w jednej z nich zawsze trzymał mały różaniec. Uczył się mówić i wreszcie któregoś dnia, robiąc wyraźny wysiłek, spytał na raty, utkwiwszy wzrok w córce:

– Powiedz... raz jeszcze... skąd on?

Spoglądał na różaniec owinięty wokół trzech palców.

Joanna opowiedziała mu, tak jak niedawno mamie, historię Bartka i Antoniny oraz ich wizyty w Fatimie. Wyraźnie odczytała z jego wzroku, że dziwi się pewnym sprawom z ich życia, jak wcześniej czyniła to mama. Kiedy skończyła, przymknął oczy.

– Kocha... ją? – spytał, spoglądając na córkę.

– Tylko raz rozmawiałam z nimi, ale wygląda mi, tato, że bardzo ją kocha. Ona zresztą też za nim szaleje. To się wyczuwa.

– Ale... oni nie są... – wydukał, pokazując swój palec ze złotą obrączką.

– Ty wiesz, że w tej materii mam poglądy podobne do waszych, ostatecznie spadłam niedaleko od jabłoni. – Pogładziła dłoń ojca i spojrzała na matkę. Ojciec położył na jej ręce swoją drugą dłoń. – Myślę, że oni kiedyś wezmą ślub – rzekła z przekonaniem. Ojciec po chwili zastanowienia skinął głową.

– Nie znam ich, ale też tak sądzę jak wy – włączyła się matka.

Ojciec przymknął oczy.

– Wtedy... w Dunajcu... – podjął po dłuższej chwili.

– Nie męcz się, Jaśku ... – poprosiła matka.

– Wszystko... pamiętam...

– Jędrek opowiedział nam z detalami – zapewniła matka.

– Kiedy Jędrek... wyciągnął mnie, to przez chwilę go widziałem, ale potem... już nic...

Wkrótce pojawił się Staś Chowaniec z innym lekarzem i zrobiło się weselej.

– Od jutra, Jaśku, zaczynasz chodzić! – zakomunikował radośnie ordynator. – To fizjoterapeuta, doktor Góralczyk. – Wskazał na stojącego obok niego lekarza.

– Ale przecież...

Ojciec wydawał się zaskoczony.

– Powiedziałem zaczynasz, a nie że idziesz na randkę z Anią. – Mrugnął do swojej dawnej koleżanki z podstawówki. – Najpierw usiądziesz, potem wstaniesz na nogi, następnie zrobisz pierwszy krok...

Doktor Chowaniec podał mu sznurową drabinkę przewieszoną przez tylną poręcz łóżka.

– Przyszliśmy zobaczyć, jak sobie dajesz radę. Tylko nie zrób mi wstydu.

Ojciec złapał oburącz drabinkę, naprężył się i zaczął z lekka dźwigać. Anna Trepka rzuciła się, żeby mu pomóc.

– Nie, nie, nie... – pokręcił głową Chowaniec – ...musi sam.

Trepka opadł na poduszkę.

– Muszę sam – wysapał po chwili, spoglądając na żonę.

– Rano już trochę próbowaliśmy, a teraz przyszliśmy wspólnie zdecydować, czy już, czy jeszcze trochę poczekać – dodał Chowaniec, spoglądając na kobiety. – Spróbuj jeszcze raz – rzucił do przyjaciela.

Jasiek Trepka ponownie zacisnął dłonie na ostatnim szczebelku drabinki, nabrał powietrza i ponownie zaczął się dźwigać. Przekładał dłonie na kolejne szczebelki, aż wreszcie jego korpus znalazł się w pozycji pionowej.

– Udało... się! – wysapał.

– Brawo, tato! – zawołała Joanna. Matka zaklaskała.

– Teraz trzymaj się mocno i spróbuj trochę podciągnąć kolana, a potem z powrotem je wyprostować – zakomenderował Chowaniec.

Jasiek Trepka posłusznie, choć z wysiłkiem, wykonał polecenie.

– No i dobrze – ocenił doktor. – Jak myślisz? Dasz radę teraz opuścić nogi z łóżka? Będziemy cię asekurować.

Bliżej łóżka podszedł także doktor Góralczyk.

Po chwili, przy głośnym postękiwaniu ojca, jego stopy dotknęły podłogi.

– Siedzę! – sapnął zadowolony.

– Siedzisz – zgodził się z nim Chowaniec. – Teraz już pójdzie z górki. Nie, nie, nie! – zawołał, widząc, że Jasiek zbiera się do stanięcia na nogi. – W każdym razie ci gratuluję i teraz oddaję cię w ręce kolegi. – Wskazał na doktora Góralczyka.

– Za godzinę zaczynamy więc ćwiczenia – powiedział z uśmiechem na twarzy doktor Góralczyk. – Jest pan wyjątkowo dzielny – dodał z podziwem w głosie. – Przyjdę po pana osobiście.

Wieczorem Joanna dostała kolejnego maila od Wojtka. Tym razem donosił, że są już w La Rochelle. Spojrzała na harmonogram rejsu, a potem na mapę. Czyli z Plymouth popłynęli do Brestu, a potem dwoma skokami, poprzez Saint-Nazaire, do La Rochelle. Ostatni akapit maila wzruszył ją prawie do łez. Wojtek informował ją, że dołącza pierwszą kompozycję, która powstała podczas tego rejsu: *Joanna z morskich fal*. Zdradził, że pomysł melodii chodził za nim już od Kopenhagi, ale zaczął komponować dopiero po wypłynięciu z Plymouth, kiedy wreszcie ustąpiły nerwy po wcześniejszych niemiłych zdarzeniach. Wczoraj skończył. Zadedykował utwór tytułowej bohaterce. Teraz w jej oczach pojawiły się łzy. Po trzecim odtworzeniu postanowiła ustawić główny temat kompozycji jako dzwonek w telefonie. Odpisała mu, sążniście okraszając list podziękowaniami i gorącymi pocałunkami.

Dopiero od niedawna próbowała ogarnąć propozycję Szczepana. Zapoznała się dokładnie z profilem funkcjonowania jego firmy, poznała z grubsza najważniejsze zrealizowane projekty, którymi chwalił się na stronie firmy, oraz opinie klientów. Dzięki temu wyobraziła sobie, co może zawierać album i do kogo może być adresowany. W ciągu kilku ostatnich dni podjęła próby jego wizualizacji. Dzisiaj przejrzała raz jeszcze dotychczasową pracę, nanosząc kilka drobnych korekt. Przekonwertowała dokument do formatu PDF i napisała maila, dołączając koncepcję. Dodała, że oczekuje uwag i ewentualnie dyskusji. Jakież było jej zdziwienie, kiedy po powrocie następnego dnia z Nowego Targu w skrzynce mailowej znalazła odpowiedź. Szczepan pisał, że jest gotowy w każdej chwili do spotkania. Czeka na kontakt telefoniczny. Oddzwoniła i umówili się na rozmowę w jego domu w najbliższą sobotę.

Przyjechał po nią z rana. Kiedy tylko przywitali się i samochód ruszył w kierunku Czarnego Dunajca, Szczepan odezwał się.

– Czułem, że zaproponujesz, Joanno, coś ciekawego, ale to, co przesłałaś, przeszło moje najśmielsze oczekiwania.

– Ależ to jest tylko wstępna koncepcja – zdziwiła się.

– Pokazałem ją współpracownikom i kilku kolegom, nie zdradzając, na wszelki wypadek, od kogo to mam... – Wskazał na nią palcem i uśmiechnął się. – Czy wiesz, jakie były pytania? Dla ułatwienia powiem ci, że one się powtarzały.

– Do tej pory nigdy nie realizowałam projektu w takim trybie, wystarczyło, że wykonałam kilka grafik, napisałam do każdej z nich po kilka słów komentarza i już. Nie, nie mam pojęcia, jakie były pytania – odpowiedziała Szczepanowi, wzruszając ramionami.

– Wszyscy pytali, jak duży zespół nad tym pracował oraz ile tygodni to zajęło – powiedział z uśmiechem, widząc, że kręci z niedowierzaniem głową. – A powiedz mi szczerze, ile zajęło ci to czasu?

– Najwięcej czasu pochłonęło mi przestudiowanie procedur opracowywania projektów, jego poszczególnych etapów. Ściągnęłam materiały z internetu, wydrukowałam je i przyjęłam z nich to, co dla mnie będzie ważne. Potem ściągnęłam sobie na chybił trafił po jednym wzorcowym opracowaniu dla każdego etapu i już. W sumie były to trzy dni robocze. Sama koncepcja zajęła mi niecałe dziesięć dni, ale tylko dlatego, że pracowałam z przerwami i nie chciałam zarywać nocy.

– Czy chcesz mi powiedzieć, że wykonałaś to wszystko w dwa tygodnie, a właściwie w dziesięć dni?

– Przecież przywiozłeś mnie tutaj trzydziestego czerwca, a prawie do piętnastego lipca nie byłam w stanie myśleć o albumie. Pisałam ci, kiedy tata wrócił... prawda?

– Wiesz, Joasiu... Nasze biura projektowe zżera rutyna, a do tego złe nawyki. To również jest i moja wina, że u siebie czasami na to pozwalam, akceptuję. Liczymy często puste godziny, a koszty projektów rosną. Ech... – Machnął ręką. – Posłuchaj, bardzo mi dzisiaj zależy, żeby ci pokazać, jak mieszkamy, żebyś poznała moją żonę, rodziców... i kto tam jeszcze dzisiaj będzie – zmienił temat.

Joanna uśmiechnęła się.

– To znaczy, że nie masz uwag do koncepcji?! – postanowiła jednak podrążyć sprawę swojego opracowania.

– Nie no, mam, ale one głównie dotyczą kolorystyki.

– Przecież napisałam ci w koncepcji, że ta sprawa nie jest ostateczna i dostosuję się, chociaż... jeśli idzie o sąsiadujące ze sobą, wykluczające się kolory, to własnych zasad będę broniła.

– Czyli znowu się czegoś nauczę!

– Chyba sobie żartujesz! – wykrzyknęła Joanna, zaskoczona tą opinią.

– Tylko trochę – roześmiał się Szczepan.

Ani się obejrzała, kiedy zaparkowali przed góralską chatą. Niby podobna do stojących w pobliżu, ale jednak wyróżniająca się. Kamienna podmurówka, ciemniejszy niż na ogół kolor drewna, ładny zadaszony ganek wsparty na czterech zdobionych kolumnach. Dom otoczony był świerkami sięgającymi dachu o wielu lukarnach. Została ciepło przyjęta przez rodzinę Szczepana. Domyśliła się, że nie tyle dzięki wykonanej dla niego pracy, ile z powodu znajomości z Wojtkiem. Wszyscy o nim mówili ciepło, a ze słów, jakie padały, wywnioskowała, że znają go dobrze, że musiał bywać w Czarnym Dunajcu nieraz.

Reakcje domowników były szczere i spontaniczne, więc szybko polubiła żonę Szczepana i jego rodziców. W atmosferze ich domu czuła się do tego stopnia znakomicie, że prawie zapomniała, co ją tam sprowadziło. Nie mogła się, rzecz jasna, oprzeć, by nie pochwalić samej chaty i otoczenia, urządzonych skromnie, lecz ze smakiem, ale niejako w rewanżu musiała opowiedzieć o wypadku taty. Po kawie przypomniała sobie cel wizyty i udali się ze Szczepanem do altany stojącej pod świerkami, aby porozmawiać o wykonanej przez nią pracy.

– Widzisz sama, Joasiu, że nie dałbym rady wytłumaczyć się przed swoimi – wskazał na dom, gdy usiedli w altanie – gdybym cię tutaj nie przywiózł.

– Kiedy opowiadałeś mi o tłumie bywającym tutaj, trudno było mi to sobie wyobrazić, ale nie przesadziłeś.

– A wiesz, że Wojtkowy matecznik, tam hen, na Gochach, funkcjonuje w podobny sposób? Może dlatego tak lubimy u siebie bywać. Ich dom jest stary i też drewniany, przypomina dawne wiejskie dworki. Ma duszę. Kiedyś jego rodzice nosili się z zamiarem rozebrania go i wybudowania murowańca, ale kiedy przypadkiem byłem tam pierwszy raz, próbowałem ich odwieść od tego pomysłu. Wojtek tym się zaraził i udało się.

– O swoim domu tylko raz mi wspomniał.

– Mnie kiedyś wyznał, że marzy mu się zamieszkać w nim w przyszłości, spoglądać na wnuczęta ganiające po trawie...

– Przecież on tak kocha WOLNOŚĆ! – wykrzyknęła zdumiona Joanna, nie bacząc, że Szczepan nie skończył myśli.

– Ech... myślę, że go dobrze rozpracowałem i powiem ci w tajemnicy, że to jest, moim zdaniem, w jakimś stopniu poza. Oczywiście kocha żagle, morza i oceany, ale swoją przyszłość wiąże z tamtym domem. – Szczepan skierował rękę na północ.

Joanna zupełnie nie wiedziała, jak to skomentować, bo w głowie pojawiło jej się kilka sprzecznych myśli. W związku z tym postanowiła tymczasem opinię Szczepana przemilczeć i przemyśleć ją sobie najpierw w samotności.

– To jak oceniasz koncepcję? – zmieniła więc raptownie temat.

– O kolorystyce już mówiłem, a innych uwag, póki co... nie mam – uśmiechnął się szeroko.

– Poczekaj, myślałam, że mamy tu przede wszystkim porozmawiać szczegółowo o koncepcji, uwagach do niej... Wiesz co, już ostatnio odniosłam wrażenie, że jesteś oryginał, ale dzisiaj przechodzisz samego siebie.

– Uważasz, że powinienem mieć uwagi? Jestem szczęśliwy, bo dawno nie cieszyłem się tak bardzo z otrzymanego produktu.

– Ależ to nawet nie jest półprodukt!

– Joasiu, nie doceniasz się! Dokładnie przecież widzę z koncepcji, jak chcesz ten album zrobić! Każde biuro projektowe, które by miało taką perłę w swoich szeregach, byłoby szczęśliwe.

– Ale przecież ja nie jestem profesjonalną projektantką!

– Jesteś lepsza. Kobieta kombajn! Kobieta orkiestra!

– Co za komplementy! – Poczuła się dowartościowana, ale postanowiła nie pokazać tego po sobie. Wzruszyła ramionami. – Gdybym potrafiła, pewnie bym się mocno zarumieniła. Powiedz mi w takim razie... dlaczego mi nie przekazałeś tych uwag... mailowo? Miałbyś dzień wolny, mógłbyś go spędzić z rodziną:

– Chciałem sobie zrobić prezent, przyjemność. Stwierdziłem, że mnie też czasami od świata się coś należy.

Wpatrywali się w siebie. Joanna nie dała rady powstrzymać powtórnego wzruszenia ramionami.

– Więc jeśli już zrobiłeś sobie ten prezent, to może czas, byś mnie odwiózł? – spytała nieoczekiwanie po kilku chwilach milczenia.

Sądziła, że zakłopocze tym trochę Szczepana, ale ten uśmiechnął się i zabawnie przewrócił oczami.

– Nie inaczej uczynię, ale dopiero po obiedzie i podwieczorku… Daj nam jeszcze trochę przyjemności, proszę. – Złożył dłonie. Joannę rozbawiła ta poza. – Aha! Byłbym zapomniał! Czy nie pogniewasz się, jeśli umowę podpiszemy dopiero z początkiem września?

– Zakręciłeś mną…

– Ja też?! – zaśmiał się zaraźliwie Szczepan.

– Tak, ale nieco inaczej – mrugnęła. – Wojtek jest teraz na trasie z La Rochelle do Bilbao.

– Chwileczkę! Wstrzymaj się! – wykrzyknął Szczepan. – Przez moment zapomniałem, że ty masz najświeższe wiadomości z jego rejsu. Zaraz zobaczysz, jakimi słuchaczami takich opowieści są moi. – Wskazał na dom. – Nie, nie wykręcisz się – dodał, widząc, że próbowała gestem zdystansować się od jego prośby. – To co… wracając do umowy, możemy ją podpisać z początkiem września?

– Oczywiście i powiem ci, że nie czekając na formalności, natychmiast siadam do kolejnego etapu. Taka jestem!

– Znaczy rozpoczniesz projektowanie?

– Właściwie tak, ale to jeszcze nie będzie projekt finalny, a wstępny. Myślę, że całość będę mogła zamknąć do końca stycznia nowego roku.

– Ale…

– Koszty przez to nie podrożeją znacznie, ale i ty, i ja będziemy mieli pewność, że powstaje właściwy produkt.

– Żeby tak moi projektanci potrafili ciepło i bez zadęcia przekonywać. Masz duży dar.

– Lubię samodzielną pracę i nie nadaję się na korporacyjną dziunię – rzuciła ze śmiechem, kręcąc głową.

– Takiego uroczego zawodowego kosza jeszcze w życiu nie dostałem – zaśmiał się. – *Freelancerka*… – Wpatrzył się w Joannę, marszcząc czoło. – Tak sobie myślę… – na moment zawiesił głos – …że jeśli idzie o ulubienie wolności, jesteście z Wojtkiem trochę do siebie podobni.

– Może, ale to są dwa różne jej modele – odparła. Szczepan aż otworzył usta ze zdziwienia. – Nie uważam, że całkiem ze sobą sprzeczne – kontynuowała niespeszona – ale nie we wszystkich elementach styczne – podkreśliła i uśmiechnęła się rozbrajająco.

Szczepan odwiózł Joannę do Nowych Maniów dopiero przed nocą. Dzięki opowieściom o żaglach i rejsie Wojtka Joanna stała się niekwestionowaną gwiazdą tego weekendu w Czarnym Dunajcu, skąd rodzina Szczepana ani myślała jej wypuścić.

Rozdział 11

Tato Joanny nadspodziewanie szybko wracał do kondycji fizycznej. Starał się być z każdym dniem coraz bardziej samodzielny, wybierał się na coraz dłuższe marsze po korytarzach szpitala, a gdy odwiedzały go żona z Joanną, wychodził z nimi na spacer wokół kompleksu. Coraz lepiej także mówił, chociaż znacznie wolniej niż przed wypadkiem. Doktor Chowaniec, który wciąż uważał się za jego lekarza prowadzącego, czego w szpitalu nikt nie kwestionował, mimo że Trepka nie leżał już od dwóch tygodni na jego oddziale, zaplanował w uzgodnieniu z innymi specjalistami wypisanie go do domu ostatniego dnia lipca.

Ojciec ucieszył się bardzo, gdy znów ujrzał Nowe Maniowy, a jeszcze bardziej, gdy usiadł w fotelu na swoim tarasie i zapatrzył się w wody Morza Czorsztyńskiego, z którego na linii horyzontu znowu odzyskiwał werwę jego ukochany Dunajec.

– Wiecie...? – Wyciągnął rękę w tamtym kierunku. – Zdaję sobie sprawę, że to był dzieciak i niby przypadek... ale niemniej uważam, że moja rzeka dała mi znać tą chłodną kąpielą, że czas na mnie i żebym przypadkiem nie zaczął kombinować, bo po głowie od tamtego ranka chodziły mi znowu myśli...

– Chciałeś pewnie wziąć kuzyna do pary i jeszcze trochę popływać, co? – spytała żona.

– No! Zapamiętałaś, że kiedyś o tym myślałem – zaśmiał się nieco chrapliwie Trepka.

– Niedoczekanie twoje! – wykrzyknęła Anna.

– No i rzeka mnie skąpała na otrzeźwienie głowy – powiedział Jaśko nieco melancholijnym tonem. Po chwili jednak się ożywił. – To teraz, Aniu, tylko wnuki! – zaśmiał się w głos. – Jestem gotów na to wyzwanie! – wykrzyknął radośnie i spojrzał na córkę.

Joanna w tym momencie musiała zrobić przedziwną minę. Poznała to po jego spojrzeniu. Odniosła wrażenie, jakby ojciec odczytał jej najskrytsze myśli. Od dwóch tygodni bowiem czuła, że jest z nią coś nie tak, bo nie dostała okresu. Zawsze pojawiał się precyzyjnie, tego dnia, na którym wcześniej postawiła w kalendarzyku kropkę, a teraz spóźniał się. Ale spóźnić mógłby się najwyżej o dzień, a on w ogóle nie przyszedł. Zrzuciła to na karb stanów emocjonalnych po wypadku taty, ale teraz pojawił się w jej oczach Wojtek. Poczuła na ciele gęsią skórkę. Uśmiechnęła się błogo, wcale nie przestraszona, że to może być.... nie!

– Obserwuję, córcia, twoją twarz i tyle tam się dzieje – zaczął jakoś tak filozoficznie ojciec.

Joanna dostrzegła już kilka dni temu, że powolna mowa ojca dodaje mu uroku. Mówił teraz z zastanowieniem się, dobierał starannie słowa, nie tak jak przed wypadkiem, kiedy najpierw coś wystrzelił jak karabin maszynowy, a potem tłumaczył, co naprawdę chciał powiedzieć. Nawet nie zauważyła, że przymknęła oczy, ale kiedy je otworzyła, oboje rodzice wpatrywali się w nią z czułością.

– Zaskoczyło mnie twoje... wyzwanie, tato! – Poklepała go po kolanie. – Jakby co... to chyba mu sprostam – uśmiechnęła się figlarnie.

W jej głowie trwała burza myśli, nie chciała dać poznać po sobie, że jest być może coś na rzeczy, ale przecież nie mogła teraz tak, ot, z głupia frant, ogłosić. Czuła, że jakby co, to przyjmuje to wyzwanie... – uśmiechnęła się promiennie do obojga rodziców – z całym dobrodziejstwem inwentarza.

– Będę wtedy matką Joanną od Górali – zaśmiała się w głos.

– Myślałam, że tata cię przestraszy, zaskoczy, bo mnie trochę przestraszył, ale on faktycznie uzmysłowił mi, że mamy na co czekać! – wykrzyknęła radośnie pani Anna. – Czekam z tobą, Jaśku – dodała i położyła rękę na jego dłoni, a on ją szybko ukrył w swoich ogromnych łapczyskach.

Uśmiechali się do siebie z taką niewymuszoną serdecznością, że Joanna wzruszyła się.

– Jacy wy jesteście kochani. Będziecie dziadkami na medal! – wypaliła, poklepując ich oboje po kolanach.

– Teraz tylko ty i bracia musicie zgłosić gotowość! – rzucił uśmiechnięty ojciec. – Joasiu... – nieco spoważniał – czas na twoją decyzję – powiedział trochę ciszej. Wpatrywał się mocno w jej oczy. – Wiem, on teraz jest w morzu, ale wróci, a o tym... – skierował rękę w kierunku przeciwnego brzegu zalewu, tam gdzie za horyzontem leżał Nowy Targ – ...zapomnij – dodał po chwili.

– Chyba czuję, o czym mowa, ale dajmy jej wszystko spokojnie sobie przemyśleć – odezwała się matka z nutą melancholii w głosie.

Joanna czuła na sobie ich wzrok. Wiedziała, że musi jakoś zareagować, coś powiedzieć.

– Jakby co... to będę się starała, żeby moje dziecko kochało was tak jak ja. Może być? – Pogładziła ich czule po dłoniach.

– No, to teraz została nam tylko deklaracja chłopaków. Już ja im dzisiaj dam, jak wrócą! – zaśmiał się ojciec w głos.

Wkrótce pojawił się przed ich domem Staś Chowaniec i przyjaciele zajęli się omawianiem ćwiczeń rehabilitacyjnych. Joanna zrobiła mu kawę, a mama przez chwilę posłuchała ich wesołej rozmowy i oddaliła się do kuchni robić obiad. Joanna, korzystając z sytuacji, też poszła do siebie. Usiadła przy biurku i włączyła komputer. Test ciążowy! – jakiś głos krzyknął w jej głowie. Uśmiechnęła się. Co będzie to będzie, a jeśli będzie, to się ucieszę.

Zabrała się z zapałem do pisania tekstu do albumu. Głowę miała spokojną, więc pisanie szło jej nadspodziewanie dobrze. Po godzinie sczytała gotowy materiał. Sama się zdziwiła, że potrafiła tak lekko napisać o firmie projektancko-architektonicznej. Bez zadęcia! Lubiła to określenie od dawna i tak starała się zawsze czynić. Skoro mnie się tekst podoba, spoglądała z przechyloną głową na monitor, to Szczepanowi spodoba się tym bardziej, pomyślała.

Wieczorem przyszedł mail od Wojtka. Razem z nim przeżywała ciężkie warunki, w jakich przyszło im pokonywać Zatokę Biskajską na trasie z La Rochelle do Bilbao. Kiedyś marzyła o mitycznych Biskajach, ale dzisiaj nie zazdrościła im. Dwanaście godzin sztormowali bez żagli, bo każda pozostawiona na maszcie płachetka powodowała dodatkowe przechyły jachtu i pęd w nieprzewidywalnym kierunku. Wojtek stał przy sterze cały czas, z dwiema krótkimi przerwami: jedną na siusiu, a drugą na wypicie kilku łyków gorącej kawy, którą dziewczyny cudem zaparzyły w kambuzie. Potem wiatr się nieco uspokoił, wiała „szóstka" z północy, więc szybko nadrobili opóźnienie i dopłynęli do Bilbao prawie o czasie. W tej sytuacji zdecydował się wypuścić młodzież na miasto, żeby się odstresowali, a sam zajął się mailami i komponowaniem. Napisał, że ma już tytuł nowej kompozycji – *Morskie flamenco* związane będzie z przeżytym sztormem. Dodał jeszcze, że w tajemnicy zaplanował wspólną z nią wycieczkę do Guerniki, bo choć to nic radosnego, to warto zobaczyć miasto. Jego zburzenie w 1937 roku było zbrodnią. To bezsens każdej wojny, a bratobójczej, jak tamta, w szczególności.

Joanna sięgnęła do Wikipedii, by zobaczyć, czego jeszcze można dowiedzieć się o tym mieście. Niektórzy oceniają, że Guernica została zburzona w ataku lotniczym nawet w siedemdziesięciu procentach. Niewyobrażalna hekatomba. Ale inni są zdania, że te liczby to efekt propagandy komunistów, przeczytała dalej. Ja bym poszła przede wszystkim pod *Gernikako Arbola*, dąb, tradycyjne miejsce generalnych zgromadzeń baskijskich, symbol ich wolności. Coś jak wiece naszych słowiańskich przodków w piastowskich czasach. Ciekawe, czy Wojtek słyszał o tym dębie, czy tylko skupiał się na zbombardowaniu miasta przez niemiecki Legion Condor? Wszędzie ci Niemcy! Coś kiedyś o tym słyszałam, ale dopiero teraz przeczytałam dokładnie. Czyli tam testowali bombardowania, które potem z taką lubością realizowali w Polsce. O tym, że Picasso namalował słynny obraz, wiedziałam, ale nie za bardzo rozumiałam dlaczego. O! On był komunistą! Tego też nie wiedziałam. Ile dziuń o tym wszystkim nic nie wie? A ja już wiem. Herb prowincji, gdzie leży Guernica, z dębem i wieńcem z liści dębowych. Piękny!

– A to ciekawe! – powiedziała głośniej, gdy dotarła do informacji, że pod dębem w Guernice składali także przysięgę dochowania wolności baskijskich królowie Kastylii. Teraz przysięgają pod nim szefowie baskijskich rządów.

– To by mogło Wojtka zainteresować – pomyślała głośno.

Piękna tradycja z sadzeniem dębu w miejscu poprzedniego, który usechł, wyhodowanego z nasion poprzednika. Najpierw rósł tam dąb o nazwie *Ojciec*, potem *Starzec*, z kolei *Syn*. Teraz rośnie w tym miejscu czwarty już dąb, wyhodowany z nasion *Syna*. Szkoda, że tam nie byłam, bo może kilka zdjęć bym zrobiła i wrzuciła artykuł o takich tradycjach na bloga...

A właśnie, blog! Może skoro zrobiłam zdjęcia krzyża portowego w Gdyni i mam zalinkowane materiały od Wojtka, odważę się napisać artykuł o tym krzyżu? Dobrze, ale to już jutro, na spokojnie. Włączyła w pętli *Joannę z morskich fal* i zaczęła pisać odpowiedź do Wojtka.

Rozdział 12

Joanna wyglądała odwrotnej poczty od Wojtka, ale od kilku dni na łączach panowała cisza. Spojrzała na harmonogram rejsu, a potem na mapę. Może połączył dwa etapy: Bilbao – Vigo i Vigo – Lizbona w jeden? Pierwszy planował na pięć dni, a drugi na trzy. A jeśli tak, to korzystając z niezłej pogody, oddalili się pewno na tyle od brzegu, że nie mają internetu. Co też ja mówię! Przecież on zawsze pisze tylko z portu! To ją uspokoiło.

Od kilku dni czytała komentarze pod swoim artykułem o gdyńskich krzyżach na blogu. Zatytułowała go: *Gdyńska droga krzyżowa*. Wzbudził wielkie zainteresowanie lokalnych czytelników, ale miała również sygnały, zresztą widziała to także w komentarzach, że ludzie przekazują sobie informacje o jej artykule na Facebooku. Wcześniej nie przeglądała dokładniej materiałów, które kiedyś zalinkował jej Wojtek, bo po prostu nie było na to czasu, a teraz dowiedziała się z nich, że w Gdyni są jeszcze inne ciekawe krzyże. Dwa z nich widziała. Jeden świeci zawsze wieczorem z Kamiennej Góry, a drugi stoi niedaleko Urzędu Miasta. O tym drugim już słyszała, bo związany był z niedległą historią, strajkami w 1970 roku w Gdyni, krwawo stłumionymi przez komunistów, oraz dekadę później z „Solidarnością".

Natomiast historia pierwszego bardzo ją zaciekawiła. Z wypiekami na twarzy czytała o międzywojennym projekcie Bazyliki Morskiej autorstwa Bohdana Pniewskiego. W 1934 roku, podczas Święta Morza, odbyło się nawet uroczyste poświęcenie kamienia węgielnego pod jej budowę przez biskupa Stanisława Okoniewskiego, zwanego biskupem morskim, który był także autorem koncepcji. Początkowo budowla miała stanąć na szczycie Kamiennej Góry, ale po częściowym posadowieniu fundamentów zaczęto się zastanawiać, czy wzgórze utrzyma ciężar potężnych murów. Miała to być przecież bryła trójnawowej świątyni z trzema wieżami, symbolizującymi trzy połączone zabory, nawiązująca do dawnych trójmasztowych żaglowców. Szkoda, że nie powstała, przemknęło jej przez myśl. Miała być „kropką nad i" gdyńskiego cudu i górować nad miastem jak Wawel nad Krakowem. Zaczęto przeprojektowywać świątynię, by mogła stanąć u podnóża Kamiennej Góry, ale dalsze prace przerwała wojna. A potem Niemcy zniszczyli krzyż, po wojnie zaś, kiedy uparci gdynianie go odtworzyli, spiłowali go komuniści, stawiając na jego miejscu wieżę triangulacyjną. Aktualny olbrzymi stalowy krzyż, wieczorami i nocami podświetlony, stanął na szczycie góry w 1993 roku.

W tym momencie Joanna przypomniała sobie przeczytaną wcześniej historię innego gdyńskiego krzyża, stojącego w Kolibkach, w niewielkiej dzielnicy na granicy Gdyni i Sopotu. Umieszczono go w pobliżu zburzonego przez Niemców, zasłużonego dla Kaszubów kościoła pod wezwaniem Świętego Mikołaja. Jest na nim tabliczka z zobowiązaniem, że ten kościół zostanie kiedyś odbudowany. Nie byłam tam, pomyślała, ale może kiedyś mi się uda.

Może nawet doczekam odtworzenia tego kościoła, który był związany z Sobieskim, Marysieńką, było w nim wiele relikwii oraz innych przedmiotów nawiązujących do dawnych czasów. Kaszubi go ponoć miłowali, a sami musieli go rozbierać, z płaczem, pod lufami Niemców. Cztery krzyże to już prawie Droga Krzyżowa.

Tato zaczął wychodzić na coraz dłuższe spacery. Sam odwiedzał starych przyjaciół, bo większość z nich nie chciała go niepokoić w domu. Wrócił do dawnej postury, chodził ubrany jak na flisowanie, bo stwierdził, że flisak na emeryturze też musi porządnie wyglądać. Teraz flisowali synowie, nie narzekali, turyści ponoć prawie bili się, żeby płynąć ich tratwą. Wypytał synów, w czym rzecz.

– Urządzamy sobie na tratwie przedstawienia – rzucił ze śmiechem Jędrek.

– Nie rozumiem.

– Niby się kłócimy, po której stronie Dunajca stoi jaka skała czy góra, albo w którą stronę popłyniemy od zakrętu, ale robimy to w taki sposób, by pasażerowie nie kapnęli się, że tylko udajemy – dodał Wojtek.

– Codziennie zmieniamy swoje role i rozbudowujemy opowieści, bo każdy z nas ma co i rusz nowy pomysł, jak by tu i o czym inaczej powiedzieć niż poprzedniego dnia – uzupełnił Jędrek.

– Moja krew! – huknął zadowolony ojciec.

Jednak najbardziej ucieszył się, kiedy któregoś dnia razem z braćmi pojawiły się w ich domu dwie urocze czarnowłose dziewczyny, bliźniaczki z Frydmana: Hanka i Mańka. Prawdziwe lustrzane odbicia. Jasiek Trepka nieoczekiwanie zaczął się śmiać.

– Z czego, tata, się śmiejesz? – spytał zaskoczony Wojtek.

– Bo próbuję sobie wyobrazić, jak wy się rozpoznajecie!

– Na razie ani razu się nie pomylili – odparła rezolutnie Hanka, uprzedzając braci.

– Raz było blisko – zachichotała Mańka.

– Czyli...? Po zegarku... – ojciec wpatrzył się w dziewczyny – ...kolorze skarpetek? Innych różnic nie widzę. – Pokręcił zabawnie głową.

– A pieprzyki? – spytała rezolutnie Hanka.

– Nie widzę na waszych buziach żadnych pieprzyków – odparł ojciec po przyjrzeniu się obu ładnym buziom. – Na szyjach też nie...

– One są ukryte – odparła, chichocząc, Mańka.

– Ale gdzie? – Ojciec udał zdziwienie, podczas gdy jego oczy śmiały się.

– To tu, to tam – zaśmiewała się Hanka, wskazując bliżej nieokreślone miejsca na sobie palcem.

– Ja mam podobnie – wtrąciła Mańka i też zachichotała.

Teraz cała piątka się śmiała, ale wkrótce dołączyły też matka i Joanna, zwabione przed dom wybuchami śmiechu.

– Wiesz, jak oni je poznają? – spytał ojciec Joannę, zerkając też na matkę.

– Są na to sposoby – odparła Joanna, wzruszając ramionami.

– To wy się znacie? – zdziwił się ojciec.

– Byłam wiele razy na lodach we Frydmanie, znamy się, gadamy... Cześć, dziewczyny. – Wszystkie trzy obdzieliły się uśmiechami i buziakami.

– Kiedy jeszcze sam flisowałeś, to czasami wpadała któraś i jakoś nie myliłam się, ale teraz? – powiedziała matka, uśmiechając się do bliźniaczek.

– Więc żebym ja się nie mylił, musicie mi kiedyś pokazać te różnice – rzucił w kierunku bliźniaczek ojciec z poważną miną, ale z wciąż śmiejącymi się oczami.

– Jasne, kiedyś. Wpadniemy, gdy chłopaki będą na rzece, żony nie będzie w domu, a Joaśka pojedzie do swojego – odparła wyszczerzona od ucha do ucha Hanka, a Mańka pokiwała głową, że się z nią zgadza.

– Musi pan tylko puścić nam lusterkowego zajączka. Nasza cukiernia ma okna na zalew, więc go zobaczymy – dodała Mańka, a teraz Hanka pokiwała głową.

Cała siódemka wybuchnęła śmiechem.

– Ależ wy jesteście fajne... – głęboko westchnął ojciec.

– Tato. Zazdrościsz nam? Z tego, co wiemy, to Ania była... tfu, co tam mówię, jest najładniejszą dziewczyną ze wszystkich dziewczyn z Maniów! – zawołał donośnie Jędrek.

– Nie wrzeszcz tak, bo mi się tutaj zlecą jakieś łobuzy! – wykrzyknął ojciec, obejmując swoją Anię.

– A idźże! – Niby broniła się pani domu, ale przyjęła od ojca buziaka w policzek.

– To skoro tak to fajnie wygląda, to ja mogę zrobić kawę! – zadeklarował Jasiek Trepka.

– Pomogę ci – rzuciła matka. – A wy wchodźcie na taras, tylko opuśćcie, chłopaki, markizę, bo pełne słońce.

– Ale myśmy chcieli pojechać do Nowego Targu – stęknął Jędrek.

– Dziewczyny dostały od matki wolne! – dodał Wojtek.

– Nowy Targ poczeka te pół godziny, zresztą nie wiem, czy nie ważniejsze jest to, że kiedyś mogę zostać teściem, więc pewnie dziewczyny mi nie odmówią, prawda?

– W życiu! – Przewróciła oczami Hanka.

– Za nic w świecie! – uzupełniła Mańka, podobnie przewracając oczami.

– Ejże, ojcze! Tato! – zawołali prawie jednocześnie Jędrek i Wojtek.

Wzrok ojca i Joanny spotkał się. Ojciec mrugnął. Anna Trepka pociągnęła męża za sobą.

– Już chodź ze mną, bo jeszcze coś głupszego palniesz.

Kiedy Joanna wieczorem siedziała przy komputerze, ojciec wślizgnął się do jej pokoju.

– Jeszcze pracujesz, dziecko?

– Dziecko?

– Pamiętam, jak chodziłaś do pierwszej klasy i cię odwiedzałem, i wtedy lubiłaś tak.

– Teraz też lubię, a może jeszcze bardziej niż kiedyś... Joanna wsparła głowę o ramię ojca.

– Fajne są te Hanka i Mańka. Może wkrótce usiądziemy wszyscy razem do wigilii? – powiedział, delikatnie siadając na foteliku. – Myślę, że dziewczyny są bardzo za naszymi chłopakami.

– Też mi się tak widzi.

– Moje marzenia sprzed kilku dni powoli by się mogły spełnić. Dom jest duży, więc się wszyscy pomieścimy.

– Przynajmniej dwa pokoje byście musieli wyłączyć z letniskowych – rzuciła Joanna.

– Jak wszyscy będą mieli swoje dutki, to wówczas można ograniczać. Dwa pokoje letniskowe w domu wystarczą.

– Niby masz rację.

– Muszę powoli zacząć myśleć o huśtawkach, piaskownicy i takich tam. Tę starą szopkę wreszcie rozbiorę i będzie miejsce.

– Mama się ucieszy, że w końcu przestanie szpecić.

– Na wszystko, córcia, przychodzi czas. Tak się cieszę. Tylko nie pozwól się chłopakom wyprzedzić – rzucił ojciec, wstając. Ruszył do drzwi bez oglądania się. Joanna odprowadzała go wzrokiem.

– A tak ci na tym zależy? – spytała, zanim otworzył drzwi.

– Mam jakoś tak zakodowane w głowie, że te sprawy powinny się odbywać po starszeństwie, ale jak Pan Bóg zechce inaczej, też się pogodzę.

– Co ja mam ci biedna powiedzieć?

– Zupełnie nie wiem. – Ojciec zabawnie rozłożył ręce.

– A gdybym powiedziała, że... spróbuję, to co ty na to?

– To by mi się zakręciło ze szczęścia w głowie.

– Dasz radę zejść po schodach z zawrotami czy cię sprowadzić? – uśmiechnęła się córka.

– Będę się mocno trzymał poręczy. Nie siedź zbyt długo, Joasiu.

– Teraz powiedziałeś tak, jak mówiłeś, gdy byłam w liceum.

– Pamiętam. Ależ wtedy było pięknie. Nic, teraz będzie nie mniej pięknie.

– Dobranoc, tatusiu. – Pomachała ręką.

Ojciec cicho zamknął za sobą drzwi.

Joanna objęła głowę dłońmi. Ależ on jest zakręcony. Co to znaczy wpaść niespodziewanie do wody, jak to jemu się zdarzyło! Ej, ty głupia dziuniu! Jak możesz! Pokręciła głową, ale po chwili na jej twarzy pojawił się delikatny uśmiech. Popisała jeszcze chwilę, jednak natrętne myśli dotyczące braci, bliźniaczek i jej samej przeważyły, utrudniając dalszą pracę nad tekstem. Zamknęła klapę laptopa.

Następnego dnia pojawił się wreszcie oczekiwany mail od Wojtka. Są już na redzie Lizbony, ale wejdą do portu dopiero o świcie. Wczytała się w maila:

Załoga chciała ostatni etap spędzić na długim atlantyckim przelocie, więc zrezygnowałem z wejścia do Vigo. Z Bilbao, mocno halsując, popłynęliśmy na zachód w kierunku pełnego oceanu, tak aby trafić nad Pardo Bazan Spur. Następnie dokonaliśmy zwrotu na południowy zachód w kierunku *Galizia Bank* i po przepłynięciu ponad nim, dalej żeglowaliśmy tak, by zmieścić się pomiędzy *Vigo Seamount* a *Bérrio Saddle*. Następnie kursem na południe obeszliśmy od zachodu *Duarte Pachecco Spur* i dopiero stamtąd podążyliśmy w kierunku południowo-wschodnim, do Lizbony. Powyższe nazwy wyguglujesz sobie na Google Earth, więc zorientujesz się, jak długa to była trasa. Załoga cieszyła się, bo wiatr przez cały czas był odpowiedni do prawie regatowego pływania. W ciągu dnia wiała czwórka łamana przez piątkę, a w nocy siadało do dwójki, trójki. Wiało zmiennie, ale zawsze jak na zamówienie, z pożądanych kierunków. I wyobraź sobie, ani razu nie mieliśmy wiatru ze wschodu, który by odganiał nas od półwyspu. Pojawiał się taki wówczas, kiedy był nam potrzebny, w początkowym okresie, gdy ruszyliśmy z Bilbao. Dzięki wiatrom i stanom morza nieprzekraczającym trójki uzyskiwaliśmy momentami, i to bez większego wysiłku, szybkości nawet dziesięciu węzłów. Było dużo zabawy z żaglami, eksperymentowaliśmy z nimi, dzięki czemu w ciągu dnia wszyscy byli wciąż na pokładzie. Zajechali się na amen.

Dwie godziny temu stanęliśmy na kotwicy na redzie Lizbony. Pozwoliłem młodzieży do końca wychlapać wodę na mycie, teraz lekko się tylko kołyszemy, a oni śpią, aż chrapanie dochodzi do kokpitu. Wyniosłem laptopa, podziwiam gwiazdy oraz światła portu, promenad i ogromnego miasta. Gdzieś tam w hoteliku czekają już Bartek z Antoniną. Zdążyłem umówić się z nimi tuż po rzuceniu kotwicy, że pojawią się w porcie jutro wczesnym popołudniem, żeby mogli złożyć swoje bagaże na jachcie, a potem obie załogi udadzą się wspólnie do tawerny. Oczywiście ja również, bo coś od życia też mi się należy. Bartek zdradził, że zamówił na swój koszt olbrzymi stół. Zapowiada się więc wielkie żarcie i picie, zatem sądzę, że napiszę kolejny raz dopiero pojutrze.

Całuję cię mocno – Wojtek.

Jak ja im zazdroszczę, westchnęła Joanna. *Coś od życia też mi się należy...* A mnie co się należy? Taki mój pasiasty los, ale ja kiedyś sobie to wszystko odbiję. Trzasnęła klapą laptopa, aż zadzwoniły nożyczki i przenośnik nawigacyjny w stojaku.

Rozdział 13

Minorowy nastrój Joanny trwał dwa dni. Nie rozweselała jej nawet praca nad albumem, która do tej pory dawała jej sporo radości. Żeby trochę oderwać się od komputera, wybrała się do Krościenka porozmawiać w cztery oczy ze Stefanem. Kiedy wróciła z Gdyni, odezwała się do niego po tygodniu, anulowali w trybie telefonicznym jej wypowiedzenie, a potem napisała już dla niego kilka krótkich artykułów.

– Czy ty wiesz, jak ja się sam mordowałem przy dwóch? – powiedział jej, kiedy przekazała mu pierwszy z nich po przerwie.

– Ty, polonista? – odparła zdziwiona.

– Od ponad dziesięciu lat nie musiałem niczego pisać oprócz maili, więc wiesz...

– Kpisz sobie, ale niech ci będzie.

– Nie kpię, tylko starałem się ciebie skomplementować! – zaśmiał się wówczas w słuchawkę.

Lubiła go, bo w dawnych ciężkich czasach, kiedy startowała jako wolny strzelec, zawsze coś dla niej znalazł.

Do Krościenka miała niedaleko. Zaparkowała w rynku pod Gminnym Centrum Kultury, w którym Stefan wynajmował pokoik. Tuż przed wejściem do wnętrza jej spojrzenie poszybowało wokół rynku. Lubiła jego klimat, stare budynki i pamiętający XIV wiek kościół pod wezwaniem Wszystkich Świętych, stojący u jego szczytu. Zawsze podziwiała w nim stare freski, odkryte w większości po ostatniej wojnie, chrzcielnicę, boczne ołtarze i ambonę.

Stefana wspomagała od dziesięciu już lat Weronika, lokalna poetka, którą dzięki pracy u niego stać było na tworzenie białych wierszy o Pieninach.

Joanna postanowiła kupić jeszcze lody, które w cukierni zapakowali jej w szklaną miseczkę.

– Tylko przynieś z powrotem! – usłyszała okrzyk, kiedy już była w progu. Podniosła rękę w górę, że zrozumiała.

– Cześć, kochani! – zawołała od progu biura Stefana.

– Ojeju! Kogo ja widzę! – Weronika wyskoczyła zza swojego biurka. Wycałowały się. – Lody! A taką miałam na nie ochotę!

– Witaj, Aśka. – Zza drugiego biurka wyprostował się wolno Stefan. – Dobrze, że wpadłaś, bo portal Szczawnica potrzebuje jakiegoś cyklu artykułów, który dla jego czytelników byłby odskocznią od codziennych spraw.

– Kiedyś mówiłam ci, że dobrym pomysłem byłyby krótkie eseje... no dobra, opowiadania – zmieniła nazwę, widząc jego dziwną minę – nawiązujące do legend o powstaniu Pienin i tak dalej. Niby wszyscy już to znają, ale można pokusić się o wymyślenie czegoś na wzór mitów greckich.

Jego mina zmieniała się. Nabrał na łyżeczkę odrobinę loda, włożył w usta i przymknął oczy. Czoło mu się wygładziło, na twarzy pojawił się uśmiech.

– Tego mi było trzeba! – zawołał.

– Czyli dobrze, że wpadłam – ucieszyła się Joanna.

– No tak, bo Weronsia nigdy by nie zeszła po lody. Od godziny ją prosiłem.

– Kończyłam skład długiego artykułu i nie chciałam sobie przerywać. Akurat kiedy weszłaś, postawiłam ostatnią kropkę! A ty, jaśnie pan, nie mogłeś? – odgryzła się
Weronika.

– No dobrze, rozumiem skład, rozumiem lody, a mój
pomysł? – Joanna spojrzała w oczy Stefana.

– Już ci kiedyś mówiłem, że pomysł jest przedni, ale
wtedy się wymówiłaś. To napiszesz je wreszcie?

– No tak… – przypomniała sobie – coś wtedy było, że
mi nie spasowało. Oczywiście napiszę! Na kiedy pierwszy z nich?

– Podejdziemy do sprawy prawie profesjonalnie. Przygotuj mi za miesiąc najpierw pięciusetznakowe abstrakty
cyklu na – powiedzmy – dziesięć odcinków, bo ja im wstępnie obiecałem, że pierwszy z nich mógłby być dopiero
na początku grudnia, a kolejny przed świętami. Cykl dwu-
tygodniowy. Uzgodnię z nimi wszystko, a ty spokojnie będziesz sobie pisać. Jeden odcinek powiedzmy trzy tysiące
znaków.

– Myślałam, że to będzie coś dłuższego!

– Poczekaj, poczekaj, na razie tylko wstępnie mówię.
Zresztą niech oni najpierw poszukają pieniążków, a my w tym
czasie znajdziemy jeszcze kolejne tematy. Na pewno ze-
chcą, bo znam twoje lekkie pióro – dodał, widząc jej
nieco zdziwioną minę. – Ale nic nie mówisz, co z tatą! –
wykrzyknął.

– Już wszystko dobrze, jednak przeżyliśmy naprawdę
ciężkie chwile. I taki przypadek… akurat na tym zakrę-
cie, gdzie jest głębia.

– Pozdrów ojca.

– Dziękuję.

– A może byś wzięła jeszcze kącik historyczny dla po-
wstającego portalu w Ludźmierzu?

– Przecież to jedna wielka historia i oni nikogo nie mają? Dziwne... – Pokręciła głową Joanna.

– Posłuchaj. O tej wsi trudno napisać coś nieprawdziwego. Proszą, to dostaną. Nawet jak kiedyś znajdą inny pomysł, to i tak do tego czasu będzie pisana prawda i tylko prawda. Bierzesz?

– Jak często?

– Też co dwa tygodnie.

– Objętość?

– Przyjmijmy wstępnie, że połowa tego co dla opowiadań. Cena dobra, dla mnie dziesięć procent. Świetne lody! – zmienił raptownie temat i przewrócił oczami.

– Dokładki nie dostaniesz, bo jem z miski z cukierni.

– Ale z tej strony jeszcze nie sięgałaś. Cały czas monitoruję.

– Ale tylko dwie małe łyżeczki... Wchodzę w ten Ludźmierz też.

– Weronsia! Mówiłem ci, że Joaśka ogarnie. – Podskoczył na krześle Stefan. – Wiesz, jak to jest – powiedział, kierując wzrok na Joannę. – Tu wszystko jest ze sobą powiązane. Jak weźmiesz to, wówczas dostaniesz tamto. I my tak działamy... – wskazał wyciągniętym palcem na siebie i Weronikę – ...i ze mną inni też tak gadają. Czujesz?

– Czuję.

– Niedługo dostaniesz coś ekstra! – zawołał Stefan. – Ty zarobisz, Weronsia także, bo będzie składać, a ja jak zwykle... małe dziesięć procent.

– A kiedy kupujesz nowy model... dustera?

– Na wiosnę. – Twarz Stefana rozjaśniła się uśmiechem. – Mogą się ze mnie wszyscy śmiać, ale w takiej cenie nie dostaną żadnego dobrego auta. A ja mam po prostu system. Pierwszy raz wydałem ciut więcej, bo mi się spodobał i chciałem mieć wreszcie nowe auto, a potem co trzy lata zmieniam na nowy, dopłacając tylko różnicę.

– No tak, kiedyś mówiłeś.

– Kawa od firmy! Stawiam! – wykrzyknął rozochocony.

– Dziękuję, następnym razem, bo przypomniałam sobie, że wczoraj miałam odebrać taty dokumentację ze szpitala.

– I teraz pojedziesz jeszcze do Nowego Targu?

– Schłodziłam się, więc chętnie pojadę. Prześlij mi wszystko, o czym mówiłeś, na skrzynkę! – Joanna poderwała się.

– Poczekaj chwilę. – Podniósł rękę Stefan. – Widzisz te trzy tomy? – Wskazał na regał. Joanna skinęła głową. – To historia Ludźmierza. Dla ciebie. No nie, nie na zawsze, ale na jakiś czas.

– A jeśli tak, to biorę.

– Zniosę ci, żebyś nie dostała przepukliny, bo to ciężkie jak cholera.

Po kilku minutach Joanna pędziła w kierunku Nowego Targu. Kiedy odebrała dokumenty ojca w sekretariacie szpitala, postanowiła kupić u Żarneckich w rynku lody dla rodziców i braci. Gdy ojciec był w szpitalu, jakoś nie było na nie nastroju, ale dzisiaj na pewno wszyscy się ucieszą. Cudem znalazła miejsce do zaparkowania, zajęła sobie kolejkę i rozejrzała się wokół rynku w poszukiwaniu sklepu, w którym mogłaby kupić termos. Dostrzegła taki, ruszyła truchtem, za pięć minut była z powrotem przy lodziarni. Kolejka trochę się skróciła, ale stania pozostało jeszcze na co najmniej pół godziny. Trudno, pomyślała. Wytrzymam i kupię. Po chwili usłyszała swoje imię.

Rozejrzała się wokół. W jej stronę szedł z szerokim uśmiechem na twarzy Janusz. Machał czarną teczką, okulary przeciwsłoneczne przesunął na czubek głowy, rękawy koszuli zawinął aż do łokcia, w drugiej ręce niósł marynarkę przewieszoną na palcu, z daleka połyskiwała klamra paska od spodni. Wyglądał zabójczo i wiedział, że zawsze śledzą go spojrzenia kobiet. Tym razem nie było inaczej. Chociaż zaszedł mi za skórę, zabawię się nim trochę, pomyślała. A co mi tam. Uniosła rękę, żeby inni widzieli, do kogo ten cud natury zmierza.

– Asia! – wykrzyknął ponownie, gdy był już blisko.

Podszedł i jak gdyby nic, pocałował ją w policzek. Nie zdążyła się odsunąć, ale przypomniała sobie, że robi przedstawienie, więc uśmiechnęła się od ucha do ucha. Jak zwykle pachniał oszałamiająco. Wody kolońskie to była jego specjalność. Tym razem poczuła mieszankę jakiegoś owocu południowego i morskiego powiewu. Wciągnęła demonstracyjnie powietrze.

– Jak zwykle wyczułaś zapach, wiem na pewno – rzekł półgłosem, ale tak, żeby wokół było słychać, co mówi.

– Pomarańcza albo grejpfrut, coś morskiego i jeszcze coś... – Machnęła ręką.

– Bingo! To woda Keitha Haringa. On tak komponuje. Jest tam to, co wymieniłaś, ale jeszcze biały pieprz, yuzu i geranium. Dostałem w prezencie od klienta. Wyobraź sobie: trzy krople i starcza na cały dzień.

Oczywiście wszyscy musieli usłyszeć, że jest kimś, kto ma klientów. Wdzięcznych. Nic się nie zmienia. Spróbowała sobie wyobrazić Wojtka stojącego obok Janusza. Pokręciła głową, że to byłoby dosyć abstrakcyjne porównanie.

– Pewnie wygrałeś sprawę – rzuciła.

– A dlaczego pokręciłaś głową?

– Masz przerwę, to myśl jak podczas przerwy, a nie jak w sali – zaskoczyła go nieco odpowiedzią.

Na ogół wyłapywał jej gesty i potrafił je sobie wytłumaczyć, ale tym razem naprawdę go zadziwiła, a on nie odgadł. Podniósł jedną brew. Czynił to zabójczo.

– Sporo lodów masz zamiar kupić – zmienił temat, wskazując głową na dwulitrowy termos.

– Przed chwilą kupiłam, ale pani w sklepie mi wypłukała. – Wskazała palcem na drugą stronę rynku. – Kupię ze dwadzieścia kulek albo i więcej.

– To wypadnie po cztery kulki na głowę – pochwalił się znajomością matematyki i wielkości jej rodziny.

– Jak komputer! – zaśmiała się.

– Czy kiedy kupisz, znajdziesz dla mnie kilka minut?

– Może być... dziesięć?

– Wystarczy. To weź może jeszcze po dwie gałki w wafelku dla nas, siądziemy na ławeczce albo przy stoliku.

Rozejrzała się wokół. Na ławkach w rynku dostrzegła wolne miejsca, ale przy stoliku będziemy lepiej widzialni. Uśmiechnęła się do własnych myśli.

– To zajmij jakieś dwa miejsca, a ja przyjdę. – Wskazała głową na pobliskie stoliki. – Mnie w szortach słońce nic nie zrobi, a ty możesz się roztopić. – Podniosła palec w kierunku nieba, wskazując na złotą tarczę, czasami tylko zasłanianą strzępkami chmur.

– Nie pogniewasz się? – spytał.

Potrafi się zachować jak dżentelmen, uśmiechnęła się znowu do własnych myśli.

– Zajmij, zajmij, póki są wolne, żebyśmy nie musieli siedzieć na ławkach w pełnym słońcu.

Pchnęła go lekko w stronę niewielkiego ogródka z parasolami.

Odszedł, kiwając marynarką zawieszoną na palcu jednej ręki i kołysząc trzymaną w drugiej ręce czarną teczką. Za niecały kwadrans siedzieli przy stoliku. Podbiegł w ostatniej chwili do lady i pomógł jej odebrać lody w kubeczkach waflowych.

– Pięknie dzisiaj wyglądasz, Asiu – stwierdził, gdy usiedli.

Oceniła, że te słowa powiedział naturalnie, szczerze, nie dostrzegła żadnej sztuczności. Znała go dobrze i pamiętała, że kilka lat temu tym właśnie ją ujął.

– Dziękuję – uśmiechnęła się. Uznała, że mimo wszystko uśmiech wystarczy.

– Pozdrów tatę ode mnie, ale i od rodziców. Dowiedzieliśmy się, kiedy już mu się poprawiło, ale nie chcieliśmy robić tłoku w szpitalu.

– Teraz jest już dobrze. Nie wraca do flisowania.

– Domyślam się, że to był powód przerwania przez ciebie rejsu.

– Ledwo wypłynęliśmy za główki portu. Nie chcę już do tego wracać.

– Pewnie żałujesz, że nie płyniesz, gdzieś tam... – uniósł dłoń – ...a ja z kolei dawno nie cieszyłem się tak jak dzisiaj... – Położył dłoń na jej ręce.

Joanna zastygła. Takiego gestu się nie spodziewała. Spojrzała mu w twarz. Uśmiechał się tak jak kiedyś, szczerze. Co się dzieje, pomyślała. Postanowiła uwolnić swoją dłoń, ale nie chciała, żeby to wypadło ostentacyjnie. Umyślnie tak polizała loda, żeby znalazło się trochę masy na brodzie.

– Przepraszam – powiedziała. – Potrzebuję na chwilę drugiej ręki. – Wysunęła brodę nieco do przodu i wtuliła głowę w ramiona, jakby się zawstydziła.

– Oj, przepraszam – rzucił i cofnął dłoń.

Joanna jedną ręką sięgnęła do serwetnika i wytarła się chusteczką.

– Dobrze? – spytała.

On także sięgnął po serwetkę i dotknął nią jej brody.

– Teraz jest idealnie – rzucił z uśmiechem. – Wiem, że zraziłaś się wtedy do mnie, bo... – zaczął, ale machnął ręką.

– Dokończ, śmiało.

– Nie chciałaś mnie wówczas słuchać, ale to nie było tak, jak myślałaś. – Znowu położył rękę na jej dłoni.

Tym razem zdecydowała się chwilę poczekać. Niech mówi, pomyślała.

– To znaczy... jak to było?

– Przede wszystkim to jest siostra prokuratora.

– Janusz, ale co to ma do rzeczy?

– Ona jest strasznie odjechana. Lubi robić tego typu numery. Najlepiej się bawi wtedy, kiedy ktoś się przypatruje i ma nerwa.

– Wyglądało mi na to, że ty się też nieźle bawiłeś. Obściskiwaliście się wręcz nieprzyzwoicie... ale nie, nie chcę o tym mówić. Zresztą tutaj, przy lizaniu lodów to nawet jakoś tak niezręcznie.

Spojrzała na jego rękę, która wciąż leżała na jej dłoni. Cofnął ją.

– Przepraszam. Nie pomyślałem. A może? – zawiesił głos.

– Co może?

– Ja wiem, że to niedorzeczne, ale może byśmy się spotkali gdzieś, żebym na spokojnie mógł ci to wszystko wyjaśnić?

– Czy uważasz, że to ma jakikolwiek sens?

– Dla mnie ma, wielki. Źle mi z tym i ciągle cię kocham – wyszeptał ostatnie słowo.

Joanna poczuła się w tym momencie zupełnie zakręcona. Planowała w tej rozmowie być przebiegłą aktorką, ale on albo zagrał lepiej, bo przejrzał ją, albo powiedział te słowa szczerze. Milczała, wpatrując się w jego twarz. Znała doskonale tę mimikę, tembr głosu i od trzech lat na ogół potrafiła rozpoznać, kiedy gra. Przełom nastąpił wówczas, gdy dowiedziała się o jego pierwszym razie;

wcześniej ufała mu bezgranicznie. Poczuła się wtedy na tyle skołowana jego tłumaczeniami, by przyjąć, że to, co widziała, rzeczywiście nie było tym, na co wyglądało. Po miesiącu ciszy mu odpuściła, nie chcąc także psuć relacji pomiędzy swoimi a jego rodzicami. Pomyślała wówczas: może to ja jestem zbyt zasadnicza i czepiam się byle pierdy? Ale czujność została, sklasyfikowała sobie wszystkie jego gry, pozy, mimikę, a nawet tembr głosu, i gdy sytuacja powtórzyła się wiosną, już tego nie puściła płazem. Tym razem była pewna swojej oceny, chociaż jeszcze przez dwie noce płakała. Potem wyjechała i zemściła się. Na myśl, jak słodka to była zemsta, na Falistej z Wojtkiem, poczuła gęsią skórkę.

– Zimno ci? – spytał, wskazując na jej ramię.

– Jem już dzisiaj drugiego loda. Żebym się tylko nie przeziębiła – zaśmiała się cicho.

– To co sądzisz o jakiejś kolacji? – wrócił do swojej propozycji.

– Przyjadę najedzona – wypaliła, sama się śmiejąc z tej riposty.

– Taką cię lubię. Dowcipna, szalona... Więc?

– Kiedy, gdzie?

– Może być w piątek wieczorem? Gdzieś tutaj... – Zatoczył ramieniem łuk. Domyśliła się, że chodzi albo o Karcmę u Borzanka, albo Absynt. – Masz jakieś życzenie?

– Tylko takie, żebyś mnie przywiózł i odwiózł.

– Czyli kolacja bezalkoholowa...

– Głównie dla ciebie – uśmiechnęła się szeroko.

Po powrocie do domu ojciec spytał ją mimochodem, czy kogoś spotkała w Nowym Targu.

– Janusz mnie wypatrzył...

– Myślałem o Stasiu Chowańcu... a jak to się stało, że Janusz? – zainteresował się. Przybrał poważną minę.

– Dostrzegł mnie w kolejce po lody.

– Aha.

– Zaprosił mnie na kolację.

– Chyba nie pójdziesz, dziecko?! – Zmarszczył czoło ojciec.

– Spokojnie, tato. Chyba pójdę, bo ciekawa jestem, co on teraz wymyśli.

– Oj, żebyś się nie zaplątała... Potrzebne ci to znowu? Kochany tato. Myśli za mnie, ostrzega, ale pojadę. Zamówię za tyle... że aż poczuje, roześmiała się.

– Ostatni raz. Niech stawia.

– Pojedziesz sama czy ma cię tam zawieźć i zabrać z powrotem któryś z chłopaków?

– Niech Janusz jeździ sam i męczy się na trzeźwo – mrugnęła.

– Aleś ty cwana. – Ojciec pogroził jej.

– Nie ma do trzech razy sztuka. – Poklepała ojca po ramieniu. – Lody! – wrzasnęła nagle. – Zapomniałam o lodach! Są w samochodzie. Od Żarneckich! – wykrzyczała.

Ojciec uśmiechnął się od ucha do ucha.

– Ania! – Teraz on wrzasnął i wypadł z krzykiem do holu. – Ania! Joasia przywiozła lody od Żarneckich!

W piątek przyjechał Janusz, przywitał się z rodzicami i ruszyli do Nowego Targu. Trafiła, jeśli idzie o lokal. Są tam dwuosobowe stoliki, więc będzie łatwiej rozmawiać, skonstatowała. Skupiła się najpierw na zamawianiu. Kiedy przeszła do orientalnych owoców morza, dostrzegła, jak uniósł brew. Dołożyła więc do zamówienia szklaneczkę dwudziestopięcioletniej whisky. Takiej jak u Wojtka. Janusz bacznie jej się przyglądał. Dotąd zawsze zdawała się na niego. Przeniosła wzrok na salę i zamyśliła się.

Lokal dopiero się zapełniał, rejestrowały jej oczy. Za wahadłowymi drzwiami dojrzała jakąś czarnulę z długimi nogami na obcasach. Lalunia, pomyślała i uśmiechnęła się.

– Joasiu, pan pyta, czy coś jeszcze chcesz zamówić? – dotarł do niej głos Janusza.

Wróciła myślami do stolika.

– A może macie kawior? – spytała kelnera obojętnym tonem.

– Tak... tak, oczywiście!

Janusza brew znowu powędrowała w górę. Hi, hi, hi, zaśmiała się bezgłośnie przeponą, nie zmieniając wyrazu twarzy.

– To już... na razie wszystko – rzuciła i włączyła najpiękniejszy uśmiech, na jaki w tej chwili było ją stać. Janusz też się uśmiechnął, ale w sposób raczej wymuszony. Po chwili spoważniał.

– Wówczas... ta dziewczyna... to była... – zaczął dukać Janusz.

Dalsze słowa z jego ust nie padły, zadzwoniła bowiem jego komórka, która podrygiwała nerwowo na stoliku. Zerknął na nią. Potrząsnął głową i przewrócił oczami.

– Nie pogniewasz się, jeśli na chwilę zostawię cię samą? – spytał i nie czekając na odpowiedź, ruszył w kierunku wyjścia.

Patrzyła za nim. Zniknął w holu.

Nie mógł wyłączyć telefonu? Nigdy nie wyciągała swojego, trzymała w torebce albo w tylnej kieszeni spodni. W towarzystwie zawsze był wyciszony, żeby tylko poczuć wibrowanie. Jej oczy krążyły po sali. Przypatrywała się innym klientom, wystrojowi. Przez szybę w drzwiach do holu dojrzała raptem Janusza. Cofał się przed kimś. Zrobił kolejny krok do tyłu. Na jego szyi wisiała czarnula, którą zobaczyła kilka minut temu. Ona pocałowała go, a on się odwzajemnił. Na chwilę zastygli w pocałunku. No nie! Joanna wstała i zdecydowanym krokiem ruszyła do wyjścia. W holu omiotła wzrokiem Janusza. Musiał ją dostrzec, jak maszerowała energicznie przez salę. Przyglądał jej się dziwnie spłoszony. Wyszła na ulicę i wsiadła do stojącej przed lokalem taksówki. Odetchnęła głęboko.

– Nowe Maniowy poproszę – wyrzuciła z siebie gwałtownie na bezdechu.

– Tak daleko? – zdziwił się kierowca.

– Jak najdalej stąd – dodała i uśmiechnęła się w kierunku lusterka wstecznego, w które spoglądał taksówkarz.

– Ale to panią będzie kosztować!

– Jeśli się powiedziało A, to trzeba być gotowym na powiedzenie B. Mogę zapłacić kartą, czy zatrzymamy się przy bankomacie? – spytała.

– Wszystko jedno. – Kierowca machnął dłonią. – Nie przyszedł? – zainteresował się.

– Jest malutki, wciąż rośnie, a ja mam już inne plany – wyjaśniła zgryźliwie.

Taksówkarz potrząsnął głową. Nie zrozumiał.

– Nigdy pani tutaj nie widziałem. Jest pani tutejsza?

– Maniowianka jestem, od urodzenia, i staram się na ogół przemieszczać swoim środkiem lokomocji, ale dzisiaj coś mnie podkusiło.

– Bywa...

– Właśnie. A do domu się chce – uśmiechnęła się znowu.

– Ale pani fajna... i elegancka – podkreślił taksówkarz.

Letnia sukienka w odważnych kolorach, pantofle na obcasach, szykowny makijaż, pomalowane nowym lakierem paznokcie. Nałożyła też czerwone korale na szyję i takież kolczyki. Podobała się sobie, a tymczasem to się wcale nie przydało. Jak to się nie przydało? Przydało się i wyszło jak trzeba.

– Teraz gnom moralny musi zapłacić za zamówienie! – zachichotała pod nosem. – Kawior!

– A do tego jest pani wesoła – odezwał się znowu taksówkarz.

– Zawsze się cieszę, kiedy wracam do domu.

– Ja też lubię być w domu... ale dużo jeżdżę, bo trza zarabiać dutki.

– Tato zawsze tak samo mówi – odparła.

– A gdzie pracuje?

– Całe życie flisował, ale niedawno rzucił.

– Pani wie, że ja tylko raz w życiu płynąłem przełomem?

– Bo on jest tylko dla ceprów – zaśmiała się. – Teraz moi bracia flisują. Lubią to.

Leniwa rozmowa toczyła się aż do samego domu. Kiedy wysiadła z taksówki, zobaczyła ojca w podwórzu. Podeszła do niego.

– Już wróciłaś? – spytał, nie kryjąc zdziwienia.

– Janusz wciąż rośnie, ale to jeszcze lata świetlne, zanim dorośnie, choćby do zwykłej rozmowy – powiedziała całkiem spokojnie.

– Miałem rację?

– Gorzej, bo ja myślałam podobnie. Teraz już wiem, że wcześniej podjęłam dobrą decyzję.

– Już jej nie zmieniaj.

– Dzisiaj odcięłam całkowicie pępowinę.

– I tak trzeba... Ale wróciłaś taksówką?! A gdzie Janusz?

– On? Trochę się zdziwił, kiedy wychodziłam.

– To nie rozmawialiście o tym?

– Był zajęty... nie zdążyliśmy. Ale to nic, tato.

– Czy ty się dobrze czujesz, dziecko? – Ojciec spojrzał na nią badawczo.

– I nawet jestem w dobrym humorze, bo zyskałam co najmniej dwie, trzy godziny dla siebie.

– Co...?! Jeszcze dzisiaj będziesz pracować?

– A dutki? – roześmiała się.

– Jestem, córcia, z ciebie dumny. A zjadłaś chociaż coś?

– Zaraz zrobię sobie pajdę z czymś tam i będzie dobrze.

– To zmykaj już.

Joanna weszła do domu.

Rozdział 14

Czytała maila od Wojtka. Cieszyła się, że teraz będzie z przyjaciółmi, Antoniną i Bartkiem, że trochę będzie miał lżej. Ale jakie lżej?! Przecież jacht jest duży, a ich będzie tylko troje! Będzie miał jeszcze więcej pracy. Zabraknie im jednej pary rąk, mojej pary! Pisał, że kolacja w tawernie udała się, ale ponieważ mieli wyjść w morze kolejnego dnia, to zostawili młodzież, a ich trójka wróciła na jacht przegadać jeszcze trasę. Antonina cieszy się z pierwszego dwudniowego etapu do Lagos. Oby tylko trafiła im się pogoda podobna do tej, jak kiedy płynęli do Lizbony, pomyślała.

Szybko odpisała, bo niewielka zazdrość, jaką poczuła po dopłynięciu jachtu do Lizbony, minęła i potrzebowała pracy.

Dokończyła szybko przeglądanie i korygowanie abstraktów dziesięciu opowiadań, których opis już kiedyś przygotowała. Wrzuciła plik do maila skierowanego na skrzynkę Stefana i kliknęła „wyślij". Rozejrzała się po pokoju. Trzy ciężkie tomy historii Ludźmierza leżały na krześle przy drzwiach. Nie, nie dzisiaj. Jej wzrok wrócił do monitora. Przeglądała pasami ikony katalogów, w których trzymała pliki poszczególnych swoich prac. Jej wzrok zatrzymał się na katalogu ALBUM. No właśnie.

Po chwili wczytała się w tekst. Dokonywała w nim niewielkich korekt, aż dotarła do ostatniego zdania. Tak jest dobrze, pomyślała. Przewinęła dokument do końca, w którym na każdej stronie kursywą streściła, o czym ma napisać. Przeczytała uważnie, gdzieniegdzie coś dopisując czy poprawiając. Wróciła do zapisu ostatniego zdania i zaczęła dodawać nowe wyrazy, zdania, akapity.

Po godzinie uznała, że na dzisiaj wystarczy. Głodna jestem! A pajda, którą miałam zjeść?! Zbiegła boso na dół. Światła były już pogaszone, ale w kuchni na talerzyku leżały dwie kanapki z żółtym serem i pomidorem. Na pewno tatuś. On nie zapomniał, a ja tak.

Od czternastego sierpnia maile od Wojtka przychodziły codziennie. Czasami napisała także Antonina. Czytała je i odpisywała niezmiennie tuż przed północą. Tym razem na mapie stawiała niewielkie czerwone kółeczka. Pojawiły się one przy Ayamonte, Kadyksie i Gibraltarze. Kiedyś marzyła, żeby się tam znaleźć. Przeszło mi koło nosa, pomyślała. Ale to nic. Może kiedyś...

Mijały dnie, a ona intensywnie pracowała. Kończyła już tekst albumu i ciągnęło ją do robienia grafik, zajęcia się obróbką zdjęć. Ojciec odwiedzał ją codziennie po śniadaniu, a potem pod wieczór. Siadał na chwilę w foteliku, dopytywał, czym aktualnie się zajmuje, potem gładził po włosach i wychodził.

Któregoś wieczoru zastanowiła się nad swoją ciążą. Była jej pewna, ale wciąż nie miała na to „papieru". Zaśmiała się cicho ze swoich myśli. Zaczęła rozważać kolejny problem: czy zrobić test ciążowy, czy od razu USG? Poczytała, co podpowiada doktor Google, sprawdziła kalendarz i podjęła decyzję, że nie będzie się rozdrabniać i w pierwszym tygodniu września zrobi USG. Jeszcze mam do tej chwili nieco ponad dwa tygodnie, uśmiechnęła się. Tylko gdzie? Pokręciła głową, wszędzie, tylko nie w Nowym Targu. Może w Szczawnicy? Przecież i tak pójdę prywatnie. Wczytała się w artykuł o ciążowych zachciankach. Kurczę, ja jestem *different*! Zaśmiała się. Powinnam mieć nudności, wymioty. Owszem, miałam raz, ale chyba organizm zrozumiał, że nie życzę sobie niepotrzebnych odgłosów w mojej łazience, bo zaraz by się pojawili ciekawscy. Smaki? Zawsze jadłam w nieprzyzwoitych ilościach ogórki małosolne, kiszeniaki, kapustę kiszoną. Nic się nie zmieniło. Może jem czasami trochę więcej ciastek czy lodów? Po prostu mam na wszystko ochotę i nigdy się zbytnio nie hamowałam. Dżinsy robią się przyciasne, to nic, kupię sobie nieco luźniejsze. Też mi problem! Ale kiedy powiem im o ciąży? Spojrzała na podłogę, pod którą o tej porze rodzice i bracia oglądali w stołowym telewizję. Wzruszyła ramionami. A kiedy Wojtkowi? Ten sam ruch ramion. Przyjdzie czas.

Przychodziły kolejne maile od Wojtka, pojawiały się kolejne czerwone kółeczka na mapie: Malaga, Adra, Almeria, Carboneras, Kartagena... Stop! Kartagena czy Kartagina? To są chyba dwa różne byty. No tak, stwierdziła po wczytaniu się w Wikipedię. Kartagina to północna Afryka, okolice dzisiejszego Tunisu, zaś Kartagena, miasto w południowo-wschodniej Hiszpanii. Wspólne dla nich było to, że zostały założone przez Fenicjan i ich potomków. Ale widzę jeszcze jedną rzecz, która łączy oba porty – Wandalowie. To lud znad Wandalusa, czyli dzisiejszej Wisły, jak mi kiedyś powiedział Stefan. Mówi, że codziennie siedzi w tych klimatach i nosi się z zamiarem napisania książki na ten temat. Ach! To dlatego nie chce mu się przykładać do tych różnych artykułów? Musiałby się rozdrabniać, czyli tracić energię.

Wandalowie byli naszymi protoplastami? Podrapała się po czole. Na razie to nie dla mnie, ale może kiedyś? W każdym razie Wandalowie podbili w pierwszej połowie V wieku naszej ery Kartaginę, która przez sto lat była stolicą ich państwa, a mniej więcej równolegle zdobyli Kartagenę. No i proszę, nie popłynęłam w świat, a bez przerwy dowiaduję się czegoś nowego.

W kolejne dni przyszły od Wojtka maile z Alicante oraz Ibizy. Boże! Ibiza! Tak chciałam zobaczyć te słynne plaże, poopalać się choć trochę na jednej z nich, zwiedzić wyspę. Co?! Tę wyspę także zdobyli Wandalowie? Chyba nieuchronnie zbliża się czas, kiedy będę musiała przysiąść do tego tematu na poważnie. Pogadam ze Stefanem, żeby przemyślał, czy któremuś z portali nie zarekomendować serii artykułów o Wandalach. Trochę bym sobie postudiowała... Uśmiechnęła się do własnych myśli. A może to on jest jednym z tych Turbosłowian?

Wpadł jej w oko artykuł opisujący plaże Ibizy. Po kilku minutach była już pewna, że gdyby tam trafiła, to chociaż kilka godzin spędziłaby na plaży Cala de Sant Vicent. Kręta droga, klif, a u jego stóp turkusowe i szmaragdowe wody zatoki. Coś pięknego. Niemal poczuła, jak ciepłe fale obmywają jej stopy. Ach...

Od kilku dni zauważyła, że tata, jeśli nie wybiera się gdzieś na spacer, lubi przesiadywać na tarasie i przyglądać się zalewowi. Jego oczy wędrowały to na lewo, to na prawo. Któregoś dnia kupiła mu okazyjnie lornetkę przez Allegro. Jakże się ucieszył! Teraz spoglądał w kierunku zamków Czorsztyna i Niedzicy albo Dębna, gdzie zaczynało się to ich morze i skąd kiedyś napłynęły wody Dunajca, które stopniowo zalewały jego Stare Maniowy.

Ostatniego sierpnia podczas czytania maila musiała złapać się z całej siły poręczy fotela. Wojtek pisał, że miał długą rozmowę na mój temat z Antoniną i Bartkiem. Co to znaczy na mój temat?!

Bardzo za Tobą, Joasiu, tęsknię. Dalsza trasa rejsu, jak pamiętasz, jest wycieczkowa, chociaż wciąż na jachcie, czyli żeglarska. Nie ma forsownych przelotów, najdłuższy jest z Palermo do Mesyny o długości stu czterdziestu mil. Gdybyś zechciała do nas dołączyć, byłbym najszczęśliwszym z ludzi. Przyglądam się Antoninie i Bartkowi, jak cieszą się każdą chwilą, którą mogą spędzać ze sobą. Codziennie rozmawiają na Skypie z Czarkiem i rodzicami. Ty również mogłabyś tak czynić. Pomyśl, że będziemy przepływać wzdłuż całego włoskiego buta. Sycylia z Etną, wybrzeża Kalabrii, a potem Kampanii z wyspą Capri, zaraz za nią Neapolem z Wezuwiuszem w tle. Może udałoby się wyskoczyć do Pompejów? Kolejna kraina oglądana z jachtu to Lacjum z Rzymem i Ostią. Potem w planach Elba, Livorno i Genua. Proszę Cię, przemyśl. To jest przy dzisiejszych możliwościach komunikacyjnych rzut beretem.

Joanna zamyśliła się. Boże! Jak ja bym chciała! Ale przecież, Wojtku, ty nie wiesz, czym ja obecnie żyję. Musiałabym ci wówczas zdradzić, że jestem w ciąży, i to z tobą, a tego nie chcę, nie mogę uczynić, przynajmniej na razie. Kiedyś pewnie tak, ale jeszcze nie teraz. Przymknęła oczy. Wyobraziła sobie siebie na jachcie, lekko kołyszącym się przy brzegu Capri. Kiedyś podróżowała już tam palcem po mapie. Piękny półwysep Sorrento w pobliżu, a na wyspie groty: Lazurowa, Koralowa, Biała... Zobaczyć je. Tak bym chciała... ale to jest teraz niemożliwe.

Odpisała, że bardzo żałuje, ale uwikłała się w wiele prac i nie mogłaby ich teraz przerwać, liczy jednak na nieustanne maile, zdjęcia, filmy, które pozwolą jej być tam, razem z nimi.

Rano następnego dnia raz jeszcze wczytała się w tego maila. Zamykała ostateczną wersję tekstu do albumu dla Szczepana i przełączała się co chwilę z tekstu do maila, żeby raz jeszcze poobcować ze słowami Wojtka.

Usłyszała nagle wołanie mamy. Zbiegła na dół.

– Córcia. Czy nie wybrałabyś się do sklepu? To dla ciebie tylko kwadrans, a ja wiesz... – matka spojrzała na córkę markotnie – ...w nocy złapał mnie skurcz i łydka strasznie boli, a ojciec coś w piwnicy przewraca.

– A co trzeba kupić?

– Ocet i przyprawy do ogórków. Za mało ich kupiłam, a ogórków mam jeszcze dużo.

– Nie ma sprawy. Skoczę po torebkę, a ty przygotuj siatki.

Nim minął kwadrans, była z powrotem z zakupami w domu. Kiedy weszła do kuchni, matka i ojciec wpatrywali się w nią badawczo.

– Co się stało?

– Powiedz jej – poprosiła matka, spoglądając na ojca.

– Muszę ci się, dziecko, do czegoś przyznać... – Ojciec podrapał się po głowie. – Rano po śniadaniu, jak ostatnio to czynię, zapomniałem cię odwiedzić. – Wskazał palcem na sufit. – Kiedy sobie przypomniałem, zaszedłem tam, ale ciebie nie było. Myślałem, że jesteś w łazience, więc przysiadłem na fotelu. Chwilę czekałem, a ponieważ nie odezwałaś się, więc już chciałem zejść na dół, ale zerknąłem na komputer. Przeczytałem list od Wojtka. Wiemy wszystko. Przepraszam.

– Nic się nie stało, kochani. Prędzej czy później i tak bym wam o tym powiedziała.

– To pojedziesz do niego? – ucieszył się ojciec.

– To jest niemożliwe, tato... mamo.

– A dlaczego? Przecież on napisał, że to w sumie jest blisko. Nie latałem jeszcze nigdzie, ale przecież w Krakowie jest lotnisko i frrrr... – Ojciec wyruszył dłonią w powietrze i roześmiał się. Matka też się uśmiechnęła.

Joannie wcale nie zrobiło się wesoło. Oni też nie wiedzieli tego, czego nie wie jeszcze Wojtek.

– Mam dużo roboty! Dutki robię, tato.

– Dutki, dutki... bez przesady! Miałaś być na półrocznym rejsie? Miałaś. Ja wówczas byłem w opozycji do tego wyjazdu, ale teraz... jestem za. Potrzebujesz dutków na wyjazd? Jakoś się ściśniemy i pomożemy. Więc jak?

– Mam trzy ważne roboty. Nie wiem, która ważniejsza. Śledzę rejs na komputerze. Jak czegoś mi Wojtek nie opisze, sięgam do filmów, których na YouTubie są niezliczone ilości. Nie muszę tam jechać. I tak mu odpisałam.

– Strasznie jesteś cięta na tę robotę. – Pokręciła głową matka. – Tak jakbyś się do czegoś spieszyła. Dokąd tak gnasz, zwolnij, jesteś młoda, w tym roku nie miałaś przecież żadnych wakacji.

– A wy mieliście?

– Ja jestem cały czas na wakacjach – odparła matka i lekko się uśmiechnęła.

– A ja byłem miesiąc w sanatorium. Nigdy nigdzie wcześniej nie bywałem, a w tym roku tak, i jestem wybyczony, jak jeszcze nigdy w życiu. Widzisz chyba, jak codziennie śmigam.

– Jesteście kochani. Nie dam rady pojechać do niego, ale gdybym zmieniła zdanie, to pierwsi się dowiecie. Jeszcze zanim napiszę Wojtkowi.

– Obiecujesz?

– Obiecuję, a teraz wybaczcie, pójdę dokończyć ostateczną redakcję tekstu albumu, bo chcę go dzisiaj wysłać Szczepanowi.

– No już dobrze... Tylko nie zapomnij – rzuciła matka.

– Będę ci przypominał – dorzucił ojciec.

Joanna uśmiechnęła się niepewnie i ruszyła do siebie.

Jezusie Nazareński! – wykrzyknęła bezgłośnie, kiedy tylko siadła w fotelu przy biurku. Osaczyli mnie. Gdyby nie to, że tata nie zna się na komputerze, pomyślałabym, że całą tę rozmowę uzgodnili z Wojtkiem. Ale oni się przecież nie znają! Chłopcy i mama widzieli zdjęcie Wojtka, ale to przecież nie problem znaleźć jego zdjęcie gdzieś w internecie i pokazać ojcu. Ale co ja z tym zdjęciem?! Ono nie ma tutaj nic do rzeczy! I co ja mam teraz zrobić? Kiwała się na fotelu przed biurkiem, aż ten zaczął niebezpiecznie trzeszczeć. Uspokój się, wariatko, bo jeszcze „zarobisz" na nowy fotel! Podeszła do okna. Wpatrzyła się w wody swojego ukochanego Morza Czorsztyńskiego.

Rozdział 15

Negatywna odpowiedź Joanny wysłana Wojtkowi wywołała jego natychmiastową kontrakcję. Tego wieczoru na skrzynce Joanny pojawił się więc kolejny list od niego.

Kochana Joasiu!

Mimo Twojej odmowy, albo właśnie z jej powodu, jeszcze bardziej za Tobą tęsknię. W Palermo mamy w planie zrobić sobie trzydniową przerwę. Od początku była tam zaplanowana. To jest doskonała okazja, abyś doleciała do nas i dołączyła do rejsu. Przecież wcześniej miałaś wkalkulowaną półroczną przerwę, teraz zostało raptem trzy i pół miesiąca rejsu, więc wszystko możesz sobie starannie poukładać, żeby wywiązać się z prac. Odbiorę Cię, rzecz jasna, z lotniska w Palermo. Jeśli zgodzisz się, natychmiast zamawiam dla Ciebie bilet.

Joanna zamknęła oczy. Co ja mam zrobić? Tam Wojtek, tutaj rodzice, a ja biedna sama. No jasne, że z pracami jakoś dałabym sobie radę, ale przecież jest jeszcze sprawa ciąży. Nie wyobrażam sobie, żebym w tej chwili wszystkim o niej opowiedziała. Poza tym muszę jeszcze zrobić USG.

O, właśnie. Podeszła do drzwi i zamknęła je na klamkę. Ja będę szukała ginekologów, a tu mi tata hyc... i po tajemnicy. Wpisała w Google: ginekolog Szczawnica. Wyświetliła się lista z kilkoma nazwiskami. Zastosowała dziecięcą wyliczankę, żeby wylosować jedno z nich. Było jej zupełnie obojętne, kto to będzie. Znalazła adres mailowy, wpisała swoje dane i zaproponowała termin pomiędzy szóstym a dwunastym września. Nie napiszę sztywno, bo tam mają terminy pewnie zaplanowane od dawna. Dodała jeszcze, że bardzo jej zależy na tym terminie, bo w najbliższym czasie czeka ją zagraniczna podróż. Może wpisać jakieś pytanie o możliwości pływania pod żaglami? Nie, o tym porozmawiam na miejscu. Przyjrzała się raz jeszcze mailowi i nacisnęła enter.

Otworzyła znowu maila od Wojtka i raz jeszcze go przeczytała. Wciąż jestem, Wojtku, na nie. Szybko odpisała, dodając, że jeszcze jednym z powodów odmowy jest niemożność narażania go na tak duże koszty.

Dzisiejszej nocy spała dobrze.

W tym samym czasie Wojtek wraz z Antoniną i Bartkiem siedzieli w kokpicie jachtu przycumowanego przy kei w marinie jachtowej Puerto de Alcudia na północy Majorki. Mieli na dzisiaj zostać jeszcze w Palma de Mallorca, ale stwierdzili, że tam jest zbyt tłoczno, a stąd będą mieli bliżej na Minorkę. Wczesnym świtem wypłynęli więc z Palmy i dwie godziny temu zacumowali w Alcudii. Siedzieli teraz, popijając wino. Rozmawiali o jutrzejszym dniu i oceniali, o której muszą wypłynąć, żeby o odpowiedniej porze dopłynąć do Minorki. Wojtek postanowił sprawdzić pocztę.

– No nie. Joasia wciąż nie ma ochoty – powiedział posępnie. – A do tego napisała jeszcze, że nie chce mnie narażać na koszty. Chyba przesadza.

– A ja bym w tym widziała pewien pozytyw – odezwała się Antonina. Jej palec kilkukrotnie wskazał na komputer.

– Jaki pozytyw? – spytał Wojtek.

– No właśnie – wsparł go Bartek.

– Może jej się tylko tak napisało, ale może fundusze, jakie musiałaby wydatkować na samolot, a właściwie ich brak, są głównym powodem odmowy – wyjaśniła Antonina.

Wojtek chwilę się w nią wpatrywał, po czym poderwał się nagle.

– Że też o tym nie pomyślałem! Ona wpłaciła na rejs, a ja nie oddałem jej tych pieniędzy.

– A dlaczego? – spytał Bartek i wyprostował się.

– No właśnie, dlaczego? – spytała niczym echo Antonina.

– Dlaczego... dlaczego... bo jestem skleroza! – wykrzyknął Wojtek. – Zaraz jej przeleję i o tym napiszę. Jak ja mogłem?!

– Nie jestem jednak pewien, że to główna przeszkoda. Ja bym w ogóle zrobił inaczej. Teraz mi to dopiero przyszło do głowy, więc nie myśl, że też jestem sklerotyk – zaśmiał się Bartek.

– A co takiego? – spytała zaciekawiona Antonina.

– Gdyby to chodziło o mnie i Antosię, poleciałbym po nią do Polski, związał i przywiózł ją sam do Palermo.

– Aleś ty kochany, Bartusiu! – Antonina przesiadła się bliżej Bartka i wtuliła w niego.

– Widzisz? – powiedziała, patrząc na Wojtka. – On by naprawdę tak zrobił.

– Chyba mnie ładujecie... – Wojtek zmarszczył czoło.

– A co tu ładować. Mówię jak jest, to znaczy jak by było! – rzekł chełpliwie Bartek.

– Absolutnie ci wierzę, kochany. – Antonina głośno cmoknęła Bartka.

– Też bym tak chciał – mruknął naburmuszony Wojtek.

– Raz bym ci mogła dać całusa, ale...

– Ani mi się waż! – zawołał, śmiejąc się, Bartek. – Jest duży, ma dziewczynę, tylko nie wie, jak się do niej zabrać!

Antonina i Bartek zaśmiali się w głos.

– Tak? Myślicie, że mnie na to nie stać?!

– Tu nie chodzi o deklarację, czy cię stać, czy nie, i w ogóle to nie jest kwestia finansowa. Tu chodzi o czyny! – wygłosił z patosem Bartek i znowu się zaśmiał.

– Tak właśnie sobie pomyślałem...

– Ale niczego nie zrobiłem! – przerwał mu roześmiany Bartek – Dolej wina, bo dobre.

– Dolej, Wojtuś – poprosiła także Antonina, wyciągając w jego stronę szklaneczkę.

– To co ja mam robić? Załatwiać przylot Joanny czy nalewać wino? – wyszczerzył się Wojtek.

– Najpierw nalej, a potem zrób to, co chciałeś. Zobaczymy, jak ci idzie – zachichotał Bartek.

Szklaneczki zostały napełnione winem. Wojtek pociągnął łyk, odstawił szklaneczkę, pomachał w powietrzu palcami jak pianista siadający do fortepianu, odrzucił w tył głowę niczym wirtuoz i położył palce na klawiaturze laptopa.

– Szkoda, że nie gramy w rebusy, bobym wygrał. Zrobiłeś całkiem jak Gajos w skeczu z fortepianem!

– Dobry jesteś. To właśnie odegrałem. Możesz otworzyć w ramach nagrody jeszcze jedną butelkę wina – mrugnął Wojtek.

– Robi się, kapitanie! – Bartek zasalutował do pustej głowy i ruszył pod pokład. Po chwili otwierał wino.

– To gdzie teraz jesteś? – spytał Wojtka buszującego po internecie.

– Wciąż siedzi – zachichotała Antonina.

– Siedzę, ale jestem już na lotnisku w Palermo. Szukam połączeń do Rzymu i dalej do Polski. Są tu jakieś, ale chyba muszę zacząć od tyłu.

– O! Zbereźnik z ciebie się robi już przy pierwszej flaszce, to co będzie, kiedy zaczniemy drugą?

– Może dojdziemy do trzeciej? Jestem już w Krakowie i to była słuszna decyzja. Mam samolot Kraków – Rzym, wylot o dziewiątej, czas lotu dwie godziny. No super! Do tego dopasuje się lot z Rzymu do Palermo, ale to już pestka. Teraz jeszcze tylko samolot z Rzymu do Krakowa, żeby tam być o ludzkiej porze.

– Pozwól, przyjacielu, że teraz ja naleję. – Bartek nachylił się do Wojtka, a ten wysunął w jego stronę szklaneczkę.

– A ja? – spytała Antonina.

– Ostatnia dolewka, moja kochana dziewczynko, bo jutro ktoś musi żeglować, a my niestety będziemy w stanie wskazującym – zaśmiał się Bartek.

Szklaneczki powędrowały w górę. Wojtek znowu nachylił się nad laptopem.

– Mam! – zawołał. – Rzym – Kraków, wylot o piętnastej z minutami, w Krakowie jestem o siedemnastej z minutami. Nad Morzem Czorsztyńskim melduję się więc przed dziewiętnastą. Dasz mi tylko, Antosiu, adres, bo ty wysyłałaś do niej precjoza z Fatimy.

– Przypomnij mi jutro rano, dobrze?

– Okej! No to fajrant! – zawołał zadowolony z siebie Wojtek. – Potem odpiszę Joasi, ale oczywiście nic nie wspomnę, że przylatuję.

Zamknął klapę laptopa i przeciągnął się.

– Czyli... już wszystko? – spytała Antonina.

– No, raczej tak – odparł wciąż rad z siebie Wojtek.

– Aha. To znaczy twój komputer jest taki mądry, że sam zabukuje bilety?

Wojtek zastanowił się, a po chwili popukał w czoło.

– Kurka wodna. Ale ze mnie sklerotyk.

– A nie mówiłem? – spytał, szczerząc się, Bartek.

– Nie, to ja sam o sobie powiedziałem.

– Ale ja cię na to naprowadziłem! Teraz widzisz, do czego potrzebne są kobiety? – Przytulił swoją Antosię i głośno ją pocałował. – Obserwują, zapisują w pamięci, a potem znienacka, sruuu!

– Po to jesteśmy też – zgodziła się, akcentując mocno poszczególne słowa Antonina.

Wojtek już przebierał palcami po klawiaturze.

– No i mam! Z Palermo koło siódmej i leci do Rzymu godzinę i dziesięć minut.

– To teraz zapisuj albo od razu bukuj przez internet! – rzucił Bartek.

– Nie inaczej – odparł Wojtek.

Przez kilka minut na jachcie panowała cisza. Wojtek zawzięcie naciskał klawisze, zmieniał strony, otwierał nowe okna. Antonina i Bartek, wsparci o siebie, przyglądali mu się z półuśmiechem na ustach. Wreszcie podniósł na nich oczy i odezwał się.

– Zamówienie złożone. Teraz czekam tylko na potwierdzenie. Ale się namachałem. Ale emocje. Polej, przyjacielu. Dzisiaj będę spał jak zabity.

Rozdział 16

 aksówka jechała szosą wzdłuż Jeziora Czorsztyńskiego. Dochodziła dziewiętnasta. Wojtek spoglądał
to na lewo, to na prawo. Podobało mu się tak jak na jego Kaszubach, szczególnie w rejonie Kółka Raduńskiego. Wsłuchiwał się w opowieść taksówkarza o powstaniu zalewu.

– To mówi pan, że na dnie jeziora zostały Stare Maniowy... – Wojtek ni to spytał, ni to oznajmił, wpatrując
się w pomarszczone wody, w których odbijały się ostatnie
promienie słońca, zmierzającego do swojej ogromnej, zapewne, sypialni.

– Znajomi przyjeżdżają tutaj co rok na wczasy i sobie
chwalą. Opowiedzieli mi tę historię – odparł kierowca taksówki i spojrzał w lusterko wsteczne.

– Piękne miejsce. Ostatnie żaglówki płyną do brzegu.

Wojtek wpatrywał się w śmigające po wodzie łódki gnane
przedwieczornym wiaterkiem.

– W ciągu dnia jest tu ponoć ich pełno – odpowiedział
kierowca.

Taksówka wspięła się nieco w górę, a po chwili skręci
ła w osiedle bliźniaczo podobnych trójkondygnacyjnych
domów.

– Ulica Mickiewicza, a osiedle nazywa się Borcok – mówił wolno kierowca. Wojtek przyglądał się mijanym zabudowaniom. – Tak jak myślałem, dom stoi w pierwszym szeregu. To tutaj.

Taksówkarz wskazał tabliczkę z numerem, który podał mu Wojtek, i zatrzymał się przed sporymi zabudowaniami.

Przed domem stał rosły mężczyzna. Wojtek ruszył w jego kierunku. Mężczyzna uśmiechnął się szeroko.

– Dobrze trafiłeś, Wojciechu – niespodziewanie odezwał się i wyciągnął na powitanie rękę. – Wchodź. Joanna pojechała do Czarnego Dunajca, do twojego przyjaciela Szczepana.

Wojtek zatrzymał się i wpatrywał zdumiony w nieznajomego mężczyznę, który do niego zagadał.

– Dzień... dobry... – wyjąkał zaskoczony. – Pan Jan Trepka? – spytał.

– A jużci – ten odparł wesoło.

– A skąd pan mnie zna?

– A chłopaki pokazali mi zdjęcie, a zresztą kto mógłby do nas przyjechać taksówką z Krakowa?

– Czy pan cokolwiek wiedział o moim przyjeździe?

– Że pan przyjedzie, nie wiedziałem, ale przeczucie mi mówiło, że tak się może zdarzyć. No wchodź, wchodź. Śmiało. – Uczynił mu przejście w furtce.

– Sam nie wiedziałem, że przyjadę, a dopiero tydzień temu...

– Przeczytałem przez przypadek na komputerze Joasi, gdzieś tak z tydzień temu, twoje zaproszenie, ale ona się zaparła – gospodarz wszedł mu w słowo i ani myślał przestać mówić. – Akurat to sama nam powiedziała, jak przyznałem się do przeczytania listu – uśmiechnął się lekko. – Podoba mi się to, że przyjechałeś – ciągnął. – Poznałem cię po tym daszku i koszulce z nazwą Jacht Klub. Kto mógłby być tak ubrany, jak nie Wojtek żeglarz?! – prawie krzyknął, wchodząc w drzwi wejściowe. – Ania! Wojtek przyjechał! – zawołał donośnym głosem.

W holu po chwili pojawiła się kobieta, a zaraz za nią dwaj podobni do siebie jak dwie krople wody młodzieńcy.

Wojtek uśmiechnął się szeroko i pochylił do ręki gospodyni.

– Wojciech Borowy – przedstawił się.

– Anna Trepka – odparła cichym głosem mama Joasi.

– A to moje dwa Janosiki – przedstawił synów gospodarz.

– Wojtek – powiedział pierwszy.

– Jędrek – dorzucił drugi.

Obaj na powitanie ścisnęli dłoń Wojtka, aż ten się lekko skrzywił.

– Jakby co, to Joasia ma niezłych obrońców – zauważył z uśmiechem przybysz.

– Jakby co, to lepiej ani jej, ani nam nie podpadać – odparł Jędrek, ale zaraz mrugnął.

– Ojeju! Ale niespodzianka! A Joanna pojechała do...

– Już powiedziałem – wszedł żonie w słowo gospodarz. – To może do stołowego, proszę zachodzić. – Wskazał ręką.

Po chwili wszyscy siedzieli wokół stołu i przyglądali się sobie. Wojtek sięgnął do plecaka i wyciągnął małą paczuszkę z błękitną kokardką.

– Tyle ich mieli na lotnisku w Palermo, że jedną ukradłem dla pani. Proszę. – Położył przed gospodynią. – A to dla pana.

Sięgnął do plecaka i wyciągnął kolejną paczuszkę, tym razem nieco większą, którą postawił przed ojcem Joanny.

– A dla was, panowie, też mam coś, ale już nie zawijałem, bo nie wiedziałem, jakie lubicie kokardki.

Trzej młodzi mężczyźni roześmiali się.

– Taki nieduży plecak, a tyle prezentów. – Spuściła oczy mama Joasi. – Każdy coś dostał. Ja szykowny perfum. – Rozwinęła papier i otworzyła kartonik z nazwą *Rose Goldea*. – Ale piękny flakonik! A jaki zapach! – zachwyciła się.

– A ja dostałem samogonik! – pochwalił się uśmiechnięty gospodarz, pokazując butelkę z napisem *Grappa Nerello*.

– To z Sycylii. We Włoszech wszędzie i wciąż piją grappę – wyjaśnił Wojtek.

– *Birra Moretti Alla Siciliana* – przeczytał ze swojej butelki Wojtek.

– Moja taka sama – zachichotał Jędrek.

– To sycylijskie piwo. Smaczne, choć różne w smaku od tych, które my znamy. Wczoraj piliśmy do pizzy. – Mrugnął do braci.

– To się wykosztowałeś! – powiedział pełnym głosem gospodarz.

– Ostatecznie pierwszy raz poznaję rodziców i braci Joasi. – Uniósł dłonie Wojtek i szeroko się uśmiechnął.

– Wiem od dawna, że jesteś fajny gość. – Ojciec Joanny poklepał go lekko po plecach. – Silny jesteś. Czuję to – zauważył. – To przyznaj się, zanim Joasia przyjedzie, jaki masz plan?

– Jutro musimy być na lotnisku w Balicach przed ósmą godziną, bo o dziewiątej start.

– Szybki jesteś.

– Szkoda czasu. Dzisiaj jest już trzynasty września...

– Dobrze, że nie piątek! – wtrącił Jędrek.

– No właśnie... ale po północy się zacznie – odparł Wojtek. – Chcę ją porwać, najlepiej do końca rejsu.

Spojrzał wokół stołu.

– A na kiedy jest on planowany? – spytała matka Joasi.

– W Gdyni mamy być dwudziestego grudnia.

– Sporo, ale gdyby nie wróciła z mojego powodu do domu, to w tej chwili byłaby na morzu już dwa i pół miesiąca – przyszedł Wojtkowi z pomocą gospodarz.

– Czasami o tym zapominam, bo lubię żyć do przodu – podziękował Wojtek. – Rozumiem, panie Janie, że zdrowie już okej.

– Też wolę mówić o tym, co będzie... – uśmiechnął się do Wojtka – ...więc zapomniałem, co się wydarzyło, ale zdrowie tak, jest w porządku. – Naprężył muskuły.

Sprzed domu doszło trzaśnięcie drzwi samochodu.

– Cicho teraz... – Ojciec położył palec na ustach.

– Mamo, tato, przywiozłam gościa! Gdzie jesteście? – doszedł okrzyk Joanny od drzwi wejściowych. Kroki się zbliżyły.

– Gdzie oni wszyscy są? – rzuciła w powietrze pytanie. – Dlaczego nie odpowiadacie... – zaczęła pytać i zaniemówiła, dostrzegając Wojtka.

Ten się poderwał w kierunku wejścia do pokoju. Wpatrywali się w siebie jak urzeczeni. Wyraz twarzy Joanny zmieniał się. Za nią wyrosła wysoka postać Szczepana.

– Wojtek...?! Skąd ty się... – spytał głośno. Coś chciał jeszcze mówić, ale głos mu ścichł i przerwał.

Wszyscy wpatrywali się w Joannę i Wojtka.

– Dlaczego nie napisałeś, że... – zaczęła Joanna, ale Wojtek położył na jej ustach palec.

– Muszę... – rzucił, spoglądając na rodziców, i pocałował Joannę, zrazu delikatnie, a po chwili mocno.

Pani Anna chciała coś powiedzieć, ale tym razem ojciec położył palec na ustach. Joanna i Wojtek zachowywali się, jakby na moment zapomnieli, że wokół nich są ludzie. Wpatrywali się w siebie szczęśliwymi oczami. Joanna mocno się w niego wtuliła. Trwali tak chwilę, aż ona raptownie odskoczyła. Wojtek rozejrzał się wokół.

– Przepraszam... – Spojrzał na rodziców.

– Nic, nic... – powiedział ojciec Joanny. – Pan Szcze-pan? – spytał wysokiego mężczyznę w progu.

– Nie inaczej.

Podali sobie dłonie. Reszta rodziny też się z nim przy-witała, tylko Joanna i Wojtek milczeli jak zaklęci, zato-pieni w sobie.

– No dobra. Zaraz znowu sobie pomilczycie, ale chcę się z tobą, zejmanie, przywitać! – powiedział głośno Szczepan.

Wojtek oprzytomniał i skierował wzrok na przyjaciela. Podali sobie mocno dłonie. Joanna wciąż nie spuszczała wzroku z Wojtka.

– Joasiu, siadajcie – poprosiła matka.

Wojtek złapał ją za rękę i poprowadził do stołu. Usia-dła posłusznie na wskazanym krześle, ale wciąż na niego patrzyła.

– Co cię napadło? – spytała cicho.

– Już nie mogłem dłużej czekać – odparł. – Przyjecha-łem więc sam po ciebie.

– Ale ja się nigdzie nie wybieram – odparła.

– Pojedziesz ze mną. Tam jest pięknie. Należy ci się. – Wojtek złapał ją za ręce.

– Pojedziesz, dziecko – odezwał się nieoczekiwanie oj-ciec. Oczy wszystkich zwróciły się na niego. – Pojedziesz. Musisz. Przecież chciałaś, więc niemożliwe, żeby ci się na-gle tak odmieniło.

Przy stole zapadło milczenie. Joanna przymknęła oczy. Po chwili odezwała się cicho.

– Sporo się zmieniło od Święta Morza... – powiedziała z namysłem i znowu wpatrzyła się w Wojtka. – Już nie je-stem taka sama. – Pokręciła głową.

– Ja też, Joasiu. Zakochałem się w tobie i dlatego tu je-stem.

Anna Trepka przyłożyła dłoń do ust i spojrzała na męża. Ten skinął głową. Bracia i Szczepan też wpatrywali się w Joannę i Wojtka jak urzeczeni.

– Bardzo się zmieniłam... – znowu zaczęła cicho Joanna, ale ojciec położył palec na ustach.

– Wszystko o was wiem, bo mi powiedziała, kiedy byłem... gdzieś... – Jego palec zawirował ponad stołem. Po chwili przeniósł wzrok na żonę. Oboje pokiwali głowami.

Wojtek zmarszczył czoło. Widać było, że intensywnie zastanawia się, co powiedzieć.

– Ja nie mogę pojechać... naprawdę, bo... – Kolejny raz Joanna próbowała coś powiedzieć, ale tym razem Wojtek zamknął jej usta pocałunkiem.

– Przepraszam, ale trochę ją rozumiem – powiedział po chwili.

– Nie jesteś kobietą – odparła, kręcąc głową.

– Tego by jeszcze brakowało – uśmiechnął się. – Jutro rano wylatujemy do Palermo! – powiedział stanowczym tonem, schylił się do plecaka i położył przed Joanną torebkę foliową z biletami lotniczymi. – A to czeka na ciebie tam. – Położył na przed nią niewielką, owiniętą w folię i obwiązaną na szczycie wstążką porcelanową miseczkę, wypełnioną różnej wielkości muszlami. – Wszystkie są z wybrzeży Morza Tyrreńskiego. Nie wolno ich zbierać na plażach.

– To skąd je masz?

– Ze sklepu wolnocłowego – zaśmiał się cicho.

Do jego śmiechu dołączyli pozostali.

– Chłopcy, zapalcie światło! – huknął ojciec. – Pomożecie dzisiaj mamie zrobić kolację! No już! – popędził, widząc ich zdziwione miny. – Dzisiaj Joasia nie może. Sami widzicie. No idźcie. Mama zaraz przyjdzie.

Pani Anna nie mogła oderwać wzroku od córki, przeżywającej nieoczekiwane spotkanie z Wojtkiem. Nie myślała, że będzie świadkiem tak pięknej sceny. Znowu przyłożyła dłonie do twarzy.

– No dobrze. Zaraz nakrywamy. Zapomniałam się. – Poderwała się z miejsca. – Taki piękny wieczór!

Wybiegła w kierunku kuchni jak na skrzydłach.

– Właśnie Joasia mówiła mi, że czekacie w Palermo – odezwał się Szczepan. – Ależ ta twoja dziewczyna to talent! – powiedział z naciskiem.

– Widzisz... Nie mogę pojechać, bo muszę kończyć album na dziesięciolecie firmy Szczepana – próbowała jeszcze tłumaczyć Joanna.

– Pojedziesz! Firma nie ucieknie! – rzucił ze śmiechem Szczepan.

– Ale mówiłeś, że musi być na marzec – odezwała się zaskoczona Joanna.

– Najtrudniejsze już zrobiłaś... Napisała znakomity tekst! – wyjaśnił Szczepan, spoglądając kolejno na Wojtka i ojca Joanny.

– Zostały przecież grafiki i rozmieszczenie całości, a to też zabierze trochę czasu.

– Powiedziałaś, że na to w sumie musisz mieć z półtora miesiąca. Kiedy wrócicie? – Szczepan spojrzał na Wojtka.

– Dwudziestego grudnia – niespodziewanie wyręczył Wojtka ojciec Joanny.

Trzej panowie uśmiechnęli się.

– To w najgorszym wypadku całość trafi do drukarni w połowie lutego. Zdążą spokojnie wydrukować. – Machnął ręką Szczepan.

– Ale ja nie wiem, jak się będę wówczas czuła – wtrąciła Joanna.

– Po takim rejsie?! Będziesz naładowana energią, że hej! – rzekł z przekonaniem Szczepan.

– No właśnie – zgodził się z nim ojciec.

– Ale ja tyle nie wytrzymam na jachcie – powiedziała smętnie Joanna i pokręciła zdecydowanie głową.

– Przecież w czerwcu planowałaś wytrzymać cały rejs! – przypomniał jej ojciec

– W czerwcu była inna sytuacja.

– Zrobiłaś się trochę jak smerf maruda – zaśmiał się ojciec.

– Widzisz, Joasiu. Ojciec wie, co mówi – wsparł go Szczepan.

– A ile dasz radę wytrzymać, bo chyba chcesz nam powiedzieć, że nigdy tak długo nie płynęłaś? – Wojtek próbował zrozumieć jej stanowisko.

– No właśnie... Najdłuższy mój rejs był dwumiesięczny.

– Za dwa miesiące, licząc od pojutrza, możemy być gdzieś... moment... – rzucił Wojtek i wyciągnął telefon; przeszukał notatnik – ...na Korsyce albo na Minorce. Jakby co, to stamtąd też latają samoloty, ale... – podniósł palec w górę – ...sądzę, że spokojnie dociągniesz do Gdyni.

Joanna pokręciła głową. Przymknęła oczy i zmarszczyła brwi.

– Nie ma sensu kupować kolejny raz kompletnych sztormiaków, specjalnego obuwia na jesień, brać z domu ciepłej odzieży, czapek, rękawiczek, a to wszystko już za Lizboną byłoby potrzebne! – Wyliczała na palcach. – To wszystko czeka w bagażach w twoim mieszkaniu!

Wojtek kiwał głową i wpatrywał się w twarz Joanny. Potem spojrzał przelotnie na Szczepana i zatrzymał wzrok na ojcu.

– O tym wszystkim nie pomyślałem. Ona ma rację! Chociaż z drugiej strony to nie majątek.

– To jest niepotrzebne marnowanie dutków. Tato! Powiedz coś! – Joanna spojrzała na ojca błagalnie.

– Widzisz, Wojtku. Od tego właśnie są kobiety. Najpierw nas podkręcają, mobilizują, każą zdobywać szczyty, ale jak wchodzą w grę dutki, to niektóre potrafią wyhamować. A taka jest moja Joasia. Moja krew! Masz rację, córcia. Świat nie kończy się na tym rejsie! – podkreślił ojciec.

– Widzisz? – rzekła z uśmiechem Joanna. Wyglądało, że zaczyna się opanowywać. – Zgadzam się z tobą, tato...

– Tak jak ja z tobą, córcia.

– Ależ oni piją sobie z dziubków. Nie wygrasz, zejmanie, z nimi. Ustąp trochę – uśmiechnął się Szczepan, spoglądając to na przyjaciela, to na Joasię i jej ojca.

Wojtek raz jeszcze popatrzył w notatnik w telefonie.

– No dobra. Wobec takiej przemocy... – obdarował Joannę uśmiechem, a po chwili mrugnął do jej ojca – ...wrócisz z Korsyki. Będziesz pasażerem na jachcie, dostojnym pasażerem. Antonina się ucieszy, że może być więcej na pokładzie, przy żaglach, niejako za ciebie. Będziemy pływać tylko w ładne dni.

– A jak się pogorszy pogoda?

– Nie pogorszy, bo mam długoterminowe prognozy aż do jesieni. Mają być wyże i wyże.

– To w takim razie jakoś da się może to wszystko ogarnąć – spuściła powietrze Joanna i uśmiechnęła się od ucha do ucha. – I tak czeka mnie sporo pakowania – dodała jednak po chwili markotnie.

– Zróbmy zatem tak. Ten plecak, który ze sobą miałaś w Gdyni...

– Wezmę jeszcze jedną torbę.

– Bierzcie wszystko ze stołu, karcma zbójecka nadchodzi! – zawołał od progu Jędrek, trzymając w rękach talerze. – Ino nie marudzić!

W progu stał już Wojtek z dwoma półmiskami.

– Jeszcze nic nie przygotowaliście? – Za nimi pojawiła się mama z tacą i szklankami.

W mig stół został nakryty, a po chwili zaczęła się kolacja.

– A po co ci dodatkowa torba? – spytał Wojtek, omiatając wzrokiem Joannę. – W czerwcu wystarczył ci plecak.

– W czerwcu jechałam sama... – zawiesiła głos – ...a teraz jadę z tobą. Będą promenady w portach, Capri, może na jakieś tańce pójdziemy. Sam powiedziałeś, że będę turystką na specjalnych prawach.

– Tak powiedziałem i słowa nie zmieniam.

– Popłynę na dwa miesiące. Zdecydowałam. – Joanna wpatrzyła się w matkę.

– To dobrze, że nie na dłużej, bobym zatęskniła się za tobą, dziecko – odpowiedziała matka.

– Jak tak dobrze nam idzie, to może wychylimy po kieliszku tej... grappy? – spytał ojciec.

– Szkoda, że ja nie mogę – odezwał się markotnym głosem Szczepan.

– Następnym razem przywieź żonę i kogo tam jeszcze, mamy przecież pokoje dla wczasowiczów i wtedy popijemy! – odparł z humorem gospodarz.

– O! I to mi się podoba! Tak zrobimy – zawołał radośnie Szczepan.

– A ty, Joasiu, czego się napijesz? Też grappy? – spytał Wojtek.

– A może przynieść ci twoją rudą? – zadeklarował się Jędrek i już nawet wstał z krzesła.

– A ja... dzisiaj... po prostu sobie odpuszczę. Tyle emocji i jeszcze pakowanie... – Joanna spojrzała na matkę.

– Masz rację, córcia – ta pochwaliła ją.

– Moja krew! Przed wyjazdem też nigdy nie piję! – Klasnął w dłonie ojciec.

– Przecież ty nigdzie nie jeździsz! – ripostowała ze zdziwieniem w oczach matka.

– Dlatego nic mi nigdy nie przeszkadza w piciu! – zaśmiał się zaraźliwie ojciec.

Pakowanie trwało do późnej nocy. Na lotnisko Balice odwiózł Joannę i Wojtka Jędrek. Gdy samolot uniósł się w górę, Wojtek zajrzał Joannie w oczy.

– Miałem wczoraj niezłego nerwa. Myślałem, że się zaprzesz – wyszeptał Joannie do ucha.

– Bardzo przeżywałam, ale dzięki tacie uległam.

– Masz nadzwyczajny kontakt z ojcem.

– Bo przez osiem lat byłam jedynaczką. Świata za mną nie widział, ja zresztą podobnie. Kiedy znalazłam się u niego w szpitalu i był tam gdzieś... – Wykonała ruch palcem w powietrzu...

– Czy wiesz, że ojciec zrobił wczoraj podobny gest? – Wojtek wszedł jej w słowo.

– Moja krew! – zachichotała Joanna i przytuliła się do niego.

– Mówicie podobnymi tekstami, wykonujecie podobne gesty.

– ...i kiedy był tam gdzieś, wszystko mu o nas opowiedziałam.

– Ale przecież nie było z nim kontaktu, to jak?

– Po prostu mówiłam. Opowiedziałam mu, dlaczego stąd wyjechałam, i wszystko, co wydarzyło się w Gdyni.

– To rzeczywiście pięknie. – Wojtek pogładził ją po policzku.

– Nie zrozumiałeś. Opowiedziałam mu wszystko... o nas.

– Dobrze, że nie słyszał.

– Nie masz racji. Ja czułam, że on mnie słyszy, a potem, kiedy zaczął wracać... – znowu zakręciła palcem ponad głową – ...spytałam go, co sądzi o tym, co mu wówczas powiedziałam. We wszystkim mi przyznał rację. Kochany...

Przymknęła oczy i mocniej wtuliła się w Wojtka, który po chwili poczuł wilgoć na koszulce.

– Już dobrze, Joasiu, już dobrze.

*

Na lotnisku w Palermo czekali na nich Bartek z Antoniną, która na widok Joanny zaczęła podskakiwać jak szalona. Cała czwórka wyściskała się serdecznie, a dziewczyny nie mogły się wręcz sobą nacieszyć.

– Znalazłem niedaleko mariny fajną tawernę, podobną do waszej gdyńskiej, gdzie są zielone dechy...

– Aha!

– A może byśmy zrobili sobie przyjęcie na jachcie? – spytała Antonina.

– Ale to oznacza zakupy, a potem trzeba się narobić... – Bartek zmarszczył nos.

– Ale byśmy byli sami, możemy gadać, o czym chcemy, puścimy cichą muzykę. Zrobimy prawdziwy początek rejsu dla Joasi.

– Czy wiesz, że według pomysłu Wojtka mam być na jachcie turystką? – spytała przyjaciółkę Joanna.

– Dlaczego? – Antonina zrobiła oczy.

– Bo okazało się, że nie będę mogła wziąć ze sobą wszystkich jachtowych ubiorów.

– Nie rozumiem...

– One przecież zostały u Wojtka w mieszkaniu, a nie ma sensu kupować kolejnych.

– Oszczędna jak krakuska! – zawołała, śmiejąc się, Antonina. – Dla mnie to nawet lepiej, bo nie będziesz mi się wtrącać w prace pokładowe, znaczy sterowanie, czy prace przy żaglach. W takim razie zajmiesz się kuchnią.

– Jak to, ja mam gotować?!

– Nie potrafisz?! To cię nauczę!

Skończyli kolację, kiedy zbliżała się północ, choć Antonina i Bartek mieli jeszcze ochotę siedzieć. Kiedy Joannie zaczęły się zamykać oczy, Wojtek zakręcił się i przygotował jej drugą rufową kabinę, a potem, kiedy Bartek i Antonina zniknęli w swojej, wślizgnął się do Joanny.

– Nareszcie są razem – szepnęła Antonina do ucha Bartkowi.

– Uhmm – odmruknął, zaczynając już także zasypiać.

Rozdział 17

*P*o śniadaniu Wojtek zabrał Joannę na wycieczkę po Palermo. „Zabrał" było właściwym określeniem, bo udawała się na ląd właściwie bez specjalnego entuzjazmu. Owszem, podobała jej się i sama marina z kłębowiskiem jachtów, różnokolorowymi żeglarzami, gwarem, śmiechami, nieodległy port pełen dużych statków oraz masy mniejszych jednostek wycieczkowych, wpływających do niego i wypływających od samego świtu, podziwiała z daleka piękne zabudowania miasta i była ciekawa ujrzenia ich z bliska, ale miała nieodparte wrażenie, że coś jej przeszkadza, krępuje ruchy, nie pozwala być sobą.

– Ogromne miasto! Gdzie tutaj pójść? – wydała bezwiednie cichy okrzyk, przystawiając dłoń do czoła, mimo nałożonych okularów przeciwsłonecznych.

– Masz rację. Też jeszcze tutaj nigdzie nie byłem oprócz jazdy na lotnisko, ale od czego są przewodniki?! Kupiłem właśnie na tutejszym lotnisku, przed samym odlotem, przewodnik po Sycylii po angielsku, ale na Balicach zobaczyłem komplet przewodników po polsku po wszystkich regionach Włoch, na których wodach będziemy pływać i zawijać do ich portów. Mam więc przewodniki po Kalabrii,

Kampanii, Lazio, Toskanii i Ligurii. A skoro mi tak dobrze szło, to kupiłem jeszcze do kompletu Sycylię po polsku.

– To dobrze, bo chciałam właśnie zaproponować kupno czegoś, gdyż lubię wcześniej wiedzieć, dokąd idę. I czego dowiedziałeś się o Sycylii?

– Tak jak jest to regułą w basenie Morza Śródziemnego, najpierw byli tu Fenicjanie, potem Rzymianie...

– Z kolei Wandalowie... – wtrąciła Joanna.

– A skąd wiesz?

– Czytałam po każdym z twoich maili, w Wikipedii, o portach, które odwiedzaliście, i tak na ogół było. Szczególnie zainteresowało mnie to w przypadku Kartaginy i Kartageny.

– Ale myśmy w Kartaginie nie byli, przecież to Afryka. Dlaczego o niej studiowałaś?

– Wiem, ale zawiesiłam się pewnie przy wpisywaniu w Google hasła i otworzyła mi się najpierw właśnie Kartagina. Czy wiedziałeś, że ona była kiedyś stolicą państwa Wandalów?

– Gdybyśmy tam dopłynęli, pewnie bym się na ten temat czegoś dowiedział – zachichotał Wojtek.

– A co w ogóle wiesz o Wandalach?

– A jaki oni mają związek z Palermo?

– No, przecież Sycylia też była kiedyś w ich władaniu!

– Po prostu przyjąłem, że byli, bo potem było Bizancjum, Arabowie i jacyś piraci, których nazwy nie pamiętam, potem nastali Normanowie, z kolei jacyś Niemcy...

– Wojtek podrapał się po czubku głowy – ...dalej Francuzi, Aragończycy i Hiszpanie. Jeszcze ktoś tam po drodze był, ale koniec końców doszło do zjednoczenia Włoch, i już.

– Sporo zmian tu było, czyli, jak rozumiem, wymieszali się ludzie, kultury, style w budownictwie i... *et cetera, et cetera*... – Joanna przytuliła się do Wojtka.

– Aleś ty fajna, Joasiu. Nie muszę niczego zwiedzać, wystarczy, że z tobą jestem. – Wojtek objął ją mocno i pocałował w szyję. Oddała mu namiętny pocałunek w usta.

– A wracając do Wandalów, czy wiesz, że to mogli być nasi protoplaści? – nieoczekiwanie wróciła do wcześniejszego tematu.

– Wydaje mi się, że w przewodnikach, czy w Wikipedii, mówi się o nich jako o plemionach wschodniogermańskich.

– Ta... srańskich! A od kiedy ta niby dawna Germania leżała w dorzeczach Wisły, Warty i Odry, co? No, nie patrz tak na mnie. To, co powiedziałam, znajdziesz także w Wikipedii, a jeśli ona tak mówi, to w najmądrzejszych książkach, będących źródłem takich wpisów, też musi być tak napisane. Nieprawdaż? – Zajrzała mu w oczy.

– Ja dziękuję. Musiałem przyjechać na Sycylię, żeby wdać się w akademicką dyskusję z panią profesor od Wandali! – Wojtek znowu objął Joannę. – Aleś ty mądra. Czy możemy przełożyć tę dyskusję na inny czas?

– Możemy, oczywiście. Spytam tylko jeszcze, czy wiesz, jakiej rzeki dopływem jest Dunajec.

– A co to ma wspólnego z Sycylią czy Wandalami?

– Czyli jak rozumiem, pamiętasz, że to Wisła – zachichotała Joanna.

– No, to przecież oczywiste!

– A wiesz, jak Kadłubek nazwał Wisłę?

– Vistula?

– Nie, tak nazywała się po łacinie, natomiast Kadłubek wyprowadził jej nazwę od królowej Wandy. Dla niego była to więc rzeka Vandalus! – Poklepała go otwartą dłonią po torsie. – I tak dalej, i tak dalej. No dobrze, przepraszam i wracajmy do... Palermo – rzuciła Joanna, obdarzając Wojtka przepięknym uśmiechem i całując go w policzek.

– Jesteś niesamowita. – Wojtek pokręcił głową. – Trudno się z tobą nudzić.

– A z Krystyną nudziłeś się?

Wojtek machnął ręką.

– No dobrze, Joasiu, mam propozycję. – Spojrzał jej głęboko w oczy. – Skoro już tutaj jesteśmy, to warto zobaczyć przede wszystkim...

Sięgnął do kieszeni plecaka, skąd wyciągnął przewodnik po Sycylii. Otworzył na stronie z Palermo i wpatrzył się w przyklejoną tam żółtą karteczkę.

– Możemy wybrać się szlakiem Bartka i Antosi, czyli zacząć od sanktuarium Santa Rosalia, ale to jest wycieczka na cztery, sześć godzin, w tym trochę autobusem. Po powrocie stamtąd do centrum miasta moglibyśmy obejrzeć Palazzo dei Normanni, czyli Pałac Królewski, Cattedrale di Palermo, czyli katedrę, Teatro Massimo Vittorio Emanuele, czyli operę, i most Ponte dell'Ammiraglio. Most dzieli na przykład od... – wpatrzył się uważniej w kartkę – ...pałacu królewskiego czterdzieści minut spaceru, ale jeśli już nie będziemy mieli sił, to możemy go sobie odpuścić. Co ty na to?

– Dla mnie może być. Czyli najpierw za miasto, tak?

– Tak.

Okazało się, że był tam zapisany także numer autobusu i miejsce, skąd odchodzi.

Do mariny wrócili zmęczeni całodzienną wycieczką. Antonina i Bartek czekali już z kolacją, ale Joanna z Wojtkiem postanowili najpierw zająć się toaletą, a dopiero potem zasiąść z nimi w kokpicie.

– Poszliśmy waszym śladem... – zaczęła Joanna, zajadając się owocami morza. – Strasznie tutaj gorąco!

– Nie na darmo mówi się: południe Włoch – wyrzuciła z siebie Antonina, robiąc przy tym zabawną minę.

– Ale za to jest ładnie – uzupełniła Joanna po chwili, gdy przełknęła kolejny kęs małża. Poczuła dziwny ucisk w żołądku. Nie, tylko nie teraz! – krzyknął w niej jakiś głos.

– Coś się stało? – Spojrzała na nią Antonina.

– Ości? – spytał, mrugając, Wojtek.

Głęboko odetchnęła i popiła łykiem wina. Czy ja powinnam pić alkohol?! Znowu coś w niej wrzasnęło. Wzruszyła ramionami.

– O co chodzi? – spytał na ten widok Wojtek, a Antonina potwierdziła zasadność jego pytania skinięciem głową.

– Nie rozumiem?

– No, dlaczego wzruszyłaś ramionami? – doprecyzowała Antonina.

– Ach to. Bo ja wiem? Może dlatego, że wciąż się czemuś dziwię, zadaję sobie pytania i szukam na nie odpowiedzi.

– Boże! Jakaś ty mądra! – pisnęła Antonina. – Tego mi brakowało, bo przy nich... – wskazała po kolei palcem na swojego Bartka, a potem na Wojtka – ...wszystko jest zawsze jasne i oczywiste. Ja też lubię sobie stawiać różne pytania!

– Wiecie, od czego zaczęliśmy dzisiejszą wycieczkę? – Wojtek postanowił wrócić do rzeczywistości.

– No, skoro wybraliście się, jak słyszałem, naszym śladem, to pewnie od sanktuarium... – domyślił się Bartek.

– To potem – przerwał mu Wojtek.

– Jak potem? Przecież na karteczce niczego więcej nie zapisałem niż Piazza Don Luigi Sturzo, linia osiemset dwanaście i kilka miejsc, które warto w mieście bezwzględnie zobaczyć! – zdziwił się Bartek, unosząc szklaneczkę z winem.

Wszyscy wypili po małym łyku z wyjątkiem Joanny, która po uniesieniu jej do ust i zarejestrowaniu bukietu zapachowego odstawiła szklankę na stół.

– Najpierw odbyliśmy seminarium o Wandalach – wyszczerzył się Wojtek. Spojrzał na Joannę; uśmiechnęli się do siebie. – No, nie róbcie takiej miny... Tak samo powiedziała mi znajoma pani profesor.

– To wy byliście jeszcze na uniwersytecie? Nic wcześniej nie mówiłeś, że znasz tutaj jakichś naukowców? – zdziwił się Bartek.

– A może masz zamiar robić doktorat?! – uzupełniła jego pytanie Antonina.

– To była profesor... Joasia! – zarechotał Wojtek. – To ona udzieliła mi wykładu... *ex catedra*, o Wandalach.

– Co?! – zawołała Antonina i wpatrzyła się szeroko otwartymi oczami w twarz Joanny. Bartek uczynił podobnie.

– Oj tam. Nie nabijaj się ze mnie. – Joanna klepnęła Wojtka w tors. – Chodziło w zasadzie tylko o pytanie, a właściwie ich serię, czy wie, że kiedyś tutaj byli Wandale?

– No jasne, że byli. Łupili gdzie się dało i co się dało, więc dotarli i na Sycylię – stwierdził Bartek i machnął ręką.

– Miałam dobrego historyka w liceum i dużo o tym opowiadał. – Antonina pokiwała głową. – To znaczy o Wandalach.

– Czyli wynika, że nasza historyca była cienka, albo chodziłem wtedy na wagary. – Wzruszył ramionami Wojtek.

– To drugie! Zdecydowanie! – zawołał Bartek. – Chodziliśmy na nie zresztą razem. Na ogół w czwartki... – spojrzał z szelmowskim uśmiechem na Joannę – ...a potem musieliśmy u niej pisać dwie prace o starożytności. I jeszcze chodził z nami Roman! Pamiętasz? – Spojrzał na Wojtka, podniósł szklaneczkę i pociągnął duży haust wina. – On już wtedy mantyczył o żaglach, a podczas tamtej pracy ściągał ode mnie – zachichotał.

– Tak niestety było – wyznał ze zbolałą miną Wojtek, ale zaraz się rozrechotał wniebogłosy.

– Szkoda, że nie byliśmy dzisiaj razem z wami – powiedziała Antonina. – Musiało być ciekawie... i wesoło. – Mrugnęła do Joanny.

– Potem podziwialiśmy z autobusu piękne widoki na trasie do sanktuarium, a ja trochę poczytałam o świętej Rozalii. Co za postać! – westchnęła Joanna i złożyła dłonie. – Nie śmieję się z niej, nie, ja ją podziwiam... być młodą kobietą, właściwie dziewczyną, i wybrać żywot pustelnicy? – dodała, widząc spojrzenie Antoniny. – Modliłam się przed jej relikwiami szczerze i miałam o co – rzekła melancholijnie. Jej wzrok uciekł na wody zatoki Palermo. – Cudownie wygląda góra Monte Pellegrino stąd, a wręcz zapierający dech w piersiach jest widok z niej na zatokę – westchnęła.

– Każdy ma się o co modlić w sanktuarium – wróciła do poprzedniego tematu Antonina, wpatrując się wciąż w Joannę. – W Santiago de Compostela i Fatimie, zresztą tutaj również, długo się modliłam i chociaż kiedyś miałam wrażenie, że pozapominałam niektóre modlitwy, to raptem wszystkie mi się przypomniały. Tam, na naszej Jasnej Górze. – Podniosła rękę w kierunku północy.

– Mam nadzieję, że nie będziecie się teraz tutaj modliły, co? – ubiegł odpowiedź Joanny Bartek, lustrując je obie wzrokiem.

– Kiedy się modliła, nie pytała przynajmniej o Wandali. – Mrugnął do niego Wojtek. Obaj zachichotali.

– Moje modlitwy dotyczyły także ciebie, twojego zdrowia i w ogóle... – Joanna zawiesiła głos i wykonała nieokreślony ruch ramieniem. – O wszystko się pomodliłam.

Spojrzała poważnie na Wojtka; ten nieco się zmieszał.

– Bo ja oddaliłem się na zewnątrz, nie chciałem jej przeszkadzać. Zacząłem studiować przewodnik po Sycylii, a szczególnie po tych miejscach w Palermo, w których mieliśmy jeszcze być – próbował nieco zmienić wydźwięk jej słów. – Czy wiecie, że w polskiej wersji jest wszystko lepiej wyjaśnione?

– Tak oni zawsze. Ja coś na poważnie, a oni obracają wszystko w żart – rzuciła Antonina i wzruszyła ramionami.

– Patrzcie! Antonina też wzruszyła ramionami! – niespodziewanie zawołała Joanna. Cała czwórka roześmiała się w głos.

Nasiadówka przeciągała się, wymieniali się uwagami o cudownościach starej katedry, niecodziennej architekturze pałacu królewskiego, monumentalnym gmachu opery i starym średniowiecznym kamiennym moście, Ponte dell'Ammiraglio, który powstał w miejscu objawienia się Michała Archanioła normańskiemu hrabiemu Sycylii, Rogerowi I de Hauteville, nazywanemu Bosso, Wielki Hrabia. Dzięki temu objawieniu Roger zdobył w 1071 roku muzułmańskie wówczas Palermo.

– Kiedy zastanawiałam się, po jakie licho zbudowano ten most w ogrodzie, Wojtek wyjaśnił mi, że z powodu częstych powodzi specjalnie zmieniono przebieg koryta rzeki Oreto, dzięki czemu zachowano most dla potomnych. Kochany ten Wojtuś... – Oparła głowę na jego piersi.

Antonina i Bartek przyglądali im się uśmiechniętymi oczami.

– Ależ od jutra będzie pięknie – westchnęła po chwili Antonina.

– Pięknie to jest od wczoraj, chwila po dziewiętnastej, chociaż miałam z początku nerwa, że hej! – Joasia poderwała się z miejsca, tupnęła po góralsku i złapała pod boki.

Antonina wykonała w powietrzu palcami ramkę, obejmując nią Joannę i Wojtka.

– Pięknie wyglądacie – westchnęła.

– My tu gadu-gadu, wszystkie gwiazdy już na niebie, a rano trzeba wcześniej wstać, bo mamy regatowy dzień. Kończmy więc, załogo, kolację i kładźmy się spać – powiedział zdecydowanym tonem Wojtek.

– Ma rację. – Pokiwała głową Antonina.

– Posprzątamy razem. – Joanna uniosła się i spojrzała na przyjaciółkę.

– Ty jeszcze dzisiaj masz wolne. – Antonina zasłoniła ramionami stół. – Myśmy z Bartkiem wygrali konkurs na dzisiejsze sprzątanie. Idź, dziewczyno, spać, bo jesteś zmęczona. – Wpatrzyła się uważnie w przyjaciółkę.

Rozdział 18

*W*yszli w morze pół godziny później, niż planowali. Zaraz za główkami portu jachtowego żagle złapały słaby zachodni wiatr. Wojtek płynął lewym halsem, starając się znaleźć jak najszybciej i jak najdalej w głębi wód zatoki. Po półgodzinie zaczął z wolna kierować się na wschód. Antonina i Bartek wpięci *lifelinami* czuwali najpierw przy grotmaszcie i fokmaszcie, a potem przy kabestanach, reagując na polecenia Wojtka. Wkrótce żagle wypełniły się wiatrem. Płynęli fordewindem w kierunku wschodniego krańca Sycylii. Przy kole stanęła Antonina.

– Ależ ty masz dryg do tej zabawy – rzuciła Joanna po wielu minutach przypatrywania się przyjaciółce.

– Ty pewnie też – odparła Antonina.

– Też to lubię, ale ty masz to we krwi. Wyglądasz, jakbyś była elementem osprzętu jachtu – powiedziała z podziwem Joanna.

– Nie chwaląc się, tak pomyślałam sama o sobie, kiedy szorowaliśmy z Cagliari do Palermo. Wiatr był wtedy akurat z północnego zachodu, silniejszy niż dzisiaj, trochę ponad czwórkę, a momentami prawie piątka. Potrafiłam sterować po dwie, trzy godziny, kiedy chłopcy czuwali przy żaglach. Dobrze, że rodzice Bartka zgodzili się wziąć Czarka – zmieniła temat. – Wczoraj też z nimi wszystkimi rozmawialiśmy. Mamy spokojną głowę. To chyba nasze wakacje życia.

Joanna dostrzegła, że wzrok Bartka i Wojtka spotkał się na chwilę. Żaden z nich nie skomentował jednak słów Antoniny.

– Omiń, Antosiu, jednostkę, którą masz w tej chwili na kursie z prawej strony, a nie z lewej, a potem wróć na ten sam kurs co teraz – zarządził Wojtek po dłuższym obserwowaniu morza przed dziobem przez lornetkę.

– Jasne! – odparła zdecydowanym głosem Antonina.

Joanna przyglądała się, jak jej przyjaciółka delikatnie pokręca kołem sterowym, obserwując kątem oka żagle, żeby zmieniając kurs, nie stracić w nich wiatru, a potem wykonuje sterem manewr przeciwny, aż do powrotu jachtu na wcześniejszy kurs. Joanna odwróciła się w kierunku rufy i przypatrywała się pilnie kilwaterowi zostawianemu przez jacht. Po nim zawsze można było poznać, czy sternik to nerwus, czy łuki kreślone przez jacht są łagodne, bez nagłych wygięć. Tak było właśnie teraz. Pokiwała z uznaniem głową.

– Masz dryg – podkreśliła raz jeszcze głośno. Antonina pokazała jej w podziękowaniu uniesiony kciuk.

– Ależ ta Etna jest piękna, ale też i straszna! – odezwała się po chwili Joanna, spoglądając na wyspę.

Wulkan górował nad nią i z każdą przebytą milą rósł. Nie daj Bóg, żeby teraz wybuchł, pomyślała.

– Kiedy dopłyniemy do Mesyny, będzie tuż nad naszymi głowami – powiedziała głośno.

Trzy pary oczu wbiły się w jej twarz.

– Musisz nas straszyć? – spytał Wojtek.

– Niektórzy siedząc na Krupówkach, boją się, że zsunie się na nich Giewont – zachichotała Joanna.

– Dobre! Nie znałam tego – rzuciła Antonina zza steru.

– Bo dopiero przed chwilą to wymyśliłam! – odparła Joanna. – A czy myślicie, to znaczy, czy kapitan uważa, że ja, mimo iż jestem tylko pasażerem... – wyszczerzyła się podobnie, jak to na ogół czynił Wojtek – ...mogłabym też trochę posterować?

Wojtek spojrzał wymownie na jej bose nogi.

– Oczywiście założę wówczas tenisówki albo adidasy.

– Tenisówki wystarczą, chociaż... – Wojtek zawiesił głos – ...nie wiadomo, czy cię Antonina dopuści.

Wzrok obu dziewczyn spotkał się. Antonina zrobiła groźną minę, za to Joanna uśmiechnęła się promiennie.

– Rozśmieszyłaś mnie, więc ci ulegnę. Masz! – Antonina zrobiła ruch, jakby opuszczała miejsce za sterem.

– Jeszcze nie! – wrzasnęła Joanna. – Za chwilę. Pójdę tylko włożyć pepegi.

Po kilku minutach stała za sterem. Wykonała kilka minimalnych ruchów kołem, żeby sprawdzić, czy jacht jej słucha. Rzuciła okiem przez rufę na kilwater, potem ponownie wykonała kilka drobnych ruchów sterem, przyglądając się, jak reagują żagle.

– Kiedyś mój tata miał poloneza. Któregoś dnia kolega z Maniów poprosił go, żeby pojechał z nim do Krakowa do serwisu Nissana. Tamten zapomniał o przeglądzie rocznym, a miał auto dopiero drugi rok. Tata miał być kierowcą – uzupełniła, widząc pytający wzrok Antoniny.

Wojtek i Bartek podnieśli głowy.

– Znaczy miał samochód, ale nie umiał jeździć? – dopytała Antonina.

– Nie! Poprzedniego wieczoru pochlał jak nieszczęście! – Joanna parsknęła śmiechem. Trójka przyjaciół dołączyła do niej.

– No i...? – raz jeszcze dopytała Antonina, niecierpliwiąc się brakiem puenty.

– No i kiedy wsiedli do auta, oczywiście tata za kierownicę, ten kolega mówi ojcu, że jego almera sporo wybacza. Co to znaczy, spytał ojciec. W polonezie jak źle przełączysz bieg, to może ci nawet silnik zgasnąć. Zgadzasz się? I ojciec się zgodził, bo tak często bywało. A w almerze nawet nie zazgrzyta ani nie warknie, pojedzie jak gdyby nigdy nic, tylko straci na przykład obroty.

– To prawda! Jak kiedyś jechałem starym polonezem, to myślałem, że muszę dwiema nogami naciskać na sprzęgło. Tak ciężko! – zaśmiał się Bartek.

– Więc chciałam wam tą anegdotą powiedzieć, że według mnie nasz Scorpio też wybacza drobne błędy. Jest może leciutka inercja w wykonywaniu poleceń sternika, ale dzięki temu starcza czasu, żeby ten błąd skorygować. A spróbowałabyś tak zrobić na jakiejś, ja wiem... Antili czy Twisterze, nie mówiąc o sportowych jachtach regatowych. Nieduży błąd, zagapienie i jachcik może nawet stanąć dęba!

– Trochę przejaskrawiasz, Joasiu, ale ogólnie masz rację, a przynajmniej wiem, o co ci chodzi – odezwał się Wojtek.

– Wiesz, że mnie też się tak wydaje, tylko ty nazwałaś to po imieniu – zgodziła się z Wojtkiem Antonina. – Nasza profesorka...

– ...od Wandali! – dokończył za nią Wojtek. Cała czwórka przyjaciół zaśmiała się w głos.

– Bardzo się cieszę, że jednak po mnie przyjechałeś – powiedziała Joanna, wpatrując się w Wojtka.

Przełknęła niespodziewanie ślinę. Kurczę, nie teraz, odezwał się jej wewnętrzny głos. Jeszcze raz przełknęła ślinę. Antonina spoważniała.

– Coś ci jest? – spytała.

– Jak się steruje, to się nie gada, bo są zbyt duże emocje – odparła Joanna. – W gardle mi zaschło.

– Usiądź w takim razie na chwilę, popij wody, a potem znowu trochę postoisz.

– Na ogół tak mam pierwszego dnia na morzu... no, przez dwa, trzy pierwsze dni – usprawiedliwiła się na zapas Joanna.

– Ze mną też tak się dzieje, z pierwszą nocą na jachcie włącznie – potwierdziła Antonina. – Zmienię cię na kilka minut. A może ktoś chce kawy?

– O! Na jakimś westernie widziałam, że przy kacu poili kowboja kawą. Może to i na mnie jest sposób? – spytała sama siebie Joanna. – Ale jak mnie zmienisz na kilka minut, to mogę kawę zrobić. Kto chce?

Dłonie wszystkich powędrowały w górę. Po chwili Joanna już parzyła kawę. Kubki stały na dnie wysokiego garnka, a ona i tak zalewała wsypaną do nich kawę wrzątkiem.

– Widzę, że znasz te myki jachtowe...

Najpierw usłyszała za sobą głos Wojtka, a potem poczuła jego silne ramiona w chwilę po odstawieniu czajnika na kuchenkę. Pocałował ją w szyję; poczuła ciarki.

– Nie teraz. Zostaw na noc – poprosiła.

– Na noc też starczy. Pragnę cię – wyszeptał i wpił się na krótko w jej usta. Nie broniła się.

– Czy na pokładzie pijemy w otwartych kubkach? – spytała.

– Dzisiaj można, bo to słaba trójka – odparł.

Po wypiciu kawy i leniwej rozmowie na temat piękna oglądanej Sycylii Joanna ponownie stanęła za sterem. Tym razem wytrzymała prawie godzinę. Kiedy znowu poczuła ucisk w tchawicy, poprosiła Antoninę o zmianę. Nie chciała dopuścić, żeby doszło do krtani albo wyżej. Udało się, kiedy usiadła, od razu poczuła się lepiej.

– Skoro dziewczyny tak dobrze sobie radzą, to idę trochę pobrzdąkać na klawiszach i gitarze – rzucił Wojtek i ruszył z kubkami do zejściówki.

– Ja też porobię coś na kompie. – Poderwał się Bartek.

Dziewczyny popatrzyły po sobie.

– Na twoim miejscu bym się wyciągnęła – rzuciła po chwili Antonina.

– O tak? – spytała Joanna, kładąc się na siedzisku wzdłuż osi jachtu.

Od razu poczuła komfort. Znalazłam odpowiednią metodę na moje stany, pomyślała. Nigdy w żadnym rejsie tak się nie czułam. Czując na sobie wzrok Antoniny, uśmiechnęła się promiennie.

– Trochę podsłuchałam, jak wczoraj rozmawialiście z Czarkiem – rzuciła Joanna, spoglądając na nią. – Ależ on jest szczęśliwy u dziadków.

– Dlatego... – Antonina przerwała na chwilę, stając na palce, żeby zobaczyć, czy czasem nie widać któregoś z chłopaków na schodach – ...mówiłam, że to rejs życia. Jesteśmy młodzi, ale może czas pomyśleć o... wiesz... – powiedziała, wskazując palcem na swój brzuch, i pokiwała głową.

– Ale myślicie... – zaczęła cicho Joanna i zaraz przerwała, bo Antonina zatrzasnęła ekler na ustach. – Rozumiem. Chociaż kiedyś czytałam o małżeństwie, które nieustannie pływało po morzach i oceanach i miało dwójkę dzieci. Chyba nawet dziewczynki. Mam przed oczami, jak pływają wokół wysp Galapagos, widać żółwie na dnie, sielsko, anielsko, a oni sami te dzieciaki uczą. Można więc i tak.

– Trzeba by mieszkać na ciepłych morzach i wyspach, a nie tak jak my na Kaszubach, gdzie jest rekord najchłodniejszych dni w roku spośród wszystkich regionów Polski.

– Coś takiego! Tego nie wiedziałam!

– A jednak!

Dziewczyny zmieniały się co godzinę, gawędziły o jachcie, o domu, z prawej burty przesuwał się obraz urzekającej Sycylii z ponad trzykilometrowej wysokości wulkanem Etna.

W kokpicie pojawił się Wojtek.

– Odpuścimy sobie dzisiaj Mesynę, bo nie chcę już po zachodzie słońca halsować albo iść na silniku – powiedział, trzymając zeszyt ze swoimi notatkami. Joanna nie zdążyła nawet zareagować.

– Przecież to nic takiego – zdziwiła się Antonina.

– Tak? A jeśli po ciemku zaatakują nas Scylla i Charybda, to co zrobimy? – Wojtek rozłożył ramiona. – Czy ja wyglądam na Odyseusza?

– Trochę lepiej – prychnęła Joanna.

Antonina zrobiła oczy, ale od zdziwienia szybko przeszła do frenetycznego śmiechu. Joanna i Wojtek przyłączyli się do niej. Na pokład wyskoczył Bartek.

– Z czego się tak głośno chichracie?

– Oto Odyseusz! – powiedziała głębokim altem Antonina, wskazując na Wojtka. – Nie chce nas poświęcać Scylli i Charybdzie, więc nie będzie zachodzić w ciemnościach do Mesyny.

– Dobre! – wykrzyknął rozbawiony Bartek. – Dzięki ci, o panie... – pokłonił się przed Wojtkiem – ...choć myślę, że nie tyle o nas ci chodzi, ile o tę wybrankę, córkę Heliosa, piękną Kirke.

– Lepiej Kirke nie podpadać, bo nas pozamienia w świnie! – zaśmiewała się Antonina, wskazując na Bartka i siebie.

– Cholera! Mnie już dużo nie brakuje. – Bartek poklepał się po brzuchu, wzbudzając znowu wesołość na pokładzie.

– No dobrze, to teraz powiem, co zrobimy. Jeśli wiatr siądzie w ciągu najbliższej godziny, choć na razie się na to nie zanosi... – Wojtek rozejrzał się po morzu – ...zacumujemy jeszcze wcześniej, w marinie w Tonarella, a jeśli nie, dociągniemy aż za cypel Capo Milazzo i przenocujemy tam w małej marinie.

– Ach, to o to chodziło w tej twojej rozmowie radiowej! – zdziwił się Bartek. – Głowa mi opadła przy komputerze, a tu nagle słyszę: Halo Houston, mamy problem! – zaśmiał się.

Joanna rozpromieniła się, słuchając przebiegu rozmowy, ale opanowała chęć nadmiernego okazywania radości.

– Manewry wieczorami, w ciemnościach, są takie sobie – powiedziała, poruszając dłonią w powietrzu.

– Poważnie mówiąc, w cieśninie są ponoć silne wiry, a jeśli już ma nas gdzieś wciągać, to wolałbym widzieć dokąd, bo może udałoby się wysiąść na warunkowym – teraz Wojtek rzucił dowcipnym tekstem.

– Czyli podsumowując: śpimy w Milazzo, tak? – spytał Bartek.

– Tak. Mam też dobrą wiadomość albo nawet doskonałą. Od Milazzo zaczyna się cypel, który ciągnie się kilka kilometrów. Są tam nader fascynujące obiekty czy cuda natury. Jest po drodze sanktuarium Świętego Antoniego, latarnia morska, piękne gaje oliwne, a na samym końcu cypla naturalny Basen Wenus albo po tutejszemu Piscina di Venere. Możemy tam sobie zrobić, Joasiu, kąpiel przed nocą – zaproponował kusząco.

Joanna przewróciła oczami.

– A my też możemy wykąpać się z wami? – spytał Bartek, wskazując brodą na Antoninę i klepiąc się po brzuchu.

– Antosia tak, ale ty nie, bo jeszcze nam całą wodę z basenu wychlapiesz – zarżał Wojtek, a wraz z nim reszta załogi.

Po dwóch godzinach cumowali w Milazzo. Wkrótce ruszyli w kierunku cypla, dotarli tam dzięki miejscowemu taksówkarzowi, zdążyli zerknąć do wykutego w skale sanktuarium Świętego Antoniego z Padwy, obejrzeć z daleka latarnię morską, zrobić cudowne zdjęcia zachodu słońca, a w drodze powrotnej zjedli kolację w uroczej knajpce.

Kiedy położyli się w kojach, Joanna wtuliła się w Wojtka.

– Dziękuję ci za pierwszy, cudowny dzień na wodzie. Nie myślałam, że może być tak pięknie. Krótkie zanurzenie się w basenie pozwoliło mi odzyskać pełnię sił.

Całowali się długo i namiętnie.

Rano bez pośpiechu ruszyli do Mesyny. Nie było tak źle z pływaniem halsami, a potem z manewrami w samym porcie. Nie niepokoiły ich też po drodze żadne wiry. Joanna wciąż dużo fotografowała, kręciła krótkie filmiki, tak jak w Palermo i Milazzo. W głowie zakiełkował jej pomysł założenia kanału na YouTubie. Czekała tylko na możliwość pracy przy komputerze, co zwykle mogła robić późnym wieczorem po kolacji. Wcześniej, żeby następny dzień przeznaczyć na uzupełnienie zapasów na jachcie i przelot do Rosarno, wybrali się zwiedzić katedrę, która jako jeden z niewielu wiekowych obiektów nie uległa całkowitemu zniszczeniu podczas trzęsienia ziemi w 1908 roku.

– Czy możesz mi jeszcze raz pokazać funkcjonowanie swojego kanału żeglarskiego? – spytała Wojtka, gdy uruchomił się komputer.

Nie tylko pokazał, ale także pomógł jej założyć własny kanał. Jeszcze tego wieczoru zamieściła pierwszy program nazwany *Sycylia*, który był miksem filmów z pierwszych wycieczek na lądzie oraz jachtingu, okraszonym fotografiami. Nic nie mówiąc Wojtkowi, film zilustrowała jego nastrojową muzyką. Uznała, że jest ona jakby stworzona do jej programów, idealnie towarzyszy pokazywaniu ciekawych miejsc. Muzyka jest jednorodna i dzięki niej nie trzeba dokonywać kompilacji różnych utworów na potrzeby jednego filmu. Ostatnią część pracy, dołączenie ścieżki dźwiękowej, wykonała z użyciem słuchawek, żeby nie rozpraszać przyjaciół. Oni także pracowali przy komputerach, a Antonina przewracała kartki albumu o sanktuarium w Fatimie. Joanna ogłosiła na swoim blogu fakt uruchomienia kanału turystycznego, prosząc wszystkich znajomych o rozpropagowanie go.

Kiedy dwie godziny później wyłączała komputer, na moment weszła jeszcze na swój nowy kanał i zaskoczyła ją duża liczba wyświetleń filmu. Było ich już ponad pięćdziesiąt.

Zanim zasnęli, znowu długo dziękowała Wojtkowi za porwanie jej na wakacje i pomoc przy komputerze. On z kolei dziękował jej za to, że jest.

– Bez ciebie ciężko mi... – powiedzieli sobie te słowa wzajemnie, po wielokroć.

Ich szepty przeciągnęły się długo w noc.

Rozdział 19

*R*anek przywitał ich niewielkim deszczem. Powietrze stało się po nim świeższe niźli poprzedniego wieczoru. Szybko uwinęli się z doposażeniem jachtu i po małej kawie opuścili marinę. Do czasu wyjścia z Cieśniny Mesyńskiej Wojtek nie zdecydował się na postawienie żagli. Płynęli więc, obserwując promy, motorówki i większe jednostki morskie wpływające do cieśniny i wypływające z niej. Kiedy znaleźli się w zatoce Gioia, wreszcie postawili żagle. Znowu wiał zachodni wiatr, chociaż nieco słabszy niż poprzedniego dnia. Płynąc w kierunku północno-wschodnim do Marina di Gioia, położonej tuż obok Rosarno, jacht wkrótce nabrał szybkości około siedmiu węzłów. Przy sterze, tak jak poprzedniego dnia, zmieniały się Antonina z Joanną. W trakcie jednej ze swoich przerw Joanna pochwaliła się Wojtkowi umieszczonym poprzedniego wieczoru na kanale YouTube swoim debiutanckim programem.

– Spójrz! Już prawie dwieście wyświetleń! – pisnęła z radości.

Wojtek pokiwał z uznaniem głową. Włączyła dźwięk. Najpierw zesztywniał, potem wciągnął się w oglądanie.

Siedem i pół minuty minęło szybko. Po napisie: *Do zoba-czenia!* myślał chwilę.

– Ogólnie podoba mi się. Ciekawie połączyłaś zabytki z żaglami. Niektóre fotki są znakomicie skomponowane. Zupełnie nie wiem, kiedy je robiłaś. Tylko... – zawiesił głos i spojrzał dziwnie na Joannę.

– Co tylko? – zareagowała po chwili.

– Twój program, ten film, to jakby komercja.

– Komercja...?! Raczej edukacja turystyczno-historyczno--geograficzna – odparła z uśmiechem.

– Ale bliższe to komercji niż jakimś ambitnym progra-mom artystycznym.

– A cóż można zawrzeć w takim filmie artystycznego? – zdziwiła się. – Chociaż pokazywane przeze mnie dzieła sztuki, architektura czy piękno przyrody same w sobie są artyzmem, to jednak nie mam ambicji, żeby mój film był tak klasyfikowany. Chcę docierać do szerokiego grona wi-dzów i zachęcać, propagować...

– Ale użyłaś niszowej muzyki, mojej muzyki, która taką powinna zostać – przerwał jej w pół zdania, wypowiada-jąc słowa zduszonym głosem. – To jest jedyna rzecz, jaka mi się mniej podoba w programie, i powinnaś się zastano-wić, czy aby nie zastąpić jej inną.

Przerwał im tę dyskusję okrzyk Antoniny.

– Zmiana!

Joanna z chęcią wyszła na pokład i stanęła za sterem. Wpatrywała się w wypełnione wiatrem żagle, zastanawia-jąc się nad uwagami Wojtka. Chyba rozemocjonował się tym, że bez pytania skorzystałam z jego muzyki. Ale prze-cież musiało mu się podobać połączenie filmu z muzyką. Nie ma innej opcji.

Jeszcze raz w pamięci przewinęła sobie wczorajszy pro-gram. Zamiast tekstu mówionego pojawiające się od czasu do czasu napisy. Dzięki temu program nie jest przegadany. Tak to sobie wykoncypowała. Obrazy mają przekonywać widza, że warto jeszcze czegoś poszukać w internecie, literaturze, żeby poszerzyć swoją wiedzę. Nie ma nachalności, przekonywania na siłę, umizgiwania się. Muzyka tylko w tym pomaga, a nie przeszkadza. Ale jednak widać było, że coś mu nie pasuje. Ten dziwnie zduszony głos. Czyżby emocje, że promuję jego muzykę? Na pewno do tego wróci.

Przyglądała się kalabryjskim brzegom przesuwającym się na horyzoncie, po prawej burcie. Początkowe płaskie tereny, nieco tylko wystające ponad wodę cienkim paskiem, zastąpiły wzgórza w zielonej barwie. Szmaragdowe wody Golfo di Gioia z mniejszą niż wczoraj falą nie utrudniały jej dzisiaj życia. Może raz tylko poczuła lekką chęć przełknięcia śliny, nawet nie żadną nudność, ale od owej chwili było dobrze.

Mijała piąta godzina rejsu i wkrótce będziemy podchodzić do mariny, pomyślała. Usłyszała dochodzące spod pokładu strzępy rozmowy Wojtka przez radio, więc pewnie ustalał wejście do niej i dokładne miejsce cumowania. Antonina czytająca książkę w kokpicie przeciągnęła się. Spojrzały po sobie, uśmiechając się.

– Jeszcze trochę i bym zasnęła nad objawieniami z Fatimy – zdradziła. – Tak cicho, tylko słychać wiatr.

– I Wojtka – dodała, mrugając, Joanna.

– Już przywykłam do jego rozmów przed wejściem do każdego portu. Słyszałam, że wczoraj wyprodukowałaś nowy program – zmieniła temat. – To znaczy pierwszy odcinek cyklu. Bartek mówił mi, że to intrygujące podejście.

– Starałam się... – Zrobiła skromną minę.

– Na pewno sam ci powie, ale jeśli tyle powiedział, to na pewno program zrobił na nim duże wrażenie. Znam go. Na wyrost nigdy nie chwali.

– Mówisz?

– Jasne. – Antonina wpatrzyła się w brzeg. – Chyba widzę marinę, do której będziemy wpływać. – Wyciągnęła przed siebie rękę. – Spójrz przez lornetkę, czy to nie są dwa wąsy falochronów osłaniających wejście do niej?

Joanna wpatrzyła się przed siebie.

– Tak, to jest chyba to, ale po prawej widzę jeszcze jedną marinę, trochę mniejszą.

– Idą... – rzuciła Antonina, wskazując w kierunku zejściówki. – Zaraz się wszystko wyjaśni – dodała.

– To jak wam idzie? – spytał Wojtek, biorąc w ręce lornetkę. – Dzisiaj dopiero zobaczyłem, że Taureana, ta marina po prawej, jest ładniejsza, bardziej kameralna. – Wskazał dłonią, nie opuszczając lornetki. – Ale ponieważ uzgodniłem już wejście do Marina di Gioia, to jednak tam pójdziemy. Dlaczego ja jej nie wypatrzyłem w Gdyni?

– Może ja ci przeszkodziłam? – spytała cicho Joanna.

– Nie jesteś w stanie mi w niczym przeszkodzić. Akurat ty! – Spojrzał na Joannę ciepło. – Jest raczej odwrotnie: przy tobie lepiej działam, mam lepszy humor i jestem zawsze wyspany – przyznał nieoczekiwanie.

– Czy to czasem nie ironia? – Joanna uniosła brew, chociaż widać było, że jego słowa sprawiły jej przyjemność. – Jak chcesz, to mogę spać na dziobie albo w messie – dokończyła myśl z szerokim uśmiechem na twarzy.

– Nie! Nie zgadzam się! – wykrzyknęła raptownie Antonina.

– A tobie co do mojego spania? – Joanna wyszczerzyła się à la Wojtek.

– Szczerze? – spytała, mrużąc oczy, Antonina.

– No masz. Tylko!

– Tak fajnie i długo szeleścicie, więc jeśli się przeniesiesz, będę miała większe problemy z zaśnięciem.

– Niemożliwe! Podsłuchujecie nas?! – Joanna wytrzeszczyła oczy.

– Powiedz jej, jak jest – zareagował niespodziewanie Bartek, spoglądając na Antoninę, po czym przeniósł wzrok na Joannę.

– Bartek przykłada głowę do poduszki i śpi – wyjaśniła zgodnie z życzeniem Bartka Antonina. – Wiesz, on ma gdzieś tutaj jakiś specjalny enter. – Dotknęła głowy. – Potem zaczyna lekko pochrapywać albo świszczeć i ja muszę się sporo namęczyć, żeby rozpędzić się do snu. Co innego, kiedy wypiję lampkę wina. Wówczas też mi działa enter – zaśmiała się.

– Czyli to ty podsłuchujesz?!

– Co to za podsłuchiwanie?! – Rozłożyła ręce Antonina. – Cieszę się wtedy, że oprócz mnie jeszcze ktoś inny nie śpi. Jestem w stanie zidentyfikować tylko co dziesiąte, dwudzieste wasze słowo. Za cicho mówicie, a jacht: chlup, chlup... – uśmiechnęła się do Joanny.

– Ale za to powiem ci, Joasiu, co innego! – rzucił Bartek, wskazując na Joannę palcem. – Wczoraj spojrzałem na twój kanał i dzisiaj przed chwilą ponownie. Masz talent, dziewczyno. Ponad trzysta wejść przez jedną noc. Ho, ho, ho...

– To pewnie tylko moi znajomi z Nowych Maniów – odparła skromnie Joanna.

– A daj ty spokój. Według mnie to są wejścia z całej Polski. Takie programy są potrzebne! – zaakcentował mocno. – Zrobiłaś dobrą sztancę i nic nie zmieniaj w kolejnych! – podkreślił, widząc niedowierzanie w oczach Joanny – Chyba, do cholery, znam się na tym! – prawie krzyknął w kierunku Wojtka, komentując jego minę będącą skrzyżowaniem powątpiewania i ciut lekceważenia.

– Dobra, koniec z kadzeniem, alarm manewrowy – ogłosił Wojtek oficjalnym, chociaż jakby trochę ponurym

tonem, przejmując od Joanny koło sterowe. – Załoga na sta-
nowiska – dodał już nieco łagodniej i wyszczerzył się nieco,
choć nie tak szeroko jak zwykle.

– No, to maszerujemy do roboty. Szef zarządził. – Bartek mrugnął do Antoniny, podał jej pas bezpieczeństwa
i sam też nałożył.

Po chwili oboje tworzyli zgrany zespół zajmujący się zwi-
janiem żagli. Wojtek zaraz po ich opuszczeniu uruchomił
silnik, a po kilkunastu minutach jednostka posłusznie dotknęła kei mariny. Była dzisiaj jedynym w niej jachtem.

– Tutaj jest średnio kameralnie, ale może być – rzekła
Joanna po zacumowaniu, gdy tylko rozejrzała się wokół.

– Może najpierw przejdziemy się gdzieś... – zaproponował Wojtek, unosząc rękę w nieokreślonym kierunku
– a potem zrobimy sobie znowu pracowity wieczór? – dokończył pytająco.

Joanna skinęła głową.

Spacer bez słów nie trwał jednak zbyt długo.

Potem, przez cały wieczór pracy przy komputerach, Wojtek zerkał na Joannę, ale ona nie wykazywała chęci wsz-
czynania rozmowy. Postanowiła go zmęczyć. Nie za bardzo
rozumiała jego wcześniejsze uwagi, ale nie chciała dać mu
satysfakcji, że jakoś specjalnie zależy jej na poznaniu pełnego uzasadnienia. Robiła swoje i wsłuchiwała się we własne ciało. Czuła znowu niewielkie nudności. Na jachcie było
cicho i jej wyjście do toalety mogłoby zakończyć się serią
nieciekawych pytań i koniecznością udzielania na nie odpowiedzi. Po wypiciu kubka gorącej czarnej, gorzkiej her-
baty przeszło jej, więc ponownie zajęła się pracą. Zasnęli
po jednym krótkim pocałunku i życzeniu sobie dobrej nocy.

Następnego dnia, po kilku godzinach żeglowania halsami, jacht dotarł do Vibo Marina. Tym razem Joanna była

w doskonałym humorze. Może wpływ na to miał nieco inny wyraz twarzy Wojtka? Jego spojrzenia były cieplejsze niż poprzedniego dnia. O ile jednak nie musiał, nie odzywał się. Coś trawisz, chłopaku, może cię nawet gniecie bardziej niż mnie, pomyślała Joanna, filmując moment cumowania w marinie, w której mieli zostać do pojutrza rano. Zachowujesz się jak duży rozkapryszony dzieciak! Rozbawiła ją ta myśl. Po zatrzymaniu kamery spojrzała na niego uśmiechniętą buzią. Po chwili zmieniła miejsce. Teraz w jej obiektywie znalazł się miły kalabryjski porcik, uśmiechnięci sąsiedzi na jachtach i motorówkach, którzy chętnie podnosili ręce na powitanie. Unosiła więc od czasu do czasu rękę. Poczuła się jak wśród dobrych znajomych. Jej humor jeszcze bardziej się poprawił.

– Ty tak zawsze? – spytał cicho Wojtek.

– Jestem zadziorną góralką, ale lubię ludzi. Zawsze daję duży kredyt zaufania, które czasami się kończy, gdy mi ktoś podpadnie – wypaliła bez namysłu, szczerze, ale kiedy Wojtek zrobił zdziwioną minę, obdarzyła go pięknym uśmiechem.

Widziała, że tym go jeszcze bardziej zakręciła, jednak nie miała ochoty analizować jego stanów, bo jej własny był dla niej bardziej intrygujący. Poprawił jej się apetyt, fizycznie poczuła się wreszcie silniejsza niż w poprzednie dni, a kiedy zajrzała przelotnie na swój kanał, omal nie podskoczyła z radości. Ponad pięćset wyświetleń i same pozytywne komentarze. Oprócz pochwał najczęściej powtarzały się prośby, aby pokazywała więcej i częściej. „Przedłużasz nam lato, bo wrzesień w kraju zrobił się deszczowy". Zadzwoniła do rodziców, żeby zdać im wreszcie ustną relację z wyprawy, gdyż dotąd tylko raz to uczyniła, zaraz po wylądowaniu samolotu w Palermo.

– Nie gniewajcie się, że tylko esemesowałam, ale nie starcza dnia na wszystko. Będę dzwoniła co kilka dni.

– Wypoczywaj, córcia, po to tam jesteś. U nas trzeci dzień leje, ale to nic. Jako góral ci powiem, że wnet przyjdzie piękna jesień.

– Powiedz Jędrkowi, tato, że prześlę mu zaraz na telefon adres internetowy do mojego nowego programu, który uruchomiłam. Będziecie mogli śledzić z mamą, dokąd dotarłam w mojej wędrówce po Italii.

– A to piknie, córuś! Daję ci na chwilę mamę, bo mi wyrywa słuchawkę!

– Joasiu, tylko uważaj na siebie i nie jedz w przypadkowych miejscach! – wykrzyczała matka.

– Mamusiu, jesteśmy codziennie gdzie indziej, więc wyboru wielkiego nie mamy. Ale pizza i owoce morza jeszcze nikomu nie zaszkodziły.

– Ja tam ślimaków nie lubię... – głos matki wyraził dezaprobatę – ...no, może jeszcze pizzę czasami zjem. Całuję cię, Joasiu.

– Pa, mamusiu!

No, mamusia tak jak zwykle: „uważaj na siebie i jedz tylko w pewnych miejscach". Uśmiechnęła się do własnych myśli. Kochana mamuńcia! Słońce operowało zza napływających białych kleksów, nie było zbyt silne, więc pamiętając o zaplanowanym wyjściu na spacer do miasteczka, połączonym ze zjedzeniem gdzieś obiadokolacji, wyniosła na pokład ręcznik kąpielowy. Gdy tylko Antonina to zobaczyła, zaraz uczyniła podobnie. Wojtek, który wyszedł gnany ciekawością na pokład, niespodziewanie uśmiechnął się.

– Jak w szuwarach! – wypalił.

Joanna spojrzała na niego, unosząc brew.

– Wszystko w najlepszym porządku – dodał zaraz uspokajającym tonem, podnosząc obie dłonie. – Tutaj można, zresztą w takich rejsach jak ten, jest to nawet pożądane!

– Czy mógłbyś rozwinąć myśl? – spytała, rozbawiona jego nieoczekiwaną deklaracją.

– Nimfy na pokładzie Odyseusza i tak dalej... – wyszczerzył się.

– Zabrakło mi tylko słów: a wśród nich moja Kirke! – zachichotała Antonina.

– Zapomniałem jej imienia, skleroza! – zaśmiał się Wojtek, znikając po chwili w zejściówce.

– Ale fajnie, Antonino, co? – spytała Joanna. – I jeszcze dał nam zgodę na opalanie się na pokładzie.

– Opalałam się na Ibizie, w Cagliari i także na Sardynii. Wcześniej nie było specjalnej okazji – wyjaśniła Antonina, nieco zdziwiona słowami przyjaciółki.

Joanna opowiedziała jej więc historię opalania się Baśki z wcześniejszej załogi na Ławicy Słupskiej.

– Ale tam miał rację – ku jej zaskoczeniu oceniła Antonina.

– Może i miał, chociaż mógł ustąpić... ee tam. – Joanna machnęła ręką.

– Jeśli nie wiesz, co w danym momencie zrobić, to spójrz na punkt pierwszy regulaminu: kapitan ma zawsze rację! – wypaliła bez zastanowienia Antonina i uśmiechnęła się.

Joanna delikatnie poruszyła ramionami. No niby tak, ale jednak mógł ustąpić... Nie dokończyła rozważania tego problemu, gdyż z pobliskiego jachtu doszedł okrzyk:

– *Ciao bambina!*

Machał do nich mężczyzna, a razem z nim dwie urocze kilkuletnie dziewczynki.

– Ciao! Ciao! – odpowiedziały, uśmiechając się, Joanna z Antoniną i też pomachały rękami.

– Fajni są ci Włosi. Widziałaś kiedyś ponurego Włocha? – spytała Antosia.

– Jestem tu dopiero kilka dni, więc jeszcze mam szansę – odparła Joanna. – Wieczorem, kiedy wrócimy z kolacji, wykąpię się za falochronem. – Skierowała ramię w jego stronę.

– A za nim jest plaża?

– I to akurat taka jak dla nas. Nie lubię zbyt wielkiego tłoku.

– To co byś powiedziała na Copacabanie?

– Sama, z własnej woli, bym tam nie poszła, a gdyby mnie na nią rzucono za karę, to przy pierwszej nadarzającej się okazji natychmiast bym się ewakuowała! – odparła Joanna.

– Ja mam tak samo. A spójrz, tyle ludzi się tam wybiera i jeszcze płacą ciężkie pieniądze.

– Niech jeżdżą. Dzięki temu mamy tutaj mniejszy tłok – powiedziała Joanna i obie zachichotały.

Leniwy spacer po uliczkach Vibo Mariny, smakowita pizza, którą na ich oczach wygniatał oraz kręcił fantazyjnie w powietrzu kucharz, miseczki pełne owoców morza, płynąca z głośników kalabryjska muzyka ludowa wypełniły im czas do pojawienia się na niebie pierwszych gwiazd. Wojtek wreszcie zaczął się odzywać, był miły, opiekuńczy, jakby jego wczorajszy wybuch wcale się nie zdarzył. Joanna postanowiła o tym zapomnieć. On to czuł bez zbędnych słów, więc był jeszcze milszy.

Kiedy wrócili na jacht po kąpieli na plaży, Joanna szybko poprzegrywała na komputer filmy i zrobione zdjęcia, po czym zajęła się montażem kolejnego programu. Czuła się wyśmienicie. Naprzeciw pracował Wojtek – odizolowany podobnie jak ona słuchawkami, pilnie komponował na drugim zielonym komputerze. Poznała, że tym się zajął, gdyż działał jakby dwuetapowo. Gdy zapisywał jakiś fragment muzycznego pomysłu, zawzięcie operował palcami na klawiaturze, chwilami zastanawiał się, drapał po czubku głowy, a potem odsłuchując, przymykał oczy i poruszał do taktu dłonią w powietrzu.

Bartek siedział przy swoim komputerze niedaleko niej, także w słuchawkach, a Antonina leżała za jego plecami z nieodłączną książką o objawieniach w Fatimie. Od czasu do czasu Bartek zdejmował słuchawki, dolewał do szklanek wino, omijając już Joannę, która po wypiciu kilku łyków podczas pierwszego rozlania zrezygnowała z dalszego ciągu. Wypiła tylko, by lepiej strawić pyszny posiłek. Dzisiaj nikt już nie pytał jej, dlaczego nie pije, i nie namawiał do dalszego picia. Przyjęli pewnie, że taka jest.

Po trzech godzinach pracy była gotowa do umieszczenia kolejnego programu na swoim kanale. Zdjęła słuchawki i nacisnęła enter. Wkrótce nowy program zaistniał w sieci. Napisała kilkunastozdaniowy komunikat na swoim blogu i post na profilu facebookowym. Szybko zaczęły się tam pojawiać łapki, serduszka i udostępnienia posta, a niedługo z satysfakcją dojrzała, że licznik odtworzeń na kanale YouTube ruszył. Uśmiechnęła się szeroko. Wyłapał to Bartek, więc pokazała palcem na komputer. Machnął kciukiem. Po dziesięciu minutach zdjął słuchawki.

– Jesteś, Joasiu, genialna! – powiedział głośno i skłonił nisko głowę. Podał słuchawki Antoninie.

Wojtek też zdjął słuchawki.

– Co się stało? – spytał, chociaż Joanna czuła, że znał odpowiedź na to pytanie.

– Joanna umieściła kolejny program na kanale. Robi genialne filmy i jest w ogóle *the best*! – podkreślił Bartek, akcentując wielokrotnym potrząśnięciem w powietrzu zaciśniętym kciukiem.

– Przesłucham potem, kiedy skończę swoją muzykę – odparł Wojtek i ponownie nałożył słuchawki.

Wzrok Joanny i Bartka spotkał się. On zamiast słów przewrócił tylko oczami. Joanna wyszła na pokład. Owiało ją miłe kalabryjskie powietrze. Marina już w większości spała, chociaż na kilku jachtach świeciły się światełka i trwały przyciszone rozmowy. Spojrzała w kierunku północnego wschodu, gdzie w odległej dali falowało jej Morze Czorsztyńskie z domem rodzinnym na brzegu. Przymknęła oczy, wyobrażając sobie twarze rodziców i braci. Objęła się ramionami, obejrzała w kierunku zejściówki i po upewnieniu się, że jest pusta, dotknęła oburącz brzucha. Moja dziecina śpi. Jeszcze nie czuję jej ruchów, ale wiem, że tam jest. Mamusia nie da ci zrobić krzywdy. Będzie o ciebie bardzo dbać. Rozanieliła się na tę myśl i teraz pogładziła się po brzuchu. Przysiadła w kokpicie. Nagle poczuła, że obok niej siedzi Antonina. Nie zauważyła, kiedy ta weszła, więc musiała to zrobić po kociemu.

– Cudowny wstawiłaś program – odezwała się cicho przyjaciółka. – Jak ty to robisz? Widzisz więcej niż ja? – dodała zdziwiona.

– Bo ty jesteś zajęta pracą, a ja jako pasażerka – wyjaśniła Joanna – mam więcej czasu, żeby wszystkiemu dokładnie się przyglądać. Cały czas myślę o kolejnym ujęciu, nie lubię powtórzeń, więc szukam w myślach nowych, odmiennych. Jeśli coś mnie zainteresuje na lądzie, jak widzisz, też filmuję. Dzisiaj pokazałam jeszcze trochę waszej pracy na jachcie. Nic spytałam was wcześniej, więc przepraszam. Czy mogę was filmować jawnie? – Spojrzała w jej twarz.

– Oczywiście, Joasiu. Nie pytałam Bartka, ale to jest oczywiste. Będziemy dumni, że możemy występować w twoich programach. A do tego muzyka Wojtka. Pięknie to razem scalasz.

– Dziękuję.

Joanna w podzięce za przemiłe słowa objęła Antoninę. Milczały chwilę.

– Czy ty się dzisiaj źle poczułaś? – szepnęła nieoczekiwanie Antonina i teraz ona zajrzała Joannie w twarz.

– Nie, dlaczego. Chyba mój okres aklimatyzacji wreszcie się skończył. Dzisiaj czułam się już wręcz znakomicie.

– Wydawało mi się, że trzymasz się za brzuch, więc tak tylko pomyślałam.

– Trochę się przejadłam. – Joanna uniosła rękę w kierunku lądu. – Pizza, owoce morza...

– No tak. Dużo tego było. Kucharz tak potrafił zachęcić, że człowiek by jadł i jadł.

– No właśnie – potwierdziła Joanna.

Ucieszyła się, że jakoś wybrnęła z trudnego pytania. Muszę bardziej uważać na swoje odruchy, gesty. Będzie coraz trudniej. Spoważniała.

– Coś się stało? – spytała Antonina.

Boże! Ona wyłapuje każdą moją minę, wszystko widzi!

– Zrobiło mi się smutno, że trzeba już iść spać, a jest przecież tak pięknie. Cudownie mi jest z wami – powiedziała i uśmiechnęła się do przyjaciółki. – Niby znamy się krótko, a wydaje mi się, że od bardzo dawna.

– Ja też mam takie wrażenie. Jesteś taka... niekonfliktowa i wciąż chcesz dobrze. Czasami myślę, że aż za dobrze. – Ich wzrok się spotkał. – Chyba pójdziemy jednak spać. Dochodzi pierwsza – dodała po chwili.

Joanna postanowiła jej słów nie komentować. Kiedy zeszły pod pokład, Bartek tylko czekał na spojrzenie Joanny. Podniósł znowu kciuk i powiedział głośno:

– Czterdzieści i cztery wyświetlenia w ciągu pół godziny. Jak ty to robisz, dziewczyno?! Rozwaliłaś internet!

– Dziękuję – Joanna uśmiechnęła się do niego i Antoniny. – Znikam – dodała, spoglądając z ukosa na Wojtka.

Pierwsza skorzystała z łazienki i zniknęła w swojej kabinie. Nie zasnęła, póki nie przyszedł. Kiedy położył się obok niej, oplotła go ramionami i mocno pocałowała.

– Tak mi dobrze. Dziękuję za piękny dzień. Dobranoc.

Poczuła jego głodne usta i zapalczywe dłonie na sobie. Nie opierała się mocno. Potem szybko zasnęła.

Wojtek podczas śniadania ponownie skomentował użycie przez Joannę jego muzyki jako tła w filmach.

– Prosiłem cię, żebyś tego nie robiła – rzucił z lekko obrażoną miną. – A do tego napisałaś moje prawdziwe nazwisko przy autorze muzyki.

Antonina i Bartek ze zdziwienia aż przestali jeść.

– Przecież to jest twoja muzyka – odparła zaskoczona Joanna.

– Po pierwsze, jak widzisz, na moim kanale używam nicka i chcę, żeby tak zostało, a po drugie, nie chcę być identyfikowany jako autor programów żeglarskich i kompozytor w jednej i tej samej osobie.

– Tego nie potrafię zrozumieć, ale przecież... – zawiesiła głos – ...jeszcze ciebie nie rozkodowałam – uśmiechnęła się do niego czarująco. – Choć właściwie powinnam.

– Ona ma rację – wtrącił Bartek. – Ja też uważam, że przyszedł czas, żebyś się odkrył. Pijarowo to doskonała zagrywka. Możesz na tym sporo skorzystać. Wiem, co mówię!

– Ale ja chcę, żeby zostało tak, jak dotąd. Mogłaś przynajmniej mnie spytać! – Wojtek rzucił oficjalnym tonem w kierunku Joanny.

– Sądziłam, że skoro „dałeś" mi te utwory, to mogę z nich korzystać, jak chcę – odparła, uśmiechając się.

– Otóż nie! – odparł nieco nerwowo i ogarnął ją dziwnym spojrzeniem, którego nie potrafiła sklasyfikować.

Antonina i Bartek znowu przestali jeść. Ich wzrok przenosił się z Wojtka na Joannę i z powrotem.

Po chwili Wojtek wstał i wyszedł na pokład.

Joanna rozłożyła ręce.

– To się porobiło – rzuciła Antonina i kręcąc lekko głową, wróciła do jedzenia.

– Przejdzie mu. – Machnął ręką Bartek.

Joanna tylko pokiwała głową.

Potem było Cetraro i z kolei Palinuro, już w regionie Kampanii. Joanna robiła kolejne programy, ilustrowała je muzyką Wojtka, a on niezmiennie wypowiadał swoje uwagi o zbyt komercyjnym zastosowaniu jego niszowej muzyki. Oboje się zaparli we własnych opiniach i nie chcieli uczynić kroku w tył. Bartek na kolejne programy Joanny reagował niezmiennie podniesionym kciukiem, a Antonina za każdym razem przytulała ją mocno, po czym wracała do książki. Obecnie zawzięcie studiowała gruby album o Santiago de Compostela. Niby stosunki na jachcie układały się miło, a jednak ta sprawa, z pozoru mało istotna, kładła się pewnym cieniem na ich klimat.

Dwudziestego drugiego września dotarli do Capri. Był wieczór i tylko dzięki zapobiegliwości Wojtka znaleźli miejsce w Marina Grande na północy wyspy. Teraz zrozumiała, dlaczego tak się upierał, żeby odstąpić od jednego dnia przerwy w Vibo Marinie. To był zapas na wypadek załamania się pogody, który wykorzystali w Palinuro, gdy już wiedział, że w dzień przelotu na Capri pogoda będzie odpowiednia. Piękno tej wyspy i dobry nastrój, jaki ogarnął całą czwórkę od chwili ujrzenia jej na horyzoncie, pozwolił Joannie i Wojtkowi, jak za dotykiem czarodziejskiej różdżki, zapomnieć o nierozwiązanym konflikcie. Poszli natychmiast na długi spacer, objęci wpół, cały czas szepcząc sobie czułe słówka. Spotkali się z Antoniną i Bartkiem w bajecznie kolorowej knajpce blisko mariny.

Następnego dnia wypłynęli z portu wcześniej, żeby zakosztować morskiej kąpieli. Jacht rzucił kotwicę pod skałami. Wojtek opuścił rufową platformę, z której niebawem obaj z Bartkiem wykonywali popisowe skoki, a Joanna z Antoniną zgrabnie się zsuwały po drabince do błękitnej wody.

– Spójrz tylko, Antonino, na ten kolor...

– Cudowny błękit! – zachwyciła się przyjaciółka.

– A nie widzisz odcieni szmaragdu, lazuru i turkusu, jak to opisują w przewodniku?

– Jak ty wszystko pamiętasz! – Antonina przeciągnęła się niczym kotka na ręczniku rozłożonym na platformie. – Jeśli tak się wpatrzyć w wodę... – przesunęła okulary na nos i rozejrzała się wokół – ...to rzeczywiście widać te wszystkie odcienie. Język jest jednak bogaty.

Temperatura wody zachęcała do zanurzania się w niej wciąż i wciąż, ale rozsądek Joanny zwyciężył. Wolała dłużej posiedzieć pod wielkim kapeluszem i parasolem, który ich panowie sprytnie zainstalowali nad kokpitem. Mogła teraz spokojnie przyglądać się, filmować i fotografować skały Feraglioni przy wejściu do Marina Piccola. Każdej z nich poświęciła kilkudziesięciosekundowe ujęcie, z których planowała później zrobić dużą sekwencję w filmie: Stella, czyli gwiazda, Di Mezzo, co znaczy po prostu środkowa, pod którą przepłynęli na silniku i pocałowali się z Wojtkiem, oraz Di Fuori, czyli zewnętrzna, nazywana także Scopolo, ale mimo chęci nie znalazła tłumaczenia, co to słowo oznacza. Okazało się, że nieco dalej stoi jeszcze samotnie czwarta skała, Monacone. Z przewodnika miała zamiar wyłapać ciekawostki dotyczące każdej z nich.

Pod wieczór powrócili na swoje miejsce cumowania do Mariny Grande. Na ląd zeszli tym razem pierwsi Antonina z Bartkiem, a Joanna i Wojtek mogli wreszcie bez skrępowania tulić się, całować i wyznawać sobie miłość. Odurzeni bliskością swoich ciał, udali się wreszcie na spacer, który zakończył się w innej knajpce, tym razem wybranej przez przyjaciół.

Kolejny rejs odbyli w kierunku Penisola Sorrentina, półwyspu Sorento. Najpierw opłynęli Wyspy Syrenie, a potem dotarli pod Positano na wybrzeżu Amalfi, gdzie Joanna z Wojtkiem przesiedli się na motorówkę, którą dostali się do miasteczka. Joanna musiała szybko dokupić dodatkowe pamięci i baterie do kamery i aparatu fotograficznego, bo każdą napotkaną piękność chciała natychmiast zatrzymać w kadrze. Zachwycało ją wszystko. Niewielkie domy oraz duże rezydencje, hotele i pensjonaty, jakimś cudem przyczepione do skał lub gdzieś wysoko na nich posadowione, a wszystko nieprawdopodobnie kolorowe – z łukowatymi tarasami wspartymi na kolumnach, wyposażonymi w markizy albo otoczonymi girlandami kwiatów i pnącą się po murach winoroślą. Drogi czy uliczki wijące się wśród skał, w górę i w dół, wbrew prawom natury, a dzięki ludzkiemu uporowi i zaradności oraz własnym potrzebom i wygodzie mieszkańców. Baseny wykute w skale albo korty tenisowe umieszczone na półkach skalnych przy nieprawdopodobnie szykownych rezydencjach. Oazy zieleni z kwitnącymi drzewami i krzewami, wyrastającymi nie wiedzieć skąd. Przepiękny kościół o niespotykanej architekturze z ogromnymi schodami do niego wiodącymi czy inne zaskakujące obiekty, a nawet roślinność. Bajecznie kolorowa, chociaż kamienista plaża i domki ponad nią ze sklepikami i knajpkami, skały wyrastające pionowo z wody sprawiały wrażenie, jakby natura chciała jeszcze bardziej udziwnić czy upiększyć to miejsce.

Po kilku godzinach pobytu w Positano przypłynął po nich jacht z Bartkiem i Antoniną, chociaż Joanna miała ochotę zostać tam do wieczora i uwiecznić to wszystko raz jeszcze przy zapalonych światłach. Podpowiadała jej to wyobraźnia, a poza tym kilka tego typu zdjęć widziała w przewodniku. Kiedy odpływali stamtąd, długo stała na pokładzie przyklejona do aparatu fotograficznego i kamery.

Ostatniego dnia pobytu na Capri wybrała się z Wojtkiem na wycieczkę do grot: Lazurowej i Koralowej. I znowu z zapartym tchem chłonęła nieprawdopodobne cuda natury, pełne feerii barw, które tutaj jakimś cudem zostały nagromadzone, jakby akurat to miejsce z niewiadomych powodów musiało być aż tak wyróżnione. Wieczorem podziwiała z Antoniną raz jeszcze wszystkie te piękności, uwiecznione w czasie ostatnich dni. Nie szczędziła słów, żeby opowiedzieć dokładnie o wszystkim, co zobaczyła. W trakcie tych opowieści raz po raz zerkali na siebie z Wojtkiem głodnymi oczami, nie mogąc się doczekać, kiedy zostaną w swojej kabinie sami, aby tak jak poprzedniego dnia odurzyć się zapachem swoich ciał.

Rozdział 20

Na zawitanie do miasteczka Sorrento po drugiej stronie półwyspu już nie starczyło czasu, bo w planie była kolejna wyspa, Isola Ventotene. Trasa rejsu do niej z Capri była czarowna, wiodła między dwiema innymi wyspami: wulkaniczną Isola d'Ischia i najmniejszą z wysp neapolitańskich, mierzącą niecałe cztery kilometry kwadratowe, Isola di Procida. A na dodatek z prawej burty mogli nieustannie podziwiać dymiący krater Wezuwiusza nad Neapolem.

Na Ventotene znowu zacumowali w uroczej marinie na północy wyspy. Joanna długo w noc pracowała nad kolejnym programem na YouTube'a, ukazującym cuda wyspy Capri. Postanowiła bowiem, że wycieczkę do Positano, a także rejs do niego wokół Wysp Syrenich pokaże w kolejnych. Wojtek po opublikowaniu nowego programu Joanny znów powrócił do problemu zbyt komercyjnego zastosowania jego niszowej muzyki. Zaczął czynić Joannie kolejne uwagi, ale ona machnęła ręką i poszła spać.

Do kwestii tej wrócił natomiast Bartek, który wykorzystał moment, że dziewczyny zeszły same na ląd, chcąc pospacerować i posiedzieć w cieniu drzew.

– Zachowujesz się jak pacan! – rzucił na początku rozmowy.

Wojtek zaniemówił, potem zaczął drapać się po czubku głowy, a wreszcie histerycznie zarechotał.

– I czego rżysz, pacanie?! – nie ustępował Bartek. Poczekał, aż przyjaciel się wyśmieje. – Czy ty wiesz, kim ja jestem?

– Przypomniałem sobie, kiedy wuefista nazwał mnie pacanem! – Wojtek zmienił temat i znowu zaczął się śmiać.

– Bo, cholera, musiałeś zrobić wtedy pięć wymyków, a on po drugim spadł z drążka – teraz zaśmiał się Bartek.

– I to jego: czego się popisujesz, pacanie! – przywołał fragment tamtej sceny Wojtek.

Jeszcze chwilę obaj się śmiali do dawnych wspomnień, aż wreszcie Bartek postanowił przejść do rzeczy.

– No dobrze. Spytam jeszcze raz: czy ty wiesz, kim ja jestem?

– No kurna...

– Tylko nie kurna!

– No jesteś... Bartek! Mój kumpel Bartek! – Wojtek znowu próbował się zaśmiać, obrócić wszystko w żart, ale tym razem Bartek pokręcił głową.

– Jestem najlepszym... na Pomorzu... specjalistą od... no, od czego?

– Toż to wszyscy wiedzą, że najlepszym na Pomorzu analitykiem mediów społecznościowych, a jednocześnie właścicielem wziętego portalu muzycznego – wyrecytował Wojtek. – Sam taki wpis zrobiłem na Wikipedii, a tobie się spodobał.

– Jest tam trochę wazeliny, ale w gruncie rzeczy oddaje fakty. – Bartek uniósł palec w górę i uśmiechnął się. – Słuchaj mnie teraz uważnie, bo...

– ...nie będę drugi raz powtarzał – dokończył za niego Wojtek i wyszczerzył się.

– W tym rejsie zbyt wiele się szczerzysz – powiedział nieoczekiwanie poważnie Bartek. – To tak na marginesie i nie patrz tak na mnie. Ja też jestem wesołek... gdzie nie pójdę, tam się ze mnie śmieją – teraz on się lekko uśmiechnął – ale wszystko musi mieć swoje granice.

– I kto to mówi?

– Halo, to mówię ja, Bartek, twój przyjaciel, Wojciechu. Zamień się chociaż na chwilę w słuch i odrzuć swoją głupawkę, okej?

– Okej – odparł zaskoczony Wojtek.

– Ad rem... Kanał Joanny ma z dnia na dzień rosnącą oglądalność... cicho! Teraz ja mówię! – przerwał gwałtownie Wojtkowi, który już otwierał usta. – To samo zaczyna się dziać z twoim muzycznym kanałem.

– Ale...

– Nie ma ale. Ty patrzysz tylko na liczby i sobie myślisz: kurczę, jaki jestem fajny. Ludzie mnie coraz bardziej lubią. Też tak jest, ale w gruncie rzeczy to nie takie proste.

– Czyli chociaż liczba odtworzeń rośnie, to ludzie nie lubią mojej muzyki?

– Lubią, ale czemuś, a bardziej komuś to zawdzięczasz!

– Nie sobie?

– Ty egocentryku! Wyleź ze swojej skorupy, stań obok i rozejrzyj się wokół. Nie jesteś sam. Są pewne czynniki, uwarunkowania tego twojego przyrostu! Od jakiegoś czasu, a wręcz od niedawna. Łapiesz?

– No... niby łapię, ale to wiem także bez twojego indyczenia się czy tych twoich analiz!

– A ty się z kolei, pacanie, nabzdyczasz i robisz nieustanną przykrość dziewczynie! Aniołowi, który za ciebie myśli, i nawet nie chcesz z nią poważnie porozmawiać!

– Chcesz mi powiedzieć, że wiesz lepiej ode mnie, czego Joanna potrzebuje?

– Wszystkiego nie wiem, ale co do jednej rzeczy jestem przekonany. I chcę ci powiedzieć, że Joanna ma rację, chociaż nie jestem specjalistą od kobiet, przecież wiesz o tym, i nie zamieniłem z nią na ten temat ani słowa, a mógłbym!

– Zaraz, zaraz. A co Joanna ma do mojej muzyki? – Wojtek potrząsnął głową.

– Ten wuefista miał jednak rację, a mnie się wydawało zawsze, że przy tobie, tak przekrojowo, z przedmiotów humanistycznych to ja byłem tępy.

– Czy ty możesz zacząć mówić do mnie tak... po prostu?

– Dobra. Powiem ci jak krowie na miedzy. Joanna promuje twój kanał, twoją muzykę. Robi to za *free*... no, może za to, że cię kocha i liczy na wzajemność.

– Bartek. Ja też ją kocham, ale... co tobie do tego?

– Nie słuchasz mnie, pacanie! – wydarł się Bartek. – Ona tobie robi od ponad dwóch tygodni pijar! Pokazuje ciebie jako autora znakomitej, wręcz baśniowej muzyki! Robi to tak, że żadna firma reklamowa nie zrobiłaby tego lepiej! No szlag! Nalej mi koniaku! Nalej! Wiem, że masz!

Wojtek posłusznie wstał, sięgnął do jednej z szafek, wyciągnął z niej butelkę prawdziwego francuskiego koniaku, zakrył alkoholem dno w dwóch szklankach, postawił je na stole, a butelkę schował z powrotem.

– Ty sknerusie i pacanie! Dawaj tę butelkę i nalej przynajmniej do połowy. Ja dopiero zacząłem mówić!

Wojtek posłusznie uczynił tak, jak wykrzyczał jego przyjaciel, i siadł przy stole. Stuknęli się szklankami. Bartek pokiwał głową.

– Sprawdzałem dokładnie na liczbach, porobiłem statystyki dzienne i godzinowe. Mogę ci je pokazać, i to nawet w postaci wykresów, żebyś mógł lepiej zrozumieć. Analizowałem także regiony kraju, skąd pochodzą „oglądacze". Wyobraź sobie, że wszystkie trzy kanały: twoje dwa i jeden Joanny, mają przyrosty obejrzeń coraz bardziej pokrywające się. Czy jesteś w stanie to pojąć?

– I jak to tłumaczysz?

– Pamiętasz, jak Joanna ci odpowiadała na zarzut, że jej kanał nie jest artystyczny, a mógłby być? Wiesz, z czego są pieniądze?

– A co ma piernik do wiatraka? Nie, no generalnie wiem, ale to jest zamach na moją WOLNOŚĆ! W ten sposób dam się zaszufladkować, a ja chciałem być „kompozytorem" niszowym!

– Wiesz ty co? Nowy Santa Rosalia, cholera, się znalazł! Chcesz być niszowym, to zaszyj się w grocie i sobie twórz. Gwarantuję ci, że będziesz niszowym. Kurewsko niszowym. Nikt się o tobie nie dowie, zanim nie odkryją twoich kości, a potem odsłuchają nagrań w spoczywającym u twojego wezgłowia komputerze. Wystawią ci ołtarz...

– Teraz to już przeginasz! Nie idź w takie porównania! – Wojtek pogroził Bartkowi i wychylił duży haust ze szklanki.

Przez dłuższą chwilę trwało milczenie, a potem padły wypowiedziane przez Wojtka z pewnym wahaniem słowa.

– Chyba pojąłem...

Dopił alkohol ze szklanki i znowu napełnił ją do połowy. Bartek dolał sobie sam. Wpatrywali się w siebie w milczeniu. Pierwszy miał na ustach delikatny uśmiech, a Wojtek na twarzy zakłopotanie.

*

Joanna i Antonina siedziały na ławeczce w cieniu parasola i popijały sok z wysokich szklanic. Zrobiły długi spacer po okolicy, oglądając ruiny dawnych willi i akweduktów z czasów rzymskich oraz aktualną zabudowę miejscowości. Oczywiście kamera i aparat fotograficzny cały czas były w użyciu. Teraz, przy stoliku, Joanna zerkała do przewodnika.

– Czy wiesz, że na tę wyspę cezarowie zsyłali swoje córki, siostrzenice i żony za różne przewiny prawdziwe, a nawet wydumane? – spytała.

– Czy my zaliczamy się do którejś z tych kategorii? Myślisz, że oni odpłynęli? – odparła pytaniem Antonina, wskazując w kierunku mariny, gdzie cumował jacht, na którego pokładzie zostali ich mężczyźni. Uśmiechnęły się.

– Bartek by cię nie zostawił, a Wojtek...? Któż to wie?

– Nie, tak to nawet nie myśl... A jeśli idzie o cezarów, to jak to było?

– Cezar August wygnał tu swoją córkę Giulię, bo puszczała się z kim popadnie, no, prawie z kim popadnie. – Joanna skomentowała fragment wyczytany z przewodnika.

– Dobrze, że nie żył już Incitatus, koń, który za Kaliguli omal nie został konsulem – wtrąciła Antonina i obie dziewczyny parsknęły śmiechem.

– Cesarz Kaligula wygnał tutaj swoją rodzoną siostrę Agrypinę jako oskarżoną w spisku na jego życie i cudzołożenie ze szwagrem Emiliuszcm, głównym spiskowcem. A z kolei Neron wygnał tu żonę Oktawię, ale akurat jej cudzołóstwo zostało zmyślone dla celów politycznych. Dobrze, że te czasy minęły – westchnęła Joanna.

– Boisz się czegoś? – Antonina zajrzała w oczy Joannie.

– Jeszcze jak! Sześć lat i aż dwóch facetów, to byłoby poważne oskarżenie – uśmiechnęła się Joanna.

– Kurczę! Mnie też by nie było za co skazać. My jesteśmy jakieś takie mało postępowe dziunie.

Siedziały jakiś czas w milczeniu. Obserwowały spacerujących w pobliżu turystów.

– Wszystkie kobiety i dziewczyny chodzą tutaj prawie w listkach figowych, a ja nałożyłam na kostium jeszcze bluzeczkę – zauważyła Joanna, rozpięła guziczki i rozrzuciła jej poły na boki.

– Ej, czy mi się wydaje, czy też od końca czerwca jest ciebie ciut więcej? – spytała Antonina, omiatając wzrokiem piersi i odkryty brzuch Joanny. Ta znowu zasłoniła się odrzuconymi przed chwilą na boki połami bluzeczki. – Coś ty taka... wstydliwa?!

– Wstydliwa? Może pruderyjna? – Joanna zachichotała, usiłując tym sposobem zbagatelizować sprawę. – Nakryłaś mnie – mrugnęła, starając się wypaść naturalnie. Nachyliła się bliżej Antoniny. – Tylko nie rozpowiadaj po ludziach, ale jak się siedzi w domu i nic nie robi, to dupsko rośnie – mrugnęła – a poza tym wiesz, te zmartwienia z tatą powodowały, że jadłam wieczorami bez opamiętania. To była jedyna rozrywka, oprócz maili od Wojtka.

– No tak. Rozumiem. Teraz, przy codziennych kąpielach i jedzeniu owoców morza, waga szybko ci spadnie.

– No właśnie. Taką mam nadzieję – potwierdziła z uśmiechem na ustach Joanna.

O mało mnie nie nakryła! Ależ ona ma oczy! Joanna rozrzuciła znowu na boki poły bluzeczki i mrugnęła do przyjaciółki. Ta z kolei, w ramach rewanżu, pochwyciła w dwa palce skórę na swoim brzuchu i potrząsnęła nią. Roześmiały się w głos.

Kolejnie dni rejsu wzdłuż włoskiego buta były okresem pewnego „zawieszenia broni" pomiędzy Joanną a Wojtkiem. On przestał jej wytykać włączanie do swoich programów jego muzyki, ona nie chwaliła się głośno kolejnymi odsłonami, chociaż wewnętrznie roznosiła ją duma. Kiedyś zagadnęła Bartka.

– Czy uważasz, że powinnam coś zmienić, na przykład zacząć szukać innej muzyki albo wprowadzić komentarze słowne?

– Niczego na razie nie koryguj. Idzie znakomicie. Przyrosty odtworzeń są strome, możesz zastanowić się nad jakimikolwiek zmianami najwcześniej po połowie sezonu. Ja mu już nagadałem... – zmienił raptownie temat, wskazując kciukiem za siebie. Joanna potwierdziła skinięciem głowy, że wie, o kogo chodzi. – Tylko mi się z tego czasem nie wygadaj! – syknął, widząc, że jej zdziwiony wzrok nie zniknął. – Sterowanie mimiką ci siada – uśmiechnął się.

Kurczę, następny mnie monitoruje i wszystko dobrze widzi. Jak żyć?!

Po wizycie w kolejnych portach regionu Lacjum: Formii i Anzio, trzydziestego września dopłynęli do Ostii. Joanna już od kilku dni cieszyła się na wizytę w tym porcie, bo zawsze jej pragnieniem było zwiedzić Rzym. W 2000 roku, jako piętnastolatka, była tam co prawda na wycieczce parafialnej, ale ograniczyła się ona jedynie do Watykanu.

Tym razem miała szansę zwiedzić dokładnie Ostia Antica, a kiedy zaczęła przebąkiwać, że miałaby także ochotę wybrać się na jeden dzień z wycieczką do Rzymu, aby obejrzeć choćby Forum Romanum i Koloseum, Wojtek uśmiechnął się.

– To miała być niespodzianka! – zawołał rad z siebie. – Zaplanowałem dodatkowy dzień w Ostii, żebyś mogła ją odbyć.

Joanna skoczyła na niego z całych sił i zaczęła go całować, bo od pamiętnej rozmowy z Antoniną przyjęła bezdyskusyjnie, że kapitan ma zawsze rację. Antonina i Bartek przyglądali im się z rozbawieniem.

– Wspomożemy cię tym razem w fotografowaniu i filmowaniu – obiecała przyjaciółka.

– Ale ja też chcę wszędzie być! – obruszyła się Joanna.

– No i będziesz, ale możemy podzielić się obiektami albo rolami, to znaczy kręceniem filmów czy robieniem zdjęć, żeby tobie było ciut łatwiej – wyjaśniła Antonina.

– Tym bardziej że coś ci się od nas należy za to, że obsadziłaś nas w głównych rolach w serialu – dodał Bartek.

– Wczoraj dzwonili do mnie z Hollywood – zaśmiał się. – Ponoć bardzo potrzebny im taki tłustawy naturszczyk...

Joanna szeroko uśmiechnęła się do Bartka.

– Ja też ci, Joasiu, pomogę – zadeklarował nieoczekiwanie Wojtek. – Proponuję dzisiaj wieczorem zrobić odprawę, żeby ustalić dokładnie trasę i podzielić się rolami.

I tak właśnie zrobili. Wojtek, jako specjalista od map, na jednej z nich zrobił szkic antycznej Ostii, a na drugiej tego, co chcą zobaczyć w starym Rzymie. Kolejnego dnia o świcie gdzieś nagle zniknął, a kiedy pojawił się, ruszyli jachtem w głąb Tybru. Wkrótce zacumowali w miejscu, w którym mogli zostawić, za niewielką opłatą, jacht pod opieką. Po kolejnej półgodzinie znaleźli się wśród pozostałości starożytnego miasta.

Joanna była wniebowzięta.

Ostia była kiedyś satelickim miastem Rzymu, licząc wówczas pięćdziesiąt tysięcy mieszkańców, podczas gdy w stolicy żyło ich ponad milion. Podziw Joanny budziło to, że mogła oglądać zachowane w całości budynki mieszkalne, zakłady rzemieślnicze, świątynie. Nie mogła się nadziwić, jak to możliwe, że na dawnej głównej ulicy Ostii, Decumanus Maximus, zachowały się antyczne krawężniki, a pomiędzy nimi oryginalny bruk.

– Boże! Jaka jestem szczęśliwa – wzruszyła się, gdy dotknęła krawężnika i ostrożnie stanęła na fragmencie bruku.

Potem oglądali łaźnie miejskie, zwane tutaj Termami Neptuna, tuż obok nich budynki straży, antyczny teatr na cztery tysiące widzów, zrekonstruowany budynek Kapitolu, otoczony forum ze świątynią Apollina. Dziewczyna chłonęła każdy ujrzany fragment, studiując szczegółowe foldery i mapy z objaśnieniami, kupione w niewielkim sklepiku. Z Casa di Diana, najlepiej zachowanego budynku w Ostii, i z antycznej kafejki, Termopilum, nie chciała wychodzić.

Dotykała, gdzie tylko było można, starych cegieł, wpatrywała się w zachowane malowidła na ścianach, spełniające niegdyś dla klientów lokalu funkcję menu. Zatrzymywała się przy bramach Porta Marina czy Porta Laurentina, a na koniec uparła się, że musi jeszcze zwiedzić muzeum.

– Dobrze, że ono było nieduże. Ja już padam, dziewczyno – wysapał Wojtek, gdy wyszli z niego na zewnątrz.

– Funkcjonowałem tylko na jednej butelce wody. Jestem martwy, jak ci w sarkofagach – z trudnością wypowiedział Bartek przez zaschnięte usta.

Joanna i Antonina spoglądały na siebie z uśmiechem.

– Rozumiesz coś z tego, Joasiu? My, słaba płeć, jakoś jeszcze ciągniemy, a oni?

– Ależ jestem szczęśliwa, Wojtusiu. – Joanna objęła Wojtka z całych sił.

– Ratujcie! – wrzasnął Wojtek i przewrócił się plecami na trawę. – Ta kobieta mnie udusi!

Wkrótce przebazowali się z powrotem do mariny i ruszyli w kierunku pobliskiego osiedla w poszukiwaniu lokalu, aby zjeść jakikolwiek posiłek. Joanna wieczorem znalazła siły, żeby do północy segregować materiały filmowe i fotograficzne.

– Skąd ty, Joasiu, masz tyle energii? – spytał cicho Wojtek, gdy znaleźli się w kojach.

– Nie wiem sama. Ale chcę do maksimum skorzystać z okazji, którą ofiarował mi los. Kto wie, kiedy mi się trafi taka następna? – wyszeptała i gorąco pocałowała Wojtka.

– Przecież w nowym roku możemy zobaczyć coś innego. We Włoszech czy gdzie indziej... – Jego ręce poczęły pieścić jej ciało.

– Może tak, ale sądzę, że będę miała inne, jeszcze ważniejsze zajęcia – wyszeptała resztką sił Joanna i zatrzymała jego dłonie w swoich.

– Co chcesz przez to powiedzieć?

Już niczego nie usłyszał. Bez szklaneczki wina znalazła swój klawisz enter, o jakim kiedyś rozmawiała uroczo z Antoniną i Bartkiem. Słodko spała. Wojtek pocałował ją w odkrytą szyję i po chwili też odpłynął w objęcia Morfeusza.

Zwiedzanie i dokumentowanie filmem i fotografią starego Rzymu było przedsięwzięciem, które pochłonęło Joannę bez reszty. Ona nadawała tempo, poruszała się ze znawstwem po Forum Romanum, Palatynie i Kapitolu, żeby jeszcze na koniec resztką sił dotrzeć do Koloseum i nim się zachwycić. Wyruszyli taksówką do Ostii, kiedy już zmierzchało. Znowu jak poprzednio, ona narzuciła rytm wieczoru. Tym razem najpierw segregowanie materiałów filmowych i fotograficznych, potem prysznic, a dopiero na końcu zasiedli do kolacji, przygotowanej z zapasów posiadanych na jachcie.

Oczarowana Ostią i starym Rzymem, Joanna zapomniała o wcześniejszych różnicach zdań z Wojtkiem. Był w ostatnich dniach wyjątkowo dla niej serdeczny, więc ich miłość mogła teraz rozkwitać bez przeszkód. Nie żałowali sobie ciepłych słów i gestów, nawet przy Antoninie i Bartku.

Kiedy po kolacji udało się szybko uprzątnąć pomieszczenie i na stole została już tylko butelka wina i szklaneczki, Bartek skierował w ich stronę swój komputer, chwilę pomanipulował w nim i z uśmiechem na ustach kliknął myszą.

– Wczoraj, przypadkowo, coś u siebie znalazłem. Pamiętasz lato w dwa tysiące trzecim roku, kiedy Szczepan przyjechał do was na dwutygodniowe wakacje? – Spojrzał na Wojtka. – Jakaż to była ogromna akcja! Przez kilka dni robiliście zdjęcia, zostały też nakręcone krótkie filmy, a potem razem ze Szczepanem stworzyliście tę prezentację. – Wskazał na komputer. – Najpierw był pokaz roboczy w mniejszym gronie, a w niedzielę, po kościele i obiedzie, puściliście ją przez rzutnik na zawieszone na ścianie prześcieradło.

Wojtek uśmiechnął się.

– To naprawdę była ogromna akcja. Co ci przyszło do głowy, żeby akurat dzisiaj ją przypomnieć?

– Wczoraj i dzisiaj oglądaliśmy wykopaliska, odrestaurowane dawne gmachy, pozostałości potężnej kultury, cywilizacji. Joanna przygotowuje się do zrobienia pewnie kilku programów na ten temat... – spojrzał na nią; skinęła głową – ...a myśmy wtedy, piętnaście lat temu, też byli mocno zakręceni. Tamta akcja... – teraz spojrzał na Joannę – ...dotyczyła tylko ich rodzinnego gniazda. Jednego domu.

– Czy to może chodzi o dworek, o którym opowiadał mi Szczepan? – spytała Joanna.

– Jeśli opowiadał ci o dworku, posiadłości Borowych, to pewnie o tym – odparł Wojtek.

– Powiedział mi jeszcze coś ciekawego... – Joanna raptem położyła dłoń na ustach, wciągnęła głowę w ramiona i potrząsnęła nią.

– Co ci powiedział? – zaciekawiła się Antonina.

– Coś mi się wydaje, że domyślam się, co to było, choć nie jestem do końca pewien – rzekł Wojtek w zamyśleniu. Wzrok jego i Joanny spotkał się.

– Ale my też chcemy to wiedzieć. Jeśli się mówi A, trzeba powiedzieć także B – upierała się Antonina. Bartek pokiwał zdecydowanie głową.

– Mówiłem wówczas różne rzeczy, nie wiem, co Szczepan zapamiętał – bronił się Wojtek, wzruszając ramionami.

– To może ja powiem?

– Nie, lepiej nie! – Podskoczył Wojtek.

– No mów, bo to pewnie mocno się wiąże z tą prezentacją! – ponaglił Bartek.

– Wojtek miał powiedzieć... – zaczęła Joanna, ale przerwała, widząc, że Wojtek dziwnie się uśmiechnął i na moment zasłonił dłonią oczy.

– Przyjaciół się wstydzisz? – spytał Bartek. – Dawaj, Joanna! – Wykonał w jej kierunku zachęcający gest.

Wojtek rozłożył dłonie i przewrócił oczami.

– Miał powiedzieć, że marzy o czasach, kiedy usiądzie przy domu wśród zieleni i będzie przyglądał się biegającym dzieciom, a potem wnukom – powiedziała uroczyście Joanna i zatrzymała wzrok na Wojtku. Spoglądali sobie mocno w oczy. Dziewczyna uśmiechnęła się promiennie.

Bartek nacisnął start prezentacji. Oczy wszystkich przeniosły się na ekran. Pojawił się tytuł: *Renowacja rodowego gniazda Borowych, Borowy Młyn. Autorzy: Szczepan Tlałka, Augustyn Borowy, Wojciech Borowy.*

– Tak wyglądał dom, kiedy zaczęliśmy akcję – powiedział Bartek.

Na slajdach przewijały się zdjęcia starego drewnianego domu, nieco zaniedbanego, o elewacji z wyłamanymi tu i ówdzie deskami, z podniszczonym gankiem, krzywymi okiennicami, z częścią dachową wyposażoną w lukarny, niektóre zabite na głucho. Całość, choć nosiła ślady dawnego piękna polskiego drewnianego dworku, sprawiała dosyć przygnębiające wrażenie.

– Rodzice mieli zamiar go rozebrać i postawić dom murowany – skomentował Wojtek pierwsze slajdy. – Kilka lat oszczędzali pieniądze, sprzedali na potrzeby jego budowy nawet dwie niewielkie działki na obrzeżach gruntu, przy lesie.

– Wtedy przyjechał Szczepan – wrócił do opowieści Bartek. – Ja codziennie przyjeżdżałem do nich na rowerze i spędzałem tam całe dnie. Najpierw dziwiłem się, że zamiast chodzić z nami nad jezioro, Szczepan lata z młotkiem i gwoździami i ceruje obcy dom – powiedział, wzruszając ramionami.

– Ojciec mnie poprosił, abym go uświadomił, że mamy inne plany i żeby Szczepan nie zapomniał, że przyjechał do nas letniskować – uzupełnił Wojtek. – Powiedziałem ojcu: masz język, to sam mu to powiedz. W tym czasie już mi się klarowało w głowie, że stamtąd wyjadę, a dom... to ich sprawa. Mam zresztą dwójkę młodszego rodzeństwa. Przy kolacji ojciec zaczął więc czynić Szczepanowi uwagi, ale ten jakby tylko na to czekał. Panie Augustynie, powiedział do mojego ojca. Moi dziadkowie zaczęli na początku lat pięćdziesiątych budować drewnianą chatę w Czarnym Dunajcu. I pokazał zdjęcia w aparacie. Ojciec najpierw oglądał beznamiętnie, ale po parunastu klatkach spytał się, kto to wszystko projektuje. Szczepan odparł, że właściwie projektują wszyscy, podczas każdego weekendu – obchodzą dom, kiedy jest ciepło, a jak deszczowo czy chłodno, dyskutują w środku. I powoli, krok po kroku, dom się rozrasta i dalej będzie tak trwało, bo rodzina także wciąż się powiększa. Państwo macie łatwiej, bo konstrukcja, szkielet domu już jest, trzeba tylko wymienić elewację, ocieplić przy okazji ściany, wymienić sukcesywnie dach, naprawić lukarny i zabrać się krok po kroku do wnętrza. Ja tylko starałem się załatać ubytki, powiedział Szczepan. Tego nauczyłem się tam.

Zapadło milczenie – kontynuował opowiadanie Wojtek – a potem ojciec spytał, czy mógłbym się zająć udokumentowaniem propozycji renowacji czy remontu domu. Ponieważ mieliśmy w domu komputer, a Szczepan cyfrowy aparat fotograficzny, ojciec pożyczył od kuzyna kamerę i zaczęło się. Dodam tylko, że Szczepan był wówczas po drugim roku architektury.

– No, to tyle tytułem wstępu – wtrącił Bartek. – Jedziemy.

Slajd po slajdzie pojawiały się obrazy dawnego domu, które komentowali na zmianę Wojtek albo Bartek.

– Po dwóch dniach ojciec stał się przygnębiony, bo już sobie wszystko ułożył, że przyjdzie firma i wybuduje mu nowy dom, a on będzie tylko doglądał, krytykował, no wiecie, jak to jest, a tu musiał wziąć w zasadzie wszystko na siebie. Szczepan nie popuszczał i tak długo ojcu mieszał w głowie, że ten znowu wziął się z zapałem do obmyślania. Szczepan robił szkice, potem szczegółowe rysunki, które przenosił do komputera jakimś programem graficznym, chyba z miesięcznika komputerowego. Na kolejnych slajdach widać, jakie zmiany postanowiono wprowadzić w zewnętrzną bryłę domu i jego wnętrza. W końcu Szczepan obliczył, jaka ilość drewna oraz innych materiałów będzie potrzebna, i pokazał liczby w tabelkach.

Bartek wciąż przewijał slajd po slajdzie.

– Teraz wyglądu domu po renowacji wszyscy zazdroszczą – powiedział. – Zdarza się, że ludzie z zewnątrz przyjeżdżają go oglądać i porozmawiać z ojcem Wojtka. Po trzech latach Szczepan uzupełnił prezentację o zdjęcia budynku po renowacji – dodał, gdy pojawiły się kolejne zdjęcia domu, niby tego samego, a jakże odmienionego.

– Muszę powiedzieć, że zrobiliście kawał dobrej roboty. – Joanna nie mogła się nadziwić. – Dom odzyskał duszę i ostatecznie chyba na renowację poszło mniej funduszy, niż ojciec miał na początku uzbierane – podsumowała.

– No tak, ale to wszystko już wiedzieliśmy wcześniej, ja to rzecz jasna chciałem pokazać z innego powodu, ale też jako zderzenie z tym, co oglądaliśmy wczoraj i dzisiaj. Na początku powiedziałaś jednak coś... – rzekł Bartek, zawiesił głos i spojrzał badawczo na Joannę.

Wojtek ponownie zrobił minę zakłopotanego małego chłopaka.

– Trochę mi ten pokaz przypomniał wspomnienia rodziców z przeprowadzki do Nowych Maniów – stwierdziła smętnie Joanna. – Można ściągnąć ten film z YouTube'a – dodała.

– Ale miałaś powiedzieć...

– Ściągnij, proszę.

Bartek posłuchał. Wkrótce był gotowy. Rozpoczęła się projekcja filmu. Góralska muzyka, obrazy starej podhalańskiej wioski, zafrasowane twarze mieszkańców wsi Maniowy podczas nieustających zebrań z urzędnikami, a potem rozbieranie starych domostw mających dusze. W tle zbudowane już pierwsze domy mieszkalne dla przesiedleńców. Frontony prawie takie same, ale... – jak wtrąciła Joanna w czasie filmu – ...bez zabudowań gospodarczych. Mieli stać się teraz właścicielami pensjonatów.

Bartek i Antonina niemal równocześnie złapali się za głowy. Przewożenie dobytku wozami ciągniętymi przez konie na wzgórza, gdzie pobudowano Nowe Maniowy. Tam rozgrywały się nieprawdopodobne tragedie. Niektórych mieszkańców przenoszono siłą. Rozpacz ludzi wyrywanych korzeniami z ojcowizny.

– Mocne. Znakomite. Prawdziwy dramat – przyznali po kolei Antonina, Wojtek i Bartek.

– Wojtek przyjechał po mnie i widział, jak to wygląda teraz... – Joanna spojrzała na niego, ale pierwsza wyrwała się Antonina.

– Nowe zawsze walczy ze starym – rzekła filozoficznie.

– Pięknie jest tam teraz, a Joasia ma z okien widok wprost na swoje Morze Czorsztyńskie. Pięknie – zapewnił Wojtek.

– Nie mówię, że nie mam pięknego widoku, ale co mają powiedzieć moi rodzice? Oni wówczas, kiedy zaczęto przenosiny, mieli po dwadzieścia lat.

Zapadło milczenie. Każdy pewnie po swojemu oceniał tamte zdarzenia, zastanawiał się, czy jest związek i jaki między treścią tego filmu a oglądanymi przez dwa dni, antycznymi wykopaliskami. Joanna wyciągnęła jeszcze inny wniosek.

– To co, Wojtek... kiedy wracasz do domu, żeby zacząć realizować swoje marzenia, o których wspomniała Joasia? – spytała nieoczekiwanie Antonina, z pozoru bez związku i z filmem, i z Ostią, i Rzymem.

Nie doczekali się jego odpowiedzi. Wymówił się potrzebą zaczerpnięcia świeżego powietrza.

– Cały on... – skomentował krótko Bartek.

Joanna nie dała tym razem przyjaciołom satysfakcji, żeby mogli się domyślić, jak ona to ocenia. Zachowała bez mała kamienną twarz i nie wykonała żadnego gestu.

Rozdział 21

Mimo dziwnej wieczornej rozmowy kończącej niezwykle wyczerpujący dzień pobytu w Ostii kolejny etap rejsu przebiegł w miłym klimacie. Tym razem jego celem było miasteczko Montalto di Castro, w którym zacumowali na rzece Fiora, tuż przed jej ujściem do morza.

– Niektóre skoki pomiędzy portami zaplanowałem z myślą, że potrzebny będzie czasami wieczorny odpoczynek i praca przy komputerach – powiedział Wojtek, gdy kolejnego dnia wszyscy siedzieli zapatrzeni w swoje ekrany. Oczy przyjaciół powędrowały w górę, ale nikt nie skomentował tych słów, chociaż każde z nich lekko skinęło głową. – Jutro będziemy na Isola del Giglio, przeskok prawie dokładnie w kierunku zachodnim. Ponieważ wiatry mają skręcać z południowych na południowo-zachodnie, czeka nas szybki, prawdziwie regatowy przelot. Możemy też popędzić bardziej na północ, aż pod Porto Ercole, a potem skręcić z powrotem na południe, żeby trochę pobawić się w halsowanie. Jak chcecie? – rzucił i spojrzał pytająco wokół stołu.

– A czy tutaj w pobliżu niczego ciekawego nie ma? – spytała Joanna.

– Szczerze? – Wojtek spojrzał na nią, wzruszył ramionami i rozłożył jeszcze ramiona. – Kiedy planowałem rejs, nie wiedziałem, że popłynie z nami ktoś o takim zacięciu historycznym... – Wojtka wyszczerzenie się po tych słowach było umiarkowane.

Joanna i Antonina zmierzyły się wzrokiem.

– Czy mogę chwilę zastanowić się i pogrzebać w kompie? – spytała Joanna.

– Jasne! Lepiej dzisiaj, niż gdybyś powiedziała cokolwiek jutro o świcie.

Joanna pochyliła się nad laptopem. Wszyscy pozostali też wrócili do swoich zajęć.

– Coś znalazłam... – odezwała się po kilku minutach – i to jest frapujące, ale dzieli nas od tego miejsca kilkanaście kilometrów drogami. Może byłaby szansa wynająć kogoś miejscowego z samochodem?

– A cóż to takiego? – spytał Wojtek. Bartek i Antonina podnieśli głowy.

– Chodzi o historię Etrusków – rzuciła Joanna. – Nad tą rzeką, jak wspomniałam, kilkanaście kilometrów stąd, leży Castello dell'Abbadia, miejsce, w którym przechowały się ślady plemienia Vulci, jednego z dwunastu ludów etruskich. Jest tam wielki zamek, a w nim muzeum, gdzie można obejrzeć ślady cywilizacji etruskiej, piękny kamienny most czy funkcjonujący jeszcze fragment starego akweduktu. Czuję, że to jest coś, co by mi się spodobało – zakończyła z tajemniczą miną.

– Wciągnęłam się... – odezwała się Antonina, obserwując uważnie mimikę przyjaciółki. – Ale wydaje mi się, że coś jeszcze cię zainteresowało. Przyznaj się.

– Mam przyjaciela, Stefana z Krościenka. Wspominałam kiedyś o nim krótko. Powiedział mi, gdy rozmawialiśmy o dawnej Europie, że przykładowo Etruskowie, tajemniczy lud, nie przybył do północnej Italii nie wiadomo skąd, a z północno-wschodniej Europy, z terenów słowiańskich.

– Co?! – Wojtek aż podskoczył. – To chyba niedorzeczne.

– To jest tak. Jeśli my tak sobie tylko luźno gadamy o tym przy szklaneczce wina, to takie określenie jak twoje, czyli „niedorzeczne", jest do przyjęcia – rzekła Joanna i pomogła sobie gestem palcami.

– Joasiu, nie bierz tego do siebie!

– Jasne, że nie. – Potrząsnęła głową. – Gmerałam tutaj... – wskazała na komputer – ...i znalazłam informację, że już w połowie dziewiętnastego wieku powstało dzieło archeologa i podróżnika, opisującego rysunki artefaktów etruskich. Ponoć wcześniej i dzisiaj, jak podaje Wikipedia, napisy na tych artefaktach są w jakimś niemożliwym do odczytania języku. A tamten człowiek stwierdził, że alfabet etruski jest bardzo podobny do cyrylicy. Rozszyfrował wiele tekstów, a wśród nich na przykład słowiańsko brzmiące słowa, hasła: „Dzwieri nie otwieri", taki napis znalazł na starożytnej bramie, albo „Ubiju etu hydru" na zbroi wojownika. I co wy na to?

– Jestem sceptyczny. – Wzruszył ramionami Wojtek.

– Mnie wydaje się to ciekawe i chętnie bym przeczytała tę książkę – oświadczyła Antonina.

– Ja pewnie też – dodał Bartek.

– A wiesz, kto jest autorem tej książki? – spytała Antonina.

– W kontekście tekstów etruskich usłyszałam kiedyś pewne nazwisko od Stefana, a teraz przeczytałam, że autorem książki jest Polak, Tadeusz Wolański. Według mnie chodzi o tę samą osobę.

– Co ty mówisz?! – zdziwiła się Antonina.

– Książka ponoć jest zakazana, ale to może tylko takie gadanie. Nigdy jej nie szukałam, więc nie wiem. Też bym

ją przeczytała, zwłaszcza że przecież nie takie pisma od-
czytywano, a etruskiego niby się nie da? – rzekła z powąt-
piewaniem Joanna. – Dałoby się, kapitanie, wpisać jakoś
tę wycieczkę w program rejsu? – Joanna wyszczerzyła się,
czym wzbudziła uśmiech Wojtka.

– A kto chce tam pojechać? – spytał.

Ręce Joanny, Antoniny i Bartka powędrowały w górę.

– No to, Bartku, jesteś szefem wycieczki i na dwunastą meldujecie się z powrotem na burcie. Ktoś musi zostać
i tym kimś będę ja. Spokojnie sobie w tym czasie pokom-
ponuję.

– W takim razie może jeszcze kogoś tutaj gdzieś znajdę...
– Bartek poderwał się, ruszając w kierunku schodów –
...żeby przemieścić się tam i z powrotem.

Przed ósmą następnego dnia pojechali do Castello
dell'Abbadia dzięki młodzieńcowi, właścicielowi starego
fiata, z którym jeszcze wczoraj wieczorem skontaktował
Bartka pracownik tutejszej przystani. Cała trójka była
pod wrażeniem etruskich pozostałości: zamku i mostu.
W zamkowym muzeum obejrzeli bogatą kolekcję zna-
lezisk. Chłopak zawiózł ich jeszcze do Vulci, pobliskiej
miejscowości, w której odkryto resztki zamożnego niegdyś
miasta etruskiego o takiej samej jak dzisiaj nazwie. Fragmenty murów miejskich, trzech bram, dużego kompleksu
mieszkalnego, fundamenty łuku triumfalnego świątyni,
wszystko to znowu wywarło na Joannie wielkie wrażenie.
Udało im się kupić foldery zawierające informacje o Etru-
skach, dawnym mieście Vulci, plemieniu o takiej samej
nazwie i tutejszych wykopaliskach. Szczególnie ciekawą
informacją było pokazanie w folderze zdjęć i opisu odna-
lezionego niedawno grobu etruskiej księżniczki, pełnego
skarbów z około VIII wieku przed naszą erą. Była tam

biżuteria oraz złote skarabeusze. Zasoby filmowe i fotograficzne Joanny powiększyły się znowu.

– Dziękuję ci, Wojtku.

Pocałowała go w policzek, gdy wraz z Antoniną i Bartkiem zameldowali się na burcie kwadrans przed czasem.

Późnym popołudniem dopłynęli do Isola del Giglio. Już w trakcie podchodzenia do uroczej mariny Giglia Porto zrobiło się nieoczekiwanie chłodno. Joanna wpatrywała się w zamek wznoszący się na szczycie wzgórza, będącego najwyższym punktem wyspy. Przed wyjściem na kolację postanowiła włożyć stanik i sweter. Jakież było jej zdziwienie, kiedy stanik z trudnością się dopiął, ja dziękuję! Hormony już buzują. To aż tak będzie? No, muszę się pilnować, by nie wypatrzyła tego Antonina. Myślała, że będzie także problem z wciśnięciem się w dżinsy, ale nie było tak źle. Co prawda z zapięciem guzika miała pewne trudności, ale zrzuciła to na karb chodzenia przez cały czas w szortach z gumką.

Przy kolacji Wojtek opowiedział historię katastrofy statku wycieczkowego „Costa Concordia" z trzynastego stycznia 2012 roku.

– Statek płynął z Civitavecchia do Savony. Ponad cztery tysiące osób na pokładzie. Dowodzący statkiem kapitan Francesco Schettino miał kaprys pokazać wyspę z bliska swoim znajomym, a zwłaszcza przyjaciółce. Źle prowadząc nawigację, uderzył w podwodne skały niewielkiej wysepki Le Scole, którą mijaliśmy przed wejściem do mariny. Uciekł jako jeden z pierwszych z miejsca katastrofy.

– Pamiętam sprawę. Telewizja grzała temat przez wiele dni – wtrącił Bartek.

– Sporo ludzi tam zginęło, prawda? – zainteresowała się Joanna.

– Chyba ponad trzydzieści, a rannych było dwa razy tyle. Popełniono wiele błędów w ewakuacji, chociaż wpływ na to miało mocne przechylenie się statku i szybkie nabieranie wody. W końcu następnego roku wrak podniesiono, a po kolejnym roku zaczęto go demontować. Tak się dzieje, gdy statkiem dowodzi pacan! – Wojtek wyszczerzył się.

Następnego dnia zrobiło się znów ciepło i Joanna mogła wrócić do swojego normalnego stroju: kostiumu kąpielowego, cienkiej bluzeczki i szortów. Odetchnęła głęboko. Za kilka euro dostali się autobusem do pamiętającej wczesne średniowiecze wioski Giglio, na szczyt wzgórza. Tu jakby czas się zatrzymał. Centralnym punktem wsi był zamek, który zaczął powstawać już w XII wieku. Wcześniej przeczytała, że należał do wielkich książąt Toskanii. No tak, przecież ta wyspa leży już na terenie tego regionu. Ogarnęła wzrokiem z wyniosłego zamku olbrzymie mury otaczające wieś, wśród których stały trzy wieże o okrągłej podstawie i siedem o prostokątnej. Zwiedzała z zainteresowaniem zamek i stare piwnice wioski, gdzie produkuje się wina. Potem uroczy spacer wąskimi uliczkami połączony z modlitwą w kościele pod wezwaniem Świętego Piotra, posiadającym ciekawy wystrój i wiele relikwii. W małej knajpce wypili wreszcie kawę, a drogę powrotną do portu pokonali pieszo. I znowu, jak w poprzednich dniach, aparat fotograficzny i kamera były nieustannie w użyciu.

Od późnego popołudnia Joanna zajęła się pracą nad zaległymi programami, które miały być o Ostii i Rzymie, ale po głowie zaczęło jej uparcie chodzić, że sytuacja powoli nabrzmiewa do tego, by zastanowić się nad powrotem do domu. I to nie takim, że będą ją żegnały fanfary i dywany, a raczej pod osłoną nocy, ciemności, na pewno zaś w tajemnicy przed wszystkimi. Rozbawiła ją nieco ta myśl.

Rozejrzała się ukradkiem wokół stołu, gdzie znowu siedziało ich troje przy komputerach ze słuchawkami na uszach, a Antonina – jak zwykle przyklejona do pleców

Bartka – przewracała kartki jakiejś książki. Joanna zauważyła, że był to nadal album poświęcony katedrze w Santiago de Compostela. Dobrze, że chociaż słuchawkami mogę się odizolować i pomyśleć o sobie, swoich sprawach. Wczoraj stanik! Kurczę! Nie myślałam, że to tak szybko pójdzie. Trzeba będzie wkrótce ubierać się ciut cieplej, bo zbliża się pora chłodów, nawet nad Morzem Śródziemnym. Nie! To jest przecież Morze Tyrreńskie i tę nazwę nosi dzięki Tyrrenom, czyli Etruskom, jak ich kiedyś nazywali Grecy. I teraz oni, w przedziwny sposób, mają coś wspólnego i z moimi piersiami, i stanikiem, bo może pochodzą z rodziny Słowian. Znowu uśmiechnęła się do swoich myśli. Ależ ja jestem zakręcona.

Zerknęła wokół. Tym razem napotkała wzrok Antoniny. Dostrzegła, że jej usta poruszają się. O coś pewnie mnie pyta, ale ja nie dosłyszałam, bo mam włączoną muzykę. Odsunęła nieco słuchawki.

– Nie słyszałam, przepraszam – powiedziała, dotykając palcem słuchawek.

– Pytałam, co się tak kielczysz? – powtórzyła więc Antonina po poznańsku.

– Przypomniałam sobie, że kobiety etruskie były dosyć rozwiązłe. Pamiętasz naszą rozmowę, co? – Teraz uśmiechnęła się świadomie.

– I tak o tym sobie rozmyślałaś?

– Nie cały czas, ale o tym także – skłamała nieco. – Dzisiaj o tym nie myślałam, ale jeszcze wczoraj, a nie, przedwczoraj, nawet sporo. Bo jeśli Stefan ma rację... – wróciła do tematu – ...no wiesz, ten mój pracodawca i przyjaciel krościeński, to ja jestem nieodrodną spadkobierczynią ich cech – mrugnęła.

Antoninę złapała głupawka. Odrzuciła album i zaczęła się przeraźliwie śmiać. Joanna szybko przyłączyła się do niej.

Messa drżała od ich śmiechu. Wojtek i Bartek zdjęli słuchawki i wpatrywali się w nie zdezorientowanym wzrokiem.

– Mała korekta! – Joanna nie zwracając na nich uwagi, podniosła palec w górę. – Może nie rozwiązłe, ale jeśli brały udział ze swoimi mężczyznami w bankietach czy igrzyskach, obnosiły się ze swoim bogactwem, to niewiele brakowało do potraktowania ich jako rozwiązłych pięknis ze skłonnością do alkoholu. Tak przedstawił je pewien pisarz już w czwartym wieku przed naszą erą, i chyba nazywał się Teopomp.

Znowu zaczęły się frenetycznie zaśmiewać.

– Fajne nazwisko mu wymyśliłaś! – zawołała, wycierając oczy Antonina.

– Nie! To było jego prawdziwe nazwisko, z grecka Theopompus. Dobrze zapamiętałam. – Joanna uniosła palec w górę. – A wiesz, co on jeszcze powiedział? – Antonina pokręciła głową na boki. – Że ich dzieci... nie znały imion ojców!

Antonina teraz tarzała się ze śmiechu na kanapie za plecami Bartka, a on i Wojtek spoglądali po sobie, wykonując jakieś gesty palcami przy głowach.

– Tylko nie to, Bartusiu. – Pacnęła go lekko w plecy Antonina.

– No właśnie! – dodała Joanna, spoglądając krytycznie na Wojtka. – Jedna z ich przedstawicielek, niejaka królowa Tanakwila, która wraz mężem Lucjuszem Tarkwiniuszem Starym rządziła Rzymem...

– Teraz mówisz poważnie? – Antonina przerwała jej i było widać, że znowu jest na progu ataku śmiechu; Joanna skinęła głową.

– ...to słowa pewnego dziewiętnastowiecznego Szwajcara, Bachofena, profesora etnologii i czegoś tam jeszcze, aha! prawa rzymskiego... – dodała Joanna, widząc, ze Antonina zaraz eksploduje – ...i on, powołując się właśnie na przykład tej królowej, wysnuł wniosek, że w Etrurii panował matriarchat. Gdzieś tam jeszcze wydłubał ze starych tekstów greckich, że Etruskowie byli barbarzyńcami, nieszanującymi rodziny i gardzącymi wszelką normą.

Joanna śmiała się teraz razem z Antoniną, czekając, żeby jeszcze coś dodać, lecz ubiegła ją przyjaciółka.

– A ten Szwajcar, sądząc po nazwisku, to chyba taki Niemiec, prawda?

– A dlaczego?

– Bo Niemcy zawsze byli przeciw Słowianom, czyli nam, Polakom.

– Chcesz mi powiedzieć, że byliby także przeciw Etruskom?

Wojtek i Bartek złapali się za głowy.

– Ależ wy jesteście odjechane – udało się wreszcie wydusić Bartkowi. – Sądzicie, że tak wyglądała historia?

– Dać ci jakieś przykłady? – Joanna wycelowała w Bartka palcem.

– Wiesz co, Joaśka? I tacy jak ty powinni być nauczycielami historii. Zdajesz sobie sprawę, że ja nawet na łożu śmierci będę pamiętała o tym, co dzisiaj powiedziałaś? – zadeklarowała Antonina.

– Zrobiłam to celowo, żebyś miała wówczas o czym rozmyślać! – powiedziała chrapliwym głosem Joanna, wysuwając w jej stronę rozczapierzone palce i robiąc straszną minę.

– Czy to był panel dyskusyjny o etruskich kobietach? – odezwał się z przezabawnie wyszczerzonymi zębami Wojtek.

– Jakbyś dobrze pokombinował, to w zasadzie o Słowiankach. – Podniosła palec Joanna.

– I my takie właśnie jesteśmy: rozwiązłe, rozpustne i w zasadzie to powinnyśmy pozostać na Isola Ventotene! – Antonina znowu zaniosła się śmiechem.

– A dlaczego akurat tam? – spytał, mrugając, Bartek.

– Oj, Bartuś. Nie musisz być historykiem, jeśli jesteś...

– Wiem... i dlatego jestem... z tobą – uśmiechnął się od ucha do ucha Bartek.

– No! – Objęła go Antonina – A czy wiesz, że na tę wyspę zostały zesłane: Julia, Agrypina, Oktawia...

– ...i jeszcze Julia Liwilla, najmłodsza siostra Kaliguli, i Flawia Domicylla, krewna cesarza Domicjana, a także Agrypina, siostrzenica cesarza Tyberiusza O nich wtedy zapomniałam ci powiedzieć – dodała na jednym wydechu Joanna.

– Czy tak... choćby w skrócie, możecie nam opowiedzieć, o co chodzi? – spytał Bartek, gdy wreszcie dziewczyny się uspokoiły.

– No właśnie, bo całkiem mnie wybiłyście z rytmu i wszystkie moje pomysły poszły się jeb... – Wojtek zasłonił sobie dłonią usta.

– To chyba jednak, przyjacielu, polejemy, chociaż dzisiaj mieliśmy zrobić sobie odpust... – Bartek zmierzył wzrokiem Wojtka.

– Jak chce ci się pić, to wstań i polej – zgodził się wyszczerzony Wojtek. – Chcecie, dziewczyny? – Joanna i Antonina zgodnie pokręciły przecząco głowami. – To polej po odrobinie tego męskiego. – Wskazał na szafkę z koniakiem.

– Tylko nie po odrobinie! – odrzekł Bartek. – Jeśli już wstałem, to... – nie dokończył, bo Wojtek skinął głową, że ostatecznie też jest na tak.

– Aśka! Ja się bez ciebie tutaj z nimi zanudzę! – Antonina wskazała brodą na Bartka i Wojtka. – Została mi już tylko książka o świętym Jakubie z Composteli!

– Przecież mamy pełno albumów z tych miejsc, które dotąd zwiedziliśmy! A jak ci będzie mało, to kolejne dojdą przecież z Livorno czy z Elby! To już jutro! – odparła

Joanna. – Może tym razem kupimy coś fajnego o Napoleonie albo znowu coś o świętych? – zachichotała.

Antonina pogroziła jej.

Wieczór, zanim powiedzieli sobie dobranoc, zakończył się więc na śmiechu i seminarium z historii, jak to określiła Antonina.

– Dzisiaj poczekasz na mój enter ty... – Antonina poklepała jeszcze Bartka po torsie, zanim zamknęli za sobą drzwi do kabiny. Zdążyła także mrugnąć przeciągle do Joasi.

Jej z kolei nie przeszkadzało dzisiaj poszukiwanie przez dłonie Wojtka czarodziejskich skarbów na jej ciele. Gęsia skórka długo nie chciała zniknąć. Potem szczęśliwa zasnęła.

Rozdział 22

Elba rosła w oczach. Joanna stanęła za Antoniną i oparła na jej ramieniu brodę.

– Wciąż myślę o naszych wczorajszych śmichach-chichach – powiedziała cicho.

– Było cudownie... i dlaczego dopiero teraz?

– Za to teraz będzie już tak przez cały czas – odparła Joanna, wciąż trzymając brodę na ramieniu przyjaciółki.

– O czym myślisz, bo czuję, że twoje neurony zaiwaniają aż strach? – spytała Antonina.

– Czy wiesz... kiedyś myślałam, że Elba to taka mała wysepka z jedną palmą i małą chatką – powiedziała Joanna. Poczuła, jak Antonina potrząsnęła głową. Stanęła więc obok niej. Popatrzyły po sobie. – Jesteś ciekawa, kiedy to było?

– No dawaj, już mnie nosi! – Antonina zachichotała. – Uważaj tylko... zakręt! – wykrzyknęła i lekko szarpnęła kołem sterowym. Zalękniona Joanna jedną ręką złapała się steru, a drugą jej ramienia.

– Nie strasz mnie! W moim stanie?! – wykrzyknęła Joanna, spoglądając na przyjaciółkę z udawanym przestrachem.

– No... ale... – wyjąkała Antonina i zlustrowała Joannę całkiem poważnym spojrzeniem.

– Tylko ty możesz żartować? – zachichotała Joanna i zmrużyła oczy. Dodatkowo wyszczerzyła się, żeby przyjaciółka miała pewność, że są w konwencji żartu.

– Ależ ty potrafisz zagrać... – Antonina pokręciła głową.

– A ty, kiedy mnie przestraszyłaś?

Zaśmiały się obie.

– No, to już dawaj... o tej palmie. – Mrugnęła po chwili milczenia Antonina. Joanna skinęła głową.

– W czasie kiedy poznałam Napoleona i Elbę na historii, akurat czytałam *Przygody Robinsona Crusoe* i...

– Czytałaś taką chłopczyńską książkę?! – weszła jej w słowo Antonina.

– Niestety... i nawet mi się podobała. – Twarz Joanny sztucznie posmutniała.

– Mnie też – potwierdziła Antonina. – Chyba jesteśmy jakieś *different*, co? – uśmiechnęły się do siebie. – A czytałaś *Anię z Zielonego Wzgórza*?

– Tylko pierwszą część, bo potem obejrzałam film i uznałam, że dalej nie ma sensu.

– O kurczę! Miałam podobnie! – Antonina przyciągnęła Joannę do siebie. – Też trzymaj koło sterowe. Pokierujemy razem – mrugnęła.

– Ale jaja! Musieliby to nasi słyszeć – rzuciła Joanna, wpatrując się w zejściówkę. – Zaraz tu przyjdą.

– To wróć jeszcze na chwilę do tej palmy...

– Żal mi było Napoleona, bo to wiesz, akurat na polaku przerabialiśmy *Pana Tadeusza*, a tam koncert Jankiela odnoszący się do rozbiorów, przywołujący Konstytucję Trzeciego Maja, Targowicę, Moskali i Rzeź Pragi, tułaczki polskich żołnierzy, powstanie Legionów i... coś tam jeszcze. Obiecywałam sobie po Napoleonie sporo i dlatego, jak go swoi marszałkowie, nie mówiąc o obcych, zmusili do abdykacji, to się prawie spłakałam. A kiedy dowiedziałam się na tej samej lekcji, że go zesłali na Elbę, to pomyślałam sobie, że miał pewnie chatkę z liści palmowych, łowił ościeniem ryby, czasami udało mu się wzniecić ogień, jak Robinsonowi Crusoe. Ciężko miał, chociaż z drugiej strony mógł sobie wreszcie odpocząć.

– Tak naprawdę myślałaś?! – Antonina zmierzyła Joannę osłupiałym wzrokiem.

– A kto mi zabronił?! Zawsze miałam bujną wyobraźnię. Nigdy nie dowiedziałam się, jak to naprawdę było z tą Elbą, a teraz się cieszę, bo zobaczę.

– Chcesz tam ganiać za jego śladami? – Antonina wskazała brodą wyspę, na której można już było odróżnić drzewa liściaste od palm.

– A będę tutaj jeszcze kiedyś? Hę?

Antonina roześmiała się w głos.

– Hę... Ty jesteś niesamowita!

– Ja się dopiero rozkręcam!

– No właśnie widzę, że od Osetii zmieniłaś się – uśmiechnęła się Antonina.

– Gdybyś powiedziała, że od Ości, też by mi się podobało.

Złapały się za ręce.

– Dlaczego tak jest, że jak się do kogoś przyzwyczaję, polubię, to to zawsze musi się szybko kończyć? – Na buzi Antoniny pojawiła się podkówka.

– A kto ci powiedział, że cię zostawię?

– No przecież wnet chcesz wysiąść na warunkowym... – Mimo dowcipu podkówka z ust Antoniny nie zniknęła.

– Tośka...

– Jak?!

– No, Tośka. Chyba jasno powiedziałam, co?

– A dlaczego dopiero dzisiaj mi tak powiedziałaś? Ja tak to lubię. – Antonina przewróciła oczami.

– A kto tak ci mówił, mówi?

– Babcia. Uwielbiam!

– Będziesz w takim razie dla mnie też Tośką. Chciałaś, to masz.

– A może ty chcesz z kolei zostać... Aśką?

– Może być, będzie krócej i zawsze szybciej dojdziemy do sedna. – Joanna trąciła Antoninę łokciem, ta jej oddała, a po chwili obie jednocześnie się stuknęły. Parsknęły śmiechem.

– A co tu się dzieje?! – zawołał Wojtek, wychodząc na pokład; za nim tarabanił się Bartek. – We dwie sterujecie?! – zdziwił się, widząc cztery ręce na kole sterowym.

– My kierujemy, a nie sterujemy, bo dzisiaj jest bardzo trudne podejście do wyspy... ze względów politycznych, historycznych i różnych innych – odparła z poważną miną Antonina.

– O czym ty mówisz, dziewczyno?!

– Po prostu był taki czas w historii, że niektórzy myśleli, iż na Elbie rośnie jedna palma i stoi tylko szałas z liści palmowych. Dobrze powiedziałam? – spytała ciszej Joannę.

– Bardzo dobrze powiedziałaś – odparła cichutko Joanna.

– Co wy tam sobie szepczecie? – spytał Bartek.

– Najpierw odpowiedzcie mnie. – Wojtek podniósł rękę. – O co chodzi z tym szałasem?!

– Dobrze, panowie. Tego nie da się wyjaśnić. – Antonina rozłożyła ręce, puszczając koło sterowe. Joanna uczyniła podobnie. Bartek przestraszony podskoczył do koła i złapał je w locie.

– Na drugi raz tak mi właśnie przekazuj sterowanie. W biegu. – Antonina spojrzała z udawanym wyrzutem na Joannę.

Obie znowu się roześmiały.

– Rozumiesz, kapitanie, co się tu wyprawia? – Bartek odezwał się do Wojtka, który opadł na siedzisko z lewej strony kokpitu i przyglądał się przeciwległemu siedzisku, na którym rozsiadły się Antonina i Joanna.

– Gdyby nie to, że one prawie w ogóle nie piją, pomyślałbym, że akurat dzisiaj piły!

– Ojej. Bo to wielka·sztuka bawić się na trzeźwo? – Machnęła ręką Joanna. – To do której mariny dobijamy? – spytała.

Wojtek i Bartek popatrzyli po sobie i jak na komendę wzruszyli ramionami.

– Zastanawialiśmy się z Bartkiem długo i wybraliśmy Porto Azzuro – odparł po chwili Wojtek.

– Z pewnych ważnych, acz osobistych względów – dodał Bartek.

– Czy gdzie indziej nie ma miejsca? – spytała, przechylając głowę Antonina, obdarzając panów uśmiechem.

– Nie zgadniecie, więc zdradzimy wam, w czym rzecz. Są dwie sprawy – powiedział Wojtek. – O pierwszej z nich ja powiem. – Pokazał jeden palec. – Szukaliśmy jak najprostszego sposobu, a dokładniej jak najkrótszej trasy, by jak najszybciej znaleźć się w którejś z tutejszych marin, i stąd nasz wybór. Zaraz wpłyniemy w głąb tej zatoczki, gdzie na samym jej końcu jest Porto Azzuro.

– Druga sprawa... – teraz Bartek pokazał palec – poszukując ciekawostek o Elbie, znalazłem kapitalną informację, że koniecznie trzeba spróbować tutejszego... beczkowego piwa, *Birra dell'Elba* – uśmiechnął się, a Wojtek lekko się wyszczerzył – więc z rozpędu wyszukałem adres najbliższej knajpki, gdzie je serwują, i ona jest akurat w Porto Azzuro. Tak się we dwóch nakręciliśmy, że chcemy dzisiaj zrobić sobie męski piwny wieczór. Co wy na to?

Obaj spoglądali na dziewczyny, a te po chwili wpatrzyły się w swoje twarze. Uśmiechnęły się. Najpierw jedna, a potem druga skinęły uprzejmie głowami.

– Jeśli tak się za sobą stęskniliście… – zaczęła Antonina i rozłożyła ręce, robiąc przy tym zabawną minę. – Tylko wówczas śpisz w kabinie na dziobie – dokończyła i wskazała palcem w jego kierunku.

– No cóż – rozłożyła ręce Joanna – przyłączam się do przedmówczyni. – I też wyciągnęła palec, wskazując nim na dziób.

Obie się roześmiały.

– Mówiłem ci, że nie będą miały nic przeciw – rzekł Bartek, spoglądając na Wojtka.

Wkrótce po zacumowaniu w marinie zadowoleni panowie opuścili jacht. Joanna i Antonina odprowadzały ich wzrokiem.

– Skoro tak, to może my dzisiaj przygotujemy wycieczkę, na którą wypuścimy się jutro same? – spytała Antonina.

– Jestem za. Mam nadzieję, że nie będziesz miała nic przeciwko odwiedzeniu miejsc związanych z Napoleonem, co? – dopytała Joanna.

– Nic a nic.

Przez godzinę buszowały w internecie, dyskutując na bieżąco o znalezionych ciekawostkach, potem sporządziły listę miejsc wartych odwiedzenia, a na koniec spojrzały po sobie zadowolone.

– I to mi się podoba! – rzuciła zadowolona Joanna.

– A jeśli czegoś z tej listy nie zdążymy jutro zobaczyć, to mamy jeszcze jeden dzień – skwitowała Antonina. – Zjemy tutaj? – Wskazała na kuchnię. – Czy gdzieś pójdziemy?

– Musimy nabrać sił przed jutrzejszą eskapadą, więc możemy dzisiaj zjeść w domu. – Joanna poklepała stół, przy którym pracowały. Uśmiechnęły się do siebie.

Szybko ustaliły menu uczty, jak nazwały swój posiłek, i zgodnie zabrały się do roboty. Na stole lądowały wyciągnięte z lodówki pomidorki koktajlowe, papryka, sałata, słoik z krewetkami, oliwki czarne i zielone z migdałem, ser feta, grzanki.

– Czy wiesz, Aśka, że od parunastu lat z nikim mi się tak dobrze nie rozmawiało? – Antonina na moment przerwała krojenie pomidorów i papryki i spojrzała prosto w oczy Joanny. Ta przysiadła po drugiej stronie stołu; patrzyły na siebie w milczeniu.

– Od czasu ukończenia studiów mam w zasadzie tak samo, a na studiach? Też nie miałam przyjaciółek. Ostatnią w klasie maturalnej, ale ona wyszła za mąż i wyjechała do Stanów. – Joanna wzruszyła ramionami. – Mam wrażenie, Tosiu, że my nadajemy na tych samych częstotliwościach.

– Człowiek czasami potrzebuje porozmawiać z kimś od serca. Powiedzieć, o czym rozmyśla, co go gnębi, poradzić się.

– Masz rację i myślę, że jestem w stanie ci zaufać – powiedziała poważnym tonem Joanna, a po chwili uśmiechnęła się.

– Mam ochotę ci zdradzić, że będąc w Fatimie i dziękując Maryi za Czarka, coś sobie obiecałam... – zaczęła cicho Antonina.

– Naprawdę chcesz mi powierzyć swoją tajemnicę? – zdziwiła się mimo wszystko Joanna.

– Jestem jedynaczką, nie mam w Gdyni innej rodziny, a przyjaciółki innej niż ty też nie mam. – Pokręciła głową. – Tego na razie nie mogę powiedzieć nawet Bartkowi, bo dla niego nie ma żadnej tajemnicy – uśmiechnęła się, kręcąc głową. – Jest najukochańszym moim mężczyzną, ale on i tajemnica to... jakaś abstrakcja, sprzeczność.

– Jeśli to ci pomoże, Tosiu, to mów. Ja mam z kolei braci, a chociaż rodzina jest duża, to żadnej z kuzynek też bym niczego osobistego nie opowiedziała. Na razie... Może kiedyś?

Wpatrywały się w siebie uważnie.

– Postanowiłam, że powinniśmy z Bartkiem wziąć ślub – powiedziała cicho Antonina. Jej głowa wcisnęła się lekko w ramiona, jakby zawstydziła się własnych słów. Twarz Joanny z każdą chwilą stawała się coraz bardziej radosna.

– Tosiu! To jest przecież cudowna wiadomość! – Wyciągnęła ręce nad stół. Przyjaciółka podała jej swoje dłonie; ich oczy błyszczały. – Tylko... co to znaczy, postanowiłam... A Bartek...?

– Po pierwsze, nie wiem, jak on się do tego odniesie, a po drugie, nie chciałabym, żeby wszyscy natychmiast się o tym dowiedzieli.

– Ale przecież tylko wy będziecie o tym wiedzieli.

– Bartek natychmiast wszystkim wychlapie, a to nie byłaby najlepsza rzecz. Taka jego uroda – westchnęła Antonina. – Jeśli chcę, żeby wszyscy o wszystkim szybko się dowiedzieli, zawsze mówię jemu i nic więcej nie muszę robić. Czasami jest to wygodne. – Tosia uśmiechnęła się blado. – Ale tym razem nie chcę pytań czy komentarzy, zanim nie wrócimy w grudniu do Gdyni.

– To masz problem. Podwójny problem... ale to wszystko jakoś się ułoży. Ważne, że chcesz uczynić ten krok.

– Dobrze czuć twoje wsparcie. Dziękuję ci.

– Cóż ja. A gdybyśmy się nie znały?

– Ale się znamy! Nie mam zupełnie pojęcia, jak się do tego zabrać. – Antonina wzruszyła ramionami. – Wiem tylko jedno i to ci teraz powiem. Będziesz moim świadkiem na ślubie!

– Ja?! – Joanna zrobiła oczy, ale ponieważ Tosia z radością w oczach kilka razy mocno skinęła głową, zawołała: – Dziękuję! To dla mnie będzie zaszczyt! Jeszcze nigdy nie byłam świadkową! – uśmiechnęła się czarownie. – A czy Bartek może być przeciwny ślubowi? – spytała po chwili, marszcząc czoło.

– Sądzę, że nie, bo w Fatimie powiedział mi, że nigdy mnie nie opuści. – Oczy Antosi znowu rozbłysły.

– Teraz musisz tylko zdecydować, kiedy i jak mu to powiedzieć. Mogę ci pomóc zastanowić się nad tą sprawą. Jak przyjdzie mi do głowy jakiś pomysł, to ci o nim powiem. Może być? – Joanna uścisnęła ręce Tosi.

– Będę czekała – odparła Antonina. – Tylko Wojtkowi...

– Nic się nie bój. Jemu na pewno nie powiem – przyrzekła Joanna zdecydowanie. – To co robimy dalej? Możemy rozmawiać w trakcie pracy, dobrze?

– No jasne! – rozpromieniła się Antonina.

Przez chwilę milczały. Słychać było tylko stukot noży o deski, a potem brzęk talerzy, które Joanna wyciągnęła na stół. Umyła sałatę i limonki. Czuła przez cały czas na sobie wzrok Antoniny. Usiadła po drugiej stronie stołu, przy drugiej desce.

– Mam jeszcze jeden i to poważniejszy problem – odezwała się nagle Antonina i przestała kroić paprykę.

– Cóż cię jeszcze gnębi, bo po oczach poznaję, że to jakaś poważna sprawa?

– Jestem... w ciąży – wyszeptała Antonina.

Na twarzy Joanny najpierw pojawiło się zaskoczenie, które wkrótce zamieniło się w niedowierzanie.

– A od kiedy o tym wiesz?

– No jak to, od kiedy? Od samego początku! Kobieta zawsze wie. – Antonina uśmiechnęła się. – Musieliśmy je począć w Barcelonie, po wizytach w Fatimie i Santiago de Composteli, coś wyczuwałam, ale żeby być absolutnie pewną, zrobiłam sobie w Palermo, kiedy czekaliśmy na ciebie, test ciążowy.

Teraz na twarzy Joanny pojawiła się euforia.

– Gratuluję! – wrzasnęła. – Cóż to za wspaniała wiadomość! No, to masz Bartka w garści! – dodała głośno i machnęła dłonią. Teraz zdziwioną minę zrobiła z kolei Antonina.

– Nie o takie trzymanie w garści mi chodzi, tylko że zgodzi się na ślub bez wahania!

– Mówisz?

– Bartek?! Poznałam go dostatecznie, by być pewną, że cię ozłoci i zgodzi się na wszystko. Cokolwiek byś teraz wymyśliła, masz to natychmiast.

– Dobrze, że ci o tym powiedziałam. Przytulmy się – poprosiła Antonina.

Wstały od stołu i objęły się. Trwały tak kilka długich chwil.

– No, róbmy dalej, bo nas noc zastanie, a mnie już kiszki marsza grają – rzekła Joanna, raz jeszcze uścisnęła Antoninę i usiadła przy stole.

Zajęła się wykładaniem miski sałatą, wrzucaniem tam kosteczek fety, wyławianiem oliwek i krewetek ze słoiczków. Antonina teraz kroiła pomidorki koktajlowe i raz po raz zerkała na przyjaciółkę. Zauważyła, że wyraz jej twarzy stopniowo się zmieniał, aż stał się całkiem poważny. Wreszcie Joanna przerwała krojenie i odłożyła nóż.

– No, to teraz obie mamy problem – powiedziała, wpatrując się w twarz Antoniny.

– Nie dochowasz tajemnicy? – zaniepokoiła się Antosia.

– Dochowam, oczywiście. O to nie musisz się kłopotać, ale jest jeszcze coś znacznie gorszego!

– Gorszego? A cóż może być gorszego od mojej ciąży? To znaczy, wiesz, rozumiesz... – Antonina wpatrywała się w Joannę, która zaczęła kiwać wolno głową.

– Moja ciąża – powiedziała cicho Joanna.

Na twarzy Antosi pojawiło się zaskoczenie, które po chwili zmieniło się niedowierzanie, aż wreszcie radość rozpromieniła ją całą.

– Hura! Hura! Gratuluję, Joasiu! No, nie wierzę! – Zerwała się i wyciągnęła przyjaciółkę zza stołu. Znowu mocno się objęły. – Cały czas myślałam, że to projekcja mojej ciąży u ciebie! – Pokręciła głową. – Nie możemy się denerwować ani przemęczać, Asiu. Siadajmy.

Siedziały po dwóch stronach stołu i wpatrywały się w siebie, mając radość w oczach.

– Musimy się oszczędzać, nie kąpać zbyt forsownie ani nie wykonywać innych ciężkich prac – zastrzegła Joanna.

– Ale zdradź mi jeszcze, dlaczego nie wyjawiłaś mi prawdy wówczas, na Isola Ventotene, tylko kręciłaś?

– Bo jeszcze nie byłyśmy takimi przyjaciółkami, co to są w stanie powiedzieć sobie wszystko, nawet największą tajemnicę. – Joanna zmarszczyła nos i śmiesznie wciągnęła głowę w ramiona.

– Ty cwana góralko! – Antonina pogroziła palcem. – Ale tak naprawdę, masz rację. Przyjaciółkami jesteśmy dopiero od wczoraj, tak mi się wydaje... – Antonina mrugnęła.

– Od wczoraj, chociaż dopiero dzisiaj wyznałyśmy to sobie głośno – potwierdziła Joanna.

– To dlatego jesteś tutaj turystką! – zawołała Antonina.

– Od teraz będziemy już jechać na jednym wózku! – stwierdziła Joanna. – Ale w tym wszystkim jest jeszcze jeden problem.

– Jaki masz jeszcze problem?!

– Ja wkrótce wysiadam, na warunkowym. – Rozłożyła ręce Joanna.

– Warunkowym...? Aha, wiem, na Sardynii – przypomniała sobie Antonina. Joanna potwierdziła skinieniem głowy.

– A ty, jak to dalej wytrzymasz? – spytała przyjaciółkę.

– Ja jestem silna jak koń! – wykrzyknęła Antonina.

– Ho, ho, ho. Nie taki znowu koń. Może i ciebie jest ciut więcej, bo jesteś chyba z pięć centymetrów wyższa...

– Mam trochę większe boczki – zaśmiała się Antonina, klepiąc po biodrze – i ciut większe muskuły. – Naprężyła biceps.

– Okej, Tosiu, ale w grudniu będziesz już w piątym miesiącu ciąży, przed wami sztormy na Biskajach czy na późniejszych etapach, nie mówiąc o Bałtyku, a to nie w kij dmuchał. Nie, nie, nie.

– Jeszcze coś zdążymy wymyślić, kiedy powiem Bartkowi. Może chłopcy ściągną kogoś dodatkowego do składu załogi od Gibraltaru, a ja stamtąd wrócę do kraju?

– To jest myśl, ale ja do Sardynii czy Korsyki na pewno nie wytrzymam.

– To kiedy w takim razie chcesz wysiąść? – spytała Antonina i w tym momencie jakby się zawahała. – Zaraz, zaraz... – wpatrzyła się mocno w Joannę i pochwyciła jej rękę poprzez stół – ...nie powiedziałaś mi, przyjaciółko, najważniejszego! Czy ja znam ojca twojego przyszłego dziecka?

– Jeśli ci powiem, że to Wojtek, to już go będziesz znała – zachichotała Joanna.

– Masz szczęście, że to on, bo już myślałam, że trzeba cię będzie odwieźć na Isola Ventotene! – zawołała Antonina i poczęła się zaraźliwie śmiać.

Twarz Joanny podczas śmiechu przyjaciółki spoważniała. Antonina na ten widok wyciszyła się nagle. Jej oczy stały się ogromne.

– Chyba nie chcesz mi powiedzieć, że on o tym nic nie wie, co?! – rzuciła pytająco.

– Nie wie i nie może się dowiedzieć – wyznała cicho, ale zdecydowanym tonem Joanna.

– Czyś ty zgłupiała?!

– Nie. On musi najpierw dojrzeć. Dowie się, ale dopiero po zakończeniu rejsu.

– Ale dlaczego?!

– Przecież wiesz, że on ma fisia na punkcie swojej WOL-
NOŚCI! – zaakcentowała to słowo mocno Joanna. – Nie
chcę czynić go nieszczęśliwym, odebrać mu jej. Musi natomiast zdjąć krótkie spodenki i zacząć myśleć o innych.

– Przecież tak nie można! To myśmy z Bartkiem specjalnie jeździli gdzie się da, do różnych specjalistów, pro-
sili Boga i Maryję o to, a ty co? A on co?! Czy wy oboje
jesteście dziećmi?

– Tosiu. Chciałam z nim zrobić to, co zrobiłam, na złość
poprzedniemu i sobie też, niczego nie żałuję, choć Bóg
mi świadkiem... – podniosła dłoń – ...że zajścia w ciążę nie
planowałam! Może jestem głupia, ale nie perfidna! Czy wiesz,
że nawet ojcu zdradziłam, że z nim spałam?!

– Ojcu?!

– To było wtedy, gdy odleciał, wiesz... – Joanna prze-
chyliła głowę na bok, przymknęła oczy i pokręciła palcem
w powietrzu. – Wyspowiadałam mu się ze wszystkiego,
jak Babinicz królowi, przeprosiłam za przewiny, wyszep-
tałam mu to wszystko do ucha, a potem okazało się, że
on... wszystko usłyszał i zarejestrował.

– To jest niesamowite – wyszeptała Antonina i przyłożyła dłonie do policzków.

– Sama więc widzisz, że nie mogę zrobić czegoś na łapu-
-capu, popełnić błędu, urazić go, przestraszyć, sama nie
wiem.

– Ty sama za niego o wszystkim myślisz, a on tylko:
WOLNOŚĆ i żagle? To niesprawiedliwe! – Antonina ude-
rzyła pięścią w stół.

– A teraz mam coś jeszcze gorszego, bo sama widzisz,
jak on się zachowuje z tą swoją muzyką. Ja mu już mówiłam, Bartek także, ty wspominałaś, a on się zaparł. Czy
wiesz, jak by to teraz wyglądało, gdybym mu powiedziała
o ciąży? Nie znam go od tej strony, ty też go na pewno

nie znasz na tyle, żeby przewidzieć, jak się zachowa. Muszę więc wyjechać wcześniej niż z Korsyki, żeby nie eskalować tej ciągłej różnicy zdań. Nie chcę się denerwować. Nie wolno mi. – Objęła się ramionami. – Zrobiłam akurat przed wyjazdem tutaj pierwsze USG i wszystko wskazuje na to, że będę miała dziewczynkę, ale dopiero po następnym badaniu, w końcu listopada czy w grudniu, zostanie to potwierdzone na sto procent. – Joanna uśmiechnęła się.

– Biednaś ty, Joasiu. Moje problemy przy twoich to pikuś. – Machnęła dłonią Antonina.

– Ale ja naprawdę jestem szczęśliwa! – Joanna przewróciła oczami. – Zdecydowałam o wszystkim sama... – wskazała na siebie palcem – ...dwudziestego siódmego czerwca u niego na Falistej. Było pięknie.

– Ej, ty masz gęsią skórkę! – wykrzyknęła zdziwiona i roześmiana Antonina.

– I zawsze ją mam, kiedy tylko o nim pomyślę czy przypadkiem się dotkniemy.

– Coś takiego!

– No! On ma tak samo. Biologia, chemia, metafizyka, bo ja wiem?!

Joanna pogłaskała kilka razy prawą dłonią po przedramieniu lewej, próbując uspokoić i wygładzić swoją skórę porośniętą drobnymi włoskami. Wpatrywała się w nią z uśmiechem.

– Wiesz co, Tosiu? – spytała po chwili, zaglądając przyjaciółce w twarz z przechyloną głową i zmrużonymi oczami. – Jestem twardą góralką, ale nie lubię być głodna, bo wówczas robię się zła. – Pokręciła głową i zrobiła teatralnie groźną minę. – Dokończmy więc przygotowywać sobie jedzenie, porozmawiajmy potem przy nim o czymś innym, a jutro, podczas wycieczki, pomyślimy ze spokojną głową o tym, co dalej.

– Podziwiam cię. Ja bym tak nie potrafiła. Musiałabym wszystko od razu wyjaśnić do końca. Nawet o pustym żołądku. A ty masz jeszcze siłę myśleć o wycieczce?!

– To jest moja podróż życia. – Joanna zatoczyła ramieniem krąg. – Muszę podczas niej skorzystać, ile się da. Chcę mieć na przyszłe lata piękne wspomnienia. Tak postanowiłam i koniec. *Finiscilo! Basta! Abbastanza di quello! Abbastanza per ora*! – wykrzyczała po włosku i roześmiała się w głos. – Kocham Wojtka, on mnie też kocha i nie chcę jakimś nierozważnym krokiem zepsuć tego. Nawet... – podniosła palec – ...jeśli będę musiała zrezygnować z jego muzyki, chociaż na razie nie zamierzam ustąpić, bo wiem, że to ja mam rację – mrugnęła. – Robimy! – zawołała, wskazując na deski oraz miskę i włożone już do niej niektóre składniki sałatki, głównego dania ich dzisiejszej uczty.

Rozdział 23

Kiedy Wojtek i Bartek wrócili na jacht, dziewczyny siedziały w kokpicie, coś sobie opowiadając. Przywitały ich rozbawione, wskazując, jak na komendę, dłońmi na dziób.

– Okej! – rzucił krótko Wojtek.

– Jasne – dodał równie oszczędnie Bartek.

Kiedy dziewczyny zdecydowały się zejść pod pokład, panowała tam absolutna cisza. Drzwi do dziobowej kabiny były uchylone. Zajrzały. Wojtek spał na plecach, a Bartek na prawym boku, ale jego dłoń spoczywała na Wojtkowym torsie. Obie ledwie uchroniły się przed prychnięciem.

– Nieważna płeć, liczy się uczucie! – rzuciła cichutko, krztusząc się ze śmiechu, Antonina.

Wycofały się na palcach.

Rankiem panowie długo parskali jak konie, po kolei, w łazience. Podczas śniadania ich oczy krążyły po Joannie i Antosi, ale one zachowywały się, jakby nic się nie stało.

– Mój Bartuś Zwycięzca! – rzuciła wreszcie Antonina, wpatrując się z radością w swojego mężczyznę.

– Wojciech... – zaczęła Joanna, ale jej głos zawiesił się, podniosła brew – ...Lwie Serce! – dokończyła.

Cała czwórka zaśmiała się w głos.

– My zaraz znikamy – poinformowała Antonina, pokazując palcem na Joannę i siebie. – Tam leży lista, gdzie będziemy, a wrócimy pod wieczór. – Machnęła głową w kierunku końca stołu, gdzie leżała kopia sporządzonej przez nie listy.

– W Italii zawsze panowała demokracja – dodała uśmiechnięta Joanna, kręcąc wokół stołu ramieniem.

Panowie nie byli w stanie wydusić z siebie słowa, tylko ich głowy, jak kiedyś figurki piesków w samochodach, poruszały się nieustannie.

Wkrótce z małymi plecakami, obwieszone sprzętem filmowym i fotograficznym, przyjaciółki skierowały się z mariny w kierunku przystanku autobusowego, o którym wczoraj znalazły informację w przewodniku.

– Czyli tak jak ustaliłyśmy – rzuciła Joanna, gdy się przed nim zatrzymały. – Najpierw jedziemy do Portoferraio.

Antonina skinęła głową, ale po chwili patrząc na przyjaciółkę, rzuciła pytanie:

– Ciekawam, czy domyślą się, po co zostawiłyśmy im tę listę?

Teraz jedynym komentarzem Joanny było lekkie rozkołysanie głowy i wzruszenie ramionami. Zaczynały się doskonale rozumieć bez zbędnych słów. Nadjeżdżał autobus do Portoferraio.

W pół godziny dotarły na miejsce. Wysiadły blisko celu wycieczki, na Piazza della Repubblica. Pierwsze kroki wąskimi uliczkami tej części miasta skierowały w stronę widocznego z daleka Forte Falcone, średniowiecznej twierdzy. Nie weszły do środka, lecz zrobiły z zewnątrz sesję filmową i trochę zdjęć. Nogi same zaniosły je w stronę pobliskiego fortowi budynku o nazwie Palazzina dei Mullini, miejsca, skąd Napoleon zarządzał wyspą.

– Myślałam, że willa w rzeczywistości będzie trochę większa – rzuciła Antonina, spoglądając na szaroblękitną elewację piętrowego kompleksu, z zielonymi drewnianymi okiennicami.

– Ostatecznie to był cesarz po abdykacji i na wygnaniu, więc w pewnym sensie musiał mieć jakąś karę, ale i tak stąd przygotował swój powrót na kontynent – przypomniała Joanna. – Bale, przyjęcia posłów, spotkania z wysyłanymi do kraju i do Europy emisariuszami musiały się gdzieś odbywać. Tam – zatoczyła ramieniem łuk w kierunku miasta – musiał też mieszkać jego kilkusetosobowy dwór i sześciuset żołnierzy Gwardii Cesarskiej, w tym szwadron polskich lansjerów.

– Potem uciekł stąd, ale niestety przeszarżował w czasie słynnych·stu dni, dostał łupnia pod Waterloo, a potem... została mu już tylko Wyspa Świętej Heleny – tym razem odezwała się Antonina. – Bez szans powrotu – uzupełniła, bowiem wczoraj sporo opowiadały sobie o życiu tego władcy. – Gdyby wiedział, że to się tak skończy, może by się stąd nie ruszał? – dodała. – Tym bardziej że bywała u niego na Elbie nasza Walewska... więc atrakcje miał – mrugnęła. – Tyszkiewicz ją grała w filmie, pamiętasz? – zachichotała.

– Nieźle to wszystko zebrałaś do kupy – skomentowała słowa przyjaciółki Joanna.

Bawiły się swoją wiedzą na temat Napoleona i Elby, jakby podzieliły się rolami, a przedstawienie było zagrane dla innych, podobnie jak one zwiedzających obiekt.

– To była wcześniej rezydencja gubernatora wyspy, zresztą Napoleon tę funkcję też pełnił, będąc tutaj – postanowiła dodać jeszcze Joanna.

– Wyczytałam też wczoraj, że o Elbie mówiono już przed wiekami, że jest jedną z pereł naszyjnika Wenus, który wpadł do morza... – tym razem przypomniała sobie inną ciekawostkę Antonina.

Spoglądały na rezydencję, która według opisu w przewodniku składa się z „...dwóch połączonych w całość domów, urządzonych w stylu empire z Salą Balową, Salą Oficerską, Salą Paziów, gabinetem i sypialnią ze wspaniałym łożem. W Villa de Mulini znajduje się także tysiąc pięćset tomów należących do cesarza, oprawionych w czerwoną skórę, na grzbiecie i obwolucie opatrzonych pozłacanym «N» i herbem Napoleona”.

Po obejrzeniu wnętrz rezydencji połączonym z filmowaniem i fotografowaniem wyszły do ogrodu, z którego otwierał się cudowny widok na morze. Obie stanęły jak zaczarowane obrazem, jaki się przed nimi roztaczał.

– *Ogród, wiecznie zielony, pachnie kwiatami, ziołami; znad lazurowego morza wiatr przynosi zapach słonej wody. W ogrodzie pełno mimozy, rozmarynu, akacji, jaśminu oraz najróżniejszych, zawsze zielonych drzew...* – Antonina, która deklamowała z zamkniętymi oczami, zawiesiła głos, otworzyła oczy i spojrzała na przyjaciółkę. – Może coś przekręciłam, ale to też wczoraj przeczytałam w internecie.

– A ja tego nie znalazłam.

– Bo wchodziłam jeszcze na różne włoskie strony i włączyłam tłumacza. Powtórzę raz jeszcze to, co mówiłam wcześniej: Gdyby nie był głupi, toby stąd nie wyjeżdżał.

– Czy ty musisz mojego, prawie, idola tak odbrązawiać?

– Ktoś musiał to wreszcie zrobić. Przez niego wielu Polaków niepotrzebnie zginęło, ale nie chce mi się teraz wyliczać.

– Wiem i nie ukrywam, że trochę prawdy w tym, co powiedziałaś, jest, ale nigdy nie przestanę go darzyć estymą. Kropka.

Spoglądały przez kilka minut w kierunku widocznych stąd starych fortów oraz urokliwej latarni morskiej. Jeszcze jedno ujęcie kamerą, kilka zdjęć i ruszyły z powrotem w kierunku Piazza della Repubblica. Uliczki to pięły się w górę, to opadały w dół. Wreszcie zeszły ze stromych schodów, noszących imię Napoleona, i wkrótce znalazły się na placu. Uwagę Joanny przykuła tablica na ścianie jednego z budynków z napisem Air France.

– Może tam wejdziemy? – rzuciła, wskazując dłonią. – Pamiętasz dlaczego?

– Pamiętam, ale proponuję jednak najpierw przez chwilę schłodzić się w katedrze – odparła Antonina. – Ona jest chyba za tamtymi budynkami. – Wskazała dłonią.

– Aha! – zgodziła się Joanna. – Mamy ją na naszej liście i jak widzę, jest pod wezwaniem Najświętszego Sakramentu – rzuciła, zerkając na listę, którą wczoraj sobie wspólnie przygotowały.

Kilka minut spędziły w skupieniu na modlitwie i podziwianiu wnętrza.

– Pięknie, podniośle, bogato, choć skromnie – powiedziała cicho Antonina, kiedy obeszły wnętrze, filmując je i fotografując.

Niedługo potem wyszły na rozgrzany słońcem plac i bez zbędnych słów skierowały kroki w stronę, jak się za chwilę okazało, jednego z tutejszych punktów informacji turystycznej. Można było zaopatrzyć się w nim w foldery o cudach natury Elby, zabytkach i obiektach turystycznych, wypić coś chłodnego oraz zasięgnąć informacji o wylotach samolotów z wyspy. Za niewielką ladą, na której widniał napis Air France, siedziała młoda dziewczyna o urodzie nieco różnej od Włoszek. Po krótkiej rozmowie zaczęły sobie mówić po imieniu. Okazało się niebawem, że Claudia jest Francuzką i pochodzi z Korsyki.

– To tak jak Napoleon – rzuciła z uśmiechem Antonina. – Moja przyjaciółka jest jego fanką. – Wskazała na Joannę.

– Poważnie?! – zdziwiła się Claudia. – Na Korsyce wszyscy go kochamy! Usiądźcie, poczęstuję was wodą. Porozmawiamy. – Zaprosiła je gestem. – Jeszcze we wrześniu czasami trudno tutaj wejść, ale październik to już dla mnie czas odpoczynku – uśmiechnęła się.

– A dlaczego pracujesz na włoskiej wyspie? – spytała Joanna; dziewczyna rozejrzała się wokół, chociaż oprócz Joanny i Antosi żadnych innych klientów wewnątrz nie było.

– Jestem tutaj na zesłaniu, jak cesarz – rzuciła z poważną miną, ale zaraz jej twarz rozjaśniła się uśmiechem. – Tyle tylko, że ja zesłałam się sama, bo wiem, że rodzina tutaj nie będzie mnie szukać.

– Co ty opowiadasz?! – Antoninę prawie zatkało.

– Wiecie co? Może najpierw wy mi powiedzcie, czego szukacie, czego potrzebujecie... – Claudia skierowała rękę w kierunku regałów pełnych folderów, pocztówek, po czym przeniosła ją na lodówki z wodami – ...a potem ja wam opowiem, o ile jeszcze będziecie zainteresowane, jak to było ze mną.

– Nad sklepem wisi tablica z napisem Air France, stąd mam pytanie, jak najszybciej można się dostać do Krakowa – powiedziała Joanna.

– Kraków? To Polska – odpowiedziała sama sobie Claudia. – Czy wy jesteście może Polkami? – Wyraz jej twarzy stał się jeszcze bardziej przyjazny, kiedy dojrzała dwa skinięcia głowami.

– A znasz kogoś z naszego kraju, że się tak ucieszyłaś? – spytała Antonina.

– Nie, ale gdybyście były gdzieś stąd, z niedaleka, to bym już nic wam o sobie nie opowiedziała, a tak... – Machnęła dłonią, nie rozwijając myśli. – Stąd, oczywiście, bezpośrednich takich lotów nie ma, ale sprawdzę, z jakiego lotniska na kontynencie są. Kraków, Kraków... – Wpisała do komputera i wpatrzyła się w ekran monitora.

– Chciałabym dostać się tam jak najszybciej – dopowiedziała Joanna.

– Z Marina di Campo, naszego lotniska, samoloty latają zasadniczo do Rzymu, Florencji, Bolonii, Mediolanu, Turynu, Genui i kilku miast francuskich. Mówię tylko o tych portach lotniczych, skąd mogą być ewentualnie bezpośrednie loty do Krakowa – wyjaśniła, podnosząc na chwilę oczy znad monitora. – Czyli mamy tak... Rzym, Mediolan, Palermo... czy szukać dalej?

– A z Korsyki?

– Z Korsyki na pewno nie ma bezpośrednich lotów do Krakowa. Stamtąd najlepiej najpierw dostać się do Marsylii, ale co dalej, musiałabym szukać – odparła Claudia i spojrzała na Joannę.

– Za kilka dni będziemy w Imperii, to jest...

– Wiem, Zatoka Genueńska. Najbliżej będziesz miała do Mediolanu albo Marsylii, ale z niej też nie ma bezpośrednich lotów do Krakowa. Czyli albo Rzym, albo Mediolan. Szukać, na kiedy jest coś wolnego?

– Gdybyś zechciała...

– Od tego tutaj jestem! Przynajmniej nie nudzę się. Po osiemnastej przylatuje mój chłopak, więc nie będę się nudzić dzisiejszego wieczoru ani jutro – mrugnęła. – A wy tutaj cumujecie? – Wyciągnęła palec w kierunku okna.

– Nie, w Porto Azzuro.

– Oo, a ja tam właśnie mieszkam. Odbieram chłopaka z lotniska i już się tym cieszę. – Przewróciła oczami. – Czyli co robimy z twoim lotem? – zwróciła się do Joanny.

– To chyba z Mediolanu, tylko jak się tam dostać?

– Są pociągi, autobusy... możliwości jest wiele. – Claudia delikatnie wzruszyła ramionami i znowu wpatrzyła się w monitor. – Z Mediolanu, od pierwszego października, bezpośrednie loty do Krakowa są wyłącznie w soboty i niedziele. Niestety... – Rozłożyła dłonie. – Na następną sobotę brak miejsc, jest jeszcze kilka wolnych na kolejną. – Zerknęła na Joannę.

– Myślałam, że więcej samolotów lata do mnie – posmutniała Joanna.

– Wiesz, mam wiele serdecznych koleżanek i w biurach linii lotniczych, i na lotniskach. W Mediolanie też. Czasami są zwroty, więc gdybyś dała mi swój telefon czy mail, to mogłabym ci przesłać taką informację.

– Ponieważ to jest tajna sprawa – Joanna ściszyła głos – to najlepiej na gmaila, bo sobie ustawię wibrację na przychodzącą pocztę i będzie pełna konspiracja.

– Jesteś porwana? – zdziwiła się uroczo Claudia.

Joanna pokręciła głową.

– Porwana nie, ale jednak lepiej, żeby oprócz nas dwóch nikt o tym nie wiedział – wyjaśniła. – Czuję się trochę jak Mata Hari...

– A ja jak Violette Szabó, bogini zemsty – wtrąciła złowieszczym głosem Antonina, ale natychmiast się uśmiechnęła.

– A któż to taki? To pierwsze nazwisko już gdzieś słyszałam... – Claudia zmarszczyła czoło.

– Mata Hari była kobietą wywiadu, szpiegiem, załatwiającą kiedyś najbardziej tajemne sprawy – wyjaśniła cicho Joanna, nachylając się nad blatem.

– Nie znałam, ale wyguglam sobie. – Claudia poklepała monitor komputera. – To proszę, napisz mi tu adres mailowy. – Claudia podsunęła Joannie notes. – Jak tylko się czegoś dowiem, natychmiast prześlę ci informację, ale wówczas będziesz musiała błyskawicznie się zdecydować.

– No jasne, rozumiem. A jesteś w stanie zarezerwować na wszelki wypadek lot Mediolan – Kraków na przyszły tydzień?

Claudia podniosła wzrok na Joannę. Po chwili namysłu na jej twarzy pojawił się lekki uśmiech i skinęła głową.

– Zaraz podzwonię do koleżanek, żeby mi jakoś przytrzymały rezerwację do wtorku, środy. Są na to sposoby, ale o tym cicho sza. Może być? – Mrugnęła jak do starej przyjaciółki.

– Doskonale! Ale jesteś fajna. – Joanna obdarzyła Claudię najpiękniejszym uśmiechem, na jaki ją było stać w tej chwili. – No, to teraz napiję się wreszcie, bo mi całkiem zaschło z emocji w gardle. Przez tę tajną sprawę... – Teraz Joanna mrugnęła, po czym sięgnęła po szklankę i wypiła duszkiem jej zawartość. Claudia uśmiechnęła się i uzupełniła szklaneczkę wodą.

– To teraz, jeśli chcesz, możesz nam opowiedzieć swoją historię... Tylko czy mógłabyś nam jeszcze zdradzić, bo może wiesz, gdzie i o której znajdziemy jakiś środek lokomocji do San Martino?

– Do San Martino? A po co tam chcecie jechać?! – zdziwiła się Claudia. – Lepiej wybrać się do... choćby Marina di Campo! To najcudowniejsze miejsce na wyspie!

– Ona chce koniecznie zobaczyć letnią rezydencję Napoleona – przypomniała Antonina, wskazując na Joannę.

– Aaa, zapomniałam! Jego fanka. – Claudia spojrzała z uznaniem na Joannę, a potem na zegar wiszący na ścianie. – Za niecałe pół godziny zaraz za rogiem rusza busik do San Martino. – Kiwnęła w prawo kciukiem. – Pięćdziesiąt metrów stąd.

– Cudownie! – podziękowała Antonina.

– Słuchajcie... – Claudia nachyliła się nad ladą. – Moja rodzina mnie wyklęła – ściszyła głos. – Zadałam się z chłopakiem, nie czystej krwi Francuzem. – Rozłożyła ręce. – Kocham go i będę z nim zawsze, chyba że rodzina... mnie zabije – zmieniła ton głosu na dramatyczny.

– Czyś ty zwariowała?! Nie żartuj sobie z nas?! – Jedna po drugiej zawołały zduszonym głosem Joanna i Antonina.

– Nie żartuję. Taka jest Korsyka! To prawie jak wendeta!

– A kim on jest, skąd pochodzi? – spytała zdziwiona Joanna.

– Jego dziadek, z pochodzenia Berber z gór Atlasu Średniego, był gaullistą. Razem z żoną przybyli do Francji w połowie lat pięćdziesiątych, bo ich rodzina zawsze naszemu krajowi sprzyjała. Mój chłopak, Marc, należy już do drugiego pokolenia urodzonego we Francji i, jak to Berber z Atlasu, ma jasne włosy i zielone oczy, tak samo jak jego dziadek i ojciec. On czuje się Francuzem, ale to nie odpowiada ani rodowitym Francuzom, ani ostatniej emigracji arabskiej z północnej Afryki.

– Ale przecież ty ani twój chłopak nie zabiliście nikogo, więc o jakiej wendecie mówisz? – zduszonym głosem spytała Joanna.

– Dlatego powiedziałam... prawie! Nie mamy w planie nikogo zabijać, ale...

– Teraz to sobie na pewno żartujesz! – przerwała jej Joanna.

– Teraz już tak – uśmiechnęła się Claudia. – Jednak musiałam uciec z Korsyki, bo mi rodzina nie dawała żyć i dlatego jestem tutaj na Elbie, gdzie kiedyś internowano Napoleona!

– Ale dlaczego tutaj? Nie mogłaś gdzie indziej się zaszyć, w jakimś większym mieście na lądzie?

– Tutaj nikt mnie nie będzie szukał. Żaden normalny Korsykanin z własnej woli, jeśli nie musi, tutaj nie przyjeżdża!

– A wycieczki?

– Wycieczek nie liczę. – Claudia potrząsnęła głową i się uśmiechnęła. – To bardzo skomplikowana sprawa i w ogóle nie wiem, dlaczego wam ją opowiadam! Jeszcze nikomu tego nie mówiłam.

– Może dlatego, że łączy nas pokrewieństwo dusz? – spytała, wzruszając ramionami, Antonina.

– Przecież wy nie macie nic wspólnego z Korsyką!

– Ale z planowaniem tajnych akcji, czyli czymś bliskim szpiegostwu, już tak! – odparła teatralnym szeptem Antonina.

– A jest jakieś niezajęte jeszcze nazwisko kobiet szpiegów, bo dwa wyście zajęły? – roześmiała się pełnym głosem Claudia. – Musicie już iść, bo zaraz macie autobus – dodała.

– Daj ten notes, wpiszę ci mój numer komórki, na wszelki wypadek. Tylko jakby co, to pisz szyfrem. – Spojrzała na Claudię. – Wpiszę ją jako Krystynę Skarbek, jak myślisz? – Mrugnęła do Antosi. Ta kiwnęła głową.

– A kim była ta... Skarbek? – spytała Claudia.

– Z pochodzenia Polka, w czasie wojny supertajny agent u Anglików, miała wiele dokonań i dzięki temu stała się pierwowzorem postaci Vesper Lynd z *Casino Royale*, pierwszej z cyklu powieści o przygodach Jamesa Bonda.

– Marc bardzo lubi Bonda! – przypomniała sobie po kilku chwilach marszczenia czoła Claudia. – Muszę go zaraz spytać, czy przypadkiem nie ma tej książki. – Spojrzała na zegar. – Za pięć godzin startuje z Marsylii – dodała. – Aha! Wpisz sobie do telefonu, Joanno, mój numer. – Zapisała go na malutkiej kartce. – To jest ten, którego używam do konspiracyjnych kontaktów z Markiem – wyjaśniła. – A mogę być dla ciebie Vesper Lynd? – spytała. Joanna w odpowiedzi zrobiła kółeczko z palców. – Łatwiejsze. Pędźcie już!

– To na razie, Claudio! Cześć, Vesper! – rzuciły jedna po drugiej Joanna i Antonina, zrywając się z siedzeń. Do odjazdu busika zostało już tylko siedem minut.

Kiedy dobiegły truchtem do przystanku, ten właśnie hamował. Oprócz nich wsiadły do niego trzy osoby, a wewnątrz siedziało tylko dwóch pasażerów. Po kupnie biletów opadły na siedzenia. Dyszały i wpatrywały się w siebie. Pierwsza odezwała się Joanna.

– Może uda jej się coś załatwić, co? – spytała.

– Mam przeczucie, że się uda. Ale na tej Korsyce to istne jaja!

– Tradycja... Jej rodzina musi wywodzić się spośród rdzennych Korsykanów, takich konserwatywnych czy wręcz nacjonalistycznych – odparła Joanna.

– Coś jak u nas górale czy Kaszubi, co? – rzuciła Antonina i zachichotała.

– U nas w tym zakresie swoboda wyboru panowała od dawna. I chwała Bogu – odparła Joanna. – Słowianie od zarania byli potęgą demokracji. Wiece plemienno-rodowe, powszechne wybory władców, wodzów na wyprawy i tak dalej. Co prawda ci, którzy zeszli z drzewa później od Słowian, nie chcą o tym słyszeć, ale tak było. Ta prawda jeszcze kiedyś będzie musiała zostać uznana.

Joanna mówiąc to, zaperzyła się nieco, ale gdy skończyła, szybko spuściła powietrze.

– Aśka. Ty powinnaś pracować w jakiejś propagandzie!

– Nie mogę robić wszystkiego. – Joanna wzruszyła ramionami. Uśmiechnęły się do siebie.

Wkrótce wysiadły w pobliżu letniej rezydencji Napoleona. Joanna na przemian włączała kamerę i robiła zdjęcia. Antonina także poszukiwała ciekawych ujęć.

– Myślałam, że sama willa jest nieco większa – powiedziała nieco rozczarowanym głosem, kiedy stanęły niedaleko frontu budynku, oddzielone od niego tylko dwoma rzędami przystrzyżonych w kule krzewów.

– Skromnie, ale godnie – odparła Joanna. – Stać go pewnie było na coś bardziej okazałego, ale chciał tak. Zresztą tutaj przyjeżdżał tylko odpocząć, latem.

– Ciekawa jestem, jak to było, że bywała tu jego żona, Maria Ludwika, a wpadała także nasza Maria Walewska. To co, mijały się w progu, czy jak?

– Pewnych spraw nie potrafimy sobie dzisiaj wyobrazić, ale kiedy cesarzowa wyjeżdżała do Paryża, było to arcypoważne przedsięwzięcie i musiał minąć co najmniej miesiąc, żeby mogła zrobić to, co dzisiaj byśmy nazwały: zaraz wracam. Tym bardziej że była to wizyta państwowa, pod ochroną. Obowiązywał w czasie jej trwania cały protokół.

– Aleś ty mądra!

– Tego wszystkiego tylko się domyślam, ale tak jakoś, w przybliżeniu, musiało to wyglądać. No dobra, wchodzimy do środka.

Salon egipski z freskami, kolumnami i innymi elementami przypominającymi Napoleonowi kampanię egipską oraz dużym zodiakiem na suficie, Salon Gołębicy, Łazienka Pauliny, zwana też Salonem Prawdy, Pokój Węzła Miłości, biblioteka. Wszystkie te pomieszczenia zrobiły na dziewczynach wrażenie, ale samo łóżko, chociaż było w willi jedynym oryginalnym reliktem po cesarzu Francuzów, oceniły jako zbyt wąskie na dwie osoby i raczej je zawiodło.

– No, to jak to wreszcie było? Bywały tutaj te wszystkie panie z Florencji i innych miast, w tym nasza Walewska, czy nie? A może to wszystko zostało wymyślone, rozdmuchane?

Antonina stała przy łóżku i kręciła głową.

– No już dobrze. Jeśli to i owo podajemy w wątpliwość, to ja z całą odpowiedzialnością mogę stwierdzić, że prawdą był jego niski wzrost. Widzisz? Łóżko nie jest zbyt długie – podsumowała uśmiechnięta Joanna i podniosła palec.

– Łóżko to... czy łóżeczko? – zachichotała Antonina.

Przeszły z willi do muzeum urządzonego w neoklasycystycznym gmachu ozdobionym napoleońskimi orłami, z pomnikiem Galatei przy wejściu, zbudowanym po latach przez członka rodziny Napoleona, księcia Anatolia Demidoffa. Już wczoraj się doczytały, że gmach ten jest bardziej wytworny od samej willi, ale taki był właśnie zamiar fundatora. Kamera i aparaty fotograficzne obu dziewczyn nieustannie były w użyciu.

Po dwóch godzinach odpoczywały już po zwiedzeniu kolejnego miejsca na wyspie, pełnego mistycyzmu Santuario Madonna di Monserrato – sanktuarium Matki Boskiej, zlokalizowanego na szczycie wzgórza w pobliżu Porto Azzuro. Zostało ono założone na początku XVII wieku przez pierwszego hiszpańskiego gubernatora wyspy, José Ponsa. I znowu, jak wcześniej, kamera i aparaty fotograficzne miały co robić.

Kiedy zmęczone i pełne wrażeń pojawiły się w marinie, oniemiały z wrażenia. Oczekiwał tam na nie wypucowany jacht i uczta przygotowana przez Wojtka i Bartka. Stali przy jachcie i pomogli im wejść na niego, a potem stanęli skromnie przy stole, jak kelnerzy oczekujący poleceń.

– Chyba dzisiaj pozwolimy panom usiąść z nami. Jak myślisz, Asiu? – Antonina zwróciła się do przyjaciółki.

– Myślę, Tosiu, że zapracowali sobie na wspólny posiłek z nami – uśmiechnęła się od ucha do ucha Joanna.

– Wszystkie punkty programu zrealizowałyście? – spytał Wojtek, gdy już zasiedli do stołu.

– My zawsze poruszamy się zgodnie z planem. W przyszłości także nie będzie inaczej – odparła Joanna.

– Szczególnie podoba mi się to drugie zdanie – uzupełniła krótką opinię Joanny Antonina. – Oddaje dokładnie to, co i ja mogłabym powiedzieć o naszej wycieczce.

– Czy wyście były dzisiaj na jakimś wykładzie z zakresu oszczędnych oracji? – wyszczerzył się swoim zwyczajem Wojtek.

– No dobrze... – Machnęła ręką Joanna. – Było pięknie, ale przejazdy autobusami czy busikami zabierają czas. Cudowna jest Elba, szczególnie widoki morza. Pewna dziewczyna, którą dzisiaj poznałyśmy, dziwiła się, że wybierałyśmy się akurat do San Martino. Jej zdaniem powinnyśmy udać się raczej do Marina di Campo.

– Moglibyśmy się zastanowić, czy ewentualnie jutro nie wybrać się tam razem – uzupełniła Antonina i spojrzała kolejno na Bartka i Wojtka.

Ci popatrzyli na siebie i tylko się uśmiechnęli.

– Powiemy im? – spytał Wojtek.

– No jasne, mów! – odparł Bartek.

– Jeśli będziecie miały siły i ochotę, to jutro możemy zrobić tour wokół całej wyspy – rzekł Wojtek. Obie dziewczyny skrzywiły się. – Ale nie autobusem, a dżipem – dodał.

Na twarzach dziewczyn pojawił się półuśmiech, oznaczający ciekawość.

– Ochroniarz z mariny ma brata, który czasami wypożycza swój samochód, i chociaż na jutro miał nieco inne plany, to za niewielką opłatą, naprawdę niewielką... – podkreślił Bartek, uderzając się w piersi – ...zmienił zdanie. Dokładniej mówiąc, opłata za wypożyczenie jest i tak ciut niższa niż w pełni sezonu, a ponieważ zaoferowaliśmy mu pewien atrakcyjny dla niego dodatek, zgodził się zmienić plany.

– Nie uważacie, że szkoda pieniędzy? – spytała Antonina.

Wojtek i Bartek spojrzeli po sobie.

– Na was?! – wykrzyknęli prawie jednocześnie.

– Jednak mnie kochasz... – Antonina oparła głowę na ramieniu Bartka.

– No przecież! Mogłabyś myśleć inaczej? – zawołał i ją pocałował.

– Ja też ciebie kocham, Joasiu, i jak chcesz, mogę wykrzyczeć to na całą marinę. – Wojtek objął ramieniem Joannę.

– Lepiej nie. I tak ci wierzę. Ja też cię kocham i nie wstydzę się powiedzieć tego przy przyjaciołach. – Krótki pocałunek połączył ich usta.

– Ale zrobiło się słodko – pisnęła Antonina.

– Żeby nie było zbyt słodko... – Wojtek spojrzał wokół i podniósł palec – ...jutrzejszy wyjazd rozpoczyna się punkt dziewiąta. Może być? – Wyszczerzył się na pół gwizdka.

– Cieszę się – odparła Joanna.

– Ja też – dodała Antonina.

Potem ruszyli na spacer uliczkami miasta. Mieli zamiar wejść do jakiejś knajpki, żeby chwilę posiedzieć w innej niż jachtowa atmosferze, kiedy Joanna nieoczekiwanie sięgnęła po komórkę. Spojrzała na ekran.

– Vesper Lynd pisze, że jej chłopak przyjechał, siedzą w barze Zerosei, to pewnie gdzieś niedaleko. Chce się nim pochwalić. Pisze, że warto. – Podała komórkę Antosi.

– To co zrobimy? – spytała Antonina.

– Jak to co? Chłopcy popilnują nam tutaj miejsca, my na chwilę pójdziemy go poznać, a za dziesięć minut jesteśmy z powrotem – wyjaśniła z przekonaniem Joanna. Podeszła do kelnera i po chwili rzuciła: – To niecałe sto metrów stąd! – Nacisnęła przy nim kilka klawiszy na telefonie. – Chodź! – rzuciła krótko w stronę przyjaciółki.

Wojtek i Bartek otworzyli ze zdziwienia oczy.

Po chwili dziewczyny wchodziły do Zerosei. Już z daleka ręka Claudii-Vesper rozmachała się szaleńczo. Ruszyły w stronę jej stolika. Poznały się z Markiem, który okazał się bardzo sympatycznym, niewiele od nich młodszym facetem. Miał ujmujący uśmiech, którym cały czas pieścił Claudię.

– Ktoś dokonał zwrotu biletu na trzynastego. Bierzesz? – spytała krótko Claudia.

Joanna uśmiechnęła się, pocałowała ją w policzek i wrzasnęła:

– Kocham cię!

– Ty też? – spytał Marc. – Nic z tego... – Pomachał palcem nad stolikiem, uśmiechając się całą twarzą do Joanny. – Nie oddam jej. – Pokręcił głową.

Cała czwórka roześmiała się.

– W Mediolanie na lotnisku podejdziesz do biura Air France, podasz hasło Vesper Lynd i oni pokierują cię dalej. Tam zapłacisz i odbierzesz bilet.

– Jesteś cudowna! – znowu zawołała Joanna, ale tym razem zerknęła także na Marca. Wyjaśniła mu: – Łączy nas pokrewieństwo dusz. – Wskazała palcem na siebie, Claudię i Antosię. Marc zrobił wielkie oczy. – Potem ci Claudia wyjaśni. Co robicie dzisiaj? – spytała.

– Trochę tutaj, potem spacer, no i wiesz... – mrugnęła Claudia.

– A może wasze „trochę tutaj"... – Joanna wskazała głową na stolik – ...moglibyście spędzić z nami, w pobliskim lokalu? Moglibyście poznać naszych mężczyzn... – Claudia i Marc popatrzyli po sobie, on wykonał ledwie zauważalny ruch przeczenia głową, ale kiedy Claudia złożyła błagalnie dłonie, Marc ruchem powiek wyraził zgodę.

– Tak! – wykrzyknęła więc Claudia.

– Stawiam zadanie naszym panom – rzuciła Joanna, jednocześnie naciskając klawisze na komórce. Po kilku chwilach komórka zawibrowała.

– *Dajcie nam kilka minut!* – Joanna pokazała wokół ekran telefonu z wiadomością.

– Jesteście cudowne. Jak Korsykanki! – uśmiechnęła się Claudia. – Aha! Najważniejsze! Marc zawiezie cię do Mediolanu, tylko napiszesz mu dokładną godzinę. Dasz mu na paliwo, on tak zarabia. Samolot odlatuje o trzeciej po południu, więc obliczycie sobie, o której trzeba wyjechać.

– To niedziela przed południem, więc nie ma co obliczać – powiedział Marc, kręcąc głową. – Pół godziny przed jedenastą musimy ruszać! – rzekł zdecydowanym głosem. – Napiszę ci dokładnie, gdzie czekam, okej? – uśmiechnął się do Joanny.

– Okej – odparła. – Ale się cieszę

Nim minął kwadrans, Claudia z Markiem siedzieli już z polskim towarzystwem przy stoliku w Ristorante Il Sottoscala. Panowie szybko znaleźli wspólny temat. Po uroczej kolacji i kilkunastu tańcach cała grupa ruszyła w stronę mariny, bo Wojtek uparł się, że pokaże im jeszcze jacht. Była szklaneczka wina, a potem wreszcie zostali sami.

– Ależ cudowny wieczór! – Joanna objęła Wojtka.

– Gdybyśmy kiedyś pojechali do Marsylii, to nie zginiemy tam – stwierdził Wojtek.

Antonina wtulona w Bartka ziewnęła.

– Idę pierwsza! – Wskazała na łazienkę.

Wkrótce Joanna czekała już w kabinie na Wojtka. Co za dziewczyna z tej Claudii. Pokrewieństwo dusz! I żadnych zbędnych wyjaśnień! Trzeba będzie kiedyś pojawić się tu jeszcze. Poczuła, że sen chce ją zagarnąć dla siebie. Potarła oczy. Drzwi się otworzyły. Wszedł Wojtek. Gdy położył się obok na koi, objęła go tak mocno, jak nigdy dotąd. Czuła gęsią skórkę na całym ciele. Wkrótce fale oderwały ją od jachtu, a potem zawisła gdzieś na chmurze, ponad Elbą. Całowała go, jak tylko potrafiła... Kiedy pod głową i ramionami poczuła znowu pościel, szybko zasnęła.

Rozdział 24

W szyscy mieli od rana wspaniały humor. Dżip pojawił się pod mariną pół godziny przed czasem. Wojtek rozmówił się z właścicielem i ruszyli w trasę. Od czasu do czasu cudowne widoki, miła rozmowa, więc meta pierwszego etapu, Marina di Campo, pojawiła się wkrótce. Spoglądali ze wzgórz na miasto, plażę i zatokę Campo.

– Miała Claudia rację. To jest cudowne miejsce. Prawie raj! Przedtem Capri, teraz Elba. Obie pozostaną na zawsze w moim sercu – westchnęła Joanna. Wyciągnęła smartfon i zaczęła naciskać klawisze.

– Do kogo piszesz? – spytał Wojtek.

– Do Claudii, że miała rację, jeśli chodzi o Marina di Campo.

– Ale ja z nią tego nie uzgadniałem – zapewnił, kręcąc głową, Wojtek.

Po chwili telefon Joanny zawibrował. Wczytała się w tekst esemesa.

– Claudia pyta, czy przypadkiem nie będziemy w Chiessi, to miasteczko na zachodzie wyspy – spytała Joanna, wpatrując się w Wojtka.

– Oczywiście! To nasz kolejny etap. – Wymienił spojrzenia z Bartkiem.

Joanna odpisała Claudii. Za dwie minuty jej telefon znów się odezwał.

– *Będziemy czekać na was o godzinie 12 w Ristorante Il Perseo z drugim śniadaniem* – odczytała po chwili tekst odpowiedzi od Claudii.

– Sympatyczni są – stwierdził Bartek.

– Chyba im nie odmówimy? – dodała Antonina.

– Tak mam odpisać? – Joanna spojrzała na Wojtka.

– Tak. W razie czego ich wesprzemy – odparł Wojtek, spoglądając najpierw na Bartka, a potem ogarniając wzrokiem dziewczyny.

Joanna wyszła z samochodu i zajęła się filmowaniem, a Antonina robiła zdjęcia. Po kilku minutach podjechali pod Acquarium dell'Elba.

– Tylko w Genui mają większe akwarium – pochwalił się wiedzą Wojtek. Joanna pocałowała go. Przypomniała sobie, jak mówiła mu w Gdyni, że nigdy nie miała czasu zwiedzić tamtejszego. – Zobaczysz tutaj mureny, rekiny, płaszczki, żółwie i tysiące innych stworzeń.

Mijali akwaria, tablice informacyjne, wyprawione okazy różnych stworzeń morskich: dużych i małych, znanych i oglądanych po raz pierwszy. Joanna przyglądała się z zapamiętaniem dziwnym kształtom ryb o nieprawdopodobnych kolorach pływających w akwariach. Naśladowała niektóre z nich, otwierając usta, a potem uśmiechała się do nich. Dwie godziny minęły błyskawicznie; kamera i aparaty fotograficzne zapełniały się zdjęciami.

– Czy wytrzymacie do Chiessi? – Wojtek omiótł resztę załogi wzrokiem, kiedy wyszli na zewnątrz obiektu.

– Mamy wodę. – Joanna wskazała na trzymaną butelkę.

Urokliwa droga do Chiessi cały czas wiodła brzegiem morza. Białe skały, gdzieniegdzie porośnięte roślinnością, na lazurowej wodzie kolorowe łodzie rybackie, żaglówki, motorówki, a w oddali czasami stateczek. Gdy Joanna prosiła Wojtka, zatrzymywał się, a ona z Antosią filmowały i fotografowały. Tuż przed dwunastą zatrzymali się przed restauracją Il Perseo w Chiessi. Mieściła się w niewielkim piętrowym hotelu. Claudia i Marc czekali na nich w małym ogródku obok budynku. Poderwali się na powitanie.

– Bardzo się cieszymy, że nie odmówiliście! – Claudia wycałowała Joannę i Antosię. – Jesteśmy tutaj od wczoraj. Kiedy zobaczyliśmy wasz jacht, Marc postanowił, że natychmiast jedziemy tutaj – mrugnęła. – Często tu bywamy, bo ja jego... – dotknęła delikatnie Marca i przewróciła oczami – ...nazywam moim Perseuszem. On, jak tamten heros, również ma skrzydlate sandały. Kiedy go poproszę, już do mnie leci. – Przytuliła się do niego. – Przypadkiem kiedyś znaleźliśmy ten hotelik, bo lubię stąd patrzeć na Pianossę i na mój kraj... Korsykę...

Wskazała ręką w kierunku swojej wyspy i zrobiła smutną minę. Marc ją objął i pocałował; uśmiechnęła się.

– To co, idziemy do środka! – Marc wskazał na drzwi, widząc, że Wojtek i Bartek zamierzają zająć miejsca przy stoliku, przy którym stali.

– Myśleliśmy o kawie – powiedział Wojtek.

– Będzie i kawa – odparł Marc, uśmiechając się. – No już, wchodźcie.

Ładna sala, dużo bieli, a na ich stole czekały na nich w małych miseczkach i na dużych półmiskach frutti di mare: krewetki, małże, homary, ostrygi. Wokół różne sosy, oliwki, sałatka owocowa i duży dzban z sokiem owocowym.

– Czy wyście poszaleli? – spytał Wojtek.

Joanna i Antonina, żeby pokazać, że się z nim solidaryzują, pokręciły ze zdziwienia głowami. Bartek natomiast zatarł ręce.

– Lubię cię, Marc. Wyjątkowo cię lubię! – zawołał i niespodziewanie go objął.

Całe towarzystwo uśmiechnęło się na ten widok.

– Zdradźcie nam, czy jest jakaś specjalna okazja? – Joanna popatrzyła na Claudię i Marca i wskazała palcem stół.

– Dziesiąta rocznica naszej znajomości! – powiedziała, znowu przewracając oczami, Claudia.

Dla dziewczyn była to kolejna okazja do wymiany uścisków; panowie też wykorzystali sytuację. Zrobiło się miło, prawie rodzinnie.

– Wino stawiam ja! – zawołał Bartek i wskazał na siebie palcem. Wojtek zmierzył go wzrokiem. – Przecież ty prowadzisz, a nie ja. – Bartek wyszczerzył się w sposób, w jaki to zawsze robił dowódca jachtu.

– Co to znaczy dziesiąta rocznica? – Joannie dopiero teraz zapaliła się lampka.

– Poznaliśmy się dziesięć lat temu na Korsyce, na plaży niedaleko mojego domu, i tak jakoś... – Claudia nie dokończyła myśli, bo Marc zamknął jej usta swoimi.

– Ja cię nie mogę... A tyle się mówi o młodych... – zaczęła pewną myśl Antonina, ale nie dokończyła jej.

– Życie jest piękne! – oznajmiła podniosłym tonem Joanna i roześmiała się. Wojtek wbił w nią wzrok.

Podniecenie spowodowane przywitaniem i odkryciem tajemnicy Claudii i Marca wobec tylu dobrodziejstw frutti di mare na stole zaczęło schodzić z wolna na dalszy plan. Wszyscy zajęli się jedzeniem i rozmową na bardziej prozaiczne tematy.

– Czy możesz nam powiedzieć, czym się zajmujesz, bo wczoraj jakoś nie było okazji? – Wojtek zwrócił się nagle do Marca.

– Maluję. – Ten zaśmiał się i podał mu telefon, włączając do obejrzenia katalog ze zdjęciami.

– Zaraz, zaraz... malarz pokojowy czy pejzażysta? Bo widzę jedno i drugie.

– Jest artystą – rzuciła Claudia, podnosząc z dumą nos do góry.

– A możesz nam zdradzić, jeśli to nie tajemnica, dlaczego nie jesteś z Claudią tutaj, na Elbie?

Zaskoczony Marc zmarszczył czoło. Zapadła krótka cisza.

– No, przecież jestem – odparł po chwili i uśmiechnął się.

– Jasne, dzisiaj, ale... mnie chodzi o pobyt tutaj na stałe!

Claudia i Marc popatrzyli po sobie. Claudia wzruszyła ramionami, a Marc zaczął nerwowo drapać się po głowie.

– Marc... mieszka... w Marsylii – wydukała po chwili Claudia, uprzedzając odpowiedź chłopaka.

– To już wiemy od wczoraj, ale dlaczego nie z tobą na wyspie?!

– Bo... nie mamy ślubu? – rzuciła pytająco Claudia i zasłoniła sobie usta dłonią. Spoglądała wokół nieco skonsternowana.

– Bo... nigdy o tym nie rozmawialiśmy – po chwili powiedział Marc. Spoglądali sobie z Claudią w oczy. – Tam mam zresztą pracę! – wyjaśnił.

– A tutaj nie ma pracy? – zdziwiła się Joanna. – Tematów do malowania przecież ci tutaj nigdy nie zabraknie, a malowanie wnętrz, mieszkań... – Machnęła ręką. – Zrobisz odpowiedni pijar i już masz robotę.

– Jaki pijar? – zdziwił się Marc, jakby pierwszy raz usłyszał to słowo.

– Dwa dni przejazdu wokół wyspy, zajrzenie na początek do pensjonacików, hotelików, których tutaj jest bez liku, danie w prezencie po obrazku, zostawienie wizytówki czy choćby numeru telefonu, i malowanie wnętrz na wyspie jest twoje! Kto smaruje, ten jedzie! – zachichotała Joanna.

Claudia nie spuszczała z Marca oczu.

– Marc... dlaczego myśmy nigdy na to nie wpadli? – spytała. Marc ponownie wrócił do drapania się po głowie.

Goście z Polski z zainteresowaniem wpatrywali się w dwójkę młodszych nieco od siebie Francuzów.

– Może dlatego, że zafiksowaliśmy się na twojej ucieczce z Korsyki? – poddał Marc, nie spuszczając oczu z Claudii. Objął ją. – A gdybym to zrobił? – spytał cicho.

– Ale tam masz przecież rodzinę! – odparła Claudia.

– Już ci tyle razy mówiłem, że chcę być z tobą na zawsze. Moją rodziną jesteś ty! – zaakcentował mocno i znowu ją objął. Spod zaciśniętych powiek Claudii wypłynęła łezka.

– Boże! Co za filmowa scena! – jęknęła Antonina. – A wiecie, że my też nie mamy ślubu? – wyrwało jej się bezwiednie, dopiero po chwili zorientowała się, że to nie było stosowne, i podobnie jak przed chwilą Claudia, też zasłoniła usta dłonią. Bartek zrobił dziwną minę.

– A wy? – Teraz Claudia spojrzała na Joannę, a potem na Wojtka. – Czy wy również nie macie ślubu? – spytała i teraz ona prawie natychmiast zasłoniła sobie usta dłonią.

Dziewczyny popatrzyły na siebie i jak na komendę zaczęły się głośno śmiać.

– Takie... domino – rzuciła po chwili Antonina.

– Poznałyśmy się dopiero wczoraj, a co to będzie, jak nasza znajomość potrwa dłużej? – spytała Claudia, kładąc ręce na dłoniach Joanny i Antosi. – Musiałyście się pojawić na Elbie specjalnie po to, żebyśmy usłyszeli taką myśl! – Omiotła wzrokiem dziewczyny i przytuliła się do Marca.

– No dobrze, już dobrze! – po chwili oprzytomniał Marc. – Bierzcie się do jedzenia, bo innej rodziny póki co nie mamy, a ktoś to dzisiaj musi zjeść! Jakie jeszcze macie na dzisiaj plany? Może zostaniecie na trochę dłużej?

– Możemy posiedzieć jeszcze godzinę, ale potem musimy ruszać dalej – powiedział Wojtek i rozłożył ręce.

– A o której wrócicie do Porto Azzuro? – spytała Claudia.

– Bo ja wiem? Przed siedemnastą będzie kłopot, ale czemu pytasz?

– Bo my z Markiem też wracamy tam dzisiaj i moglibyśmy dokończyć tę ucztę na moim tarasiku – powiedziała Claudia.

– Na naszym tarasiku – poprawił jął Marc i znowu pocałował.

Przed piętnastą, po pokonaniu przepięknej, w znacznej większości górskiej trasy, pełnej serpentyn, z Chiessi poprzez Aia, dotarli do Marciany. Dopiero teraz okazało się, że ten etap skończy się wjazdem kolejką gondolową na najwyższy szczyt Elby, Monte Capanne, ponad tysiąc metrów wysokości. Obejrzą stamtąd całą wyspę Elbę, fragmenty włoskiego buta, okoliczne wyspy i morze wokół aż po horyzont.

– Korsyka będzie widoczna jak na dłoni. Powiedziała mi to w ostatniej chwili Claudia – rzucił Wojtek, gdy już stali przy kasach.

Ruszyli w górę, na stojąco, w dwuosobowych żółtych gondolach. Im wyżej, tym szersza otwierała się przed ich oczami panorama. Joanna co jakiś czas włączała kamerę, a w przerwach robiła zdjęcia.

– Ale zrobiłeś mi, Wojtku, prezent! – Pocałowała go ostrożnie, żeby nie rozkołysać gondoli.

Po wyjściu z kolejki czekało ich jeszcze kilkuminutowe strome podejście na szczyt, skąd przez kilkanaście minut podziwiali całą wyspę i okolice.

– I jeszcze pogoda nam się trafiła! – prawie zapiała Joanna.

– Dobrym ludziom świeci słońce – sentencjonalnie rzucił Bartek.

– Za kilka dni temperatura ma spaść nawet do dziesięciu stopni – powiedziała markotnie Antonina. Joanna zrobiła oczy. – Nie chciałam ci rano psuć humoru, ale po przebudzeniu przypadkiem spojrzałam na prognozę.

– Potwierdzam – włączył się Wojtek. – Także rano śledziłem pogodę, bo analizowałem, jak będzie z dalszą częścią rejsu. Kiedy dotrzemy do Sardynii, ciepło powróci, więc jeszcze zdążysz się wygrzać – pocieszył Joannę.

Dziewczyny popatrzyły na siebie porozumiewawczo.

Gdy zjechali gondolami do stacji początkowej, Joanna rozchmurzyła się, bo trasa znowu była urzekająca. Górskie serpentyny ponownie ją cieszyły, ale nieoczekiwanie okazało się, że odwiedzą jeszcze najstarsze na wyspie sanktuarium Madonna del Monte. Pierwsze zapisy wspominały o nim już w połowie XIV wieku. Joanna była nim oczarowana na tyle, że przekazała kamerę Wojtkowi. Tym razem w roli przewodnika wystąpił Bartek. Przekazał informacje o częściach sanktuarium, wnętrzu świątyni, jej wyposażeniu, freskach, a potem przystąpił do pobudzającej wyobraźnię opowieści o tym, że gościł tutaj Napoleon z Marią Walewską. Joanna chodziła obok niego zasłuchana i oczarowana oglądanymi pięknościami, poddana urokowi niewidzialnej aury. Świątynia, pustelnia, grota i kamień w kształcie krzesła, zwany Krzesłem Napoleona, z którego cesarz lubił wpatrywać się w swoją Korsykę, wywarły na niej ogromne wrażenie. Na zakończenie pobytu pomodliła się raz jeszcze przed głównym ołtarzem.

W drodze powrotnej była cały czas uśmiechnięta. Najpierw zjazd z gór w kierunku Marciana Marina z prześlicznymi widokami morza i plaż. Potem przejazd wzdłuż brzegu morskiego do Procchio i dalej do Viticcio, a wreszcie powrót do Porto Azzura.

W marinie czekał już Marc. Pomógł im nawet zacumować jacht.

– Już wróciliście? – spytał Wojtek.

– Gdybym miał tam siedzieć dłużej, tobym oszalał, bo Claudia na waszym punkcie dostała bzika. Co chwila mnie pytała, za ile ruszamy, bo wy możecie już czekać albo wypłynąć – odparł, żywo gestykulując.

– No, to rzeczywiście się narobiło.

– Nie macie wyjścia i nawet gdybyście po drodze zmienili plany, to na trochę musicie do nas przyjść. Żeby do dziewczyn nie dzwonić, wolałem sam przyjść. A ona i tak do mnie co chwila dzwoni albo wysyła esemesy. O! – Wyciągnął telefon z kieszeni. – Znowu! *Czy już są?* – przeczytał.

– Dajmy, Marc, dziewczynom kilka minut, a ja zapraszam cię do kokpitu.

– Kiedy wyszliście, musiałem zawołać kelnera, żeby zrobili nam dodatkowe pakunki, które wyłożyli lodem, podokładali do pudełek tego i owego i czekamy. Jak dam znać, to Claudia zacznie wystawiać wszystko na stół, na tarasie.

– Dziewczyny, a szczególnie Joanna, są zachwycone Elbą. Ostia i Rzym im się podobały, wcześniej Capri i Palermo także, ale tutaj to już prawdziwa euforia. Czy to Napoleon tak sprawił?

– Nigdy nie wiadomo, co poruszy kobiety – rzekł filozoficznie Marc.

– Sam jestem zaskoczony i na razie nie znajduję odpowiedzi – podsumował Wojtek.

Po kilkunastu minutach ruszyli do małego mieszkanka Claudii. Rozpromieniona czekała w drzwiach i z zaskoczeniem wpatrywała się w bukiet, który goście kupili po drodze.

– Kwiaty! Nie spodziewałam się!

– Dziesiąta rocznica to nie żarty – powiedziała Joanna.

Na stole oprócz owoców morza, sałatek owocowych i soków pojawiły się także dwie butelki wina. Zaczęło się ponowne ucztowanie.

– Nareszcie mamy rodzinę, szkoda tylko, że nie wiadomo, czy się jeszcze zobaczymy – powiedziała markotnie Claudia, spoglądając na gości. – Marc zaczął się już poważnie zastanawiać nad przeprowadzką do mnie.

– Zamierzam to zrobić w ciągu najbliższych dwóch tygodni, tak by od nowego miesiąca już tutaj mieszkać na stałe – wyjaśnił Marc.

– Ale zaczniesz już od kolejnego weekendu? – spytała Joanna.

Przez głowę przeleciała jej myśl, że może tak się zakręcili, że zapomnieli o jej sprawie.

– W piątek przywiozę najbardziej osobiste rzeczy, a w sobotę wrócę do Marsylii, bo na niedzielę mam zaplanowany wyścig – wyjaśnił, spoglądając przez moment znacząco na Joannę. Ta uspokoiła się.

– Jaki wyścig? – zaciekawił się jednak Wojtek.

– W niedzielne przedpołudnia wybieramy się czasem z kolegami na autodromo i ścigamy się.

– Tak na poważnie? Przecież można sobie uszkodzić samochód? – zauważył Bartek.

Dyskusja o samochodach wciągnęła mężczyzn na tyle, że prawie nie zauważyli, kiedy dziewczyny weszły do mieszkania i tam półgłosem wyrażały radość ze spotkania, ale także z tego, że Joannie uda się już w przyszłą niedzielę wrócić do domu.

– Będę oczywiście bardzo tęskniła, ale zgadzam się, że tak będzie najlepiej – powiedziała Antonina.

– Obiecajcie mi, że jeszcze kiedyś przyjedziecie do nas. – Claudia złożyła ręce.

– Jeśli nie jachtem, to drogą powietrzną. Teraz, kiedy już mamy tutaj metę, nie omieszkamy. Obiecuję. – Joanna objęła Claudię.

– Ja również – dodała Antonina i też ją objęła.

– Chodźmy zobaczyć, jak sobie Marc radzi na torze wyścigowym – rzuciła Claudia.

Trzy dziewczyny roześmiały się w głos.

*

Noc Joanny i Wojtka była znowu upojna. Ona była wyluzowana, bo wszystkie lęki, niepewności zostały gdzieś daleko za nią. Wojtek był cudowny przez ostatnie dni i chciała mu jak najlepiej za wszystko podziękować. O jacht chlupały lekko fale, które w sąsiedniej kabinie na pewno zagłuszały ich szepty. Mówili więc sobie dużo i gorąco. Wreszcie znowu, jak wczoraj, zafalowali, Joanna poczuła, że unosi się wysoko, a potem wśród gęstych pocałunków Wojtka odpłynęła w sen.

Rozdział 25

Temperatura powietrza spadła już w nocy. W ciągu dnia kreska termometru dotarła do piętnastu stopni i ani myślała podnieść się wyżej. Przy ciągłej mżawce i umiarkowanym wietrze, od dłuższego czasu pierwszy raz ze wschodu, zdawało się, że jest jeszcze chłodniej. Mimo takiej pogody jacht już przed ósmą wyszedł z portu i skierował się na północ. Przy sterze zmieniali się Antonina i Bartek, a od czasu do czasu odwiedzał ich Wojtek i wówczas dokonywali ewentualnych korekt w ustawieniach żagli.

Joanna od samego rana chodziła, a właściwie siedziała na kanapie w messie, ubrana w dres, czując się trochę głupio w roli kanapowego pasażera. Nie miała sztormiaka, a tylko on umożliwiał przebywanie na pokładzie. Jacht, minąwszy na prawym trawersie cypel z Piombino, wreszcie się rozpędził, co szybko odczuła. W messie zrobiło się stabilniej, nie rzucało, więc zaczęła się rozglądać za zajęciem. Po zastanowieniu postanowiła nadrobić zaległości z ostatnich trzech dni. Pozgrywała z pamięci urządzeń na komputer wszystkie filmy oraz fotografie zrobione podczas wycieczek na Elbie. Posortowała je wstępnie na trzy grupy, bo tyle zamierzała zrobić programów o tej wyspie. Oceniając, że warunki do pracy w messie są znośne, postanowiła przygotować zaległy program z odcinków rejsu do Montalto di Castro i Isola del Giglio. Sprawnie jej poszło przycinanie na potrzeby tego programu filmów oraz przygotowanie pokazu slajdów ze zdjęć. Powoli nabierała profesjonalizmu w tej dziedzinie.

Wojtek wrócił z pokładu i włączył odtwarzacz. Cicha muzyka wypełniła pomieszczenie, a kapitan jachtu zajął się mapą; coś na niej wykreślał.

– Będziemy o siedemnastej trzydzieści w Livorno – rzucił w pewnej chwili. Joanna podniosła wzrok. – Antonina i Bartek zapowiedzieli, że doprowadzą tam jacht przed osiemnastą i słowa dotrzymają.

– Bo są zgrani i w życiu, i na pokładzie – oceniła Joanna.

– Myślałem, że przez te prawie dwa i pół dnia na Elbie nastąpiło rozprzężenie albo zanik formy, a tu nic. Podoba mi się. – Wskazał kciukiem w górę, gdzie na pokładzie stała przy sterze chwalona właśnie dwójka.

– Tylko ja jestem bezużyteczna – westchnęła ponuro Joanna.

– Bo gdybyś posłuchała mnie i kupiła sobie choćby sztormiaki, mogłabyś też sterować – rzucił po chwili Wojtek, zwijając mapę.

Joanna zmierzyła go wzrokiem.

– Ale przecież rozmawialiśmy o tym u mnie w domu i przyjąłeś moją argumentację. – Zrobiła zdziwioną minę.

– Niemniej gdybyś miała... – zaczął, ale zawiesił głos, bo Joanna wsparła się na łokciach i wpatrywała się w niego dziwnym wzrokiem. Dojrzał w jej oczach chłodny błysk.

– Czy tobie niczego nie można powiedzieć? – wyrzucił z siebie.

– Można, ale lepiej najpierw zastanowić się, czy to ma sens. Skoro, jak przed chwilą wspomniałam, tę sprawę zamknęliśmy kiedyś, to po co do niej wracać? Pamięć mam dobrą i nie lubię wchodzić dwa razy do samej rzeki.

– Ale że co? Nie można nic powiedzieć, choćby tytułem zagajenia, zawiązania rozmowy?

– Czy my musimy zagajać?! Nie znamy się? – Pokręciła głową. – Wydawało mi się, że spałeś dzisiaj dobrze... Chyba że się mylę. Gdybym ja chciała zagaić, to wyciągnęłabym temat... bo ja wiem... – Joanna wzruszyła ramionami – ...czegoś, co przeżyliśmy na Elbie, czegoś z historii, geografii, a nawet literatury, ostatecznie spróbowałabym porozmawiać o malarstwie flamandzkim – zakończyła nieco ironicznym tonem.

– Nie myślałem, że jesteś taka... kłótliwa – rzucił z marsową miną.

– Nie odróżniasz ironii od kłótliwości?

– Ale to chyba na jedno wychodzi.

– Nie sądzę...

– Naprawdę chciałem zagaić, spytać, co robisz...

– Wracałeś przed chwilą z pokładu, więc mogłeś usiąść obok mnie. Zobaczyłbyś sam i... poczuł mnie – uśmiechnęła się.

– O! Teraz już lepiej – też się lekko uśmiechnął.

– Jak myślisz, czy oni mieliby ochotę... – wskazała palcem w kierunku pokładu – ...na coś gorącego?

– Pytałem ich i ocenili, że za pół godziny z przyjemnością napiją się kawy.

– Super! To wówczas im zaniosę, tylko... pożyczysz mi bluzę sztormiaka, co? – spytała.

– A nie utopisz się w niej?

– Tylko na kilka minut, bo chcę im zrobić ujęcie w deszczu.

– Greta Garbo i Burt Lancaster – wyszczerzył się.

– A dlaczego akurat oni?

– Kiedyś zaczęłaś mówić, że Antonina i Bartek grają w twoich filmach... – mrugnął – ...a wtedy te dwa nazwiska pierwsze wpadły mi do głowy i tak już zostało.

– Fajnie! Wykorzystam ten pomysł! Zrobię w czołówce napis wprowadzający trochę humoru: Dzisiaj gościnnie... i wymienię te nazwiska – zachichotała.

– Skąd ci się biorą takie pomysły? – Strzelił palcami.

– Stąd! – Dotknęła palcem skroni i także strzeliła palcami.

– Bartek mówił, że masz wyjątkową intuicję.

– Jak kobieta.

– Tu chodziło o coś szerszego!

– Ale że niby nie jestem... kobieca? – Uniosła brew.

– To nie tak... Trochę zazdroszczę ci twojego polotu.

– Jeśli ci się podoba, to możesz czerpać z niego garściami – rzuciła i wpatrzyła się w niego.

– Ja muszę siedzieć, myśleć, często coś szkicować na brudno, a ty pyk... – znowu strzelił palcami – ...i już jest. Od ręki.

– Gdybyś chciał na to spojrzeć tak, że stanowimy duet, to... – nie dokończyła, bo wyraz jego twarzy się zmienił, a on raptownie się poderwał. Ruszył w kierunku wyjścia na pokład, ale na wysokości kuchenki zatrzymał się, podrapał po głowie i wrócił do stołu.

– Bez sztormiaka ani rusz, co?

Zmierzyła go spojrzeniem i uśmiechnęła się, bacząc, żeby to nie był szyderczy uśmiech, chociaż właściwie taki mu się należał.

– No właśnie! – podchwycił. – Przypomniałem sobie, że miałem spojrzeć na jeden z kabestanów od foka, ale... sztormiak. – Poklepał się po ręce i wzruszył ramionami. – Kiedy zaniesiesz im kawę... bo jak rozumiem, chcesz im sama zanieść... – Spojrzał pytająco.

– Tak! Zaraz wstawię wodę.

– To powiedz Bartkowi, żeby spojrzał na niego i ocenił, co z nim. Czy oliwa potrzebna, czy drobinka linki gdzieś się wcisnęła, bo raz lekko popiskiwał, a raz lekko zacinał się.

– Jasne, poproszę go. Czy tobie także zrobić kawę?

– A sama będziesz piła?

Joanna posmyrała się po czole.

– Nie, bo przecież będę miała w rękach kamerę. Wypiję, kiedy wrócę.

– To ja wówczas z tobą – uśmiechnął się.

– Super! – odpowiedziała z uśmiechem.

Wstawiła wodę, przygotowała kubki i włożyła je do wysokiego garnka, wsypała kawę i po łyżeczce cukru. Gdy czajnik odezwał się, wlała wrzątek do kubków.

– Za trzy minuty pójdę! – oznajmiła, spoglądając na Wojtka. – Obatuchasz mnie? – spytała, wskazując na jego sztormiak.

– Jasne, ale włóż przynajmniej adidasy – odparł, rzuciwszy okiem na jej stopy.

Jak chce, to jest miły i opiekuńczy, pomyślała; obdarowała go uśmiechem.

– Racja, zapomniałam! Lepiej trzymają się pokładu i tak nie przemokną – powiedziała głośno.

– Właśnie.

Kiedy wróciła z kabiny już w adidasach, czekał ze sztormiakiem w rękach.

– Kawa już pomieszana – oznajmił. – Odwróć się w moją stronę – poprosił. Poprawił kaptur na jej głowie i pocałował w czoło. – Uważaj – rzucił.

Kurczę! Co z nim? Aż gęsiej skórki dostałam. Uśmiechnęła się do niego i wyszła na pokład. Oczy Antoniny, Bartka i Joanny spotkały się. Wszyscy uśmiechnęli się.

– Fajnie wyglądasz! – krzyknęła Antonina.

– Wojtek mnie ubrał! – odkrzyknęła Joanna i postawiła garnek z kawą w pobliżu steru. Sięgnęli po kubki.

Dopiero teraz dosłyszała świst wiatru na wantach, momentami załopotał żagiel, poczuła na twarzy zacinający deszcz, ale nie tak mocny, jak się obawiała. Spostrzegła też, że dzisiaj została założona szprycbuda nad zejściówką.

– Wojtek prosił, żebyś spojrzał na lewy przedni kabestan! – wykrzyknęła do Bartka.

– Ja też go dzisiaj słyszałem rano i już oczyściłem. Jakieś paprochy się dostały, ale na szczęście ich jeszcze nie wciągnęło do środka, więc wygrzebałem i już jest okej! – odkrzyknął. Pokazała mu kółeczko z palców. – Pyszna kawa! Inaczej smakuje niż w messie! – pochwalił i pokazał kciuk.

– Chcę zrobić ujęcie, jak działacie w czasie deszczu! – powiedziała głośno, wskazując na kamerę przewieszoną przez szyję. – Machniesz kołem sterowym, jak ci powiem... – rzuciła w kierunku Antoniny – ...bo chcę mieć efekt sztormowy! Rozumiesz?

– Jasne! – odkrzyknęła Antonina.

– Wojtek mówi, że miałam szczęście, zatrudniając do filmu Gretę Garbo i Burta Lancastera – dodała, wskazując na nich palcem.

– Ale fajnie! – ucieszyła się Antonina.

– Dam napis na początku filmu, że to ich występ gościnny. Będzie jak w produkcjach Hollywoodu!

– No, to teraz już na pewno agent się odezwie i ściągną mnie do jakiejś megaprodukcji – zaśmiał się, przekrzykując wiatr, Bartek.

Joanna przygotowała sobie kamerę.

– Tosiu, zrób próbę sterem, bo chcę zobaczyć, jak się najlepiej ustawić.

Po ruszeniu kołem sterowym przez Antoninę i szybkim powrocie do poprzedniej pozycji jacht nieco się przechylił w jedną stronę, potem w drugą i wyprostował. Żagle, tracąc wiatr, odezwały się przez chwilę łopotem, a po chwili znów wypełnione wiatrem ucichły.

– Jest super, więc powtórz za chwilę tak samo, a jak się jacht ustabilizuje, złapcie kubki i stójcie obok siebie, okej?

– Okej!

– Teraz! – zawołała Joanna.

Wszystko poszło jak należy, a kiedy Bartek pocałował Tosię w policzek podczas picia kawy, tylko się uśmiechnęła. Kończyła się minuta, więc wyłączyła kamerę.

– Znakomicie! – wykrzyknęła. – Czuję, że scena z pocałunkiem będzie nominowana do Oscara! – zachichotała i pokazała im kółeczko z palców. Bartek raz jeszcze pocałował Antoninę.

– Jak wypijecie, to postawcie garnek przy zejściówce. Sięgnę po niego.

– Okej! – rzucił Bartek.

Joanna zniknęła pod pokładem. Przywitało ją chmurne spojrzenie Wojtka.

– Co to były za regaty? – spytał.

– Dwa niespodziewane zakręty – odparła uśmiechnięta Joanna, ściągając sztormiak.

– To znaczy?

– Robiliśmy ujęcie do filmu. Najpierw próba, a potem już na poważnie.

– Dwa razy wstawałem i dwa razy mnie rzuciło – wyjaśnił.

– Trzeba było wybrać inny moment – mrugnęła.

– Ale z ciebie numer.

Joanna zmieniła adidasy na tenisówki, poprawiła uczesanie i wróciła do stołu.

– A drugie dresy masz takie same?

– Dlaczego pytasz mnie o drugie dresy?

– A co, nie zmieniłaś ich?!

– Nie, dlaczego miałabym?

Wojtek zerwał się i obmacał jej kolana.

– Przecież mokre jak ściera! – zawołał. – Marsz je natychmiast zmienić!

– Ale nie mam innych.

– Nie masz innych? To włóż dżinsy!

– A mogą być długie spodnie piżamowe? – Joanna zrobiła maślane oczy. Wojtek uśmiechnął się.

– No, mogą. Ładnie w nich wyglądasz... Chociaż bez nich...

– Ty szatanie! – zaśmiała się w głos, ruszyła do kabiny i po chwili wróciła w spodniach od piżamy. Uśmiechnęli się do siebie.

– Spojrzałem na twoją pracę. – Wskazał palcem na komputer stojący przed Joanną.

– I...?

– Podoba mi się, ale znowu użyłaś mojej muzyki – rzekł, wzruszając ramionami. – Przecież tyle razy mówiłem.

– Nie powiedziałeś, że nie mogę jej używać.

– Powiedziałem, że to nie jest najlepszy pomysł, czy jakoś tak.

– No właśnie. Jakoś tak powiedziałeś, a ja postanowiłam potraktować to jako zwykłą wymianę poglądów. Ty uważasz tak, a ja uważam, że jest wręcz odwrotnie. Że twoja muzyka, którą mi dałeś, jest idealna do moich filmów, programów.

– A czy nie mogłabyś się uważniej wsłuchać w moje słowa?

– Wsłuchuję się. Gdybyś mi powiedział, że się nie zgadzasz, nie wolno mi, to wtedy bym się na poważnie zastanowiła. Ale tak? – Wzruszyła ramionami. – Przecież wiem, że nawet Bartek z tobą o tym rozmawiał.

– On ci to powiedział?! – Prawie poderwał się z miejsca.

– Bartek mówi wszystkim wszystko, ale mnie powiedział tylko tyle, że rozmawialiście. Nie zdążył zdradzić o czym, bo zasłonił sobie usta. Zorientował się. – Przewróciła oczami.

– Dobrze, że chociaż tyle – mruknął Wojtek.

Rozległo się pukanie w zejściówkę. Joanna zerwała się i wstawiła do wnętrza garnek z opróżnionymi kubkami. Szybko je umyła i nastawiła wodę na kawę dla Wojtka i siebie.

– Parzę! – rzuciła, zwracając głowę w kierunku stołu.

– Okej!

Po chwili siedzieli nad parującymi kubkami. Pachniało kawą. Wojtek wstał i ze swojej szafki wyciągnął czekoladę. Połamał i zachęcił gestem.

– Wiesz, że na jachcie nauczyłam się jeść czekoladę?

– To przynajmniej masz jedno po mnie – wypalił radośnie.

Dłoń Joanny z kostką czekolady w palcach zawisła w powietrzu. Wpatrywała się w Wojtka przenikliwie.

– No co! Tak się tylko mówi! – wyjaśnił. – Z muzyką się nie zgadzamy, to przynajmniej tym sprawiasz mi przyjemność – powiedział i wyszczerzył się na pół gwizdka.

– Mam po tobie... przynajmniej to jedno... – powtórzyła jak echo. – Kto wie, czy nie jeszcze coś? – dodała, ale natychmiast machnęła ręką. – Czy tak właśnie lubisz?

Delikatnie ugryzła kawałek trzymanej w palcach kostki czekolady, przymknęła oczy i zaczęła go obracać w ustach językiem.

– Można tak... – wskazała po chwili palcem na usta – ...albo tak.

Teraz jej język znieruchomiał, wypiła mały łyk kawy, przytrzymując językiem czekoladę i czekała, aż czekolada sama zacznie się rozpuszczać na języku od ciepła kawy. Rozkoszna słodycz z wolna roznosiła się po jej kubkach smakowych.

– To chyba dla takich istot jak ty najwięksi mistrzowie czekolady obmyślają swoje cuda. Zrobiłaś całe misterium... czekoladowe – dodał po chwili, wpatrując się w jej twarz.

– Poeta... – zachichotała.

– I co zrobimy z tą... muzyką? – Wojtek wrócił do wcześniejszego tematu.

– Zostawimy jak jest – ucięła i poruszyła myszą, budząc komputer. – Zaraz opublikuję... a nie! Jeszcze teksty! Zagadałeś mnie. – Pogroziła mu palcem.

Jego mina wskazywała, że jest nierad, nawet bardzo.

Gdy skończyła, sprawdziła, czy jest internet. Pojawił się, znaczy jesteśmy już dosyć blisko brzegu. Od zejściówki znowu rozległo się pukanie. Wojtek wstał pośpiesznie. Wypił jeszcze w pośpiechu kilka łyków kawy.

– Będziemy halsować, więc już nie popracujesz – powiedział.

– Dobrze, że uprzedziłeś – podziękowała miłym uśmiechem. Odpowiedział tym samym. – Lubię pływanie halsami, a dotąd nie było okazji.

Wkrótce obserwowała, jak nad oknem w suficie co jakiś czas przelatywał bom z jednej strony na drugą, czuła większe przechylenie jachtu i mocniejsze jego kołysanie oraz chlupot fal. Uwielbiała to!

Kiedy przyszedł wieczór i stali na cumach w baseniku najbardziej odległym od wejścia do portu, Antonina otworzyła przewodnik po Włoszech.

– Czy mogę dzisiaj ja przygotować ciekawe miejsca, które powinniśmy zobaczyć w Livorno? – spytała.

– A chcesz? – ucieszyła się Joanna.

– No jasne! Żebyś nie mówiła, że zawsze czekam na drapane! – roześmiała się perliście Antonina. Chłopcy z zaciekawieniem spojrzeli na obie dziewczyny.

– Dobrze. To ja tylko włączę internet, żebyśmy mogły zweryfikować te miejsca na mapie.

Wspólna praca dała szybkie efekty. Ograniczyły się do kilku zaledwie obiektów, żeby nie komplikować sobie zwiedzania miasta przejazdami, gdyż tym razem miały ochotę na długi spacer bulwarami wzdłuż morza.

Następnego dnia, po obfotografowaniu i sfilmowaniu z mariny, w której cumowali, potężnych średniowiecznych murów Fortezza Vecchia, ruszyli całą czwórką w kierunku Piazza Della Repubblica z pomnikami wielkich książąt Toskanii Ferdynanda III i Leopolda II Habsburgów, a z jej północnego krańca i nabrzeży okolicznych kanałów podziwiali Fortezza Nuova. Idąc na powrót w kierunku mariny, zwiedzili katedrę pod wezwaniem Świętego Franciszka, po obejrzeniu zaś marmurowej statuy Quattro Mori, upamiętniającej zwycięstwo Ferdynanda I nad Turkami, panowie wrócili na jacht, natomiast Joanna z Antoniną ruszyły bulwarami w stronę kompleksu włoskiej Akademii Marynarki Wojennej, gdyż w jej pobliżu chciały jeszcze zwiedzić stary kościół Chiesa di San Jacopo in Acquaviva.

– Miałam dzisiaj ciekawą rozmowę z Wojtkiem – powiedziała Joanna, kiedy mężczyźni odłączyli się od nich.

– Konstruktywną?

– Ciągle zapiera się w sprawie swojej muzyki, więc powiedziałam mu wyraźnie, że nie przestanę jej używać, dopóki mi tego wprost nie zakaże.

– Tak mu powiedziałaś?

– Użyłam słów... – Joanna przystanęła na moment i zmarszczyła czoło – ...już wiem: „Gdybyś mi powiedział, że się nie zgadzasz, nie wolno mi, to wtedy bym się poważnie zastanowiła". – Skinęła głową i wydęła usta. – Niech wie!

– No, toś mu ładnie pojechała. A co on na to?

– Jeszcze kąsał. – Zaśmiała się w głos. – Tak się zagotował i pogubił, że nie był w stanie odróżnić ironii od kłótliwości. A z drugiej strony, kiedy wychodziłam do was na pokład, zapiął mi dokładnie sztormiaka i jeszcze dał całusa, a po powrocie wymacał, że dres na kolanach jest mokry, i przekonał, że powinnam go zdjąć, wysuszyć, żebym się nie przeziębiła.

– Słodziutki...

– Wolę takiego. Od dzisiaj zacznę sobie powoli przegrywać na „paluszki"wszystkie swoje filmy i fotografie, żebym się w Imperii nie pogubiła – zmieniła temat Joanna.

– Momentami zapominam, że lada dzień wracasz. Szkoda... – Antonina objęła Joannę.

– Szkoda, ale nie mam wyjścia. – Rozłożyła ramiona Joanna. – Ty masz słodkiego i wszystkowidzącego Bartka, a Wojtkowi, jak widzisz, sporo jeszcze do niego brakuje. – Zamyśliła się. – On dojrzeje, ja to wiem... czuję. – Uśmiechnięta wskazała na siebie palcem. – Jednak w sytuacji, kiedy robi się chłodniej, a nie mam cieplejszej kurtki, tylko cienką popelinową wiatrówkę, jakieś swetry, na dodatek z dżinsów zaczynam wyrastać, to trzeba wracać. Te dwa tygodnie, czy ile tam jeszcze mamy do Sardynii, nic by mi już nie dały.

– Niby tak, ale widzę, że trochę żałujesz tego rychłego wyjazdu.

– Żałuję, bo tak nam dobrze... – Joanna objęła Antoninę.

– A rodziców powiadomisz, że wracasz?

Joanna zamyśliła się.

– Raczej nie... Na pewno nie! – powiedziała po chwili zdecydowanym tonem. – Po co mi dodatkowe emocje.

– Ty masz telefon Marca, tak? – spytała Antonina po kilkudziesięciu krokach w milczeniu.

– Uhm. Wpisałam go sobie jako Marka Berbera – zachichotała Joanna.

– Ale fajnie!

– Mark Berber i Vesper Lynd... W telefonie mam jeszcze sporo wolnego miejsca na dalsze kontakty! – Joanna poklepała się po tylnej kieszeni spodni, gdzie spoczywał jej aparat.

– Tak niewinnie zaczęła się nasza rozmowa z Claudią, a tu patrz – potwierdziła Antonina.

– Teraz będę czekać na informację od Marca, gdzie mam się stawić, a w niedzielę musimy pozbyć się chłopaków z jachtu. Jeśli nie uda się, to ucieknę w nocy i gdzieś się ukryję! – powiedziała Joanna tragicznym głosem.

– To byłoby głupie i niebezpieczne, bo pewnie zaczęłaby cię zaraz szukać policja – odparła z przekonaniem Antonina.

– Wiem. Zatrzymajmy się więc na chwilę, żeby to omówić. – Joanna pociągnęła za sobą Antoninę w kierunku pobliskiego dużego placu. – To Terrazza Mascagn. – Wskazała najbardziej wizytową część promenady w Livorno, z biało-czarną kostką i altaną muzyczną, do której właśnie się zbliżyły.

– Cudowne miejsce. Zrobione z takim rozmachem! Spójrz, akurat wchodzi do portu ogromny prom! – Antonina nie wstydziła się wyciągnąć ramienia w jego kierunku.

– Sfilmuj go!

Podeszły do balustrad promenady przy samym brzegu morza. Joanna filmowała, a Antonina pstrykała zdjęcia. Gdy skończyły, usiadły na pobliskiej ławce.

– Mam pewien pomysł – odezwała się Antonina. – Kiedy płynęliśmy we wrześniu w tę stronę, Bartek nagabywał Wojtka, to było w Oristano na Sardynii, żeby ten skorygował trasę, bo zawsze chciał zobaczyć Genuę. Wojtek powiedział wówczas, że planując rejs, zwyczajnie zapomniał o niej, sam przecież też od dawna marzył, żeby stanąć przed domem Krzysztofa Kolumba. Powiedział Bartkowi, że zastanowią się nad tym w Palermo, ale potem była sprawa z tobą... – poklepała Joannę po ramieniu – ...i sądzę, że nie wrócili do tematu. Gdyby im jakoś dyskretnie przypomnieć o tym, naprowadzić na ten temat, może by się tam kopnęli?

– Rozumiem, że my byśmy zostały wówczas same, czy tak?

– Nie inaczej.

– Tylko mnie byłoby jakoś niezręcznie o tym Wojtkowi mówić, tak myślę – powiedziała Joanna zafrasowanym tonem.

– Czyli musiałoby to spaść na mnie. – Pokiwała głową Antonina; zamyśliła się. – Sądzę, że są dwa scenariusze: pierwszy, pompuję jakoś samego Bartka, drugi, wyskakuję z tematem znienacka, bo przypomniałam sobie ich rozmowę z Oristano. Co sądzisz?

– Wszystko zależy od tego, jak Bartek potrafi dogadywać się z Wojtkiem – zauważyła Joanna.

– No i ważne, żeby ruszyli wcześnie rano, w okolicach ósmej, bo ty musisz się jeszcze spakować!

– No tak. Mata Hari i Violette Szabó mają problem – rzekła Joanna i spojrzała na przyjaciółkę. Obie się uśmiechnęły, ale po chwili znowu spoważniały.

– A gdyby jeszcze inaczej zrobić? Naprowadzam ich na Genuę, tak jak mówiłam, a jak jest ciężko, bo nie bardzo chcą jechać sami, ty nagle też decydujesz się jechać. – Antonina dotknęła palcem ręki Joanny. – Wojtek tobie nie odmówi. – Pokręciła głową. – Oni wykupują bilety do Genui na autobus czy pociąg, ty się nagle rano rozchorowujesz, ja rezygnuję, żeby się tobą opiekować.

– Złożony scenariusz... – jęknęła Joanna.

– Ale chyba najlepszy, bo ty jesteś jego elementem – rzekła z przekonaniem Antonina.

– No dobrze. Spróbujemy go zrealizować, jeśli nie uda się, obrażam się śmiertelnie i wyjeżdżam, trzaskając drzwiami! – zawołała Joanna. – Koń ma wielką głowę i teraz niech on się trochę pomartwi, a my znajdźmy sobie jakąś kafejkę. Trzeba się odstresować.

Tego wieczoru, siedząc do późnej nocy, Joanna wyprodukowała dwa odcinki programów z Elby, a pozostałe postanowiła zrobić już w Nowych Maniowach. Sprawdziła raz jeszcze, czy dobrze się zapisały na pendrivie filmy i zdjęcia, ziewnęła i ruszyła do łazienki. Przed godziną drugą wtuliła się w Wojtka. Jego dłonie od razu zrobiły się ciekawskie, ale przytrzymała je mocno i wkrótce zasnęła.

Przelot z La Spezzi do Imperii był nadspodziewanie szybki, bo dalej wiało ze wschodu, ale do mariny i tak wpłynęli już po zachodzie słońca. Była dobrze oświetlona lampami, więc cumowanie nie nastręczyło problemu. Sprawa wyprawy Wojtka i Bartka nieoczekiwanie rozwiązała się sama. Przy kolacji obaj mieli dziwne miny. Wreszcie nie wytrzymał Bartek.

– Kochanie... – Spojrzał na Antoninę. – Pamiętasz naszą rozmowę w Oristano o Genui? – spytał.

Dziewczyny omiotły się wzrokiem.

– Chcesz chyba powiedzieć waszą! – Wskazała palcem na niego i Wojtka.

– No, naszą – przyznał Bartek. – Przypomnieliśmy sobie o niej dzisiaj i jednak chciałoby się tam skoczyć – powiedział strapionym głosem i zrobił takąż minę.

– Taki kawał płynąć?!

– No nie, pociągiem! – odparł, wykrzywiając się, Bartek.

– A my?! – Antonina rzuciła nerwowo i wskazała dłonią na Joannę i siebie.

– A wy też chcecie tam pojechać? – zdziwił się Bartek.

– Ale pociągiem jechać? – Joanna skrzywiła się.

– To jest bardzo wygodny i szybki pociąg! – włączył się Wojtek.

Zapadło krótkie milczenie.

– A ty byś w ogóle chciała tam jechać? – Joanna spojrzała na przyjaciółkę. – Ja już zaczęłam szukać ciekawostek w Imperii.

– Chciałam... – Antonina wzruszyła ramionami. – Ale jak ty nie chcesz, to ja nie muszę. – Rozłożyła dłonie. – Tylko panowie... mam nadzieję, że to już ostatni raz wyskakujecie z czymś takim na ostatnią chwilę, dobrze? – Pogroziła im palcem.

– No dobrze. To już ostatni raz – zgodził się Bartek.

– A mogę się jeszcze przyznać do pewnego przestępstwa? – spytał Wojtek.

– Cóżeś zmajstrował i kiedy? – Spojrzała na niego wojowniczo Joanna.

– O rany! Aleś ty agresywna!

– Przecież wiesz, że jestem góralką, co? – Joanna zmierzyła go wzrokiem.

– Wiem, ale nie myślałem.

– No już dobrze, mów!

– Właściwie to nic takiego, tyle tylko, że ja już wcześniej zamówiłem dwa bilety... – wskazał na Bartka i siebie – ...na jutro i gdybyście chciały jechać, to byłby pewien problem.

– Co to, nie można kupić biletu ot tak?

– Można, ale tylko na pociąg, który jedzie kilka godzin.

– Czyli załatwiliście nas z premedytacją! – Joanna ponownie zrobiła groźną minę. – Dobrze, zgodzę się, ale pod jednym warunkiem! – Przeniosła wzrok z Wojtka na Bartka i z powrotem.

– Cóż to miałoby być? – spytał Wojtek.

– Dostaniecie od nas listę miejsc, które miałybyśmy ochotę tam zobaczyć, a ponieważ nie jedziemy, to wy porobicie filmy i zdjęcia. Zgoda? – spytała Joanna.

– Ale nas to będzie kosztowało teraz pół nocy siedzenia, Joasiu! – Spojrzała na przyjaciółkę naprawdę przestraszona Antonina.

– Nie ma nic za darmo. – Joanna rozłożyła ramiona.

– A może wystarczy, jeśli przejrzycie naszą listę. My też przygotowaliśmy się porządnie do tej wycieczki, jak wy to robiłyście wcześniej. – Wojtek sięgnął do szuflady i wyciągnął brulion. – A filmy i zdjęcia porobimy na pewno – dodał pojednawczo, podając go Joannie.

Ta przysunęła się do Antoniny.

– Długa ta lista – rzuciła.

– Najważniejsze, że jest dom Krzysztofa Kolumba. – Antonina wskazała palcem na listę.

– Jeśli dacie nam pół godziny po kolacji, to zweryfikujemy. Może tak być?

– Dziękujemy! Dziękujemy! – Jeden po drugim zapewnili głośno obaj.

– Czy możemy to uczcić? – spytał, wyszczerzając się, Wojtek.

– Widzisz, Joasiu, jak to jest? Do kolacji wina nie zaproponowali, a jak ugrali swoją sprawę, to są gotowi zainwestować. – Antonina pokręciła głową. – Wypijemy? – Spojrzała na Joannę.

– Ja tylko odrobinę, na dnie. Symbolicznie, bo nie wiadomo, kiedy taka okazja trafi się następny raz. – Joanna zaśmiała się w głos. Antonina przyłączyła się do niej. Po chwili ich twarze spoważniały.

Po kolacji z lampką wina dziewczyny dodały do listy jeszcze Palazzo Rosso.

– To chyba tylko niedopatrzenie, że nie znalazł się na liście. – Pokręcił głową Wojtek.

– Teraz już jest. Okazuje się, że my jesteśmy bardziej precyzyjne – rzuciła Joanna i spojrzała na Antoninę. – Co powiesz, Tosiu, na krótki spacer?

– Ja? Chętnie! – zgodziła się Antonina.

– My też możemy pójść! – zadeklarował Wojtek, podrywając się z miejsca.

– Dziękujemy, ale przejdziemy się same. Jakaś kara dla was musi być... oprócz posprzątania messy – rzuciła Antonina, podnosząc palec. – Idziemy! – zwróciła się do przyjaciółki.

Kiedy odeszły na sto metrów od kei, zaczęły się śmiać.

– Ależ oni dali się wkręcić. Ty to potrafisz zagrać – powiedziała Antonina. – Z tym śledzeniem dzisiaj przewodnika to już uwierzyłam, że naprawdę chcesz tak zrobić.

– My byśmy zrobiły to szybko! Tak jak wyłapałyśmy, czego nie ujęli. Proste, nie?

– Proste. Myślę, że Marc może przyjechać pod sam jacht. Trafi bez przeszkód – oceniła Antonina, rozglądając się wzdłuż nabrzeża.

– Rzeczywiście. Zaraz mu napiszę, że może przyjechać nawet pół godziny wcześniej – ucieszyła się Joanna, gdy doszły do ulicy tuż za mariną.

Po wymianie z Markiem esemesów ruszyły z powrotem w kierunku jachtu.

– Jak to wszystko będzie dalej, Asiu? – spytała Antonina, chwytając przyjaciółkę pod ramię.

Joanna chwilę milczała, a potem wystawiła ręce do przodu i coś zaczęła odliczać na palcach.

– Co to za czary? – Antonina wskazała głową na zginające się kolejno palce Joanny.

– Liczę dni. W ostatnią sobotę byłam jeszcze w czarnej dziurze, ale spotkałyśmy na Elbie Claudię. Załatwiła jakimś cudem bilety do Krakowa. – Joanna rozłożyła dłonie. – Potem, w niedzielę, spotkanie jeszcze z jej Markiem i obietnica, że zawiezie mnie stąd do Mediolanu. To już jutro – westchnęła głęboko.

– Żałujesz, że udało się wszystko załatwić?

– Żal mi, że zostaniesz sama...

– Spokojnie. Dam sobie radę.

– W poniedziałek i wtorek, kiedy byliśmy w Livorno, mocno się denerwowałam, co będzie, jeśli Claudia zadzwoni, że tamten klient, po którego rezygnacji ja dostałam bilet, jednak chce lecieć.

– No coś ty?! Bilet zabukowany jest już twój! Claudia ma na niego oko!

– Mówisz? Może i tak, ale on czeka na mnie aż w Mediolanie! A jeśli jednak...

– Daj, Aśka, spokój! Przestań mantyczyć! Jutro przed jedenastą będziesz miała go już w rękach! – Antonina potrząsnęła Joanną. Ta uśmiechnęła się.

– A potem dwa dni w morzu i w La Spezzii, i znowu o tym wszystkim myślałam. – Joanna wróciła do swojej wyliczanki.

– Szkoda, że nie mam ciupagi, bobym ci nią przyłożyła. Twarda góralka! – Antonina zatrzymała się i tupnęła nogą. – Ile ci jeszcze zostało tych paluchów?! – Spojrzała na ręce Joanny.

– Od ostatniej soboty na Elbie dzisiaj mija piąty dzień, a jutro szósty...

– A pojutrze siódmy... Ja dziękuję! Jeszcze powiedz mi, że w sobotę jest trzynastego!

– No bo jest – zachichotała Joanna. – Wiesz, że ja lubię trzynastki? A najbardziej, kiedy przypadają w piątek i pada deszcz.

– A ja w takie dni najbardziej lubię kołderkę i książkę – zachichotała Antonina. – Zaraz będziemy na jachcie, więc powiedz, bo wcześniej mi nie odpowiedziałaś, co będzie dalej? – Antonina zajrzała przyjaciółce w twarz.

Joanna głęboko westchnęła i jej myśli na kilka chwil znowu dokądś uleciały.

– Kocham go – powiedziała cicho. – Bardzo. Urodzę dziecko, a potem czeka mnie z nim sporo pracy, bo na razie jest zbyt mocno zapatrzony w siebie.

– Trudno się z tobą nie zgodzić.

– Generalnie jest dobrym człowiekiem, ale ideą WOLNOŚCI, takiej, jaką sobie wymarzył, musi się ze mną trochę podzielić. – Spojrzała na Antoninę, która w odpowiedzi pokiwała głową.

Szły kilka kroków w milczeniu.

– Wiesz co? – rzuciła nagle Antonina. – Tak mi chodzi po głowie, by mu powiedzieć, że poczułaś się jednak wczorajszym wybrykiem urażona i dlatego wyjechałaś.

– Dobre. Podoba mi się. I jeszcze mu powiedz, żeby nawet nie próbował dzwonić ani mnie szukać, póki nie dojadę do domu. Sama się stamtąd do niego odezwę.

– A gdyby się upierał, żeby mu cokolwiek powiedzieć, to czym wyjechałaś?

– Powiedz mu po prostu, że przyjechała taksówka, i nie masz pojęcia, co dalej. Że mam do ciebie zadzwonić dopiero z domu.

– Smutno mi będzie bez ciebie, Joasiu.

Objęły się mocno.

– Obiecasz mi jeszcze coś? – Joanna spojrzała na przyjaciółkę.

– Co takiego?

– Zrób sobie wycieczkę po Imperii. Tu też jest co zobaczyć – odparła Joanna i jej oczy zabłysły uśmiechem. – Przeglądałam internet.

– Ludzie! Trzymajcie mnie! – wykrzyknęła stłumionym głosem Antonina. – Taka akcja, a ona ma jeszcze siłę myśleć o Imperii i jakichś starociach w tym mieście!

– Przecież wiesz, że jestem twardą góralką! Chcę już w Maniowach zrobić program o Imperii...

Znowu się mocno objęły i po chwili wkroczyły na pokład jachtu.

Rozdział 26

*W*ojtek i Bartek zniknęli z jachtu w piątek o świcie. Przysyłali esemesy z pociągu do Genui, że wszystko z biletami było dobrze, a pociąg gna teraz jak ta lala. Zgodnie z obietnicą Marc trafił na miejsce cumowania jachtu Scorpio bez problemów.

– Piątek dwunasty października, więc jestem! – zawołał roześmiany od ucha do ucha, gdy wyszedł z auta i stanął obok jachtu.

Pomógł Joannie znieść plecak na nabrzeże, a potem przyglądał się bezradny, jak dziewczyny nie mogą się rozstać. Dwa razy się rozchodziły i znowu do siebie przypadały z płaczem. Wreszcie Marc ruszył, a Joanna długo jeszcze machała dłonią, choć już dawno ani jachtu, ani Antoniny nie mogła widzieć.

– Przepraszam cię, Marc – powiedziała, otarłszy łzy.

– Jak kiedyś byłem świadkiem pożegnania Claudii na Korsyce, to wyglądało podobnie. To dokąd pani sobie życzy? – spytał, mrugając.

– Czy Mediolan to ponad pana siły? – zażartowała jak on. Marc nacisnął pedał gazu, aż Joannę wcisnęło w fotel.

– Boże! – krzyknęła.

– Pokazałem tylko, że razem z moją piękną mamy sporo siły. – Przejechał ręką pieszczotliwie po kokpicie auta.

– A cóż to za marka, bo nie poznałam?

– Karoseria ford fiesta z siedemdziesiątego szóstego roku, ale silnik citroëna z pierwszej dekady tego wieku – pochwalił się. – Kolor karoserii dobrany według starego katalogu. To prawdziwa skóra. – Poklepał tapicerkę. – Teraz takich aut z duszą nie robią. Żal mi będzie komuś ją oddać – zmarkotniał.

– A dlaczego? – zainteresowała się Joanna.

– Albo złota fiesta, albo Claudia. Wybrałem Claudię – uśmiechnął się.

– A na Elbę nie mógłbyś jej wziąć?

– To dzieło mojego kuzyna i on powinien ją serwisować. Stamtąd nie ma sensu przyjeżdżać do Marsylii – posmutniał. – Zresztą Claudia ma prawie nowe auto, okazyjnie kupione. Wezmę za moją fiestę dużo! – rozpromienił się w końcu i znowu pogłaskał kokpit.

– Na którą dojedziemy? – spytała Joanna.

– Według pilota mamy dwieście osiemdziesiąt trzy kilometry i wyliczył mi dwie godziny i pięćdziesiąt pięć minut. Trochę uda się urwać, ale poniżej dwóch i pół godziny nie zejdziemy.

– To będę miała jeszcze około półtorej godziny do wylotu – ucieszyła się.

– A ja w tym czasie coś przegryzę i zdrzemnę się na parkingu, bo bezpiecznie, a dopiero potem ruszę z powrotem do Marsylii.

– Przeze mnie tyle się dzisiaj najeździsz... – Joanna zrobiła smutną minę.

– Razem będzie tego ponad tysiąc sto kilometrów i ponad jedenaście godzin za kierownicą, ale za to posłucham

sobie dużo muzyki. – Wyglądał na prawdziwie ucieszo-
nego. – Ostatnie tak długie spotkanie z fiestą trzeba uczcić!

Joanna uśmiechnęła się, nie do końca pewna, czy ta jego
mina to tylko na pokaz, czy naprawdę tak myśli.

– A jeszcze przed wylotem zdążę kupić jakieś drobiazgi
dla rodziców – powiedziała, zmieniając temat.

– Claudia też tak ma! – uśmiechnął się szeroko. – Ech,
zapomniałbym! Domek kupujemy w Porto Azzuro! – wykrzyknął.

– Jaki domek?

– No ten, w którym Claudia wynajmowała mieszkanko!
Okazja! Starsi państwo przenoszą się do dzieci do Piombino i trafiło się! Już zdążyliśmy obgadać w czwartek wieczorem. Czysty przypadek!

– Ależ się cieszę. Życzę wam, żeby wszystko się jak
najlepiej ułożyło.

– Na święta bierzemy ślub, a świadkami będą dotych-
czasowi właściciele. Ależ oni się ucieszyli!

– Co za zbieg okoliczności?!

– To wszystko przez ciebie! – Marc delikatnie pogłaskał
dłoń Joanny. – Claudia powiedziała, że musiał jakiś anioł
przylecieć z Polski i coś takiego nam powiedzieć. Musicie
do nas przyjechać na wczasy. W nowym roku, na długo!

Teraz Joanna położyła rękę na dłoni Marca trzymają-
cego kierownicę.

– Wzruszyłam się. Wszystko wam się cudownie ułoży.
Kiedyś na pewno przyjedziemy... – Spojrzała w okno.

Jej myśli dokądś poszybowały. Przyjedziemy... Kto?
Razem? Ja z córką na pewno. Uśmiechnęła się do Marca.

– Jak moja córka będzie miała cztery, pięć lat... – dotknęła się brzucha – ...na pewno z nią przyjadę.

Marc podniósł kciuk.

– A jak jej dasz na imię? – Zerknął na Joannę, a po chwili drugi raz. – Może Claudia? Wtedy nie zapomnisz, że masz przyjechać – uśmiechnął się szeroko.

Joanna spojrzała na niego przeciągle. Zaniemówiła. W tej chwili złapała się na tym, że nigdy dotąd nie pomyślała o imieniu dla swojej córki. Claudia? Klaudia? Piękne imię. Wtedy zawsze będę pamiętała Elbę.

– Córka dostanie imię Claudia, a wy będziecie rodzicami chrzestnymi. Co ty na to? – powiedziała zdecydowanym tonem.

– Poważnie? To chyba niemożliwe? – Widziała, że go wprawiła w szok. – Przecież macie na pewno dużą rodzinę. U nas zawsze są targi, kłótnie, bo każdy chce być matką czy ojcem chrzestnym.

– Postanowiłam i nie zmienię decyzji.

– Claudia chyba nie uwierzy. Ależ będzie szczęśliwa! – wykrzyknął. – Puszczę Marsz Triumfalny z *Aidy*. To najbardziej odpowiednia muzyka dla uczczenia takiej sprawy.

Joanna zrobiła oczy. Do głowy jej nie wpadło, że młodszy od niej chłopak może słuchać takiej muzyki. Marc pomanipulował przy odtwarzaczu. Po chwili zabrzmiały dźwięki trąb. Kiedyś chyba to słyszałam, pomyślała. Marc zrobił nieco głośniej. Gdy wybrzmiał utwór, któremu wtórował silnym głosem, spytała:

– Słuchasz takiej muzyki?

– Mam bardzo dużo muzyki operowej i dlatego cieszę się na dzisiejszą jazdę. Wiem, dziwak jestem.

– A Claudia czego słucha?

– Już też lubi operę, chociaż bardziej techno.

– Ależ wy się z nią dobraliście.

– Ja też słucham techno, więc można pogodzić różne style. Kiedyś przyjedziemy na jakiś spektakl do mediolańskiej La Scali. To dopiero będzie przeżycie!

Tematy muzyki operowej zdominowały ich rozmowę. Co chwila puszczał jakieś utwory ze znanych oper i opowiadał ciekawie o ich twórcach oraz o wybitnych głosach. Nie mogła się nadziwić jego wiedzy.

– A skąd w ogóle się wzięło twoje zainteresowanie operą? – spytała.

– Kiedy miałem dwanaście lat, poszliśmy ze szkołą na spektakl do opery w Marsylii i wsiąkłem.

– A co to było?

– *Wilhelm Tell* Gioacchina Rossiniego.

Ani się obejrzała, kiedy zaparkowali przed portem lotniczym w Mediolanie.

– Teraz mi powiedz, ile mam ci zapłacić. – Sięgnęła do torebki.

– To niemożliwe!

– Dlaczego?! Nie żartuj sobie!

– Jeszcze mam ponad pięć godzin słuchania muzyki, więc odsłucham dwie kompletne opery. Czy wiesz, ile bym wydał na spektakle w La Scali? – uśmiechnął się. – No dobrze. Bierzemy plecak, bo czas mojej drzemki już płynie – znów się uśmiechnął.

Wkrótce wyściskali się w holu terminala lotniczego i została sama. Odprawa, zakupy w strefie wolnocłowej, lot do Polski, a kiedy znalazła się w holu lotniska Balice, wyszukała wolne miejsce w jego końcu. Po kilku chwilach trzymała przy uchu telefon. Słyszała sygnał.

– Hej, Joasiu. Gdzie jesteś? – odezwała się Antonina.

– Przed chwilą wylądowałam w Krakowie. Po drodze do domu muszę przygotować wersję dla rodziców, bo ty jako jedyna znasz tę prawdziwą. Oni dowiedzą się za jakiś czas.

– No jasne – usłyszała w słuchawce. – Dostałam przed chwilą esemesa, że chłopcy wracają do Imperii.

– Zaraz jednak zadzwonię do Wojtka i opowiem mu sama, dlaczego wyjechałam, a ty pamiętaj, by mówić, że nic nie wiesz. Wyjechałam taksówką i przesłałam ci tylko esemesa, że jestem już w Krakowie. Zaraz go wyślę, żebyś miała co pokazać, jak wrócą. Możesz odpowiedzieć mi dramatycznie, w ten sposób tylko wszystko uwiarygodnisz.

– Dobrze. A jak podróż z Markiem, lot?

– Marc jest doskonałym kierowcą. Powiedział, że rozmówił się z rodzicami. Zgodzili się na jego przeprowadzkę na Elbę, bo nie mieli wyjścia. Marc i Claudia kupują dom! Ten, w którym u nich byliśmy. Napiszę ci szczegółowo w mailu.

– Co za wiadomość! Mądrzy są.

– Trzymaj się, Tosiu, i dziękuję ci za wszystko. Pisz, jak będziesz mogła, maile też, okej?

– Dobrze, ściskam cię.

– Ja ciebie również. Pa.

– Pa.

Rozłączyła się. Teraz wyślę do niej esemesa.

Przepraszam, Tosiu, uciekłam. Jestem w domu, będę się odzywać. Nie dzwoń na razie, proszę.

Po chwili telefon zawibrował. Odczytała wiadomość.

Jak mogłaś! Przecież trzeba mi było coś powiedzieć. Odchodziłam od rozumu. Nawet nie mam zamiaru dzwonić!

Uśmiechnęła się. Będą mieli nad czym debatować.

Odetchnęła kilka razy głęboko. Wybrała w komórce kontakt do Wojtka. Po chwili usłyszała sygnał telefonu, a potem jego głos.

– Joasia? Będziemy za dwie godziny z kawałkiem. Za chwilę rusza nasz pociąg do Imperii.

– Wojtku, jestem na lotnisku w Krakowie, w Polsce.

– Jak, co...?! Żartujesz sobie ze mnie?

– Mówię poważnie. Wkrótce będę w domu, wyjechałam. Oddaję ci twoją WOLNOŚĆ.

– Przepraszam cię na chwilę, wyjdę tylko do korytarzyka obok toalet. Już jestem – odezwał się po kilkunastu sekundach. – Wiem, że masz duże poczucie humoru, ale prawie dostałem palpitacji. O co chodzi?

– Wyjechałam i nie mam zamiaru wracać na jacht. Chyba rozumiesz dlaczego. Kupiłam sobie bilet lotniczy przez internet i już.

– Nie bardzo rozumiem, niby skąd mam znać powody twojego wyjazdu?!

– Robi się chłodno, nie miałam odpowiednich rzeczy, u siebie w Nowych Maniowach zostawiłam rozgrzebane sprawy, przebyłam z wami cudowną trasę i to wszystko.

– A czy ty się na mnie za coś obraziłaś?

– Mieliśmy kilka nieciekawych rozmów, ale oprócz tego cię kocham.

– Ja też cię kocham! Ale co dalej?!

– Musisz dokończyć rejs i teraz skup się na tym. Pisz do mnie maile, to będę odpisywała. Od tej chwili nie będziemy do siebie dzwonić, dobrze?

– Ale dlaczego?!

– Bo rozmowy z tobą kosztują mnie zbyt wiele sił.

– Przecież to tylko różnica zdań!

– Ale istotna! Ostatecznie masz jacht na głowie, a ja będę miała tu dobrą opiekę!

– Co to znaczy?!

– Mam braci, którzy jakby co mnie obronią, i ojca, który ciebie przegada, też jakby co.

– Ale ja cię kocham!

– Ej tam... Na jachcie jednak nie za często to mówiłeś.

– Bo to jacht! Tam nie było odpowiedniej intymności!

– Kiedy wrócisz do kraju, możesz mnie odwiedzić i to powiedzieć jeszcze raz albo nawet mówić co chwilę. Lubię tego słuchać! Nigdzie się stąd nie ruszę. Do usłyszenia, Wojtku. Pa. – Joanna! – dosłyszała jeszcze jego wołanie i rozłączyła rozmowę.

Westchnęła głośno. Byłam bardziej spokojna od niego. W końcu to wyreżyserowana przeze mnie sytuacja. A on... ależ się zagotował.

Podróż taksówką, podczas której analizowała czekającą ją rozmowę z rodzicami, minęła szybko. Zapłaciła, wysiadła, nałożyła plecak i podeszła do furtki. Spostrzegła ojca, jak zmierza ze swojego warsztaciku w kierunku wejścia do domu. Kiedy pociągnęła za klamkę furtki, jej zawiasy skrzypnęły. Spojrzał w tamtą stronę.

– Joanna? – zawołał zdumiony. – Skąd się tutaj wzięłaś?

– Z góry. – Wskazała palcem na niebo.

– Ale dlaczego nie zadzwoniłaś, że wracasz?

– Zaraz opowiem. – Wyściskała się z ojcem.

Gdy matka ją zobaczyła, przyłożyła dłonie do policzków.

– Skąd ty się tutaj wzięłaś?! – zawołała całkiem jak ojciec.

– Przyleciałam, przed chwilą. – Wycałowała się z matką. – Poczekajcie moment, zaniosę tylko na górę plecak, przebiorę się i zaraz zejdę. Może być?

W pokoju wyciszyła telefon i rzuciła go na łóżko. Dresy, nałożyć luźne dresy! – krzyknęła bezgłośnie. Sięgnęła do szafy. Wyciągnęła swoje ulubione domowe szaraczki i żółtą koszulkę. Zrzuciła dżinsy i bluzkę z podróży. Weszła do łazienki i przemyła wodą twarz. Przebrała się po domowemu. Poprawiła włosy i skropiła się coco chanel. Raptem przypomniała jej się Antonina. Przymknęła oczy. Wzięła głęboki oddech i ruszyła schodami w dół, do rodziców.

Na stole stał już talerzyk z kanapkami i herbata. Taka, jaką lubiła najbardziej. Zwykła z cytryną.

– Naprawdę zdążyłaś się przebrać – powiedziała matka z niedowierzaniem.

– Aleś ty, córcia, szybka! – rzucił ojciec. – Teraz mów, co się stało.

– Kilka dni temu zrobiło się chłodniej, a ja w plecaku miałam niewiele rzeczy. Zgadałam się z dziewczyną z Korsyki, która pracuje w Air France, załatwiła mi bilet i jestem.

– Ale trzeba było napisać, dziecko, ktoś by pojechał cię odebrać! – Matka załamała ręce. – Wydałaś całkiem niepotrzebnie tyle pieniędzy na taksówkę.

– Mamuś. Gdybym zadzwoniła, to byście jeszcze bardziej się denerwowali, bo rozmowa telefoniczna to cała masa pytań i czasem nie wiadomo, jak na nie odpowiedzieć. A tak macie mnie na żywo, z przyjemnością jem kanapki i piję herbatkę. Wyjechałam miesiąc temu i teraz jestem, z powrotem.

– A Wojtek? – spytał ojciec i wpatrzył się uważnie w twarz córki.

– Kocham go tak jak przed wyjazdem stąd, a nawet mocniej, ale musiał pogodzić się z sytuacją, tato – uśmiechnęła się.

– Aleś ty opalona i taka gibka... – pochwaliła matka.

– A kiedy on wraca? – drążył ojciec.

– Tak jak było w planie. W grudniu. Oglądaliście moje programy? – spytała, zmieniając temat. – Oglądaliście, bo widzę, że stoi tutaj komputer – odpowiedziała sobie sama.

– Oczywiście, tylko szkoda, że tak mało było cię widać. A ci, co tam się pokazują, to Antonina i Bartek, tak? – Matka wskazała na komputer.

– Tak, a Wojtka tylko sporadycznie udało mi się gdzieś złapać, i to na ogół z daleka. On nie lubi się pokazywać. Na filmach – dodała. – Pod tym względem jest dziwakiem. A muzyka podobała się wam?

– Ta, która była przy filmach? Piękna. Jakby stworzona do takich podróży.

– To Wojtek ją komponuje. Kocham jego muzykę. – Przewróciła oczami. – A jak wam się podobało, że były tylko napisy, a nie było słychać głosu lektora?

– Ja nigdy nie lubiłem filmów z lektorem, ale w napisach czasami są za małe litery. Da się to poprawić? – spytał ojciec.

– Cenna uwaga, tato. Zmienię to.

– Oglądaliśmy każdy program po dwa albo nawet trzy razy. Ależ tam są piękne kościoły, sanktuaria. Jak tam ludzie muszą wierzyć... – dodała matka i złożyła dłonie.

– Są bardzo wierzący, mamuś.

– U nas jest podobnie.

– O! Mam dla was trochę drobiazgów. Zniosę potem, jak się rozpakuję – uśmiechnęła się.

Po chwili pojawili się w domu bracia. Znowu zdziwienie, powtórne opowiadanie, dlaczego już wróciła i co z Wojtkiem. Widziała wyraźnie, że on dobrze zapadł w pamięć wszystkim domownikom. Musisz się, Wojtku, teraz postarać, żebym i ja ciebie dobrze pamiętała. Pacnęła się w czoło.

– Co się stało, dziecko? – spytała matka.

– Mówiłam, że pójdę po drobiazgi, i zapomniałam. Zmiana strefy, klimatu i takie tam.

Machnęła ręką i wybiegła ze stołowego.

Przecież ja jestem skończona idiotka! – pomyślała i zwolniła na schodach. Musisz chodzić wolniej! – krzyknęła do siebie w myślach. Po wejściu do pokoju usiadła na łóżku, przyciągnęła plecak i otworzyła górną klapę. Przed oczami stanął jej Wojtek. Mężczyzna mojego życia! Ale... ja noszę w sobie inne życie. Położyła dłonie na brzuchu i uśmiechnęła się. Jego i moje, nasze wspólne życie. Malutkie jeszcze, ale będzie rosnąć, aż wreszcie zakwili – przymknęła oczy. Klaudia! – przypomniała sobie imię. Teraz też powinnam pacnąć się w czoło? Uśmiechnęła się. Moja maleńka Klaudia. Będę cię bardzo, ale to bardzo kochać. Już cię kocham, dziecinko. Objęła się ramionami. Usłyszała pukanie do drzwi. Uchyliły się. W progu stał ojciec.

– Pewnie ci się nie chce schodzić – rzucił.

Podszedł bliżej i siadł na jej foteliku.

– Zostaw to na jutro. – Wskazał brodą na plecak.

– Antonina zadzwoniła i chwilę z nią rozmawiałam. Już tęskni... zresztą ja też. Zżyłyśmy się – skłamała, wskazując na telefon leżący na łóżku. Ale prawdą jest, że zżyłyśmy się i tęsknię, pomyślała. – Dopiero zaczynam go rozpakowywać.

Zaczęła rozwiązywać sznurki plecaka.

– Daj dzisiaj spokój. Idź wcześniej spać, a jutro też jest dzień – powiedział ojciec, uśmiechając się. – Ja na twoim miejscu nie wracałbym jeszcze – rzucił. – Mogłaś sobie tam kupić coś ciepłego, przecież to nie są jakieś wielkie pieniądze.

– Niby nie, ale tu mam rozgrzebanych kilka prac i to też był powód – wyjaśniła.

– A wtedy powiedziałaś, że jakoś ogarniesz... Nie żałujesz naprawdę?

– Ale czego, tato?

– Najpierw tego, że tam pojechałaś, a teraz że tak nagle wróciłaś? Tam został Wojtek, a ty tutaj?

– Tato. Nie żałuję niczego. Rejs był cudowny, cała miesięczna wędrówka od portu do portu.

– A Wojtek? Co z nim? – spytał ojciec i wpatrzył się intensywnie w oczy córki.

– Wojtek... – Joanna uśmiechnęła się. – Kocham go...
Naprawdę. – Czuła, że musi tak powiedzieć, bo dostrzegła
wątpliwość w jego wzroku. – Teraz, tam... – wskazała w kierunku okna – ...powoli będzie robiło się chłodniej, idzie okres
sztormowy. Chyba mnie to wszystko przerosło. To byłoby
dla mnie zbyt trudne.

– No, chyba że teraz tak uważasz, bo dotąd mówiłaś, że
nie boisz się pływania.

– Oni mieli w tamtą stronę dwa duże sztormy. Chyba
nie byłabym teraz w stanie stawić czoła takim wyzwaniom.

– Teraz?! – zdziwił się ojciec.

– No, tak się mówi. – Wzruszyła ramionami. – Może kiedyś zdecyduję się raz jeszcze – dodała z uśmiechem.

– Ważne, że go kochasz. To chciałem usłyszeć, bo przez
moment się martwiłem. – Pokiwał głową ojciec.

– Bardzo go kocham, tatusiu. – Objęła się ramionami.
– Od chwili poznania go wstąpiło we mnie nowe życie. –
Przewróciła oczami.

Nowe życie! Przestań, kobieto! Przymknęła oczy.

– Jeśli tak mówisz, to będę dzisiaj dobrze spał... bo wiesz...

Usłyszała jego słowa i kroki. Otworzyła oczy. Stał nad
nią z wyciągniętymi rękoma. Także wstała. Objęli się.

– Co chciałeś, tato, przed chwilą powiedzieć? – spytała
najspokojniej, na ile było ją stać. Odchyliła się nieco do tyłu
i spojrzała mu w oczy.

– Że codziennie, kiedy zasypiałem, trzymałem różaniec
w palcach i modliłem się, żeby morze wam nie dokuczyło
i żebyś wróciła szczęśliwa do domu. Jak to mówią w tele-
wizorach, spełniona.

– Jestem, tato, spełniona, szczęśliwa, niczego nie żałuję,
kocham Wojtka i będę na niego czekała – wypowiedziała
jednym tchem wszystko to, co było prawdą. Wycałowała
ojca.

Uśmiechnął się szeroko.

– Wszystko zaraz opowiem mamie. Też będzie lepiej spała. Dobrej nocy w domu, nasza córeczko. – Pocałował ją w czoło i wyszedł, ale w progu zerknął jeszcze za siebie i pokiwał palcem, jak kiedyś, gdy była mała.

Jaki ten ojciec dociekliwy! Prześwietlił mnie chyba na wylot, jak rentgen. Opadła na łóżko. Ta rozmowa osłabiła ją. Tam miałam ciężko, a we własnym domu? Jak to wszystko mam sobie poukładać? Wpatrywała się tępo w otwarty plecak. Wyciągała suweniry, jakie kupiła dla rodziców i braci w strefie wolnocłowej. Dla mamy duży obrus, szykowny zestaw do przypraw na stół i dwie małe oliwki, oczywiście włoskie. Dla taty maszynkę do ręcznego golenia ze stali nierdzewnej, dla chłopaków każdemu płytę z muzyką. Może się ucieszą?

Gdy wreszcie się wykąpała i położyła do łóżka, długo nie mogła zasnąć. Trzymała dłonie na brzuchu i wyobrażała sobie buzię Klaudii. A potem zobaczyła twarz Wojtka i jego rękę zbliżającą się do jej biodra. Poczuła gęsią skórkę. Zasnęła.

*

Antonina nie mogła już dłużej znieść dziwnej rozmowy chłopaków.

– Poszła spać albo czytać – wytłumaczył ją Bartek, gdy zniknęła w kabinie.

Siedzieli we dwóch w messie przy szklaneczkach, które Wojtek napełniał dzisiaj rudym alkoholem bez ponaglania.

– Co ja niby źle robiłem? – spytał podczas tej dziwnej rozmowy.

– Dlaczego wciąż się biczujesz? – kolejny raz odpowiedział mu Bartek.

– Bo nie potrafię... zrozumieć jej... ani siebie – wydukał Wojtek.

– Jak nie zrozumiesz problemu Aśki, to niczego nie zrozumiesz.

– Co to znaczy problem Aśki? Antosia mówiła, że to brak rzeczy, ubrań, ale to według mnie tylko wykręt.

– To w takim razie co zostaje?

– Więc według ciebie to, że nie podobało mi się wstawianie mojej muzyki do jej programów, to taki wielki błąd i jednocześnie powód?

– Mam ci znowu coś przypomnieć?

– O pacanach? Dziękuję. Wytłumacz mi wszystko raz jeszcze, jak krowie na miedzy! – Wojtek znowu dolał do szklanek.

Bartek położył na stole duży zeszyt. Wskazał tabelkę.

– Spójrz, co się stało od naszej ostatniej rozmowy – powiedział i dotknął palcem jednej z kolumn. – Widzisz?!

– No... liczby.

Bartek pokręcił głową, westchnął i przewrócił kartkę.

– Tu masz kolejną tabelkę, w której zebrałem dane od dwudziestego września, dzień po dniu. W kolumnach wypełnionych kolorem czerwonym są wpisane dane oglądalności z twojego kanału, a w kolumnach z kolorem zielonym dane z kanału Aśki. Obok obu tych kolumn są inne, z danymi wpisanymi kolorem niebieskim. Wzrost procentowy w stosunku do poprzedniego dnia. Rozumiesz?! Czy ty naprawdę nic nie widzisz? Patrz i myśl!

– Zaraz, zaraz. Chcesz mi powiedzieć, że one rosną porównywalnie? – spytał Wojtek po chwili uważnego wpatrywania się w liczby.

– O! Wreszcie przypomniałeś sobie, co oznaczają procenty! Bingo! Rośnie i tu, i tu, jak to się mówi, współbieżnie. Kiedy jej rośnie o ileś tam procent, to u ciebie rośnie o wartość porównywalną. Wzrost u ciebie jest zależny od wzrostu u niej. Widzisz to?

– No widzę. Kurczę! – Wojtek na moment zerknął na przyjaciela.

– A teraz spójrz na liczby oglądających. Ona zaczęła z niższego poziomu i zobacz, jak wystrzeliła w górę. Ciągła progresja. Jak nie daje swojego programu, to liczba oglądających jej programy trochę siada, a u ciebie wówczas wygląda identycznie, czyli też nie ma przyrostu. Kiedy ona daje nowy program, u ciebie procentowo rośnie o tyle samo! Zauważasz?

Wojtek uśmiechnął się niepewnie.

– Ale te bezwzględne liczby u mnie wzrosły w porównaniu z początkiem września prawie dwukrotnie. Łaał! Nie myślałem, że moja muzyka będzie się tak podobać... Czy ludziom zmieniają się tak gusty?

– Gusty nie, chociaż trochę też. Ludzie lubią być edukowani, ale nie nachalnie. Wystarczy, że ktoś w prosty sposób, niby mimochodem powie, że jest taka muzyka, której miło się słucha, a jej kompozytor o nicku „zejman" prowadzi profesjonalny kanał o żaglach. Czytałeś komentarze na obu swoich kanałach?

– Na ogół nie czytam, patrzę tylko na liczby.

– A to błąd! – Bartek obudził swojego laptopa i podsunął pod oczy Wojtkowi. – Warto czytać!

Wojtek zaczął przewijać komentarze. Po kilku przeczytanych jego twarz się rozpogodziła. Po kilku kolejnych wyszczerzył zęby w uśmiechu.

– Ja pierniczę. To można słuchać różnych gatunków? Zobacz...

– Ja to znam, Wojciechu... – odezwał się Bartek poważnym tonem, zupełnie jak nie on – ...bo codziennie to czytam. Tylko ty zachowywałeś się jak...

– ...jak pacan? – dokończył za niego Wojtek i znowu się wyszczerzył.

– No, jakby. – Pokiwał głową Bartek.

– A dlaczego mi dotąd tego tak prosto nie wytłumaczyłeś?

– Tłumaczyłem ci zawsze tak samo, bo inaczej się nie da. – Rozłożył ręce Bartek.

– Polać jeszcze? – spytał radośnie Wojtek.

– Ja już nie chcę, bo do Saint-Florent łódka sama nie dopłynie. Mamy sto trzydzieści mil do pokonania, więc powinniśmy ruszyć o siódmej rano – dodał poważnym tonem Bartek.

– To najwyżej ruszymy pojutrze – odparł Wojtek. – Coś mi zaczyna świtać... – Podrapał się po głowie. – Nie pójdę dzisiaj spać, póki tego nie rozkminię do końca.

– Aha.

– Czy kiedy poprzednio mi tłumaczyłeś, piliśmy rudą?

– Raczej nie, chociaż może po szklaneczce. Nie pamiętam. – Bartek wzruszył ramionami.

– Im więcej dzisiaj piję, tym lepiej rozumiem.

Wojtek podniósł palec w górę. Jego mina wskazywała, że dokonał ważnego odkrycia, przynajmniej na wagę prawa powszechnego ciążenia.

– Współzależność. Złapałem! Muszę więcej pić, bo wtedy wszystko lepiej rozumiem!

– Chyba jednak niewłaściwy wniosek – wycedził Bartek i zdecydowanie pokręcił głową, chociaż w oczach migały mu wesołe ogniki.

– No dobra. Teraz powiem ci, jak to rozumiem, a ty potwierdź, czy kombinuję słusznie, okej?

Wojtek podniósł butelkę, ale Bartek wyciągnął mu ją z rąk i odstawił na podłogę obok siebie. Wojtek wychylił za nią głowę.

– I tak ją widzę – wyszczerzył się.

– Mów szybko, co zrozumiałeś, bo jutro naprawdę powinniśmy rano wypłynąć. Inaczej zapijemy się na amen.

– No dobra. – Wojtek znowu podniósł palec. – Czy
chcesz mi powiedzieć, że moja muzyka trafia pod strze-
chy?! – wypalił.

Na twarzy Bartka pojawił się szczery przyjacielski
uśmiech.

– Jak chcesz, to myślisz! Tylko zamiast wcześniej tak pomyśleć, to przestraszyłeś Aśkę, zdołowałeś ją, aż uciekła.

– Ale ja ją przecież kocham! – wykrzyknął Wojtek i walnął się pięścią w piersi.

– To pokaż to teraz w działaniu.

– Jutro wylatuję po nią do Krakowa...

– Nie zrobisz tego, bo ci powiedziała, że masz zająć
się jachtem. Opowiedziałeś mi całą rozmowę z nią chyba
ze trzy razy, słowo po słowie, więc wiem. Wszyscy w pociągu ją słyszeli.

– Ale nie znali polskiego – mrugnął Wojtek.

– Musimy, kapitanie, pomyśleć, być może, o dobraniu kogoś do załogi. We trójkę nie doprowadzimy jachtu
do Gdyni. – Bartek pokręcił głową.

Zapadło milczenie. Wojtek spoglądał tępym wzrokiem
w szklankę. Po chwili przeniósł wzrok na przyjaciela. Jego
głowa rozkołysała się.

– Może tak być, jak mówisz, że to ja przestraszyłem czy
wygoniłem Joasię. Nie mogła mi się postawić?

Bartek zamiast słów kolejny raz rozłożył dłonie.

– Robiła to zbyt inteligentnie, a ty słuchałeś tylko siebie,
bo ważniejsza jest twoja WOLNOŚĆ, twoje ego, twoje ja.

Bartek nachylił się nad stołem i wpatrzył w Wojtka,
który jakoś skurczył się w sobie, a głowa mu opadła między ramiona.

Bartkowi zrobiło się trochę żal przyjaciela. Milczeli kilka długich chwil.

– Pewnie masz rację – odezwał się wreszcie przybitym głosem Wojtek. – Bartuś, idę spać, bo mam jeszcze sporo do przemyślenia. Obudź mnie o szóstej, bo...

– O ile sam się obudzę – wszedł mu w słowo Bartek.

– To poproś Tosię, żeby cię obudziła, ty zaraz obudzisz mnie, bo nikt inny mnie nie dobudzi. Zabrakło Joasi. I to z mojej winy – powiedział Wojtek takim tonem, jakby za chwilę miał się rozpłakać. Głęboko westchnął, wstał i przytrzymując się stołu, ruszył z opuszczoną głową do swojej kabiny.

Rozdział 27

*P*rzy całkiem sporym wietrze z zachodu szli bajde-
windem, który pozwalał im utrzymywać sporą
prędkość. Antonina tylko chwilami oddawała ster Bartkowi albo Wojtkowi. Nic na szlaku nie przeszkadzało im
w żeglowaniu.

– Korsyka rośnie w oczach! – rzuciła rozradowana chwilę
po dwunastej.

Kiedy Bartek wpatrzył się uważnie w horyzont, zaśmiała się.

– Wirtualnie!

Wkrótce na pokładzie pojawił się na dłużej Wojtek.
Przyniósł kawę. Kac mu minął, zaczął się nawet lekko
uśmiechać.

– Wczoraj znalazłem się nieoczekiwanie w czarnej du-
pie – oświadczył.

Bartek miał ochotę się roześmiać, ale Antonina skar-
ciła go wzrokiem.

– Przepraszam was, a Aśkę już przeprosiłem mailowo.
Miałeś ze wszystkim rację... – wpatrzył się w Bartka – ...że
to ona miała rację. Stary głupi cep ze mnie.

– Chyba pacan! – rzucił Bartek i jednak cicho się zaśmiał.

– Celnie! – Wojtek pokazał mu kciuk. – Ale już koniec żartów z kapitana, bo czas rzeczywiście zastanowić się, co dalej.

– No... – zaczął Bartek, ale gdy wykonał gest kubkiem, kilka kropli kawy wychlupało mu się na twarz.

– Tak to jest, gdy źle się myśli o kapitanie... – Na twarzy Wojtka pojawił się delikatny wyszczerz.

– No – potwierdziła Antonina, wzbudzając śmiech obu.

– Napisałem do kolegi z Akademii Morskiej, żeby zrobili pilny casting na czterech żeglarzy. Co wy na to?

– Godne to i sprawiedliwe – wyrwało się Bartkowi, ale Antonina pogroziła mu palcem.

– Bardzo rozsądnie... tyle tylko, że przecież mówisz o mailach, a teraz nie ma internetu – Antonina wskazała na niebo.

– Teraz nie ma, ale wieczorem będzie i kiedy my będziemy manewrować przed Saint-Florent, to one sobie szybko pofruną. – Teraz Wojtek wskazał na niebo.

– Nie wszyscy mogą być skipperami – rzuciła Antonina, pokazując mu kciuk.

– Jak tamci przyjadą, będziesz oczywiście moim zastępcą. – Wskazał na nią palcem; Antonina zasalutowała.

– Czyli jeśli godzicie się na pomoc, to od razu przyjmijcie moją decyzję, że ja przeniosę się wówczas ze spaniem do messy, tak jak było z Gdyni do Lizbony, żeby w mojej kabinie mogło spać dwóch z nich. Może być?

– Musi być – zgodziła się Antonina.

– Nie ma innej opcji – potwierdził Bartek. – Idę po wczorajszą butelkę, bo trzeba to uczcić. – Lekko uniósł się z siedziska.

– Nie masz po co iść! Wylałem resztę ze złości do kibla – rzucił Wojtek.

– Chyba cię... ty już sam wiesz, kto opuścił! – pogroził mu Bartek. Antonina pogroziła Bartkowi.

– Na lekarstwo mam jeszcze dwie schowane, ale na tę nie mogłem patrzeć – uzupełnił Wojtek.

– I słusznie, bo przez was wczoraj nie mogłam zasnąć, nawet czytanie mi nie szło. A tak w ogóle, jak udała się Genua? – spytała. – Wczoraj nie było okazji porozmawiać.

Wojtek i Bartek w odpowiedzi zgodnie podnieśli kciuki.

– Bartek, przepraszam, ale ponieważ twój laptop leżał na stole, zgrałem wszystko z kamery i aparatu na niego, do katalogu, który jest na pulpicie. Jak będzie szansa, to prześlijcie Joasi, okej?

– Okej, kapitanie! – Antonina obdarowała go uśmiechem. – Napiszę jej, że to głównie ty robiłeś.

– W zasadzie tak było – potwierdził Bartek.

W czasie przelotu do Saint-Florent trójka przyjaciół wróciła do współpracy, jaka funkcjonowała na jachcie przed przyjazdem Joanny. Manewrowanie w porcie i cumowanie były dobrym tego sprawdzianem; poszły sprawnie, jak kiedyś. Gdy stali już na cumach w marinie Saint-Florent, a Antonina zabrała się do przygotowywania kolacji, w messie pojawił się Bartek z dziwnie spłoszonym spojrzeniem.

– Ojciec miał zawał – rzucił i opadł ciężko na kanapę. Antonina przysiadła z drugiej strony stołu.

– Skąd wiesz? – spytała, wpatrując się w Bartka rozszerzonymi oczami.

Nie zdążył odpowiedzieć, bo do messy wszedł Wojtek.

– Co macie takie dziwne miny? – spytał, spoglądając na ich twarze.

– Bartka tata miał zawał – wyszeptała Antonina.

– Kurczę! – mimowolnie wyrwało się Wojtkowi. – Usiadł obok Bartka. – Spokojnie, kochani – powiedział po chwili, poruszając w powietrzu dłońmi. Odetchnął kilka razy głęboko.

Siedzieli przy stole w milczeniu i spoglądali po sobie.

– Co wiesz? – spytał opanowanym już głosem Wojtek, wpatrując się w przyjaciela.

– Poszedłem zobaczyć, jak daleko jest skrzynka kablowa, i zadzwoniła siostra. To ja zawsze do nich dzwonię, więc od razu wiedziałem, że coś się stało. Dobrze, że w pobliżu była ławka. Miał po południu zawał, jest w szpitalu w Bytowie, ale lekarze podobno źle wróżą.

Wojtek na moment opuścił głowę, ale po chwili uniósł ją energicznie.

– Jedziecie do domu! – rzekł tonem nieznoszącym sprzeciwu. – Natychmiast!

– Ale... – próbował coś powiedzieć Bartek, jednak Wojtek uciszył go gestem.

– Antonina kończy przygotowywać kolację, a ja szukam lotu gdzieś na ląd i dalszych połączeń do Polski.

– Tylko czy to...? – zaczął pytająco Bartek.

– Zawsze ma sens! – wtrącił twardo Wojtek. – Przepraszam cię. – Położył rękę na sercu. – Tak trzeba, bracie, tylko tyle możemy zrobić.

– Ale ty tutaj sam – zaczął znowu mówić Bartek.

– Pojedziecie razem, bo ktoś musi ciebie pilnować. – Rozłożył ramiona Wojtek.

– No jasne... – zgodziła się Antonina.

– Musicie być, kochani, twardzi. – Wojtek obudził laptopa.

W messie panowała cisza. Po kilkunastu minutach poszukiwań w internecie Wojtek spojrzał na Bartka.

– Dzisiaj nie ma już żadnych lotów z Bastii-Poretty. – Rozłożył ramiona. – Z Ajaccio ostatni lot na kontynent za pół godziny, ale tam się jedzie trzy godziny – dodał. – Na lotnisko Bastia-Poretta mamy czterdzieści minut. Najlepiej polecieć o siódmej rano do Paryża, a stamtąd z przesiadką w Amsterdamie, do Gdańska. Bylibyście tam o siedemnastej trzydzieści, a po dwóch godzinach jesteście w Bytowie. Zamawiać?

Bartek i Antonina spojrzeli po sobie.

– Zamawiać – powiedział cicho Bartek.

Po kilku dalszych minutach i opłaceniu przez Bartka biletów przez internet Antonina spojrzała na obu przyjaciół.

– Zjecie coś innego niż kanapki? – spytała.

Wojtek tylko pokręcił głową.

– Nie wcisnę – odparł Bartek – ale... – spojrzał na Wojtka – ...jakieś lekarstwo bym przyjął.

– Maksimum dwie szklaneczki na dobry sen. – Wojtek podniósł się, wyszedł do swojej kabiny, a po chwili wrócił z butelką brandy. – Antonina? – spytał, stawiając butelkę na stół, ale ta pokręciła głową.

Za chwilę popijali drobnymi łyczkami. Bartek sięgnął po komórkę i wybrał numer.

– Wiesia? – odezwał się po usłyszeniu cichego: – Halo...

– Tak, Bartku.

– Jak u taty?

– Nic nowego. Siedzimy tu z mamą.

– A co z Czarkiem?

– Przestraszył się i płakał, ale teraz bawi się z moimi dziećmi. Heniek jest z nimi.

– Będziemy jutro w Bytowie o ósmej wieczorem. To najszybciej jak się da.

– No tak, to przecież Korsyka.

– Pozdrów mamę, ściskam cię i jakby co, to odzywaj się.

– Tata nie daje się... Buziaczki – rzuciła siostra.

– Całusy od Antosi.

– Dziękuję i nawzajem.

Bartek westchnął, wypił większego łyka i spojrzał refleksyjnie na Wojtka.

– Najpierw Joasi tata, teraz mój tata. Ona uciekła, teraz my musimy wyjechać. A ty trwasz, kapitanie – rzekł, wyciągając szklaneczkę w jego stronę. Stuknęli się.

Zapadło milczenie. Antonina wkrótce podała kanapki, herbatę. Jedli w milczeniu.

– Ile ojciec ma lat? – spytał Wojtek.

– Sześćdziesiąt pięć.

– Będzie dobrze – powiedział twardo przyjaciel. – Nie podda się. Jego zdrowie!

Po kolacji, podczas której odzywali się tylko zdawkowo, Wojtek wyszedł do bosmanatu dowiedzieć się o jakąś komunikację na lotnisko Bastia-Poretta.

– Zamówiłem taksówkę na piątą rano – rzekł po powrocie. – A Antonina? – spytał Bartka, nie widząc jej.

– Wykąpała się, a teraz się pakuje.

Wojtek dolał do szklaneczek.

– Ostatnia. – Podniósł swoją. Wypili w milczeniu. – Idź spać – rzucił.

*

Joanna wieczorem dostała maila od Wojtka z Saint-Florent z przeprosinami. Przeczytała go kilka razy. Kiedy zastanawiała się, jak mu odpowiedzieć, tuż przed północą odezwał się sygnał przychodzącej poczty. Kolejny mail od Wojtka. Co mu się stało, pomyślała. Kiedy przeczytała, jej serce załomotało.

Tato Bartka miał zawał. Oboje z Antoniną lecą rano do kraju. Zostaję sam. Nie wiem, jak to będzie dalej, ale przeczucie mi podpowiada, że oni już tutaj nie wrócą. Będę pewnie musiał ściągnąć z Polski ludzi do załogi, ale nie mam pojęcia, jak szybko to mi się uda. Trochę za dużo zwaliło mi się na łeb. Pomyślę, jak wyjadą.

Biedny Wojtek... biedny Bartek... i biedna Tośka. Oni rzeczywiście nie wrócą na jacht, bo Czarek sam u babci...

Odpisała Wojtkowi, ale nie potrafiła mądrze złożyć słów. Dla niej też było to zbyt wiele emocji. Długo nie mogła zasnąć, a z kolei rano trudno jej się było dobudzić. Kiedy zeszła na dół, opowiedziała wszystko rodzicom. Bardzo współczuli. W południe zadzwoniła do niej Tosia z Amsterdamu.

– Widzisz, co się narobiło? – rzuciła pytająco zamiast powitania.

– Jakaś czarna seria – odparła Joanna.

– Bartek wczoraj wyglądał nędznie, dzisiaj już trochę lepiej. Mamy przesiadkę i lecimy do Gdańska, a potem do domu i szybko do Bytowa.

– Ciężki dzień będziecie mieć. Wojtek mi napisał jeszcze wczoraj. Co on teraz zrobi?!

– Wczoraj w połowie trasy rozmawialiśmy już o dobraniu załogi. Dobrze, że on ma znajomych w dawnej szkole morskiej, to może jakoś mu pomogą. Ale to potrwa!

– Teraz, Tosiu, zajmijcie się sobą, pilnuj Bartka, nakarm go, bo jak coś go dręczy, to nie je.

– Zauważyłaś, że tak ma. Idę mu coś wyszukać, żeby żołądek ruszył. Wczoraj tylko poskubał kanapkę. A jak ty się czujesz, Asiu?

– Silna i zaczynam sobie wszystko układać, chociaż to dopiero drugi dzień w domu. Po mailach od Wojtka też źle spałam.

– No tak, silna. Już ja to widzę! Odpocznij najpierw trochę, a dopiero potem bierz się do roboty. Trzymaj się, Asiu, całuję cię. Będę się odzywać.

– Pa, Tosiu.

Cały dzień Joanna chodziła jak ścięta. Pokładała się, ale nie udało jej się zasnąć. Przed nocą zadzwoniła znowu Antonina.

– Dotarliśmy do Bytowa. Stan taty Bartka odrobinę się poprawił. Przedtem był krytyczny, a teraz określają go jako poważny, ale stabilny.

– Tosiu, ściskam was. Cały dzień denerwowałam się. Wiem, jak to jest.

– Pamiętam. Zaraz pojadę z siostrą Bartka do ich domu. Czaruś już nie może się doczekać.

– A jak mama Bartka?

– Kiedy przyjechaliśmy, najgorsze już jej puściło. Mężczyzna w domu to zawsze jest ciut lżej.

– No tak. To pozdrów Bartka, wszystkich tam i do usłyszenia.

– Pa, Aśka!

Tej nocy trochę lepiej spała.

Kolejnego przedpołudnia dostała obszerny list od Wojtka, w którym opowiedział, jak ma zamiar wrócić jachtem do Gdyni. Pierwszy dzień castingu na uczelni przeszedł najśmielsze oczekiwania jego kolegów tam uczących. Mają tylu chętnych do załogi, że mogą wybierać. Zgłosiło się nawet trzech spośród tych, którzy płynęli z nim w tę stronę do Lizbony. Pisze, że to będzie trzon, i dobiorą mu jeszcze trójkę dobrych, zaprawionych w rejsach oceanicznych. Studenci cieszą się na rejs wyścigowy z Korsyki do stałej bazy jachtu, pod dowództwem kapitana Wojciecha Borowego, który cieszy się w Gdyni zasłużoną estymą.

Zrozumiała z maila, że Wojtek i Bartek fundują chłopakom przelot na Korsykę, a potem utrzymanie podczas rejsu. No tak, inaczej nikogo by nie znaleźli. A jeśli już, to takie dziunie jak ja. Uśmiechnęła się pierwszy raz od dwóch dni.

Uczelnia zastanawia się nad dołożeniem pewnej kwoty, jeśli Wojtek zagwarantuje opiekę naukową nad wykonaniem przez załogantów pewnych ćwiczeń nawigacyjnych na trasie przelotu do Gdyni. Uśmiechnęła się, bo napisał, że jako

cwany i biedny Goch na pewno na tę propozycję przysta-
nie. Drugi raz uśmiechnęła się. Będzie dobrze!

Przez kolejne dwa dni pracowała nad programem pod-
sumowującym tę część rejsu, w której brała udział. Dopiero kiedy go opublikowała, postanowiła ujawnić się
najpierw Stefanowi, a potem Szczepanowi. Stefan ucieszył się i prosił, żeby postarała się zrobić pierwszy artykuł o Ludźmierzu na połowę grudnia, a pierwszy odcinek
legend podhalańskich na połowę tego miesiąca. Potwierdziła, że jest w stanie.

– Już wszystko wiem od Wojtka – powiedział natomiast
ten drugi. – Żałował, że wyjechałaś, chociaż teraz, jak został sam, to według niego może lepiej, że tak się stało.

– Ja bym chyba dostała tam teraz bzika!

– Nazwał to nawet gorzej! – zaśmiał się Szczepan.

– Wracam do twojego projektu – rzuciła Joanna.

– Nie śmiałem cię pytać.

– To także był powód, że wróciłam szybciej.

– Tak mi również napisał Wojtek. Nie naciskam cię,
Joasiu, bo wiem, że masz temat pod kontrolą. Rób swoim
tempem, a jak się nieco obsuniesz z terminem, to też się
nic nie stanie.

– Jak to nie?! Przecież album musi być na początku marca
wydrukowany!

– Powinien a musi to jednak jest różnica.

– Będzie! Trzymaj się, Szczepan!

– Całuję rączki, Joasiu.

Następnego dnia dostała telefon od Tosi, że tato Bartka
wychodzi ze szpitala w piątek. Weekend spędzą więc razem w domu, ale na jacht już na pewno nie wrócą. Chociaż
tak się od początku zapowiadało, to potem przez moment
sądzili, że może jednak się zdecydują, ale ostatecznie zre-
zygnowali.

– Życie, Asiu.

– Tak, Tosiu, po prostu życie. Plany fajnie wyglądają tylko na wydrukach.

– A ty pewnie już zasuwasz, co?! Wczoraj widziałam twój program. Wszystko mi się znowu przypomniało. Ależ było pięknie!

– Było. Może kiedyś zdecydujemy się znowu?

– Ale wówczas już chyba z dziećmi.

– A wiesz, że to jest pomysł? Wynająć jacht gdzieś tam, zrobić bazę u Claudii na Elbie.

– Szalona dziewczyno! Chociaż... podoba mi się ten pomysł. Za pięć lat?

– Nie wcześniej.

– To trzymaj się, słodka!

– Pa, Tośka!

Przez kilka kolejnych dni od Wojtka nic nie przychodziło. Przysłał wreszcie sążnisty list.

Za dziesięć dni będę miał załogę. Ustalony termin wypłynięcia w rejs powrotny: 5–10 listopada, żeby koniecznie dopłynąć do Gdyni przed świętami. Zrobię rejs regatowy, prawie wyścigowy, z sześcioma, siedmioma tygodniowymi krokami. Siedzę nad harmonogramem i koryguję nieco mapę rejsu. Bawiłem się z wysyłaniem skrzyni z bagażami Antoniny i Bartka, bo muszę mieć wolne miejsce w szafkach, kiedy pojawią się załoganci. Oni przywiozą tylko osobiste rzeczy, ale sztormiaki, ciepłe ubrania i co tam jeszcze chcą, zostaną przysłane tutaj pocztą lotniczą. Będę się bawił w bagażowego! ☺

Nie zazdroszczę ci, Wojtku. Samemu ogarnąć wszystko, i to poza krajem. Widzę, jak cię nosi, ale dasz radę.

Na początku nowego tygodnia wybrała się do Szczawnicy do ginekologa. Marzyła, żeby potwierdziły się wyniki pierwszego USG. I tak się stało.

– Poprzednio widziałem bułeczkę, a teraz jest widoczna wyraźnie. Teraz i pani ją dojrzy. – Lekarz zaznaczył na zdjęciu.

– Jak się cieszę!

– A partner? – spytał doktor.

– Partner? – Spojrzała na niego zdziwiona.

Teraz on się uśmiechnął szeroko.

Skąd on w ogóle wie, że nie mam męża? Gdzie on to wypatrzył? Uśmiechnęła się szeroko, wyobrażając sobie jego wypatrywania. Zostawiła doktora z uśmiechem na twarzy i nierozwiązanym problemem partnera, wzięła wyniki i zadowolona ruszyła do domu. Córeczka! Klaudia!

Wieczorem, jakby w prezencie na podsumowanie pięknego dnia, dostała od Wojtka kolejnego maila, w którym informował ją, że od wytwórni Triada dostał wstępną propozycję nagrania płyty „z muzyką z mórz i oceanów". Warunek jest tylko jeden: odtajnienie się.

Wszystko przewidziałaś, Joasiu. Jesteś wyjątkowo mądra! Poprosiłem Bartka, żeby pełnił funkcję mojego agenta. Zgodził się z największą przyjemnością.

Wojtek poinformował także, że pojutrze na lotnisku Bastia-Poretta lądują skrzynie z bagażami nowej załogi.

Kolejne dni mijały Joannie szybko, straciła rachubę czasu. Dopiero gdy któregoś dnia mama poprosiła ją o wspólne zakupy kwiatów na cmentarz, uświadomiła sobie, że lada dzień już pierwszy listopada, Wszystkich Świętych. Od jakiegoś czasu czuła, jak delikatnie mości się w jej brzuchu maleńka Klaudia. Zajrzała na internetową stronę, żeby zobaczyć, jak duża już może być.

– Ile ona ma?! – zawołała głośno. – Czternaście centymetrów?! Boże!

Zamknęła drzwi pokoju i zadzwoniła do Antoniny.

– Aśka?! – Z drugiej strony zapiała radośnie Tośka.

– Ta sama. Jak u was? Jak tata?

– Już lepiej, a nawet dobrze. Lekarze zastanawiali się jeszcze, czy nie pomyśleć o bajpasach czy rozruszniku, ale po szczegółowych badaniach na razie odstąpiono. Przynajmniej do czasu, aż poważnie się wzmocni.

– To dobrze. Widać, że ma silny organizm.

– Tak właśnie ocenili. Ściągnęli nawet na konsultację dobrego kardiochirurga ze Słupska i on po analizie wszystkich wyników ocenił identycznie.

– To chwała Bogu. A czy zastanawiałaś się, Tośka, jak duże jest już twoje dziecko? – nieoczekiwanie spytała Joanna.

– No co ty! Nie było kiedy, ale to dopiero pojedyncze centymetry.

– Nieprawda! Dziesięć, jedenaście centymetrów!

– Boże, jak to szybko idzie!

– A moja Klaudia ma już czternaście, piętnaście centymetrów!

– Gratuluję!

– A ja tobie!

– Jak się czujesz?

– W zasadzie doskonale, tylko...

– Co tylko?

– Nadchodzi powoli czas spowiedzi Jacka Soplicy...

– O kurczę! Ale ty już coś tam wymyślisz.

– No jasne! Powiem, że mi ktoś... we śnie podrzucił!

Obie zaśmiały się zaraźliwie i szczęściem transmisja ich głosu biegła po falach radiowych, gdyż w przypadku drutów napowietrznych na pewno by się pozrywały.

– To na razie, Tosiu!

– Pa, Aśka!

Wszystkich Świętych, a potem Zaduszki, Joanna spędziła z rodzicami i braćmi na cmentarzu w Nowych Maniowach, potem w domu i u krewnych. Pamiętała, że trzy lata temu, akurat na te dni wielu mieszkańców przychodziło także nad zalew ze świeczkami, bo od października trwało obniżanie lustra wody na niezbędne prace konserwacyjne przy wlocie do sztolni pomiędzy Czorsztynem a Sromowcami. Aż do grudnia wyłaniały się stopniowo spod wody fundamenty domów, kościoła i pozostałości po leżącym obok cmentarzu. I chociaż wszystkie szczątki zostały stamtąd ekshumowane i przeniesione na nowy cmentarz w Nowych Maniowach, to ludzie stali nad wodą, przypatrywali się i wspominali dawną wieś i przodków.

Późnym wieczorem w Zaduszki przyszedł list od Wojtka. Opisywał w nim odbiór załogi z lotniska. Pierwsze wrażenie: wygląd chłopaków, ich zachowanie ocenił pozytywnie, ale wie, że wszystko wyjdzie dopiero podczas prób morskich. Zamierza je zrobić z marszu: jutro i pojutrze.

Kolejny mail Wojtka był pełen zadowolenia z załogi. Nowa trójka szybko dopasowała się do trójki, z którą płynął w lipcu i sierpniu. Jako próbę generalną rejsu powrotnego zaplanował przejście z Saint-Florent do Ajaccio, około stu dwudziestu mil. Szóstego listopada wieczorem napisał, że są po kolacji kapitańskiej, młodzież śpi już w kojach, bo jutro z rana start do pierwszego kroku, który zakończy się w Gibraltarze.

– Toż to będą nie kroki, a olbrzymie skoki! – powiedziała sama do siebie.

Potem jeszcze wyliczył porty, gdzie będą zatrzymywać się na krótki odpoczynek i zrobienie zapasów: Gibraltar, Vigo, Brest, Amsterdam i Kopenhaga. No, to forsownie popłyniecie. Ja bym nie dała rady, pokręciła głową.

W ostatnim zdaniu maila, przed serdecznościami i buziakami, napisał jeszcze, że odezwie się dopiero z mety pierwszego etapu. Aha! Czyli też pomyślałeś jak ja. Uśmiechnęła się.

Zrobiła na mapie zielone kółka i krótko przeanalizowała trasę. Czterdzieści trzy dni bez żadnego zapasu, w tym trzydzieści osiem dób na morzu i pięć dni w portach. Ambitnie! Cały Wojtek. Dotarła do dopisku:

PS Jeśli nadrobiony zostanie jakiś dzień, to przerwy dodatkowe zrobimy sobie w ostatnich dwóch portach: Amsterdamie i Kopenhadze.

Odpisała mu też długim listem, życząc pomyślnych wiatrów i stopy wody pod kilem. Nie żałowała także pocałunków.

Rozdział 28

Od początku listopada Trepkowie w komplecie zaczęli spotykać się przy obiadach. Wojtek i Jędrek w ciągu dnia zajmowali się reperowaniem tratw, odwiedzaniem sióstr bliźniaczek we Frydmanie, ale akurat na ten posiłek na ogół chcieli być w domu.

Gdy w piątek, tydzień po Wszystkich Świętych, wszyscy najedli się pstrągiem i siedzieli przy kompocie, Joanna chrząknęła. Wszyscy na nią spojrzeli.

– Jestem w ciąży – zakomunikowała, jak gdyby nigdy nic.

Przy stole zrobiła się cisza jak makiem zasiał. Czuła na sobie wzrok rodziców i braci. Wzruszyła ramionami. Już chciała otworzyć usta, gdy uprzedził ją ojciec.

– Pamiętam, że mi o tym mówiłaś – rzucił i też wzruszył ramionami. Teraz spojrzała na niego matka.

– Ale to, że spała z Wojtkiem, nie oznacza automatycznie ciąży – powiedziała, potrząsając głową.

– Automatycznie nie, ale półautomatycznie tak – rzucił wesołym tonem ojciec. – Gdyby to nie był Wojtek, to... – pogroził jej palcem. – Ale ponieważ to on i trochę się do tego przyczyniłem, to będziemy... – spojrzał na Joannę z uśmiechem od ucha do ucha, potem skierował wzrok na swoją Anię i huknął: – ...będziemy dziadkami!

Matka najpierw zrobiła zdziwioną minę, ale po chwili śladem ojca też się zaczęła uśmiechać. Joanna objęła twarz dłońmi, a tylko Jędrek i Wojtek pozostali z dosyć głupawymi minami na twarzach.

– Joasia da sobie radę, my będziemy kochać, co to tam z niej się nie urodzi... – wskazał na córkę – ...a jak Wojtek wróci, to też porozmawiamy. – Pogroził nieobecnemu palcem i dodał: – No, bo przy kielichu rozmawia się.

– A który to miesiąc, dziecko? – Złożyła ręce matka.

– Dwudziesty tydzień, to gdzieś blisko końca piątego miesiąca.

– Ty coś widzisz, Jędrek? – spytał Wojtek.

– Myślałem, że Aśka wreszcie trochę przybrała, bo czasami wyglądała jak wieszak – zaśmiał się Jędrek.

– Sobie nie pozwalajcie! – pogroziła im starsza siostra.

– Piąty miesiąc... Pamiętasz, Jasiek? – spytała matka, zaglądając mężowi w oczy.

– Co mam nie pamiętać. – Wzruszył ramionami. – Po mamie dziadkowie zorientowali się dopiero w siódmym miesiącu.

– Dziecko! Ty się teraz tak nie przemęczaj. Nie siedź po nocach.

– A ty wiesz, jakie będzie mądre dziecko? – spytał ojciec, patrząc na żonę.

– Zamawiam, żeby być ojcem chrzestnym! – wykrzyknął Wojtek.

– Ubiegłeś mnie. To ja mogę być matką chrzestną – zaśmiał się Jędrek.

– Nic z tego – powiedziała, uśmiechając się, Joanna.

– To kto zostanie chrzestnymi? Czyżby nikt z rodziny? A tradycja? – spytała matka.

– Chrzestnymi będą Claudia i Marc. Ona jest Korsykanką, a on Francuzem o korzeniach marokańskich – wyjaśniła Joanna.

– Ale jak to? Dlaczego? – spytała matka.

– No właśnie – dodał ojciec.

– Mów, mów – włączyli się bracia.

– Bo Marc was ubiegł.

– A co to za jedni, oprócz tego, że to Francuzi?

– Claudia załatwiła mi samolot do domu, Marc to jej chłopak. Wiecie, że on ją kocha od dziesięciu lat? – Joanna spojrzała na braci. – Teraz ma dwadzieścia osiem, a kiedy się poznali, Claudia miała piętnaście lat! – dodała.

– Wcześnie zaczynają, ale u nas już też jest podobny postęp. – Machnął dłonią Jędrek.

– Chodzi o to, że oni sobie przysięgli dziesięć lat temu, że będą razem, i słowa dotrzymują. Teraz kupują domek na Elbie i dla nas pokoje będą zawsze.

– To będziemy mogli tam pojechać? – spytał Wojtek.

– Obgadacie to przed wakacjami, bo wtedy przyjadą na chrzciny.

– A kiedy urodzisz, dziecko? – spytała matka.

– W drugiej połowie marca – uśmiechnęła się Joanna i zrobiła maślane oczy.

– Przed Wielkanocą! Ale piękny czas. Dużo spacerów, witaminy. Ale pięknie! – zachwyciła się matka.

– Ja też będę chodził z wózkiem! – zapowiedział dumnym głosem ojciec.

– Każdy będzie mógł. – Joanna omiotła wzrokiem braci.

– My w ciągu dnia flisujemy, a jak wrócimy do domu, to dziecko już będzie spało – wyjaśnił Jędrek.

– Latem jest długo dzień, więc zdążycie wrócić. – Wycelowała w nich palcem.

– A kiedy pójdziesz... – matka wpatrzyła się w córkę – do lekarza?

– Byłam już na dwóch USG, dlatego wszystko wiem. Będzie córeczka! – pisnęła Joanna radośnie.

– Wyciągnijcie, chłopaki, tę butelkę, co to Wojtek przywiózł. Trzeba znowu skosztować, bo jest okazja! – zarządził ojciec.

Po chwili w kieliszkach pojawił się alkohol. Joanna, gdy brat postawił obok niej kieliszek, pokręciła zdecydowanie głową.

– Ja nie! – powiedziała krótko.

– A po której babci dasz imię? – spytała, uśmiechając się promiennie, matka.

– Teoretycznie powinnam uzgodnić to z Wojtkiem, ale nie wiem, jak to będzie... – spuściła na moment oczy – ...bo ja już decyzję podjęłam. Będzie miała na imię Klaudia albo Claudia.

– A dlaczego? – spytał Wojtek; matka spoglądała nieco rozczarowana na córkę.

– Przecież dwa razy powiedziałaś to samo imię...

– Mamuś, nie martw się. Będziemy ją kochać, bez względu na imię, a powiedziałam dwa razy to imię, bo po francusku pisze się przez C, a po polsku przez K. Jak zrobimy, okaże się potem – zachichotała Joanna.

– Czyli w zasadzie mamy wszystko wyjaśnione – podsumował zadowolony ojciec.

– Będziemy wujkami! – Jędrek stuknął łokciem brata w bok.

– A kiedy ja zostanę ciocią? – Joanna wpatrzyła się w braci poważnie.

– No, to, bo ja wiem... – zaczęli dukać Jędrek i Wojtek, jeden przez drugiego.

– Wy musicie zachować wszelkie zasady, bo wprawdzie nie znam ojca bliźniaczek, ale może być jeszcze większy niż ja – zaśmiał się Jasiek Trepka.

Pod wieczór Joanna zadzwoniła do Antoniny.

– Aśka?! Właśnie o tobie myślałam! – przywitała ją okrzykiem Tośka.

– A coś się stało?

– Powiedziałam nareszcie Bartkowi, że jestem w ciąży! Ależ się cieszy!

– Ale o mojej ciąży jemu ani mru-mru! – wykrzyknęła Joanna.

– To się wie! A u ciebie jak? – spytała Antonina.

– Przyznałam się rodzicom....

– I co? – Tośka weszła jej w słowo.

– Po prostu się ucieszyli. Mama próbowała mieć jakieś obiekcje, tak delikatnie, ale tata rozładował całą sytuację. Wojtek ma u niego chody – wyjaśniła Joanna. – Jeszcze nie wiem za co ani dlaczego, ale tata go lubi.

– To doskonale! U mnie jest podobnie, chociaż czasami mój ojciec mówi, że Bartek jest trochę ospały, ale przecież nie wszyscy muszą grać w ataku. On jest doskonałym stoperem, wyjaśniłam ojcu.

– A o ślubie rozmawialiście już?

– No właśnie! Dobrze, że mi przypomniałaś! Chcemy zrobić w karnawale, póki jeszcze będziesz mogła przyjechać!

– Tak się cieszę.

– Oddzwonię do ciebie, bo właśnie przyjechał Bartek z Gochów i zaraz będę miała najnowsze wiadomości o jego ojcu. Pa, Joasiu!

– Pa, Tośka!

Joanna ucieszyła się, że sprawa z wyjawieniem ciąży poszła prościej, niż jej się wydawało. Z ochotą zabrała się do swoich prac, ale starała się też codziennie dużo spacerować. Paradowały więc z mamą po wsi, a wszystkie znajome przyglądały im się z ciekawością.

Rytm jej kolejnych dni i tygodni wyznaczały maile przychodzące od Wojtka. Szkicowała na mapie linie, gdzie i którego dnia mogli się znajdować, a potem na ogół cieszyła się, jeśli trafiała z datą wejścia do kolejnych portów. Jej zdaniem, nadrobili na trasie do Gibraltaru co najmniej pół doby. Mieli wejść do tego portu pod wieczór czternastego listopada, a Wojtek napisał maila we wczesnych godzinach przedpołudniowych, już po uzupełnieniu paliwa i wody. Wysłał chłopaków na zakupy, a sam nadrabiał zaległości w poczcie, zaczynając rzecz jasna od niej. Przypomniał sobie, że poprzednio nie pozdrowił jej od nowych członków załogi: Romka, Zenka i Edwarda. Są oni też przysięgłymi fanami jego muzyki i musi im wciąż prezentować najnowsze utwory.

W niedzielę zadzwoniła Tośka.

– Musisz koniecznie do nas przyjechać jeszcze przed świętami – zagaiła.

– Akurat teraz mam kumulację – próbowała tłumaczyć się Joanna.

– U ciebie, jak cię znam, jest nieustanna kumulacja, więc czy zrobisz sobie choćby trzydniową przerwę, czy nie, to twoje prace nawet tego nie zauważą – przekonywała Tośka.

– Tak się tylko mówi.

– Asiu! – Bartek przejął na moment słuchawkę. – Nie wiem, jak Antosia, ale ja za tobą tęsknię i nie wytrzymam do naszego ślubu, czyli twojego przyjazdu. Powinniśmy pewne sprawy uzgodnić, porobić jakieś próby, no wiesz.

– Ale jakie próby? Przyjadę i będę, po prostu.

– To Antosia nic tobie nie mówiła?

– A co miała mówić?

– Że ty i Wojtek będziecie świadkami na naszym ślubie drugiego stycznia!

– Ja?! Przecież to niemożliwe!

– Od spraw niemożliwych czy wręcz beznadziejnych to jestem ja i święty Tadeusz Juda – zaśmiał się Bartek. – Ale nic mi nie odpowiedziałaś na wyznanie, że ja za tobą tęsknię!

– Ja też za tobą, Bartku, tęsknię.

– Poczekaj chwilę, tylko zrobię głośniej. Powtórz raz jeszcze to, co powiedziałaś przed chwilą.

– Tęsknię za tobą, Bartku...

– Widzisz, Antosiu – usłyszała w słuchawce głos Bartka. – Tęskni za mną, a ty mówisz, że nikt za mną nie tęskni – zaśmiał się.

– Taki jest właśnie Bartek – po chwili usłyszała w słuchawce głos Tosi.

– Za obojgiem wami tęsknię. Szkoda tylko, że...

– Pewnie, że nie ma Wojtka, czy tak?

– Tak, ale wiesz, że my się najpierw musimy porządnie oboje rozmówić.

– Wiem. I wiem również, że wszystko będzie dobrze.

– Trzymaj się ciepło, Asiu... – włączył się głos Bartka – ...i zastanów się nad odwiedzinami. Jest gdzie spać, więc się nie kłopocz. A w sprawie świadkowania zadzwonię do ciebie ekstra, dobrze?

– Dobrze. Będę czekać i myśleć. Pa!

– Pa!

Dwudziestego pierwszego listopada połączyła już na kolorowo linię Gibraltar – Vigo. Przyszedł znowu obszerny list od Wojtka. Czytała go z radością, bo widać było, że żyje żeglowaniem i ojcowaniem załodze. Przejął po wcześniejszych eksperymentach gotowanie posiłków, bo było blisko buntu na pokładzie. Sam zresztą też chciał, jak reszta załogi, wykąpać jednego z kucharzy w morzu za zniszczenie produktów na dwa obiady. Musieli wówczas jeść na zimno, co przy tej pogodzie było nieciekawe.

Wykorzystując pozostałości z wrześniowej i październikowej podróży wzdłuż włoskiego buta, raz w tygodniu publikowała swoje programy. Myślała, że ten temat się znudził, ale ponieważ wciąż były prośby o jeszcze, potraktowała wcześniejsze programy jako „zajawki"i teraz postanowiła prezentować programy poświęcone w całości wybranym obiektom. Rozpoczęła, rzecz jasna, od Santuario Santa Rosalia w Palermo. Odzew na ten program przerósł jej najśmielsze oczekiwania. Liczba odtworzeń wszystkich jej programów rosła, zresztą to samo obserwowała z programami Wojtka, na obu jego kanałach. Napawało ją to ogromną radością.

Mając bardzo zaawansowany projekt albumu, wybrała się w ostatnią sobotę listopada do Szczepana. Czuła potrzebę zmiany otoczenia. Korzystając z mroźnego powietrza, włożyła nieco maskującą kolorową tunikę i gruby luźny sweter.

– Ależ cudownie wyglądasz! – zachwycił się Szczepan.

W domu byli też jego żona, rodzice i rodzeństwo z dziećmi, więc najpierw musiała opowiedzieć, co u zejmana Wojtka na morzu, a potem skomentować kilka swoich programów na YouTubie. Byli zachwyceni. Wreszcie Szczepan porwał ją na pięterko, gdzie mogli porozmawiać o projekcie albumu. Skopiował zawartość przywiezionego przez Joannę „paluszka"na swój komputer i zaczęli oglądać. Najpierw zaniemówił, a potem podniósł złączone dłonie do ust.

– Nie myślałem, że będzie tak szykownie! – powiedział i ani się spodziewała, kiedy pocałował ją w policzek. – Przepraszam, Joasiu, zaraz wytłumaczę się z tego czynu żonie, ale to było silniejsze ode mnie.

– A daj spokój! Naprawdę ci się podoba? Nieco ocipliłam tylko paletę o żółć i zastosowałam gdzieniegdzie przejścia gradientowe. To wszystko! – Wzruszyła ramionami.

– Ty masz naturalne zdolności, niewyuczone, żeby robić genialne projekty. Muszę ci się do czegoś, Joasiu, przyznać.

– Spojrzał na nią badawczo, ale w oczach miał wesołe ogniki.

– Cóż się stało? Chcesz zerwać umowę? – zachichotała.

– Tak! Przekazałem twoje dane, kontakty innym firmom, kolegom biznesmenom, którzy z pewnością zwrócą się do ciebie w przypadku potrzeby. A jeśli im to pokażę... mogę to uczynić?

– Tylko na twoim komputerze, dobrze?

– Jasne! Jeśli im to pokażę... – wskazał na wyświetlany na komputerze fragment projektu – ...to masz robotę na lata! Jestem pewien. Będziesz musiała zorganizować sobie porządne studio i jeszcze kogoś zatrudnić.

– Jak ja to ogarnę? – Przestraszyła się.

– Obgadamy to po Nowym Roku. Spokojnie.

Wkrótce się pożegnała i ruszyła w drogę powrotną.

– Boże, tyle zmian! – powiedziała do siebie głośno. – Córeczko... – położyła na moment rękę na brzuchu – przynosisz mi szczęście. Jesteś jak najlepsza wróżka, czarodziejka. Jak ja cię, dziecinko, kocham! Rośnij sobie ciepło w kokoniku – uśmiechnęła się, ale na moment zjechała na pobocze, bo ze wzruszenia zaszkliły się jej oczy.

W przeddzień andrzejek dostała kolejnego maila od Wojtka. Informował, że są właśnie w Breście i mieli naprawdę trudny odcinek po ostrym zwrocie na wschód, za wyspą Île-de-Sein. Trafił im się bardzo silny szkwał w plecy i cudem opuścili żagle, bojąc się, żeby nie przeciąć Brestu na pół i nie stracić masztów. Teraz jest już dobrze, ale strachu się najadł co niemiara. Tak silny szkwał na morzu przeżył pierwszy raz w życiu.

Rozdział 29

*G*rudzień zaczął się Joannie, jak to u niej każdy kolejny miesiąc, nawałem pracy. Siedziała przy biurku, kiedy wszedł ojciec.

– Przez te wszystkie lata chyba tylko raz leżałaś w dzień na łóżku. Rozumiem, że kiedyś to było konieczne, ale teraz mogłabyś czasami sobie pofolgować – rzucił od progu.

Joanna przekręciła swój biurowy fotel w stronę fotelika, na którym siadała w zasadzie tylko wówczas, kiedy czytała książkę, a teraz rozsiadł się w nim tato.

– Akurat piszę artykuł na portal w Krościenku...

– Akurat piszę, akurat rysuję, akurat coś tam – przerwał jej, machając dłonią. – Wiesz, że najczęściej akurat tak odpowiadasz?

– Robota lubi głupich. – Wzruszyła ramionami.

– To też twoja częsta odpowiedź, ale z okresu po studiach. No dobrze, córcia. I co dalej? Z Wojtkiem oczywiście – dodał, widząc pytające spojrzenie.

– On płynie... – Postukała palcem o mapę. – Teraz jest gdzieś pomiędzy Brestem a Kopenhagą...

– Przecież wiesz, że nie o to mi chodzi, ale co zrobisz dalej?

– Co zrobię? Już wam mówiłam. Urodzę, a potem się zobaczy – odparła i choć starała się uśmiechnąć, czuła, że ten uśmiech jej się nie udał. Po wzroku ojca i delikatnym kołysaniu głową na boki poznała, że czeka na konkretną odpowiedź.

– Czy nie możesz tej naszej góralskiej twardości tym razem trochę pofolgować? – Postanowił jednak ją trochę podkręcić.

– A dlaczego nagle miałabym zmieniać zasady? A w ogóle... – przerwała, widząc, że ojciec teraz wykonuje znacznie silniejszy przeczący ruch głową.

– A dlatego, że to jest wyjątkowa sytuacja!

– Czy myślisz, tato, że ja tego nie czuję? – uśmiechnęła się i delikatnie dotknęła brzucha.

– Odzywa się już? – spytał ojciec, uśmiechając się od ucha do ucha.

– Czasami już czuję – odparła słodko Joanna. – Powiedz mi, tato – podrapała się po głowie – kto z nas się bardziej zmienił, ty czy ja? – Jej palec najpierw wskazał ojca, a po chwili dotknęła nim siebie. Ojciec delikatnie wzruszył dwukrotnie ramionami.

– Gdyby mi to zrobili... – podniósł palec i kilkakroć nim potrząsnął – ...Jędrek albo Wojtek, toby się mieli z pyszna! – roześmiał się w głos, a Joanna razem z nim.

– A tak na poważnie? – ponowiła pytanie córka.

– Kiedyś namawiałem cię do Janusza, ale się myliłem. Różnych rzeczy ci wówczas nagadałem, ale przekonałaś mnie, kiedy spałem... – uśmiechnął się delikatnie – ...że chcesz inaczej i wybrałaś Gdynię.

– Tyle że ja wówczas wcale nie miałam pojęcia, że w Gdyni spotkam Wojtka. Wiesz.

– Pamiętam, mówiłaś, ale coś tam cię jednak gnało. Ja, choć prosty flisak, to wiem, że człowiek jest skomplikowaną

maszyną. Pamiętasz różaniec? Słyszałem całą waszą rozmowę, a kiedy go wyczułem, kombinowałem, jak dać wam
znać, a potem udało się uzgodnić resztę – powiedział.

– Masz rację – zgodziła się.

– Więc jeśli się już spotkaliście i zdecydowałaś się... no,
ty już wiesz na co, to ja jestem jednocześnie i po twojej stronie, i po jego stronie. A ponieważ jego tutaj nie ma... – pomachał ręką na boki – ...i nic nie może powiedzieć, to muszę
stanąć bardziej po jego stronie.

– Skomplikowałeś, tato.

– Rozumiesz, tylko się droczysz. – Pogroził jej palcem.
– Moim zdaniem powinnaś dać mu szansę.

– Co to znaczy dać mu szansę?

– On jest z tego, co widzę, pracowity, ma pasję, jak
trzeba jest konkretny, ma różne zdolności i cię kocha, chociaż mało o tym mówisz. Ja to jednak widzę, mama też.
Na inne sprawy, prawdziwe zgranie się, macie sporo czasu.
Dziecko powinno mieć ojca. I ojciec ma prawo wiedzieć
o dziecku. Ale znam cię, córcia, już ty tak to wykombi-
nujesz, że wszystko będzie dobrze! Znam cię. Moja krew!

Joanna podeszła do ojca i przytuliła się.

– A jeśli pomylę się? Znowu...

– Ty?! – Pokręcił zdecydowanie głową. – Kiedyś trochę
pobłądziłaś, więc drugi raz się nie pomylisz. Człowiek zawsze uczy się na błędach.

– To co mam konkretnie zrobić, tato?

– Nie wiem co... – rozłożył ramiona – ...ale daj mu szansę
po prostu. Już pójdę, córcia. Dobranoc.

Pocałował Joannę w czoło i wyszedł. Jeszcze w progu,
starym zwyczajem, pomachał palcem.

Joanna wróciła do biurka. I co teraz? Dać mu szansę.
Podparła głowę na łokciach. Tata jest po jego stronie! To się

narobiło. A ja po czyjej mam być stronie? Wzruszyła ramionami. Pisaliśmy ze sobą ostatnio tyle, ile było można, nie narzucałam się, bo tak sobie postanowiłam, nie kazałam mu dzwonić, więc sama teraz nagle nie zadzwonię. I co mam zrobić? Zamknęła klapę od komputera. Pójdę spać!

Rano przypomniała sobie, że wieczorem nie sprawdziła poczty. Zanim ruszyła do łazienki, podeszła do biurka. Usiadła przy komputerze i uruchomiła skrzynkę pocztową. O! Napisał! Uśmiechnęła się. Jej oczy przesuwały się po kolejnych wierszach. Jaki dzisiaj miły!

Chyba się starzeję, bo ckni mi się za pobytem w domu.

Mógł chociaż napisać, o jakim domu myśli, czyim! O Falistej czy o Gochach, a może o domu ze mną?! I taki on właśnie jest. Żadnych konkretów. Same niedopowiedzenia. Kiedy jesteśmy razem, to i owszem. Ale na odległość jakoś nie potrafi. Spojrzała na przedramię, na którym pojawiła się delikatna gęsia skórka. No nie, to jest chyba nienormalne! Pokręciła głową.

Bardzo mi się podobały twoje oba programy z Genui. I muszę się przyznać, że pierwszy raz znalazłem uzasadnienie dla obecności w nich mojej muzyki. Niech więc już tak zostanie. Zmusiłaś mnie, żebym nie był anonimowy. ☺

Łaskawca, pomyślała.

Powoli dogaduję się z wydawnictwem w sprawie płyty i pewnie ukaże się na wiosnę. Widziałaś komentarze na moich kanałach? Wszyscy zapowiadają, że ją kupią. Pewnie będę musiał aktywniej działać na profilu facebookowym albo założyć specjalny profil jako muzyk.

Miło, że piszesz o moich programach i muzyce. Uśmiechnęła się. A ile mi przez to krwi napsułeś! Gdybym nie była góralką, to pewnie bym się załamała... ale jestem! Masz szczęście.

Mam od kilku dni problemy z pracą w internecie. Jakoś z tym sprzętem chyba dociągnę do Gdyni i tam dopiero dam do serwisu. Szkoda mi zatrzymywać się na jeszcze dłużej w Amsterdamie tylko po to. Muszę być na dwudziestego w Gdyni.

Całuję i pozdrawiam Cię – Wojtek

PS Kilka razy próbowałem wysłać maila i nie poszło. Zostawiam więc włączony sprzęt na noc – ciekawe, o której pójdzie i czy w ogóle? Jeśli w następnych dniach będą problemy z pocztą, to znaczy, że zdefektowało się na amen.

Joanna spojrzała na godzinę wysłania. Druga trzydzieści pięć. Faktycznie, w nocy. Dobrze, że przyszło. Spojrzała na harmonogram rejsu do kraju: ósmy i dziewiąty grudnia – Amsterdam, piętnasty – Kopenhaga, dwudziesty – Gdynia. W tamtą stronę było w takich samych odstępach czasu. Nie da się tych przelotów ani skrócić, ani ich przyspieszyć. To specyficzne odcinki. Może o jakieś pojedyncze godziny, ale o dni na pewno nie.

W następnym tygodniu Joanna przyspieszyła pracę nad pierwszym odcinkiem historii Ludźmierza, bo chciała go koniecznie mieć gotowy przed spotkaniem ze Stefanem w Krościenku. Chciała zajrzeć do niego w drodze powrotnej ze Szczawnicy, z badań USG, które zaplanowała na jedenastego.

Trzecie badanie u tego samego ginekologa nie wywołało już u niej żadnego stresu. Można się przyzwyczaić, myślała z uśmiechem na ustach, kiedy zadzwoniła do domofonu, chociaż pierwsze badanie przeżyła dosyć mocno. Lekarz był delikatny, zawsze uśmiechnięty i ładnie pachniał. Tym razem powiedział, że spróbuje pokazać buzię jej córki. Cierpliwie i delikatnie przesuwał sondę po brzuchu i odczytywał parametry, wreszcie rzucił:

– Jaka buzia! Cała mama! Jaka ładna! Czy już wiesz, Joasiu, jakie dasz jej imię? – spytał.

Co on mnie nagle tyka, pomyślała, ale nie dała poznać po sobie.

– Klaudia – odparła zgodnie z prawdą.

– A pamiętasz, Joaśka, jak w liceum w Nowym Targu nie chciałaś umówić się ze mną do kina? – spytał uśmiechnięty od ucha do ucha. Podniosła się i ruszyła się ubierać za parawan.

Żadnego łysego kolegi w liceum i z taką brodą nie pamiętała, uśmiechnęła się. Posmyrała się palcem po czole.

– Nie pamiętam – odparła głośno zgodnie z prawdą.

– Bo ja chodziłem do klasy maturalnej, a ty do pierwszej – dosłyszała jego słowa. – Wypatrzyłem cię na jakiejś akademii i miałem zamiar pociągnąć znajomość do balu maturalnego, ale dałaś mi kosza – uśmiechnął się. – Nawet nie bardzo mogłem ci się z bliska przyjrzeć, bo zaraz się odwracałaś. Ale imię zapamiętałem.

– Naprawdę taka byłam? – spytała, gdy już ubrana dotarła do biurka Krzysztofa Grutha.

– Niestety. Dlatego potem zacząłem powoli zmieniać fryzurę – mrugnął. – Zapuściłem też brodę, żebyś mnie nigdy nie poznała.

– Teraz pan żartuje... żartujesz.

– Trochę... – Pokazał dwa palce w niewielkim oddaleniu od siebie. – Poszedłem na bal z siostrą kolegi, ale to była męczarnia – skrzywił się.

– Nieładnie obgadywać dawne koleżanki.

– Przyjaźnimy się teraz, ona jest stomatologiem w Nowym Targu – uśmiechnął się.

– Ale potem chyba jakąś dziewczynę poznałeś?

Krzysztof zaczął się śmiać.

– Na studiach to już różnie było... – machnął dłonią i mrugnął – ...ale żadna nie była taka jak ty. Dopiero zauroczyła mnie pacjentka, młoda studentka, która co miesiąc bardzo cierpiała. Była w Szczawnicy na wczasach i chciała zrobić sobie badania w obcym mieście. No wiesz, kobiety tak mają – wyjaśnił, widząc pytanie w oczach Joanny.

– Coś jak ja?

– A ty też?! – zaśmiał się.

– Jesteś niezły.

– Na studiach, wiesz, miałem pełno znajomych, a tutaj nie mogłem znaleźć żony. To był mój problem! Ale łysina, którą mam po ojcu i dziadku, a także broda, którą zapuściłem, daje mi, jak to niektórzy mówią, budzący zaufanie wygląd. Rodzice pomogli, udało mi się założyć gabinet i badam, leczę.

– Ale miało być o tej studentce.

– Spotkałem ją wkrótce obok lodziarni, w parku. Ona mnie poznała! I tak przy lodach porozmawialiśmy sobie o górach, Dunajcu, spotkaliśmy się potem na kawie, i znowu umówiliśmy się, a tu ona pojawiła się z rodzicami. Dziwnie się czułem, ale musiałem zrobić niezłe wrażenie.

– Ty szatanie! I teraz tak podrywasz panienki? Wtedy nie chciałam pójść do kina, a teraz się przed tobą dobrowolnie rozebrałam!

– Teraz z tą byłą pacjentką mam dwóch juhasów i jedną... Joannę. Ale cicho sza!

– Joannę?! No, przepraszam! – Joanna zamrugała.

Krzysztof wręczył jej komplet opisanych wyników z badań i pochwalił ją za nie.

– Wpisałem ci na końcu datę kolejnych badań, bo teraz jak zaczniesz o mnie myśleć, to różnie może być – zażartował.

Pożegnali się. Taki z niego z cicha pęk... a tu masz, ginekolog! – pomyślała, siadając za kierownicę. „Jedynym mężczyzną, który nie może żyć bez kobiet, jest ginekolog", przypomniała sobie nagle aforyzm Schopenhauera. I on był przedstawicielem pesymizmu w filozofii?! Roześmiała się w głos.

Wojtek długo nie przysyłał maili, a ona zapomniała o awarii. Najpierw zaczęła się zastanawiać, czy w ogóle odpowiedziała na jego ostatniego maila, potem czy nie użyła jakichś głupich sformułowań, ale przecież wszystko było dobrze. Zakręciła się. Zaczęła nawet podejrzewać, że może ma do niej jakiś żal. Nagle... pac w czoło! Szwankujący internet! Piętnastego grudnia przyszedł od niego miły długi esemes z Kopenhagi i uspokoiła się. Czyli internet!

Wieczorem, po kolacji, zaczęła namawiać braci, żeby wybrali się z nią do Gdyni na powitanie jachtu wracającego z rejsu.

– Obcego chcesz jechać witać? – zaśmiał się ze swojego dowcipu Wojtek.

– Na razie obcego, ale przecież będzie ojcem mojego dziecka! Co ja gadam, przecież nim jest!

– Będziesz pewna, że zgodzi się zostać świagrem? – wtrącił Jędrek.

– No właśnie. A jak skrewi? – uzupełnił Wojtek.

Rodzice tylko się uśmiechali.

– Ręka noga mózg na ścianie – odparła Joanna. – Myślicie, że byłby w stanie mi odmówić? Tym bardziej przy was?

– Czyli co, mamy go od razu polubić?! – spytał Jędrek, robiąc zdziwioną minę.

– Nie ma niczego na kredyt. – Pokręciła głową. – Wszystko zależy od tego, czy się dobrze z wami ułoży!

– Możemy go na dzień dobry nalać, jakby co, jak Kosma i Damian!

– Jak trzeba będzie, to wam powiem, a jak przeoczę, to pewnie stary Kiemlicz coś podpowie. – Joanna mrugnęła do ojca.

– A tata też tam pojedzie?! – zdziwił się Jędrek.

– Tratwą nie zdążymy dopłynąć, a on inaczej nie chce. Samochodem jeździ tylko z mamą do Nowego Targu na zakupy.

– Zna mnie córeczka – uśmiechnął się ojciec.

– W razie czego zrobimy transmisję na żywo, żeby mną sterował. – Joanna mrugnęła do ojca, a ten jej pogroził na wesoło. – To on mnie wciąż namawiał, żebym dla Wojtka była miła, dała mu szansę, więc niech ogląda, co narobił!

Rozdział 30

Osiemnastego grudnia w domu Trepków w Nowych Maniowach od rana panował ruch. Pani Anna nie lubiła zostawiać niczego na ostatnią chwilę, nie miała więc oporów, aby zagonić dorosłe dzieci i męża do roboty. Trepkowie mieli umówionych świątecznych wczasowiczów na prawie wszystkie pokoje swojego pensjonatu, więc w domu było sporo sprzątania. Bracia walczyli z podłogami, a Joanna zajęła się pościelami i wystrojem pokoi. Z kuchni zaczynały powoli wydobywać się świąteczne zapachy, bo na przyjazd, za dwa dni, pierwszych wczasowiczów gospodyni chciała już mieć część jadła gotową. Zależało jej na tym, tym bardziej że Joanna wywoziła chłopaków na czwartek i piątek do Gdyni.

– Jak chcecie jechać, to musicie wszystko zrobić zawczasu! – uparła się. – Z ubraniem choinek włącznie, bo kto wie, jak to będzie po waszym powrocie.

– Mamuś, co to znaczy... jak to będzie? – spytała, marszcząc czoło Joanna.

– No wiesz, córcia...

– Przecież kiedyś mówiłaś, że chłop potrzebny jest tylko do jednego. Mój już się narobił, więc mam – zaśmiała się, wskazując na brzuch.

– Ale czasami jednak się przydaje. – Matka przewróciła oczami. – Patrz, jak tata szykuje świerczki na podwórku. – Pociągnęła Joannę do okna w kuchni. – To też ważna robota.

Przed domem zatrzymał się ośnieżony samochód.

– Przecież to Szczepan! – wykrzyknęła Joanna. – A kto jest jeszcze z nim? – spytała samą siebie.

– Chyba Mikołaj! – zaśmiała się matka. – Ojciec z nimi gada, idą tutaj. Chodź, zrobimy sobie przerwę – uśmiechnęła się. – Coś ty taka cicha nagle się zrobiła? Nabroiłaś?! – Pogroziła palcem. – No chodź, żartowałam. To najlepszy prezent, jaki mógł ci się zdarzyć. – Wskazała na brzuch córki. – No chodź!

Małomównej na ogół matce nie zamykały się usta. Pociągnęła córkę za sobą.

Gdy weszły do przedsionka przy drzwiach wejściowych, ujrzały, że głośne tupanie butami ściągnęło na dół także chłopaków. Zrobiło się ciasnawo.

– Przywiozłem wam, kochani, Mikołaja – odezwał się głośno Szczepan – bo już u mnie co nieco zostawił, a jak mu powiedziałem, że mam wspaniałych znajomych w Nowych Maniowach, to powiedział, że wszystkich innych może odpuścić, ale was nie.

Mikołajowi ubranemu w czerwony płaszcz, takąż czapę z białym pomponem oraz maskę z brodą i wąsami zrobił miejsce przed sobą. Ten stanął, a kiedy jego wzrok obiegł wszystkich i zatrzymał się na Joannie, zamiast coś powiedzieć, popadł w dziwne milczenie, jak zaklęty. Nachylił się tylko do ucha Szczepana i coś mu poszeptał.

– Ale ja, naprawdę... Mikołaju, nic nie wiedziałem! – Szczepan rozłożył dłonie i sam wpatrzył się w widoczny brzuszek Joanny. Uśmiechnął się.

Mikołaj poskubał się po brodzie, z pleców zsunął mu się worek, zrzucił z głowy czerwoną czapkę, a po chwili zdjął

maskę z twarzy. I oczom Trepków ukazał się w całej oka-
załości Wojtek Borowy.

– Jezus Maria! – zawołała Joanna i zasłoniła sobie usta
dłonią. – Skąd ty się tutaj wziąłeś?!

Wyraz twarzy Wojciecha zmieniał się jak w kalejdo-
skopie. Wpatrywał się to w twarz Joanny, to w jej brzuch.
Nagle opadł na kolana i przytulił głowę do jej brzucha.

– Jak ja cię kocham, Joasiu! – zawołał i zaczął ją gładzić,
i całować po brzuchu.

Szybko wstał i pocałował ją w usta. Oddawała mu po-
całunki gorąco. Matka przyłożyła dłonie do policzków.
Z jej oczu popłynęły łzy. Przytuliła się do męża.

– Czy ty coś wiedziałeś? – spytała go.

– Nic a nic, ale tak czułem. Może nie aż tak, że przyjedzie dzisiaj, ale że jest porządny, to tak – odparł wzru-
szony mąż.

Szczepan bawił się setnie niespodziewaną sytuacją.

– Będziemy tak tu stać do wieczora? – spytał głośno.

Pierwszy oprzytomniał ojciec Joanny.

– No, wchodźcie do środka wszyscy, wy też! – Dotknął
dłonią Joanny i Wojtka, wpatrzonych w siebie. – Będziecie się cieszyć tam – powtórzył, widząc, że oni nie mają
ochoty czy siły uczynić kroku. Wreszcie machnął ręką. –
Zaraz przyjdą – powiedział do żony i dając przykład, ruszył do stołowego.

– Dlaczegoś mi nic nie powiedziała? – spytał Wojtek cicho. – Ja czułem, że wcale nie chodzi o muzykę ani o ciepłe szatki, ale głupi nie wpadłem na to!

– O muzykę też, a tego... wtedy nie było widać.

– Ale niemniej powinienem czuć!

– Miałeś jacht na głowie.

– Muszę ci coś powiedzieć od razu na wstępie! To był
mój ostatni rejs.

– Co?!

– Kończę z pływaniem. Chcę być z tobą!

– A twoja WOLNOŚĆ?

– Będę uczył żeglować dzieci, potem wnuki, będziemy wyświetlać im twoje filmy, pokochają pływanie i morze i może też się kiedyś na nie wybiorą?

– No chodźcie, już chodźcie do nas! – doszło ich wołanie ojca Joanny.

Wojtek objął Joannę i weszli do stołowego. Wszyscy stali wokół stołu i wpatrywali się w oboje.

– Słyszeliśmy, więc nie musicie niczego powtarzać. Siadajcie! – rzucił Jasiek Trepka.

– Jeszcze tylko prezenty... – Wojciech zerknął na worek trzymany przez Szczepana.

– Prezenty są opisane – mrugnął Szczepan. – Sam je przecież opisywałem, więc się nie pomylę.

– To wy się przez chwilę zajmijcie prezentami, a ja na ten czas porwę Wojtka do siebie, dobrze? – rzuciła Joanna i pociągnęła go za sobą w kierunku schodów.

– No, ale... – próbowała coś powiedzieć matka. Ojciec położył palec na ustach.

W pokoju Joanny zamknęli drzwi.

– Jak ty to wszystko wykombinowałeś? Przecież ponoć internet nie działał? – spytała.

– Na pewnych kierunkach pracował i nawet telefony funkcjonowały. – Wzruszył ramionami Wojtek.

– Ty łobuzie! – Klepnęła go w ramię.

– Joasiu... – Wojtek przykląkł na kolano. – Czy zgodzisz się zostać moją żoną? – Spojrzał jej w oczy.

Wyciągnęła do niego ręce. Wstał i pocałowali się gorąco.

– Oczywiście, zgadzam się. Miałam pojechać po ciebie do Gdyni... – wskazała na torbę stojącą przy szafie – ...i tam ci pokazać brzuch, i sama się oświadczyć.

– To po co ja głupi się fatygowałem?! – rzucił żartobliwie; przytuliła się do niego.

– Wiesz, że przez cały czas od chwili przywitania mam gęsią skórkę? – spytała Joanna.

– Ja też. – Podciągnął rękaw. – Myślałem, że pogniewałaś się na mnie na śmierć! – zmienił temat.

– Na śmierć nie, ale poważnie tak.

– A możesz mi zdradzić, dlaczego mimo to chciałaś pojechać do Gdyni?

– Poza tym, że cię kocham i bardzo pragnęłam jak najszybciej cię zobaczyć, to chciałam też pokazać, że własne ambicje można schować do kieszeni.

– Ja, niestety, zrozumiałem to zbyt późno, a potem nie chciałem pisać tak ważnych słów w mailach czy przekazywać w rozmowach telefonicznych. Chciałem ci wszystko osobiście powiedzieć.

– A dlaczego nie zaprosiłeś mnie do Gdyni, nie próbowałeś do tego nakłonić?

– Początkowo z twoich maili wnioskowałem, że wolisz tak jak jest, że jesteś mocno na mnie zła, że dobrze ci w domu i nie masz ochoty mnie widzieć. Ale w Amsterdamie albo już nawet wcześniej, w Breście, dotarło do mnie, że ty szczerze pytasz mnie ciągle, jak mi idzie rejs, czy mam kłopoty. Wówczas zacząłem myśleć tak jak wtedy, gdy poznaliśmy się w Gdyni, że może warto o ciebie zawalczyć na poważnie... W Amsterdamie byłem już tego pewien i dlatego cię zbujałem z internetem, bobym się jeszcze za wcześnie wygadał. Gnaliśmy do Gdyni co koń wyskoczy, żeby zdążyć co najmniej dwa dni przed znanym ci terminem wejścia do portu! Zdradziłem załogantom, że pędzę do dziewczyny! Starali się, jak mogli, a szczególnie Edward, Romek i Zenek. Oni robili to także dla ciebie! Nie jest tak źle z młodymi. A ja cały czas tęskniłem.

– To dlaczego mi o tym nie napisałeś?

– Bo takie słowa mogę mówić, kiedy patrzę w twoje oczy i jestem przy tobie. – Objął ją i pocałował.

– Czułam, że masz potencjał, więc postanowiłam dać ci jeszcze jedną szansę i pojechać przywitać ciebie w Gdyni.

– Ależ ty mnie zawstydzasz. Ty zawsze taka byłaś?

– Jestem zaciętą góralką, lecz dużo sobie przemyślałam w ciągu ostatnich dwóch miesięcy i postanowiłam trochę odpuścić. Z tego myślenia wyszło mi też, że generalnie co do ciebie prawie się nie pomyliłam. Trochę trzeba pozmieniać, ale tylko trochę – uśmiechnęła się.

– Mówisz poważnie?

– Jak najpoważniej.

– Czyli mam u ciebie szansę?

– Masz, tylko musisz chcieć, a wcale nie jestem pewna, czy chcesz.

– No przecież wiesz, że chcę. Przecież przed chwilą ci się oświadczyłem!

– A wiesz chociaż, dlaczego chcesz ze mną być?

– Bo jak cię widzę albo pomyślę o tobie, nieustannie mam gęsią skórkę. Chcę mieszkać z tobą we wspólnym domu, móc cię widywać codziennie, przytulać i pieścić. Być z tobą po prostu szczęśliwym. Powiedz mi tylko, w jaki sposób wszystko to, co dotąd zepsułem, będę mógł nadrobić, naprawić.

– Tylko w jeden sposób. Zdjąć czasami krótkie majtki i myśleć trochę więcej o innych. – Joanna zaśmiała się perliście.

– Znowu zawstydzasz mnie. Cały czas myślałem o tobie. Skomponowałem piętnaście utworów na płytę: *Joanna z morskich fal.*

– W sztormowej pogodzie? Podczas forsownych przelotów?

– Myślałem wciąż o tobie, cały czas przychodziły mi do głowy pomysły, a chłopcy mnie nieustannie dopingowali. Podoba im się moja muzyka.

– A skąd akurat taki tytuł płyty?

– Tak zatytułowałem pierwszy utwór... To parafraza na temat Afrodyty z piany morskiej. Ty jesteś moją Afrodytą. Mam ciebie wciąż w oczach opalającą się na jachcie w kostiumie, skaczącą do wody...

– Nie skakałam, tylko zawsze wolno schodziłam – poprawiła go Joanna, mrużąc oczy. Wojtek machnął dłonią.

– ...jak pływasz, jak się śmiejesz, nawet kiedy jesteś smutna lub zła – dokończył. – Jakiż ja byłem głupi! Ze wszystkim miałaś rację! Będziemy teraz wspólnie prowadzić programy na YouTubie, blogi... Wszystko się u mnie nieprawdopodobnie rozkręciło, zresztą podglądałem, że u ciebie także! Później o tym porozmawiamy. Mam ci tylko jedno za złe... – Jego wzrok spoczął na jej brzuchu. Wpatrywał się w niego z radością.

– Że nie powiedziałam ci o ciąży? A zresztą skąd wiesz, że to twoje?

– Bo każdy mężczyzna takie rzeczy czuje – wyszczerzył się lekko. – Kocham cię, Joasiu.

– Ja też cię kocham. Będziemy mieli córkę, Klaudię.

– Klaudię? Och, jak się cieszę! Przynajmniej nie zostanie żeglarzem.

– Ale może zostać żeglarką! – zachichotała Joanna.

– Gdybyś mi o tym napisała, zadzwoniła, oszalałbym już na trasie ze szczęścia!

– Wypuściłbyś koło sterowe z rąk, jacht by się rozbił, a córka musiałaby spłacać go przez całe życie. Ale powiedz szczerze... nic nie wiedziałeś?

– Nic a nic.

– A Antonina niczego nie zdradziła?

– Ona nie, ale Bartek tak, że... jego Tośka jest w ciąży! – zaśmiał się cicho.

– Myśmy już wiedziały o sobie na Elbie.

– Gdybym się wtedy dowiedział, na pewno bym cię nie puścił.

Trwali w objęciach. Zapadło krótkie milczenie.

– Słuchałam uważnie wszystkiego, co do mnie mówiłeś, i jednej rzeczy, chociaż przedtem na to celowo nie zareagowałam, nie mogę i nie chcę od ciebie przyjąć – powiedziała, odchylając się nieco do tyłu. Wpatrywała się uważnie w jego oczy.

– Nie rozumiem?

– Twojej WOLNOŚCI, czyli tego, co jest twoją prawdziwą pasją, wręcz drugą naturą. To byłoby z mojej strony nieuczciwe i zaborcze. Nie chcę cię unieszczęśliwiać.

– Ale przecież tak ci na tym zależało, żebym był przy tobie.

– Na tym tak. I teraz wiem, że będziesz starał się być ze mną jak najczęściej. Mnie tyle wystarczy.

– Ty jesteś lepsza, niż mógłbym sobie wymarzyć. – Ujął jej twarz w obie dłonie.

– Zostaniesz dzisiaj ze mną? – spytała, wpatrując się w jego oczy.

– Już na zawsze, Joasiu – odparł Wojtek; ich usta połączył gorący pocałunek.

Epilog

Nie dane było Wojtkowi wrócić na święta Bożego Narodzenia na Kaszuby. Został bez reszty zawładnięty przez Trepków, zniewolony cudowną atmosferą panującą w ich domu i zagadany przez bliźniaków Jędrka i Wojtka, którzy nieoczekiwanie dla zejmana okazali się fanami jego muzyki. Skądś pożyczyli gitarę i ten musiał się co chwila produkować.

– Przecież to ja się z nim zaręczam, a nie wy! – rzuciła Joanna do braci po wigilijnej wieczerzy, kiedy nie dawali mu odetchnąć, blokowali do niego dostęp i zmuszali do grania kolejnych kolęd.

– Siostra! Wojciech to nasz wspólny prezent spod świerczka, dostaniesz go na noc, daj się nam nacieszyć pierwszym w życiu świagrem! – wykrzyknął tubalnie rozbawiony Jędrek.

– Innego nie będziecie mieli na pewno! – odgryzła się na wesoło Joanna.

– Nie mów hop! – dorzucił do okrzyku brata bliźniak Wojtek. – Każdy następny model może być jeszcze lepszy!

Roześmiani bracia złapali się za ręce, żeby nieco utrudnić siostrze dostęp do zejmana, ale mimo przeszkód przedarła się do niego, by obdarować go długim całusem.

– W takim razie zaśpiewamy jeszcze tylko *Tryumfy Króla Niebieskiego*, bo już obiecałem, i zrobimy przerwę – uspokoił ją, łapiąc oddech Wojciech.

– Przerwę. Sam tak powiedziałeś! – Wycelował w niego palcem Jędrek.

Kolejna kolęda wstrząsnęła domem Trepków na Byrcoku w Nowych Maniowach. Za sprawą czterech tubalnych męskich głosów rozkołysały się bombki na choince i rozdzwoniły szkła na stole i w bufecie. Pani Anna i Joasia zatykały sobie uszy.

– Zgłoszę was jutro do konkursu kolęd – rzuciła Joanna, gdy wreszcie w stołowym pokoju ucichło, a Wojciech odstawił gitarę.

– Na Eurowizję? – zainteresował się Jędrek.

– Na początek w parafialnym kościele – roześmiała się Joanna, wskazując palcem za szybę.

– Tylko pod warunkiem że w pakiecie będzie sylwestrowy występ z Golcami na Równi Krupowej w Zakopcu – zaśmiał się Jędrek.

– Kochani, czyżbyście zapomnieli o prezentach?! – przerwała przekomarzania dzieci gospodyni.

– Zaraz, na kogo w tym roku przypada kolej, żeby być Mikołajem? – spytał ojciec, wodząc wzrokiem po córce i synach.

– W zeszłym roku był Jędrek, Aśka nie może się teraz wysiłkować, więc chyba przyszła kolej na mnie. – Poderwał się bliźniak Wojtek.

– No, bez przesady! – Przytrzymała go za ramię siostra, rzucając uprzednio okiem na podłogę pod choinką. – Dam radę!

Nałożyła Mikołajową czapę, czekającą na brzegu bufetu, i zaczęła się schylać po paczki opisane przez darczyńców. Odczytywała, dla kogo są, i podawała z wdziękiem obdarowanym. Wszyscy czekali na sygnał, że została wręczona już ostatnia z nich, bo dopiero wówczas zaczynało się rozpakowywanie. Taki zwyczaj panował u Trepków od dawna. Wreszcie Joanna, aby mieć pewność, że niczego nie pominęła, uklękła pod choinką, zajrzała pod najniższe jej gałązki i pomacała jeszcze ręką po podłodze.

– To już naprawdę wszystko! – obwieściła radośnie, moszcząc się na krześle obok Wojciecha.

– W tym roku Mikołaj był bardzo szczodry – powiedziała mama Joasi, najpierw przyglądając się długo leżącym przed każdym z obecnych paczuszkom, a na koniec obdarzając Wojciecha uśmiechem. – Zgodnie z naszym zwyczajem zaczniemy od osoby, która dostała największą paczkę. – Po czym skierowała palec w karton zasłaniający Jędrka.

– A jakiego ptaka ma Mikołaj? – nieoczekiwanie spytał Wojciech.

Obaj bliźniacy zmierzyli go wzrokiem i jak na komendę zarechotali; reszta domowników przyłączyła się do ich śmiechu ochoczo.

– Ty byłeś w tym roku Mikołajem i tego nie wiesz?! – rzucił przez łzy bliźniak Wojtek.

Joanna, uspokoiwszy się nieco, machnęła ręką i zwróciła się do Wojciecha.

– Wiem, że Mikołaj ma renifery, ale o żadnym ptaku dotąd nie słyszałam. Macie na Kaszubach obyczaj związany z ptakiem Mikołaja? – spytała, ledwie powstrzymując się od śmiechu. Wojtek starał się utrzymać powagę.

– Nie, ale wczoraj wieczorem widziałem, że latał wokół domu jakiś ptak w czerwonej czapce jak twoja... – wskazał na jej głowę – ...a potem słyszałem, że stuka dziobem w którąś szybę – odparł Wojtek i spojrzał porozumiewawczo na ojca Joasi.

– Też to pukanie wczoraj słyszałem, zajrzałem więc tutaj na chwilę i dosłownie na moment otworzyłem okno – wszedł w temat ojciec, obficie przy tym gestykulując. – Dostałem od jakiegoś ptaszyska skrzydłami po pysku, więc szybko je zamknąłem, a potem zobaczyłem, że na dywanie leży piórko.

– I co z nim zrobiłeś? – spytała zdziwiona pani Anna.

– Z ptakiem? – Wzruszył ramionami Jasiek Trepka, spoglądając zabawnie na żonę. – Zdążył wylecieć, a piórko schowałem do swojej skrzynki ze skarbami. Potem ci ją pokażę – to rzekłszy, przeniósł wzrok na zejmana.

– Czyli już nas dwóch słyszało pukanie ptaka – podsumował, mrugając do ojca Joasi, Wojciech. – A może ten ptak zdążył coś gdzieś zostawić, bo wyraźnie dostrzegłem, że w dziobie coś trzymał.

Joanna zmarszczyła brwi i spojrzała na niego. Ten wstał i rozejrzał się po pokoju stołowym. Podszedł do jednego z okien.

– To okno? – spytał gospodarza.

Ojciec Joasi wskazał następne.

Podszedł więc do niego i spojrzał na pokój, a potem wykonał ramieniem ruch, wskazując, jak ptak mógł lecieć.

– Mogło tak być – odparł gospodarz i pokiwał głową.

Mama Joanny, ona sama i jej bracia przyglądali się ze sporym zdziwieniem egzorcyzmom odprawianym przez zejmana i ojca.

– Czyli bufet albo choinka – ocenił Wojciech.

Ojciec pokiwał głową.

Skierował się najpierw w stronę bufetu. Przypatrywał się uważnie jego blatowi, chociaż już z daleka było widać, że oprócz stroików i świątecznych kartek nic na nim nie leży. Dla pewności ukląkł i zajrzał pod niego, a potem wzruszył ramionami.

– Tutaj nic nie ma – orzekł i spojrzał na ojca Joasi.

– Przeca wleciał i do tego trzasnął mnie skrzydłem. A jeśli tak było, to na darmo by się nie trudził – ten odparł zdecydowanym tonem.

Wojtek wskazał pytająco na choinkę, ojciec skinął głową.

– Przecież chodziłam pod nią na kolanach! – wyrwało się Joannie, jakby nagle potraktowała całkiem na poważnie bajanie Wojciecha o ptaku i poszukiwanie czegoś, czego ten na pewno tutaj nie przyniósł.

Wojciech przykucnął, omiótł wzrokiem podłogę pod choinką, ale zaraz wyprostował się i zaczął z kolei wpatrywać się w ozdóbki wiszące na choince. Przesuwał się wolno wzdłuż korony gałęzi i wreszcie skierował kółeczko z palców w kierunku ojca Joasi.

– Chyba coś tutaj mamy! – rzucił i wskazał na oparty o konar niewielki pakuneczek. Uniósł go w palcach i obrócił się w kierunku stołu.

Wszyscy teraz dojrzeli czerwony błyszczący papier, złoty sznureczek z kokardką i przyczepiony do niej malutki bilecik. Wpatrzył się w niego.

– Widzę tu inicjały J.T. Kto ma tutaj takie? – Spojrzał na Joannę.

Ta w tym momencie domyśliła się, co to może być, i z wrażenia przymknęła oczy.

– Ja też przecież jestem J.T.! – wykrzyknął niespodzianie ojciec Joasi. – I to dłużej niż Joaśka! Może to coś dla mnie? – spytał z rozbrajającą miną i wskazał na siebie.

Wojciech podrapał się po głowie.

– Chyba jednak tym razem to jest dla córki – powiedział przepraszającym tonem i podał zawiniątko Joasi.

Ta drżącymi z emocji palcami zaczęła rozpakowywać paczuszkę. Najpierw spod rozwiniętego papieru ukazało się pudełeczko z czerwonej skóry, a po otwarciu zatrzasku jego wnętrze wyłożone białym aksamitem, na którym spoczywał złoty pierścionek ze szmaragdem i dwoma małymi brylancikami po bokach.

– Boże! Jakie cudo! – pisnęła Joanna i przytuliła się do Wojciecha.

– Musisz przymierzyć, bo jeśli nie będzie na ciebie pasował, to może on rzeczywiście jest dla taty. – Wojciech mrugnął w kierunku gospodarza. – Jak pantofelek w bajce o Kopciuszku!

Joanna błyskawicznie wyjęła pierścionek z pudełka i wsunęła na swój serdeczny palec lewej dłoni.

– Mój ci on jest! – pisnęła znowu, a po chwili przywarła ustami do ust Wojciecha. – Bo musicie wiedzieć, że on mi się oświadczył tego dnia, kiedy przyjechał, a ja się zgodziłam – wyjaśniła po chwili nieco zadyszana, wpatrując się błyszczącymi ze szczęścia oczami w rodziców.

– A my to co?! Nas nawet nikt się nie spytał o przyzwolenie?! – rzucił tato Joanny i zrobił groźną minę. Jego wzruszona żona trzymała dłonie przy policzkach.

– Odpuść już im... – odezwała się cicho.

– Moje dzieci! – huknął radośnie Trepka i podszedł z gratulacjami do córki i zejmana. Wycałował ich oboje i znowu zrobił groźną minę. – Ale w drugie święto zrobimy jeszcze raz imprezę z oświadczynami dla rodziny, dla gości. Niech się wszyscy ucieszą! To była tylko próba generalna!

– Właśnie o to mi chodziło! – potwierdziła mama Joasi i teraz ona podeszła do córki i Wojciecha. – Wyjąłeś mi to, Jaśku, z ust.

Rozległy się pomiędzy matką i córką szepty i pojawiły na ich policzkach łzy, a zaraz po mamie z życzeniami podążyli bliźniacy.

– A mogę wam mówić... mamo i tato? – spytał rodziców Joanny, wyszczerzając się, zejman.

– Powinieneś, i to nawet co drugie słowo, bo masz sporo zaległości! – odparł rubasznie ojciec Joanny, wskazując na brzuszek córki. Wojtek zniknął raz jeszcze w jego objęciach.

– Ale na gitarze i tak jeszcze dzisiaj nam zagrasz! Zaręczyny nie są żadną wymówką! – Jędrek podniósł palec. – Zresztą będziesz uczył mnie grać, bo poczułem do tego instrumentu powołanie!

W drugi dzień Bożego Narodzenia w Nowych Maniowach odbyły się uroczyste zaręczyny, na których pojawiła się cała okoliczna rodzina Trepków oraz Szczepan Tlałka i Staszek Chowaniec z żonami. Wojtek po długiej rozmowie odbytej ze swoimi rodzicami w pierwsze święto przygotował specjalnie dla nich oraz Antoniny i Bartka transmisję internetową z uroczystości, przy której obsłudze wspomógł go Jędrek.

Dwudziestego ósmego grudnia zaręczona para wyjechała o świcie do Borowego Młyna na Gochy, z Jędrkiem jako kierowcą.

Joanna została cudownie przyjęta przez rodzinę narzeczonego. Musiała wiele o sobie opowiadać, a im wciąż było mało. Wszyscy do niej lgnęli, okazywali jej sympatię na różne sposoby, więc dawała z siebie wszystko i czuła się tam jak u Pana Boga za piecem.

Ślub Antoniny i Bartka odbył się w zabytkowym drewnianym kościele pod wezwaniem Świętego Marcina w Borzyszkowach, oddalonym o dziesięć kilometrów od domu Borowych, a udzielił im go przyjaciel ze szkolnej ławy Bartka i Wojciecha, ksiądz Paweł Lew Kiedrowski. Świadkami byli, jak to zostało wcześniej umówione, Joanna i Wojciech. Kiedy wkroczyli do wnętrza świątyni, Joanna nie mogła się oprzeć, by chociaż trochę nie porozglądać się po zabytkowym drewnianym wnętrzu. Podziwiała piękną polichromię prezentującą niebo z gwiazdami, biały ołtarz, białą ambonę i drewniane rzeźby. Pomyślała wówczas o swoim ślubie i kościele w Dębnie Podhalańskim, w którym mógłby się odbyć. Trzeba będzie stanąć na głowie, żeby to się spełniło, zdecydowała. Uśmiechnęła się. Spojrzała na Wojtka, a ten odpowiedział jej także uśmiechem.

Kameralne, chociaż huczne wesele Antoniny i Bartka odbyło się w odrestaurowanej chacie Borowych i wypadło nadzwyczaj okazale. Ksiądz Paweł po fajerwerkach, kiedy jeszcze nie wszyscy zdążyli wrócić do wnętrza, przysiadł na chwilę obok Joanny.

– Noszę takie samo nazwisko jak niegdysiejszy wójt Brzeźna Szlacheckiego, Augustyn. Brzeźno leży za pobliskim jeziorem Gwiazda. – Wskazał za okno. – Wspólnie z tutejszym proboszczem, księdzem Bernardem Gończem byli inicjatorami i przywódcami tak zwanej wojny palikowej, która rozegrała się w pobliżu w tysiąc dziewięćset dwudziestym roku. – Ponownie wskazał dłonią w kierunku okna. – Miała ona związek z ustaleniami Traktatu Wersalskiego w sprawie granic między Polską a Niemcami. Miejscowi chcieli przesunięcia granicy bardziej na zachód, niż to określono w zapisach traktatu, żeby jeszcze kilka kaszubskich miejscowości znalazło się w granicach Polski. Wymusili to czynem, choć sporo ryzykowali. Najpierw namówili oddział polskich żołnierzy, który przybył do nas nadzorować realizację traktatu, na rajd do Wierzchociny za jeziorem Gwiazda. Polacy wzięli tam do niewoli oddział Grenzschutzu – uśmiechnął się szeroko. – Tacy są tutejsi! W efekcie, dzięki uporowi miejscowych mieszkańców, paliki graniczne zostały przesunięte o dziesięć kilometrów bardziej na zachód. Niemcy Augustynowi tego nigdy nie darowali. Dopadli go, między innymi za to, jesienią trzydziestego dziewiątego roku i zabili w Dolinie Śmierci pod Chojnicami, a ksiądz Bernard Gończ poniósł śmierć w Sachsenhausen – zakończył z poważną miną.

– Bardzo smutna historia, Pawle.... – rzekła Joanna.

– Ale mimo wszystko piękna i optymistyczna! Bo widzisz, Joasiu, zawsze trzeba stawiać sobie wielkie cele! – Ksiądz Paweł podniósł palec w górę. – Do czegoś przyznał mi się wczoraj Wojtek – raptownie zmienił temat. Na jego twarzy ponownie pojawił się uśmiech. – Wiem, że ty też postawiłaś sobie względem niego i waszego związku ważny cel. – Pokiwał głową z uznaniem. – Podoba mi się to! A wracając do tamtej historii... Mieliśmy dzielnych przodków i usiłujemy iść ich śladem. Uczymy o tej historii tutejszą młodzież, bo to dzięki takim ludziom jak Augustyn i Bernard możemy cieszyć się dzisiaj wolnością.

Ślub Joanny i Wojtka odbył się po kilku tygodniach w kościele, który zamarzył się Joannie podczas ślubu przyjaciół w Borzyszkowach. Ojciec wykorzystał wszystkie swoje znajomości, żeby przekonać proboszcza w Dębnie Podhalańskim do zgody na udzielenie młodym właśnie tam ślubu. Joanna wystąpiła podczas niego w stroju góralskim, zaś Wojtek w stroju kaszubskim. Wesele odbyło się w Zajeździe Czorsztyńskim w Nowych Maniowach.

Córeczka Joanny i Wojtka, Klaudia, urodziła się trzynastego marca, a jej chrzciny, na które przyjechali z Elby Claudia i Marc, zaproszeni na rodziców chrzestnych, świętowano pierwszego czerwca w Dzień Dziecka. Następnego dnia bliźniacy, którzy polubili się z gośćmi, zabrali ich na przełom Dunajca. Młodzi Francuzi byli zachwyceni spływem, opowieściami Jędrka i Wojtka, którzy wspomagali się nawzajem w angielszczyźnie, oraz ich dziewczynami z Frydmana, Hanką i Mańką.

Trzeciego dnia wieczorem, podczas spaceru z wózkiem, Claudia wyznała Joannie, że także spodziewa się dziecka. Objęły się radośnie.

Mąż Joanny, Wojciech, tego roku nie wyruszył w żaden morski rejs. Było mu w Nowych Maniowach błogo. Cieszył się każdym dniem spędzonym z Joasią i Klaudią. Przysposobił się także do flisowania i kilka razy w sezonie zastępował na tratwie któregoś z bliźniaków. Oni zaś obaj, wspólnie z Hanką i Mańką, po zakończeniu sezonu na Dunajcu piętnastego października, wybrali się z dwutygodniową wizytą na Elbę, gdzie na plaży w Marina di Campo prawie nie wychodzili z dziewczynami z wody.

Latem tego roku Claudia i Marc pogodzili się ze swoimi rodzinami, doprowadzili nawet do ich spotkania na Korsyce. Obie rodziny szybko się polubiły – panie zbliżyła wspólna, jak się okazało, fascynacja talentem francuskiej aktorki o berberyjskich korzeniach, Isabelle Adjani. Panów zaś – osoba słynnego francuskiego futbolisty, a dzisiaj trenera Realu Madryt, Zinédine'a Zidane'a, o takim samym pochodzeniu, którego przysięgłymi fanami byli obaj ojcowie. To ostatecznie przełamało lody pomiędzy konserwatywnymi Korsykanami, rodzicami Claudii, a Berberami z pochodzenia, rodzicami Marca. Na tyle się nawet zgrali, że urządzili swoim dzieciom porządne korsykańsko-berberyjskie wesele.

Tuż przed przyjazdem na Elbę polskich bliźniaków z bliźniaczkami Claudia urodziła córkę.

Dała jej na imię Joanna.

KONIEC